HAN TIAN SHE
-新制對應-

精修
關鍵字版

QR Code 朗讀
隨看隨聽

日本語
文法・句型
辭典

N1,N2,N3,N4,N5 文法辭典

松由美、田中陽子
村惠子、千田晴夫
勝田　　　合著

山田社

前言

因應眾多讀者及學校的熱烈要求，
《精裝本 精修關鍵字版 日本語文法・句型辭典：
N1,N2,N3,N4,N5文法辭典》
隆重推出「QR碼線上音檔版」了。
手機隨掃即聽QR碼行動學習音檔，迅速累積實力！

明明五顏六色，書上重點一網打盡，畫得滿滿的，
怎麼考試時腦袋還是一片空白？
其實，一堆重點＝沒重點，畫了＝白畫！
只有關鍵字，像膠囊似地能將龐雜的資料濃縮在裡面。
只有關鍵字，到了考試，如同一把打開記憶資料庫的鑰匙，
提供記憶線索，讓「字」帶「句」，「句」帶「文」，
瞬間回憶整句話，達到獲取高分的境界。

《關鍵字 精修版 日本語文法・句型辭典—N1,N2,N3,N4,N5文法辭典》備受好評，為了能伴讀您一輩子，精心出版耐用及久存的「精裝本」版了。

什麼是「關鍵字」？它是將大量的資料簡化而成的「重點字句」，只有關鍵字，能以最少時間，抓住重點，刺激五感，製造聯想。「關鍵字」與「大腦想像」一旦結合，將讓大腦發光發熱，進而以最少的時間，達到長期記憶，成就最佳成績。

本書精選新制日檢考試N1～N5全部文法，每項都精心標上文法記憶法寶「關鍵字」，運用關鍵字的濃縮精華，進而啟發回憶的效果，幫助您直接進入腦中，圈出大的重點，縮短專注時間，記憶更穩更久！

不管是初學者，大學生，碩、博士生，甚至日語老師、教授，《精修關鍵字版 日本語文法・句型辭典—N1,N2,N3,N4,N5文法辭典》都是學習或教授日語，人手一本，一輩子都用得到的好辭典。

精修關鍵字版內容更進化：

1. 關鍵字膠囊式速效魔法

每項文法解釋前面，都加上該文法的關鍵字，關鍵字可以讓濃縮後的資料，輕易地從記憶中的功課提取出整段話或整篇文章。也就是以更少的時間，得到更大的效果，進而提高學習動機，讓您充滿信心去面對日檢考試。

2. 超強漫畫式學習

每項文法的第一個重點例句，都會搭配活潑、逗趣的日式插圖。把枯燥的文法融入插圖的故事中，讓人會心一笑，並加深對文法的印象，您絕對會有「原來文法可以這麼有趣、這麼好記」的感覺！

3. 說明清晰，立馬掌握重點

為了紮實對文法的記憶根底，務求對每一文法項目意義明確、清晰掌握。說明中不僅對每一文法項目的意義、用法、語感、近義文法項目的差異，及關連的近義詞、反義詞、慣用語等方面進行記述以外，還分析不同的文法項目間的微妙差異。相當於一部小型的文法・句型辭典。

4. 用例句比較句型的分類用法

每個文法項目，都帶出 4、5 個例句，每個例句都以生活、工作、財經等為話題，甚至是報章雜誌常出現的用法。另外，針對同項文法的有不同用法加以剖析，並舉出不同分類用法的例句，有助於強化文法應用力。

5. 網羅日檢 N1 到 N5 文法・句型・單字

各級文法所舉出的例句中，更包括符合該級數程度的單字，如此一來便能 3 效學習文法、單字和例句，幾乎是為新制對應日檢考試量身打造，同時也是本超實用的日語文法書。

本書廣泛地適用於一般的日語初學者，大學生，碩士博士生、參加 N1 到 N5 日本語能力考試的考生，以及赴日旅遊、生活、研究、進修人員，也可以作為日語翻譯、日語教師的參考書。另外，搭配本書加碼收錄的 QR 碼線上音檔，熟悉專業日籍老師的語調與速度，幫助您聽力實力突飛猛進，提供最完善、最全方位的日語學習。

目錄

文型接續解說

▶ 形容詞

活　用	形容詞（い形容詞）	形容詞動詞（な形容詞）
形容詞基本形（辭書形）	大(おお)きい	綺麗(きれい)だ
形容詞詞幹	大(おお)き	綺麗(きれい)
形容詞詞尾	い	だ
形容詞否定形	大(おお)きくない	綺麗(きれい)でない
形容詞た形	大(おお)きかった	綺麗(きれい)だった
形容詞て形	大(おお)きくて	綺麗(きれい)で
形容詞く形	大(おお)きく	×
形容詞假定形	大(おお)きければ	綺麗(きれい)なら（ば）
形容詞普通形	大(おお)きい 大(おお)きくない 大(おお)きかった 大(おお)きくなかった	綺麗(きれい)だ 綺麗(きれい)ではない 綺麗(きれい)だった 綺麗(きれい)ではなかった
形容詞丁寧形	大(おお)きいです 大(おお)きくありません 大(おお)きくないです 大(おお)きくありませんでした 大(おお)きくなかったです	綺麗(きれい)です 綺麗(きれい)ではありません 綺麗(きれい)でした 綺麗(きれい)ではありませんでした

▶ 名詞

活　用	名　詞
名詞普通形	雨(あめ)だ 雨(あめ)ではない 雨(あめ)だった 雨(あめ)ではなかった
名詞丁寧形	雨(あめ)です 雨(あめ)ではありません 雨(あめ)でした 雨(あめ)ではありませんでした

▶ 動詞

活 用	五 段	一 段	カ 変	サ 変
動詞基本形（辭書形）	書(か)く	集(あつ)める	来(く)る	する
動詞詞幹	書(か)	集(あつ)	0 (無詞幹詞尾區別)	0 (無詞幹詞尾區別)
動詞詞尾	く	める	0	0
動詞否定形	書(か)かない	集(あつ)めない	来(こ)ない	しない
動詞ます形	書(か)きます	集(あつ)めます	来(き)ます	します
動詞た形	書(か)いた	集(あつ)めた	来(き)た	した
動詞て形	書(か)いて	集(あつ)めて	来(き)て	して
動詞命令形	書(か)け	集(あつ)めろ	来(こ)い	しろ
動詞意向形	書(か)こう	集(あつ)めよう	来(こ)よう	しよう
動詞被動形	書(か)かれる	集(あつ)められる	来(こ)られる	される
動詞使役形	書(か)かせる	集(あつ)めさせる	来(こ)させる	させる
動詞使役被動形	書(か)かされる	集(あつ)めさせられる	来(こ)させられる	させられる

動詞可能形	書ける	集められる	来られる	できる
動詞假定形	書けば	集めれば	来れば	すれば
動詞命令形	書け	集めろ	来い	しろ
動詞普通形	行く 行かない 行った 行かなかった	集める 集めない 集めた 集めなかった	来る 来ない 来た 来なかった	する しない した しなかった
動詞丁寧形	行きます 行きません 行きました 行きませんでした	集めます 集めません 集めました 集めませんでした	来ます 来ません 来ました 来ませんでした	します しません しました しませんでした

一、助詞

001

～が

{名詞}＋が

❶**【對象】**「が」前接對象，表示好惡、需要及想要得到的對象，還有能夠做的事情、明白瞭解的事物，以及擁有的物品，如例(1)～(3)。

❷**【主語】**用於表示動作的主語，「が」前接描寫眼睛看得到的、耳朵聽得到的事情等，如例(4)、(5)。

1 あの　人（ひと）は　お金（かね）が　あります。

那個人有錢。

例句

2 お菓子（かし）を　作（つく）るので　砂糖（さとう）が　いります。	我想製做甜點，因此需要用到砂糖。
3 私（わたし）は　あなたが　好（す）きです。	我喜歡你。
4 風（かぜ）が　吹（ふ）いて　います。	風正在吹。
5 部屋（へや）に　テレビが　あります。	房間裡有電視機。

002

〔疑問詞〕＋が

➡ {疑問詞}＋が

【疑問詞主語】當問句使用「どれ、いつ、どの人、だれ」等疑問詞作為主語時，主語後面會接「が」。

1 この　絵(え)は　誰(だれ)が　描(か)きましたか。
這幅畫是誰畫的？

➡ 例句

2 どの　人(ひと)が　吉川(よしかわ)さんですか。	請問哪一位是吉川先生呢？
3 どこが　痛(いた)いですか。	哪裡痛呢？
4 どれが　人気(にんき)が　ありますか。	哪一個比較受歡迎呢？
5 何(なに)が　食(た)べたいですか。	想吃什麼嗎？

003

Track N5 1-03

が（逆接）

但是…

➡ {名詞です（だ）；形容動詞詞幹だ；[形容詞・動詞]丁寧形（普通形）}＋が

【逆接】表示連接兩個對立的事物，前句跟後句內容是相對立的。

1 母(はは)は　背(せ)が　高(たか)いですが、父(ちち)は　低(ひく)いです。
媽媽身高很高，但是爸爸很矮。

➡ 例句

2 あの　レストランは、おいしいですが　高(たか)いです。	那家餐廳雖然餐點美味，但是價格昂貴。

3 日本語(にほんご)は　難(むずか)しいですが、面白(おもしろ)いです。
日語雖然很難學，但是很有趣。

4 作文(さくぶん)は　書(か)きましたが、まだ　出(だ)して　いません。
作文雖然寫完了，但是還沒交出去。

5 鶏肉(とりにく)は　食(た)べますが、牛肉(ぎゅうにく)は　食(た)べません。
我吃雞肉，但不吃牛肉。

004

が（前置詞）

{句子}＋が

【前置詞】在向對方詢問、請求、命令之前，作為一種開場白使用。

1 失礼(しつれい)ですが、鈴木(すずき)さんでしょうか。
不好意思，請問是鈴木先生嗎？

例句

2 もしもし、山本(やまもと)ですが、水下(みずした)さんは　いますか。
喂，我是山本，請問水下先生在嗎？

3 明日(あした)の　パーティーですが、1時(いちじ)からですよね。
關於明天的派對，是從一點開始舉行，對吧？

4 この　前(まえ)の　話(はなし)ですが、小島(こじま)さんにも　言(い)いましたか。
關於上次那件事，也告訴小島先生了嗎？

5 すみませんが、少(すこ)し　静(しず)かに　して　ください。
不好意思，請稍微安靜一點。

005

〔目的語〕＋を

➡ {名詞}＋を

【目的】「を」用在他動詞（人為而施加變化的動詞）的前面，表示動作的目的或對象。「を」前面的名詞，是動作所涉及的對象。

1 顔（かお）を　洗（あら）います。

洗臉。

を

➡ **例句**

2 パンを　食（た）べます。	吃麵包。
3 洗濯（せんたく）を　します。	洗衣服。
4 日本語（にほんご）の　手紙（てがみ）を　書（か）きます。	寫日文書信。
5 テレビを　30分（さんじゅっぷん）　見（み）ました。	看了三十分鐘的電視。

N5

006

〔通過・移動〕＋を＋自動詞

➡ {名詞}＋を＋{自動詞}

❶**【移動】**接表示移動的自動詞，像是「歩く（あるく／走）、飛ぶ（とぶ／飛）、走る（はしる／跑）」等，如例(1)～(3)。

❷**【通過】**用助詞「を」表示經過或移動的場所，而且「を」後面常接表示通過場所的自動詞，像是「渡る（わたる／越過）、通る（とおる／經過）、曲がる（まがる／轉彎）」等，如例(4)、(5)。

1 学生（がくせい）が　道（みち）を　歩（ある）いて　います。

學生在路上走著。

➡ **例句**

2 飛行機（ひこうき）が　空（そら）を　飛（と）んで　います。	飛機在空中飛。

3 週に　3回、うちの　近くを　5キロぐらい　走ります。

每星期三次，在我家附近跑五公里左右。

4 車で　橋を　渡ります。

開車過橋。

5 この　バスは　映画館の　前を　通りますか。

請問這輛巴士會經過電影院門口嗎？

007

〔離開點〕＋を

{名詞}＋を

【起點】動作離開的場所用「を」。例如，從家裡出來，學校畢業或從車、船及飛機等交通工具下來。

1 7時に　家を　出ます。

七點出門。

例句

2 学校を　卒業します。

從學校畢業。

3 ここで　バスを　降ります。

在這裡下公車。

4 部屋を　出て　ください。

請離開房間。

5 席を　立ちます。

從椅子上站起來。

008

〔場所〕＋に

1. 在…、有…；2. 在…嗎、有…嗎；3. 有…

➔ {名詞}＋に

❶【場所】「に」表示存在的場所。表示存在的動詞有「います、あります」（有、在），「います」用在自己可以動的有生命物體的人或動物的名詞，如例(1)、(2)。

❷〖いますか〗「います＋か」表示疑問，是「有嗎？」、「在嗎？」的意思，如例(3)。

❸〖無生命－あります〗自己無法動的無生命物體名詞用「あります」，如例(4)、(5)。

1 木(き)の　下(した)に　妹(いもうと)が　います。

妹妹在樹下。

➔ 例句

2 神戸(こうべ)に　友達(ともだち)が　います。｜我有朋友住在神戶。

3 池(いけ)の　中(なか)に　魚(さかな)は　いますか。｜池子裡有魚嗎？

4 部屋(へや)に　テレビが　あります。｜房間裡有電視機。

5 本棚(ほんだな)の　右(みぎ)に　椅子(いす)が　あります。｜書架的右邊有椅子。

N5

009

Track N5 1-09

〔到達點〕＋に

到…、在…

➔ {名詞}＋に

【到達點】表示動作移動的到達點。

1 お風呂(ふろ)に　入(はい)ります。

去洗澡。

➔ 例句

2 今日(きょう)　成田(なりた)に　着(つ)きます。｜今天會抵達成田。

3 私(わたし)は　椅子(いす)に　座(すわ)ります。 | 我坐在椅子上。

4 ここで　タクシーに　乗(の)ります。 | 在這裡搭計程車。

5 手(て)を　上(うえ)に　挙(あ)げます。 | 把手舉起來。

010　Track N5 1-10

●〔時間〕＋に

在…

➡ {時間詞} ＋に

【時間】寒暑假、幾點、星期幾、幾月幾號做什麼事等。表示動作、作用的時間就用「に」。

1 夏休(なつやす)みに　旅行(りょこう)します。

暑假會去旅行。

➡ 例句

2 金曜日(きんようび)に　友達(ともだち)と　会(あ)います。 | 將於星期五和朋友見面。

3 7月(しちがつ)に　日本(にほん)へ　来(き)ました。 | 在七月時來到了日本。

4 9日(ここのか)に　横浜(よこはま)へ　行(い)きます。 | 將於九號去橫濱。

5 今日中(きょうじゅう)に　送(おく)ります。 | 今天之內會送過去。

011　

●〔目的〕＋に

去…、到…

➡ {動詞ます形；する動詞詞幹} ＋に

【目的】表示動作、作用的目的、目標。

1 海(うみ)へ　泳(およ)ぎに　行(い)きます。

去海邊游泳。

➔ 例句

2 図書館(としょかん)へ　勉強(べんきょう)に　行(い)きます。	去圖書館唸書。
3 東北(とうほく)へ　遊(あそ)びに　行(い)きます。	將要去東北旅遊。
4 今(いま)から　旅行(りょこう)に　行(い)きます。	現在要去旅行。
5 今度(こんど)の　土曜日(どようび)、映画(えいが)を　見(み)に　行(い)きます。	這個星期六要去看電影。

012

Track N5 1-12

〔對象（人）〕＋に

給…、跟…

➔ {名詞} ＋に

【對象－人】表示動作、作用的對象。

1 弟(おとうと)に　メールを　出(だ)しました。

寄電子郵件給弟弟了。

➔ 例句

2 鎌田(かまた)さんに　ペンを　渡(わた)しました。	把筆遞給了鎌田先生。
3 友達(ともだち)に　電話(でんわ)を　かけます。	打電話給朋友。
4 彼女(かのじょ)に　花(はな)を　あげました。	送了花給女朋友。
5 花屋(はなや)で　友達(ともだち)に　会(あ)いました。	在花店遇到了朋友。

日語文法・句型詳解

013

〔對象（物・場所）〕＋に

…到、對…、在…、給…

{名詞}＋に

【對象－物・場所】「に」的前面接物品或場所，表示施加動作的對象，或是施加動作的場所、地點。

1 家(いえ)に　電話(でんわ)を　かけます。

打電話回家。

例句

2 花(はな)に　水(みず)を　やります。　｜給花澆水。

3 紙(かみ)に　火(ひ)を　つけます。　｜在紙上點火燃燒。

4 ノートに　平仮名(ひらがな)を　書(か)きます。　｜在筆記本上寫平假名。

5 弟(おとうと)に　100円(ひゃくえん)　貸(か)します。　｜借給弟弟一百圓。

014

〔時間〕＋に＋〔次數〕

…之中、…內

{時間詞}＋に＋{數量詞}

【範圍內次數】表示某一範圍內的數量或次數，「に」前接某時間範圍，後面則為數量或次數。

1 一日(いちにち)に　2時間(にじかん)ぐらい、勉強(べんきょう)します。

一天大約唸兩小時書。

➡ 例句

2 この　薬(くすり)は、1日(いちにち)に　3回(さんかい)　飲(の)んで　ください。	這種藥請一天吃三次。
3 会社(かいしゃ)は　週(しゅう)に　2日(ふつか)　休(やす)みです。	公司是週休二日。
4 月(つき)に　2回(にかい)、サッカーを　します。	每個月踢兩次足球。
5 半年(はんとし)に　一度(いちど)、国(くに)に　帰(かえ)ります。	半年回國一次。

015

●〔場所〕＋で

在…

➡ {名詞}＋で

【場所】「で」的前項為後項動作進行的場所。不同於「を」表示動作所經過的場所，「で」表示所有的動作都在那一場所進行。

1 家(うち)で　テレビを　見(み)ます。

在家看電視。

➡ 例句

2 玄関(げんかん)で　靴(くつ)を　脱(ぬ)ぎました。	在玄關脫了鞋子。
3 郵便局(ゆうびんきょく)で　手紙(てがみ)を　出(だ)します。	在郵局寄信。
4 自分(じぶん)の　部屋(へや)で　勉強(べんきょう)します。	在自己的房間裡用功研習。
5 ベッドで　寝(ね)ます。	在床上睡覺。

016

〔方法・手段〕＋で

1. 用…；2. 乘坐…

➔ {名詞}＋で

❶【手段】表示動作的方法、手段，如例(1)～(3)。
❷【交通工具】是使用的交通工具，如例(4)、(5)。

1 鉛筆(えんぴつ)で　絵(え)を　描(か)きます。
用鉛筆畫畫。

➔ 例句

2 箸(はし)で　ご飯(はん)を　食(た)べます。 | 用筷子吃飯。

3 その　ことは　新聞(しんぶん)で　知(し)りました。 | 我是從報上得知了那件事的。

4 毎日(まいにち)、自転車(じてんしゃ)で　学校(がっこう)へ　行(い)きます。 | 每天都騎自行車上學。

5 新幹線(しんかんせん)で　京都(きょうと)へ　行(い)きます。 | 搭新幹線去京都。

017

〔材料〕＋で

1. 用…；2. 用什麼

➔ {名詞}＋で

❶【材料】製作什麼東西時，使用的材料。如例(1)～(4)。
❷〖詢問－何で〗詢問製作的材料時，前接疑問詞「何＋で」。如例(5)。

1 トマトで　サラダを　作(つく)ります。
用蕃茄做沙拉。

例句

2 木で　椅子を　作りました。	用木頭做了椅子。
3 砂で　お城を　作ります。	用沙子堆一座城堡。
4 日本の　お酒は　お米で　作ります。	日本酒是以米釀製而成的。
5 この　お酒は　何で　作った　お酒ですか。	這酒是用什麼做的？

018

〔狀態・情況〕＋で

在…、以…

{名詞}＋で

【狀態】表示動作主體在某種狀態、情況下做後項的事情，如例(1)、(2)。也表示動作、行為主體在多少數量的狀態下，如例(3)～(5)。

1 笑顔で　写真を　撮ります。

展開笑容拍照。

例句

2 スカートで　自転車に　乗ります。	穿著裙子騎自行車。
3 一人で　旅行します。	一個人去旅行。
4 みんなで　どこへ　行くのですか。	大家要一起去哪裡呢？
5 １７歳で　大学に　入ります。	在十七歲時進入大學就讀。

019

〔理由〕＋で

因為…

➡ {名詞}＋で

【理由】「で」的前項為後項結果的原因、理由。

1 風(かぜ)で　窓(まど)が　開(あ)きました。

窗戶被風吹開了。

➡ 例句

2 雪(ゆき)で　電車(でんしゃ)が　遅(おく)れました。 | 大雪導致電車誤點了。

3 地震(じしん)で　エレベーターが　止(と)まりました。 | 電梯由於地震而停下來了。

4 仕事(しごと)で　疲(つか)れました。 | 工作把我累壞了。

5 風邪(かぜ)で　頭(あたま)が　痛(いた)いです。 | 由於感冒而頭痛。

020

〔數量〕＋で＋〔數量〕

共…

➡ {數量詞}＋で＋{數量詞}

【數量總和】「で」的前後可接數量、金額、時間單位等。

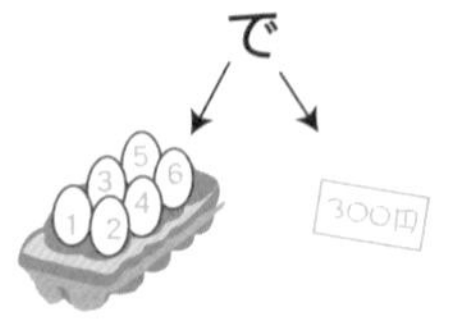

1 たまごは　6個(ろっこ)で　300円(さんびゃくえん)です。

雞蛋六個 300 日圓。

➡ 例句

2 二人(ふたり)で　13個(じゅうさんこ)食(た)べました。 | 兩個人吃了十三個。

3 3本(さんぼん)で　100円(ひゃくえん)です。 | 三條總共一百日圓。

4 1時間(いちじかん)で　7,000円(ななせんえん)です。 | 一個小時收您七千日圓。

5 1日(いちにち)で　7(なな)ページ　勉強(べんきょう)しました。 | 一天研讀了七頁。

021

〔場所・方向〕へ（に）

往…、去…

➔ {名詞}＋へ（に）

❶【方向】前接跟地方有關的名詞，表示動作、行為的方向，也指行為的目的地，如例(1)～(3)。

❷〖可跟に互換〗可跟「に」互換，如例(4)、(5)。

1 電車(でんしゃ)で　学校(がっこう)へ　来(き)ました。

搭電車來學校。

➔ 例句

2 来月(らいげつ)　国(くに)へ　帰(かえ)ります。 | 下個月回國。

3 友達(ともだち)と　レストランへ　行(い)きます。 | 和朋友去餐廳。

4 友達(ともだち)の　隣(となり)に　並(なら)びます。 | 我排在朋友的旁邊。

5 家(いえ)に　帰(かえ)ります。 | 要回家。

N5

日語文法・句型詳解

022

〔場所〕へ／(に)〔目的〕に

到…（做某事）

{名詞}＋へ（に）＋{動詞ます形；する動詞詞幹}＋に

❶〖**サ変→語幹**〗遇到サ行變格動詞（如：散歩します），除了用動詞ます形，也常把「します」拿掉，只用語幹，如例(1)。

❷【**目的**】表示移動的場所用助詞「へ」（に）， 表示移動的目的用助詞「に」。「に」的前面要用動詞ます形，如例(2)～(5)。

1 公園へ　散歩に　行きます。

去公園散步。

例句

2 図書館へ　本を　返しに　行きます。	去圖書館還書。
3 日本へ　すしを　食べに　来ました。	特地來到了日本吃壽司。
4 郵便局へ　切手を　買いに　行きます。	要去郵局買郵票。
5 来週　大阪へ　旅行に　行きます。	下星期要去大阪旅行。

023

名詞＋と＋名詞

…和…、…與…

{名詞}＋と＋{名詞}

【**名詞的並列**】表示幾個事物的並列。想要敘述的主要東西，全部都明確地列舉出來。「と」大多與名詞相接。

1 公園に　猫と　犬が　います。

公園裡有貓有狗。

例句

2 今日(きょう)の　朝(あさ)ご飯(はん)は　パンと　紅茶(こうちゃ)でした。	今天的早餐是吃麵包和紅茶。
3 いつも　電車(でんしゃ)と　バスに　乗(の)ります。	平常是搭電車跟公車。
4 ケーキと　チョコレートが　好(す)きです。	喜歡吃蛋糕和巧克力。
5 京都(きょうと)と　奈良(なら)は　近(ちか)いです。	京都和奈良距離很近。

024

名詞＋と＋おなじ

1. 和…一樣的、和…相同的；2. …和…相同

{名詞}＋と＋おなじ

❶【同樣】表示後項和前項是同樣的人事物，如例(1)～(3)。

❷〘NとNは同じ〙也可以用「名詞＋と＋名詞＋は＋同じ」的形式，如例(4)、(5)。

1 これと　同(おな)じ　ラジカセを　持(も)って　います。
我有和這台一樣的收音機。

とおなじ
1500

例句

2 私(わたし)の　背(せ)は　母(はは)と　同(おな)じ　くらいです。	我的身高和媽媽差不多。
3 赤組(あかぐみ)の　点(てん)は　白組(しろぐみ)の　点(てん)と　同(おな)じです。	紅隊的分數和白隊的分數一樣。
4 私(わたし)と　陽子(ようこ)さんは　同(おな)じ　クラスです。	我和陽子同班。
5 私(わたし)と　妻(つま)は　同(おな)じ　大学(だいがく)を　出(で)ました。	我和妻子畢業於同一所大學。

日語文法・句型詳解

025

●〔對象〕と

1. 跟…一起；2. 跟…（一起）；3. 跟…

➡ {名詞}＋と

❶【對象】「と」前接一起去做某事的對象時，常跟「一緒に」一同使用，如例(1)。

❷〔可省略一緒に〕這個用法的「一緒に」也可省略，如例(2)、(3)。

❸〔對象＋と＋一人不能完成的動作〕「と」前接表示互相進行某動作的對象，後面要接一個人不能完成的動作，如結婚、吵架、或偶然在哪裡碰面等等，如例(4)、(5)。

と

1 家族と　いっしょに　温泉へ　行きます。
和家人一起去洗溫泉。

➡ 例句

2 彼女と　晩ご飯を　食べました。｜和她一起吃了晚餐。

3 日曜日は　母と　出かけました。｜星期天和媽媽出門了。

4 私と　結婚して　ください。｜請和我結婚。

5 土曜日は　陳さんと　会いました。｜星期六和陳小姐見面了。

026

●〔引用內容〕と

說…、寫著…

➡ {句子}＋と

【引用內容】「と」接在某人説的話，或寫的事物後面，表示説了什麼、寫了什麼。

1 子供が　「遊びたい」と　言って　います。
小孩説：「好想出去玩」。

例句

2 テレビで「今日は　晴れるでしょう」と　言って　いました。	電視的氣象預報說了「今日大致是晴朗的好天氣」。
3 彼女から「来ない」と　聞きました。	我聽她說「她不來」。
4 山田さんは「家内と　一緒に　行きました」と　言いました。	山田先生說：「我跟太太一起去過了。」
5 両親に　手紙で「お金を　送って　ください」と　頼みました。	向父母寫了信拜託「請寄錢給我」。

027

～から～まで、～まで～から

1. 從…到…；2. 到…從…；3. 從…到…；4. 到…從…

{名詞}＋から＋{名詞}＋まで、{名詞}＋まで＋{名詞}＋から

❶【距離範圍】表示距離的範圍，「から」前面的名詞是起點，「まで」前面的名詞是終點，如例(1)、(2)。
❷〖まで～から〗表示距離的範圍，也可用「～まで～から」，如例(3)。
❸【時間範圍】表示時間的範圍，「から」前面的名詞是開始的時間，「まで」前面的名詞是結束的時間，如例(4)。
❹〖まで～から〗表示時間的範圍，也可用「～まで～から」，如例(5)。

1 駅から　郵便局まで　歩きました。
從車站走到了郵局。

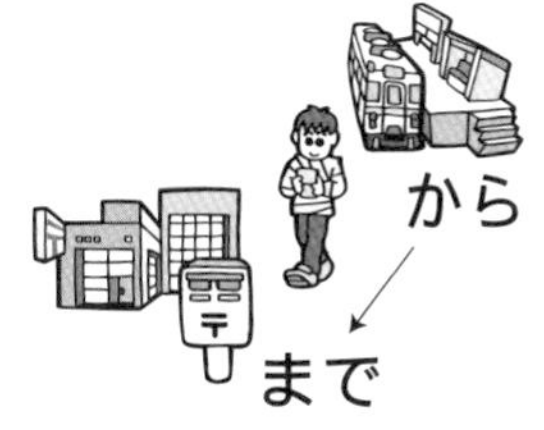

例句

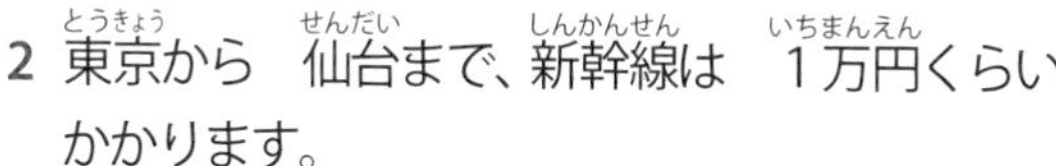

2 東京から　仙台まで、新幹線は　1万円くらい　かかります。	從東京到仙台，搭新幹線列車約需花費一萬日圓。
3 学校まで、うちから　歩いて　30分です。	從我家走到學校是三十分鐘。
4 毎日、朝から　晩まで　忙しいです。	每天從早忙到晚。
5 夕ご飯の　時間まで、今から　少し　寝ます。	現在先睡一下，等吃晚飯的時候再起來。

028

〔起點（人）〕から

從…、由…

➡ {名詞} ＋から

【起點】 表示從某對象借東西、從某對象聽來的消息，或從某對象得到東西等。「から」前面就是這某對象。

1 山田(やまだ)さんから　時計(とけい)を　借(か)りました。

我向山田先生借了手錶。

➡ **例句**

2 私(わたし)から　電話(でんわ)します。	由我打電話過去。
3 昨日(きのう)　図書館(としょかん)から　本(ほん)を　借(か)りました。	昨天跟圖書館借了本書。
4 小野(おの)さんから　面白(おもしろ)い話(はなし)を　聞(き)きました。	從小野先生那裏聽來了很有意思的事。
5 友達(ともだち)から　車(くるま)を　買(か)いました。	向朋友買了車子。

029

～から

因為…

➡ {[形容詞・動詞]普通形}＋から；{名詞；形容動詞詞幹}＋だから

【原因】 表示原因、理由。一般用於説話人出於個人主觀理由，進行請求、命令、希望、主張及推測，是種較強烈的意志性表達。

1 忙(いそが)しいから、新聞(しんぶん)を　読(よ)みません。

因為很忙，所以不看報紙。

➡ 例句

2 今日は　日曜日だから、学校は　休みです。	今天是星期日，所以不必上學。
3 もう　遅いから、家へ　帰ります。	因為已經很晚了，我要回家了。
4 まずかったから、もう　この　店には　来ません。	太難吃了，我再也不會來這家店了。
5 雨が　降って　いるから、今日は　出かけません。	因為正在下雨，所以今天不出門。

030　Track N5 1-30

● ～ので

因為…

➡ {[形容詞・動詞]普通形}＋ので；{名詞；形容動詞詞幹}＋なので

【原因】表示原因、理由。前句是原因，後句是因此而發生的事。「～ので」一般用在客觀的自然的因果關係，所以也容易推測出結果。

1 寒いので、コートを　着ます。

因為很冷，所以穿大衣。

➡ 例句

2 雨なので、行きたく　ないです。	因為下雨，所以不想去。
3 これは　安いので　三つ　買います。	因為這個很便宜，所以買三個。
4 うちの　子は　勉強が　嫌いなので　困ります。	我家的孩子討厭讀書，真讓人困擾。
5 仕事が　あるので、7時に　出かけます。	因為有工作，所以七點要出門。

031

～や～

…和…

➜ {名詞} ＋や＋ {名詞}

【列舉】表示在幾個事物中，列舉出二、三個來做為代表，其他的事物就被省略下來，沒有全部説完。

1 赤や　黄色の　花が　咲いて　います。

開著或紅或黃的花。

や

➜ 例句

2 りんごや　みかんを　買いました。｜買了蘋果和橘子。

3 家や　車は　高いです。｜房子和車子都很貴。

4 机の　上に　本や　辞書が　あります。｜書桌上有書和字典。

5 京都や　奈良は　古い　町です。｜京都和奈良都是古老的城市。

032

～や～など

和…等

➜ {名詞} ＋や＋ {名詞} ＋など

【列舉】這也是表示舉出幾項，但是沒有全部説完。這些沒有全部説完的部分用「など」（等等）來加以強調。「など」常跟「や」前後呼應使用。這裡雖然多加了「など」，但意思跟「～や～」基本上是一樣的。

1 机に　ペンや　ノートなどが　あります。

書桌上有筆和筆記本等等。

例句

2 近くに　駅や　花屋などが　あります。	附近有車站和花店等等。
3 公園で　テニスや　野球などを　します。	在公園打網球和棒球等等。
4 数学や　物理などは　難しいです。	數學或物理之類的都很難。
5 休みの　日は　掃除や　洗濯などを　します。	假日通常會做打掃和洗衣服之類的家事。

033

名詞＋の＋名詞

…的…

{名詞}＋の＋{名詞}

【所屬】用於修飾名詞，表示該名詞的所有者、內容說明、作成者、數量、材料、時間及位置等等。

1 これは　私の　本です。
這是我的書。

例句

2 彼は　日本語の　先生です。	他是日文老師。
3 明日は　8時18分の　電車に　乗ります。	明天要搭八點十八分的電車。
4 5月5日は　子どもの　日です。	五月五日是兒童節。
5 私の　父は、隣の　町の　銀行に　勤めています。	家父在鄰鎮的銀行工作。

N5

034

名詞＋の

…的

➡ {名詞}＋の

【省略名詞】準體助詞「の」後面可省略前面出現過，或無須說明大家都能理解的名詞，不需要再重複，或替代該名詞。

1 その　車(くるま)は　私(わたし)のです。

那輛車是我的。

➡ **例句**

2 この　本(ほん)は　図書館(としょかん)のです。｜這本書是圖書館的。

3 その　雑誌(ざっし)は　先月(せんげつ)のです。｜那本雜誌是上個月的。

4 私(わたし)の　傘(かさ)は　一番(いちばん)　左(ひだり)のです。｜我的傘是最左邊那支。

5 この　時計(とけい)は　誰(だれ)のですか。｜這支錶是誰的？

035

名詞＋の

…的…

➡ {名詞}＋の

【名詞修飾主語】在「私（わたし）が　作（つく）った　歌（うた）」這種修飾名詞（「歌」）句節裡，可以用「の」代替「が」，成為「私の　作った　歌」。那是因為這種修飾名詞的句節中的「の」，跟「私の歌」中的「の」有著類似的性質。

1 あれは　兄(あに)の　描(か)いた　絵(え)です。

那是哥哥畫的畫。

例句

2 姉（あね）の　作（つく）った　料理（りょうり）です。 | 這是姊姊做的料理。

3 友達（ともだち）の　撮（と）った　写真（しゃしん）です。 | 這是朋友照的相片。

4 私（わたし）の　生（う）まれた　所（ところ）は　熊本県（くまもとけん）です。 | 我的出生地是熊本縣。

5 あれは　父（ちち）の　出（で）た　学校（がっこう）です。 | 那是家父的母校。

036

～は～です

…是…

{名詞}＋は＋{敘述的內容或判斷的對象}＋です

❶【提示】助詞「は」表示主題。所謂主題就是後面要敘述的對象，或判斷的對象，而這個敘述的內容或判斷的對象，只限於「は」所提示的範圍。用在句尾的「です」表示對主題的斷定或是說明，如例(1)～(4)。

❷〔省略私は〕為了避免過度強調自我，用這個句型自我介紹時，常將「私は」省略，如例(5)。

は

1 花子（はなこ）は　きれいです。

花子很漂亮。

例句

2 遠藤君（えんどうくん）は　学生（がくせい）です。 | 遠藤是大學生。

3 こちらは、妻（つま）の　小夜子（さよこ）です。 | 這一位是內人小夜子。

4 冬（ふゆ）は　寒（さむ）いです。 | 冬天很冷。

5 （私（わたし）は）　山田（やまだ）です。 | 我是山田。

037

～は～ません

1. 不…；2. 不…

➡ {名詞}＋は＋{否定的表達形式}

❶**【動詞的否定句】**表示動詞的否定句，後面接否定「ません」，表示「は」前面的名詞或代名詞是動作、行為否定的主體，如例(1)、(2)。

❷**【名詞的否定句】**表示名詞的否定句，用「～は～ではありません」的形式，表示「は」前面的主題，不屬於「ではありません」前面的名詞，如例(3)～(5)。

1 太郎(たろう)は　肉(にく)を　食(た)べません。

太郎不吃肉。

➡ **例句**

2 彼女(かのじょ)は　スカートを　はきません。｜她不穿裙子。

3 花子(はなこ)は　学生(がくせい)では　ありません。｜花子不是學生。

4 僕(ぼく)は　ばかでは　ありません。｜我不是傻瓜。

5 私(わたし)は　園田(そのだ)さんを　嫌(きら)いでは　ありません。｜我並不討厭園田小姐。

038

～は～が

➡ {名詞}＋は＋{名詞}＋が

【話題】「が」前面接名詞，可以表示該名詞是後續謂語所表示的狀態的對象。

1 京都(きょうと)は、寺(てら)が　多(おお)いです。

京都有很多寺院。

➡ 例句

2 今日は、月が　大きいです。	今天的月亮很大。
3 その　町は、空気が　きれいですか。	那城鎮空氣好嗎？
4 東京は、交通が　便利です。	東京交通便利。
5 田中さんは、字が　上手です。	田中的字寫得很漂亮。

039

● ～は～が、～は～

但是…

➡ {名詞}＋は＋{名詞です（だ）；[形容詞・動詞]丁寧形（普通形）}＋ が、{名詞}＋は

N
5

【對比】「は」除了提示主題以外，也可以用來區別、比較兩個對立的事物，也就是對照地提示兩種事物。

1 猫は　外で　遊びますが、犬は　遊びません。
貓咪會在外頭玩，但是狗狗不會。

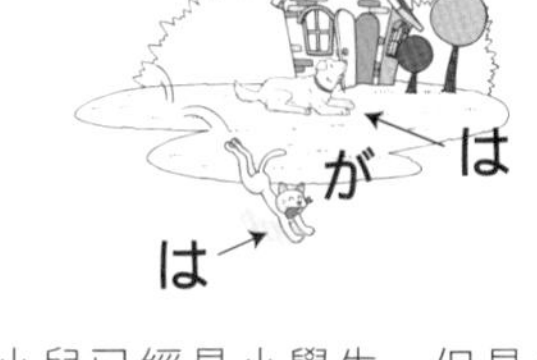

➡ 例句

2 息子は　小学生ですが、娘は　まだ　幼稚園です。	小兒已經是小學生，但是小女還在上幼稚園。
3 日本語は　できますが、英語は　できません。	雖然會日文，但是不會英文。
4 兄は　いますが、姉は　いません。	我有哥哥，但是沒有姊姊。
5 平仮名は　覚えましたが、片仮名は　まだです。	雖然學會平假名了，但是還看不懂片假名。

040

～も～

1. 也…也…、都是…；2. 也、又；3. 也和…也和…

➡ ❶【並列】{名詞}＋も＋{名詞}＋も。表示同性質的東西並列或列舉，如例(1)、(2)。

❷【累加】{名詞}＋も。可用於再累加上同一類型的事物，如例(3)。

❸【重覆】{名詞}＋とも＋{名詞}＋とも。重覆、附加或累加同類時，可用「とも…とも」，如例(4)。

❹〘格助詞＋も〙{名詞}＋{助詞}＋も。表示累加、重複時，「も」除了接在名詞後面，也有接在「名詞＋助詞」之後的用法，如例(5)。

1 猫も　犬も　黒いです。

貓跟狗都是黑色的。

➡ 例句

2 私は　肉も　魚も　食べません。｜我既不吃肉，也不吃魚。

3 村田さんは　医者です。鈴木さんも　医者です。｜村田先生是醫生。鈴木先生也是醫生。

4 沙織ちゃんとも　明日香ちゃんとも　遊びたくありません。｜我既不想和沙織玩，也不想和明日香玩。

5 来週、東京に　行きます。横浜にも　行きます。｜下星期要去東京，也會去橫濱。

041

～も～

竟、也

➡ {數量詞}＋も

【強調數量】「も」前面接數量詞，表示數量比一般想像的還多，有強調多的作用。含有意外的語意。

1 ご飯を　3杯も　食べました。

飯吃了 3 碗之多。

➡ 例句

2 10 時間も　寝ました。	睡了十個小時之多。
3 ビールを　10 本も　飲みました。	竟喝了十罐之多的啤酒。
4 この　服は　8万円も　します。	這件衣服索價高達八萬日圓。
5 お金は　8,000 万円も　あります。	擁有多達八千萬日圓的錢。

042

● 疑問詞＋も＋否定（完全否定）

1. 也（不）…；2. 無論…都…

➡ {疑問詞}＋も＋～ません

❶**【全面否定】**「も」上接疑問詞，下接否定語，表示全面的否定，如例(1)～(3)。

❷**【全面肯定】**若想表示全面肯定，則以「疑問詞＋も＋肯定」形式，為「無論…都…」之意，如例(4)、(5)。

1 机の　上には　何も　ありません。

桌上什麼東西都沒有。

➡ 例句

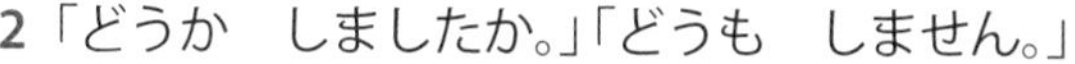

2「どうか　しましたか。」「どうも　しません。」	「怎麼了嗎？」「沒怎樣。」
3 お酒は　いつも　飲みません。	我向來不喝酒。
4 この　絵と　あの　絵、どちらも　好きです。	這張圖和那幅畫，我兩件都喜歡。
5 ちょうど　お昼ご飯の　時間なので、お店は　どこも　混んで　います。	正好遇上午餐時段，店裡擠滿了客人。

日語文法・句型詳解

043

～には、へは、とは

{名詞}＋には、へは、とは

【強調】格助詞「に、へ、と」後接「は」，有特別提出格助詞前面的名詞的作用。

1 この　川(かわ)には　魚(さかな)が　多(おお)いです。

這條河裡魚很多。

には

例句

2 うちには　娘(むすめ)しか　いません。　　我家只有女兒。

3 あの　子(こ)は　公園(こうえん)へは　来(き)ません。　　那個孩子不會來公園。

4 今日(きょう)は　会社(かいしゃ)へは　行(い)きませんでした。　　今天並沒去公司。

5 太郎(たろう)とは　話(はな)したく　ありません。　　我才不想和太郎説話。

044

～にも、からも、でも

{名詞}＋にも、からも、でも

【強調】格助詞「に、から、で」後接「も」，表示不只是格助詞前面的名詞以外的人事物。

1 テストは　私(わたし)にも　難(むずか)しいです。

考試對我而言也很難。

➡ 例句

2 学校には　冷房が　ありません。うちにも　ありません。	學校裡沒裝冷氣，家裡也沒裝。
3 そこからも　バスが　来ます。	公車也會從那邊過來。
4 これは　珍しい　果物です。デパートでも　売って　いません。	這是很少見的水果，百貨公司也沒有販售。
5 これは　どこでも　売って　います。	這東西到處都在賣。

045

● ～ぐらい、くらい

1. 大約、左右、上下；2. 大約、左右；3. 和…一樣…

➡ {數量詞}＋ぐらい、くらい

❶【時間】用於對某段時間長度的推測、估計，如例(1)、(2)。
❷【數量】一般用在無法預估正確的數量，或是數量不明確的時候，如例(3)、(4)。
❸〘程度相同〙可表示兩者的程度相同，常搭配「と同じ」，如例(5)。

1 昨日は　6時間ぐらい　寝ました。
昨天睡了 6 小時左右。

➡ 例句

2 お正月には　1週間ぐらい　休みます。	過年期間大約休假一個禮拜。
3 チョコレートを　10個くらい　食べました。	吃了大約十顆巧克力。
4 コンサートには　1万人ぐらい　来ました。	演唱會來了大約一萬人。
5 呉さんは　日本人と　同じくらい　日本語が　できます。	吳先生的日語説得和日本人一樣流利。

046

だけ

只、僅僅

➡ {名詞(＋助詞)}＋だけ；{名詞；形容動詞詞幹な}＋だけ；{[形容詞・動詞]普通形}＋だけ

【限定】表示只限於某範圍，除此以外沒有別的了。

1 お弁当は　一つだけ　買います。

只買一個便當。

➡ 例句

2 野菜は　嫌いなので　肉だけ　食べます。

不喜歡吃蔬菜，所以光只吃肉。

3 あの　人は、顔が　きれいなだけです。

那個人的優點就只有長得漂亮。

4 お金が　あるだけでは、結婚できません。

光是有錢並不能結婚。

5 漢字は　少しだけ　分かります。

漢字算是懂一點點。

047

じゃ

1. 是…；2. 那麼、那

➡ {名詞；形容動詞詞幹}＋じゃ

❶**【では→じゃ】**「じゃ」是「では」的縮略形式，也就是縮短音節的形式，一般是用在口語上。多用在跟自己比較親密的人，輕鬆交談的時候，如例(1)～(3)。

❷**【轉換話題】**「じゃ」「じゃあ」「では」在文章的開頭時（或逗號的後面），表示「それでは」（那麼，那就）的意思。用在承接對方說的話，自己也說了一些話，或表示告了一個段落，如例(4)、(5)。

1 そんなに　たくさん　飲(の)んじゃ　だめだ。
喝這麼多可不行喔！

➡ 例句

2 私(わたし)は　日本人(にほんじん)じゃない。 | 我不是日本人。

3 私(わたし)は　字(じ)が　上手(じょうず)じゃ　ありません。 | 我的字寫得不好看。

4 じゃ、今日(きょう)は　これで　帰(かえ)ります。 | 那，我今天就先回去了。

5 うん、じゃあ、また　明日(あした)ね。 | 嗯，那，明天見囉。

048　Track N5 1-48

しか＋〔否定〕

只、僅僅

➡ {名詞（＋助詞）}＋しか～ない

❶【限定】「しか」下接否定，表示限定，如例(1)、(2)。
❷〘可惜〙常帶有因不足而感到可惜、後悔或困擾的心情，如例(3)～(5)。

1 私(わたし)には　あなたしか　いません。
你是我的唯一。

➡ 例句

2 5,000円(ごせんえん)しか　ありません。 | 僅有五千日圓。

3 お弁当(べんとう)は　一(ひと)つしか　売(う)って　いませんでした。 | 便當只賣了一個。

4 今年(ことし)は　海(うみ)に　1回(いっかい)しか　行(い)きませんでした。 | 今年只去過一次海邊。

5 その　本(ほん)は　まだ　半分(はんぶん)しか　読(よ)んで　いません。 | 那本書我才讀到一半而已。

Track N5 1-49

049

● ずつ

每、各

➡ {數量詞} ＋ずつ

【等量均攤】 接在數量詞後面，表示平均分配的數量。

1 みんなで　100円(ひゃくえん)ずつ　出(だ)します。

大家各出 100 日圓。

➡ **例句**

2 お菓子(かし)は　一人(ひとり)　1個(いっこ)ずつです。
點心一人一個。

3 この　薬(くすり)は、一度(いちど)に　二(ふた)つずつ　飲(の)んでください。
這種藥請每次服用兩粒。

4 一人(ひとり)ずつ　話(はな)して　ください。
請每個人輪流説話。

5 高(たか)い　お菓子(かし)なので、少(すこ)しずつ　食(た)べます。
這是昂貴的糕餅，所以要一點一點慢慢享用。

Track N5 1-50

050

● ～か～

或者…

➡ {名詞} ＋か＋ {名詞}

【選擇】 表示在幾個當中，任選其中一個。

1 ビールか　お酒(さけ)を　飲(の)みます。

喝啤酒或是清酒。

例句

2 ペンか　鉛筆で　書きます。	用原子筆或鉛筆寫。
3 新幹線か　飛行機に　乗ります。	搭新幹線或是搭飛機。
4 仙台か　松島に　泊まります。	會住在仙台或是松島。
5 この　紙は、お父さんか　お母さんに　見せて　ください。	請將這張紙拿去給爸爸或媽媽看。

051

～か～か～

1. …或是…；2.…呢？還是…呢

{名詞}＋か＋{名詞}＋か；

{形容詞普通形}＋か＋{形容詞普通形}＋か；

{形容動詞詞幹}＋か＋{形容動詞詞幹}＋か；

{動詞普通形}＋か＋{動詞普通形}＋か

❶【選擇】「か」也可以接在最後的選擇項目的後面。跟「～か～」一樣，表示在幾個當中，任選其中一個，如例(1)～(4)。

❷【疑問】「～か＋疑問詞＋か」中的「～」是舉出疑問詞所要問的其中一個例子， 如例(5)。

1 暑いか　寒いか　分かりません。

不知道是熱還是冷。

例句

2 古沢さんか　清水さんか、どちらかが　やります。	會由古澤小姐或清水小姐其中一位來做。

3 好きか　嫌いか　知りません。
不知道喜歡還是討厭（表示「不知道」時，一般用「分かりません」，如果用「知りません」，就有「不關我的事」的語感）。

4 辺見さんが　結婚して　いるか　いないか、知って　いますか。
你知道邊見小姐結婚了或是還沒呢？

5 お茶か　何か、飲みますか。
要不要喝茶還是其他飲料呢？

052

〔疑問詞〕＋か

{疑問詞}＋か

【不明確】「か」前接「なに、いつ、いくつ、いくら、どれ」等疑問詞後面，表示不明確、不肯定，或沒必要說明的事物。

1 いつか　一緒に　行きましょう。
找一天一起去吧。

例句

2 大学に　入るには、いくらか　お金が　かかります。
想要上大學，就得花一些錢。

3 お皿と　コップを　いくつか　買いました。
我買了幾只盤子和杯子。

4 何か　食べましたか。
有吃了什麼了嗎？

5 どれか　好きなのを　一つ　選んで　ください。
請從中挑選一件你喜歡的。

053

〔句子〕＋か

嗎、呢

➡ {句子}＋か

【疑問句】 接於句末，表示問別人自己想知道的事。

1 あなたは　学生（がくせい）ですか。

你是學生嗎？

➡ 例句

2 映画（えいが）は　面白（おもしろ）いですか。	電影好看嗎？
3 木村（きむら）さんは　真面目（まじめ）ですか。	木村先生工作認真嗎？
4 今晩（こんばん）　勉強（べんきょう）しますか。	今晚會唸書嗎？
5 あなたは　横田（よこた）さんでは　ありませんか。	您不是横田先生嗎？

054

〔句子〕＋か、〔句子〕＋か

是…，還是…

➡ {句子}＋か、{句子}＋か

【選擇性的疑問句】 表示讓聽話人從不確定的兩個事物中，選出一樣來。

1 アリさんは　インド人（じん）ですか、アメリカ人（じん）ですか。

阿里先生是印度人？還是美國人？

例句

2 それは　ペンですか、鉛筆(えんぴつ)ですか。
那是原子筆？還是鉛筆？

3 この　傘(かさ)は　伊藤(いとう)さんのですか、鈴木(すずき)さんのですか。
這把傘是伊藤先生的？還是鈴木先生的？

4 お父(とう)さんは　優(やさ)しいですか、怖(こわ)いですか。
你爸爸待人和藹嗎？還是嚴厲呢？

5 その　アパートは　きれいですか、汚(きたな)いですか。
那棟公寓乾淨嗎？還是骯髒呢？

055

Track N5 1-55

〔句子〕＋ね

…喔、…呀、…呢；…啊；…吧；…啊

{句子}＋ね

【感嘆等】表示輕微的感嘆，或話中帶有徵求對方認同的語氣。基本上使用在説話人認為對方也知道的事物，也表示跟對方做確認的語氣。

1 今日(きょう)は　とても　暑(あつ)いですね。
今天好熱呀！

ね→

例句

2 雨(あめ)ですね。傘(かさ)を　持(も)って　いますか。
在下雨呢！你有帶傘嗎？

3 この　ケーキは　おいしいですね。
這蛋糕真好吃呢！

4 その　スカートは　きれいですね。
那件裙子真漂亮呀！

5 高橋(たかはし)さんも　パーティーに　行(い)きますよね。
高橋小姐妳也會去參加派對吧？

056

Track N5 1-56

〔句子〕＋よ

…喲；…喔、…喲、…啊

{句子}＋よ

【注意等】請對方注意，或使對方接受自己的意見時，用來加強語氣。基本上使用在說話人認為對方不知道的事物，想引起對方注意。

1 あ、危(あぶ)ない！車(くるま)が　来(き)ますよ！

啊！危險！車子來了喔！

例句

2 今日(きょう)は　土曜日(どようび)ですよ。	今天是星期六喔。
3 高田(たかだ)さんは　とても　頭(あたま)の　よい　人(ひと)ですよ。	高田先生是一位頭腦聰明的人喔。
4 あの　映画(えいが)は　面白(おもしろ)いですよ。	那部電影很好看喔！
5 兄(あに)は　もう　結婚(けっこん)しましたよ。	哥哥已經結婚了喲！

N5

二、接尾詞

001

じゅう、ちゅう

1. 全…、…期間；2.…內、整整

{名詞}＋じゅう、ちゅう

❶【時間】日語中有自己不能單獨使用，只能跟別的詞接在一起的詞，接在詞前的叫接頭語，接在詞尾的叫接尾語。「中（じゅう）/（ちゅう）」是接尾詞。雖然原本讀作「ちゅう」，但也讀作「じゅう」。至於讀哪一個音？那就要看前接哪個單字的發音習慣來決定了，如例(1)～(3)。

❷【空間】可用「空間＋中」的形式，如例(4)、(5)。

1 あの　山には　一年中　雪が　あります。
那座山終年有雪。

例句

2 午前中、忙しかったです。 | 上午時段非常忙碌。

3 夏休み中に、Ｎ５の　単語を　全部　覚えるつもりです。 | 我打算在暑假期間把 N5 的單字全部背起來。

4 彼は　有名で、町中の　人が　知って　います。 | 他名氣很大，全鎮的人都認識他。

5 部屋中、散らかって　います。 | 房間裡亂成一團。

002

ちゅう

…中、正在…、…期間

{動作性名詞}＋ちゅう

【正在繼續】「中」接在動作性名詞後面，表示此時此刻正在做某件事情。

1 沼田さんは　ギターの　練習中です。

沼田先生現在正在練習彈吉他。

例句

2 林さんは　電話中です。｜林先生現在在電話中。

3 津田先生は　授業中です。｜津田老師正在上課。

4 中村さんは　仕事中です。｜中村先生現在在工作。

5 うちの　娘は　ヨーロッパを　旅行中です。｜我女兒正在歐洲旅行。

003

たち、がた、かた

…們

{名詞}＋たち、がた、かた

❶ **【人的複數】**接尾詞「たち」接在「私」、「あなた」等人稱代名詞的後面，表示人的複數。但注意有「私たち」、「あなたたち」、「彼女たち」但無「彼たち」。如例(1)。

❷ 〘**更有禮貌－がた**〙接尾詞「方（がた）」也是表示人的複數的敬稱，說法更有禮貌，如例(2)、(3)。

❸ 〘**人→方**〙「方（かた）」是對「人」表示敬意的說法，如例(4)。

❹ 〘**人們→方々**〙「方々（かたがた）」是對「人たち」（人們）表示敬意的說法，如例(5)。

1 私(わたし)たちは　台湾人(たいわんじん)です。

我們是台灣人。

例句

2 あなた方(がた)は　中国人(ちゅうごくじん)ですか。　｜你們是中國人嗎？

3 先生方(せんせいがた)は、会議中(かいぎちゅう)です。　｜老師們正在開會。

4 あの　方(かた)は　どなたですか。　｜那位是哪位呢？

5 素敵(すてき)な　方々(かたがた)に　出会(であ)いました。　｜遇見了很棒的人們。

004　Track N5 1-60

ごろ

左右

{名詞}＋ごろ

【時間】 表示大概的時間點，一般只接在年、月、日，和鐘點的詞後面。

1 2005年(にせんごねん)ごろから　北京(ペキン)に　いました。

我從 2005 年左右就待在北京。

例句

2 6月(ろくがつ)ごろは　雨(あめ)が　よく　降(ふ)ります。　｜六月前後經常會下雨。

3 明日(あした)は　お昼(ひる)ごろから　出(で)かけます。　｜明天大概在中午的時候出門。

4 8日(ようか)ごろに　電話(でんわ)しました。　｜在八號左右打過電話了。

5 １１月(じゅういちがつ)ごろから　寒(さむ)く　なります。　｜從十一月左右開始變冷。

005

すぎ、まえ

1. 過…；2. …多；3. 差…、…前；4. 未滿…

➡ {時間名詞}＋すぎ、まえ

❶【時間】接尾詞「すぎ」，接在表示時間名詞後面，表示比那時間稍後，如例(1)。

❷【年齡】接尾詞「すぎ」，也可用在年齡，表示比那年齡稍長，如例(2)。

❸【時間】接尾詞「まえ」，接在表示時間名詞後面，表示那段時間之前，如例(3)、(4)。

❹【年齡】接尾詞「まえ」，也可用在年齡，表示還未到那年齡，如例(5)。

1 10時　過ぎに　バスが　来ました。
過了十點後，公車來了。（十點多時公車來了）

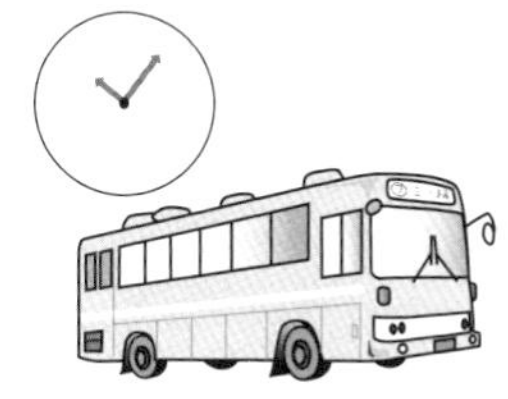

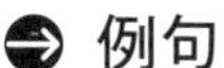

例句

2 父は　もう　70過ぎです。	家父已經年過七旬了。
3 今　8時　15分　前です。	現在還有十五分鐘就八點了。
4 1年前に　子どもが　生まれました。	小孩誕生於一年前。
5 まだ　20歳前ですから、お酒は　飲みません。	還沒滿二十歲，所以不能喝酒。

006

かた

…法、…樣子

➡ {動詞ます形}＋かた

【方法】表示方法、手段、程度跟情況。

1 てんぷらの　作り方は　難しいです。
天婦羅不好作。

例句

2 鉛筆の　持ち方が　悪いです。	鉛筆的握法不好。
3 この　野菜は　いろいろな　食べ方が　あります。	這種蔬菜有很多種食用的方式。
4 この　住所への　行き方を　教えて　ください。	請告訴我該如何到這個地址。
5 小説は、終わりの　書き方が　難しい。	小說結尾的寫法最難。

三、疑問詞

001

なに、なん

什麼

➡ なに、なん+{助詞}

❶【問事物】「何（なに）／（なん）」代替名稱或情況不瞭解的事物，或用在詢問數字時。一般而言， 表示「どんな（もの）」（什麼東西）時， 讀作「なに」， 如例(1)、(2)。

❷〔唸作なん〕表示「いくつ」（多少）時讀作「なん」。但是，「何だ」、「何の」一般要讀作「なん」。詢問理由時「何で」也讀作「なん」，如例(3)～(5)。

❸〔唸作なに〕詢問道具時的「何で」跟「何に」、「何と」、「何か」兩種讀法都可以，但是「なに」語感較為鄭重，而「なん」語感較為粗魯。

1 あした　何（なに）を　しますか。

明天要做什麼呢？

➡ 例句

2 これは　何（なに）と　何（なに）で　作（つく）りましたか。 | 這是用什麼和什麼做成的呢？

3 ご家族（かぞく）は　何人（なんにん）ですか。 | 請問你家人總共有幾位？

4 いま　何時（なんじ）ですか。 | 現在幾點呢？

5 あしたは　何曜日（なんようび）ですか。 | 明天是星期幾呢？

日語文法・句型詳解

002

だれ、どなた

1. 誰；2. 哪位…

➡ だれ、どなた＋{助詞}

❶【問人】「だれ」不定稱是詢問人的詞。它相對於第一人稱，第二人稱和第三人稱，如例(1)～(3)。

❷〘客氣－どなた〙「どなた」和「だれ」一樣是不定稱，但是比「だれ」説法還要客氣，如例(4)、(5)。

1 あの　人(ひと)は　誰(だれ)ですか。

那個人是誰？

だれ→

➡ 例句

2 誰(だれ)が　買(か)い物(もの)に　行(い)きますか。	誰要去買東西呢？
3 2月(にがつ)１４日(じゅうよっか)、チョコを　誰(だれ)に　あげますか。	二月十四日那天，妳要把巧克力送給誰呢？
4 これは　どなたの　カメラですか。	這是哪位的相機呢？
5「ごめん　ください」「はーい。どなたですか」	「打擾一下！」「來了，請問是哪一位？」

003

いつ

何時、幾時

➡ いつ＋{疑問的表達方式}

【問時間】表示不肯定的時間或疑問。

1 いつ　仕事(しごと)が　終(お)わりますか。

工作什麼時候結束呢？

例句

2 いつ　国(くに)へ　帰(かえ)りますか。	何時回國呢？
3 いつ　家(いえ)に　着(つ)きますか。	什麼時候到家呢？
4 いつから　そこに　いましたか。	你從什麼時候就一直待在那裏了？
5 夏休(なつやす)みは　いつまでですか。	暑假到什麼時候結束呢？

004

いくつ

1. 幾個、多少；2. 幾歲

{名詞（＋助詞）}＋いくつ

❶【問個數】表示不確定的個數，只用在問小東西的時候，如例(1)～(3)。
❷【問年齡】也可以詢問年齡，如例(4)。
❸〘お＋いくつ〙「おいくつ」的「お」是敬語的接頭詞，如例(5)。

1 りんごは　いくつ　ありますか。
有幾個蘋果？

例句

2 いちごを　いくつ　食(た)べましたか。	吃了幾顆草莓呢？
3 小学校(しょうがっこう)　1年生(いちねんせい)では、漢字(かんじ)を　いくつ　習(なら)いますか。	請問小學一年級生需要學習多少個漢字呢？
4「りんちゃん、年(とし)は　いくつ？」「四(よっ)つ。」	「小凜，妳現在幾歲？」「四歲。」
5 おいくつですか。	請問您幾歲？

N5

005

いくら

1. 多少；2. 多少

➡ {名詞（＋助詞）}＋いくら

❶【問價格】表示不明確的數量，一般較常用在價格上，如例(1)、(2)。
❷【問數量】表示不明確的數量、程度、工資、時間、距離等，如例(3)～(5)。

1 この　本(ほん)は　いくらですか。
這本書多少錢？

➡ 例句

2 お金(かね)は　いくら　かかりますか。
請問要花多少錢呢？

3 長(なが)さは　いくら　ありますか。
長度有多長呢？

4 生(う)まれたとき、身長(しんちょう)は　いくらでしたか。
請問出生的時候，身高是多少呢？

5 時間(じかん)は　いくら　かかりますか。
要花多久時間呢？

006

どう、いかが

1. 怎樣；2. 如何

➡ {名詞}＋はどう（いかが）ですか

❶【問狀況】「どう」詢問對方的想法及對方的健康狀況，還有不知道情況是如何或該怎麼做等，也用在勸誘時。如例(1)～(3)。
❷【勸誘】「いかが」跟「どう」一樣，只是說法更有禮貌，也用在勸誘時。如例(4)、(5)。

1 テストは　どうでしたか。
考試考得怎樣？

➔ 例句

2 日本語(にほんご)は　どうですか。	日文怎麼樣呢？
3 これは　どう　やって　作(つく)ったんですか。	請問這個是怎麼做出來的呢？
4 九州旅行(きゅうしゅうりょこう)は　いかがでしたか。	九州之旅好玩嗎？
5 お茶(ちゃ)を　いかがですか。	要不要來杯茶？

007　Track N5 1-69

● どんな

什麼樣的

➔ どんな＋{名詞}

【問事物內容】「どんな」後接名詞，用在詢問事物的種類、內容。

1 どんな　車(くるま)が　ほしいですか。
你想要什麼樣的車子？

➔ 例句

2 どんな　本(ほん)を　読(よ)みますか。	你看什麼樣的書？
3 どんな　色(いろ)が　好(す)きですか。	你喜歡什麼顏色？
4 どんな　人(ひと)と　結婚(けっこん)したいですか。	您想和什麼樣的人結婚呢？
5 大学(だいがく)で　どんな　ことを　勉強(べんきょう)しましたか。	在大學裡學到了哪些東西呢？

008

● どのぐらい、どれぐらい

多（久）…

N5

➡ どのぐらい、どれぐらい＋{詢問的內容}

【問多久】表示「多久」之意。但是也可以視句子的內容，翻譯成「多少、多少錢、多長、多遠」等。「ぐらい」也可換成「くらい」。

1 春休みは　どのぐらい　ありますか。

春假有多長呢？

➡ 例句

2 あと　どのくらいで　終わりますか。　請問大概還要多久才會結束呢？

3 どれぐらい　勉強しましたか。　你唸了多久的書？

4 私の　ことが　どれくらい　好きですか。　你有多麼喜歡我呢？

5 日本に　来て　から　どれくらいに　なりますか。　請問您來日本大約多久了呢？

009　Track N5 1-71

● なぜ、どうして

1. 原因是…；3. 為什麼

➡ なぜ、どうして＋{詢問的內容}

❶ **【問理由】**「なぜ」跟「どうして」一樣，都是詢問理由的疑問詞，如例(1)、(2)。

❷ **〖口語－なんで〗**口語常用「なんで」，如例(3)。

❸ **【問理由】**「どうして」表示詢問理由的疑問詞，如例(4)。

❹ **〖後接のだ〗**由於是詢問理由的副詞，因此常跟請求說明的「のだ／のです」一起使用，如例(5)。

1 なぜ　食べませんか。

為什麼不吃呢？

例句

2 日本(にほん)に　来(き)たのは　なぜですか。 | 請問您為什麼想來日本呢？

3 なんで　会社(かいしゃ)を　やめたんですか。 | 請問您為什麼要辭去工作呢？

4 どうして　おなかが　痛(いた)いんですか。 | 為什麼肚子會痛呢？

5 どうして　元気(げんき)が　ないのですか。 | 為什麼提不起精神呢？

010

なにか、だれか、どこか

1. 某些、什麼；2. 某人；3. 去某地方

なにか、だれか、どこか＋{不確定事物}

❶ **【不確定】**具有不確定，沒辦法具體說清楚之意的「か」，接在疑問詞「なに」的後面，表示不確定，如例(1)、(2)。

❷ **【不確定是誰】**接在「だれ」的後面表示不確定是誰，如例(3)、(4)。

❸ **【不確定是何處】**接在「どこ」的後面表示不肯定的某處，如例(5)。

1 暑(あつ)いから、何(なに)か　飲(の)みましょう。

好熱喔，去喝點什麼吧！

例句

2 その　話(はなし)は、何(なに)かが　おかしいです。 | 那件事聽起來有點奇怪。

3 誰(だれ)か　窓(まど)を　しめて　ください。 | 誰來關一下窗戶吧！

4 お風呂(ふろ)に　入(はい)って　いるとき、誰(だれ)かから電話(でんわ)が　来(き)ました。 | 進浴室洗澡的時候，有人打電話來了。

5 どこかで　食事(しょくじ)しましょう。 | 找個地方吃飯吧！

011

なにも、だれも、どこへも

也（不）…、都（不）…

➡ なにも、だれも、どこへも＋{否定表達方式}

【全面否定】「も」上接「なに、だれ、どこへ」等疑問詞，下接否定語，表示全面的否定。

1 今日(きょう)は　何(なに)も　食(た)べませんでした。

今天什麼也沒吃。

➡ **例句**

2 何(なに)も　したく　ありません。　　什麼也不想做。

3 昨日(きのう)は　誰(だれ)も　来(き)ませんでした。　　昨天沒有任何人來。

4 何(なに)かの　音(おと)が　しましたが、誰(だれ)も　いませんでした。　　好像有聽到什麼聲音，可是一個人也不在。

5 日曜日(にちようび)は、どこへも　行(い)きませんでした。　　星期日哪兒都沒去。

四、指示詞

001

これ、それ、あれ、どれ

1. 這個；2. 那個；3. 那個；4. 哪個

➡ ❶【事物－近稱】這一組是事物指示代名詞。「これ」（這個）指離說話者近的事物，如例(1)。

❷【事物－中稱】「それ」（那個）指離聽話者近的事物，如例(2)、(3)。

❸【事物－遠稱】「あれ」（那個）指說話者、聽話者範圍以外的事物，如例(4)。

❹【事物－不定稱】「どれ」（哪個）表示事物的不確定和疑問，如例(5)。

1 これは　何（なん）ですか。
這是什麼？

➡ 例句

2 それは　山田（やまだ）さんの　パソコンです。 | 那是山田先生的電腦。

3 それに　名前（なまえ）を　書（か）いて　ください。 | 請把名字寫在那上面。

4 私（わたし）の　うちは　あれです。 | 我家就是那一戶。

5 どれが　あなたの　本（ほん）ですか。 | 哪一本是你的書呢？

日語文法・句型詳解

002

この、その、あの、どの

1. 這…；2. 那…；3. 那…；4. 哪…

➡ この、その、あの、どの＋{名詞}

❶**【連體詞－近稱】**這一組是指示連體詞。連體詞跟事物指示代名詞的不同在，後面必須接名詞。「この」（這…）指離説話者近的事物，如例(1)、(2)。
❷**【連體詞－中稱】**「その」（那…）指離聽話者近的事物，如例(3)。
❸**【連體詞－遠稱】**「あの」(那…)指説話者及聽話者範圍以外的事物，如例(4)。
❹**【連體詞－不定稱】**「どの」（哪…）表示事物的疑問和不確定，如例(5)。

1 この　家（いえ）は　とても　きれいです。
這個家非常漂亮。

➡ 例句

2 この　本（ほん）は　おもしろいです。　　這本書很有趣。

3 その　人（ひと）に　会（あ）いたいです。　　我想和那個人見面。

4 あの　建物（たてもの）は　大使館（たいしかん）です。　　那棟建築物是大使館。

5 どの　人（ひと）が　田中（たなか）さんですか。　　哪一個人是田中先生呢？

003

ここ、そこ、あそこ、どこ

1. 這裡；2. 那裡；3. 那裡；4. 哪裡

➡ ❶**【場所－近稱】**這一組是場所指示代名詞。「ここ」（這裡）指離説話者近的場所，如例(1)。
❷**【場所－中稱】**「そこ」（那裡）指離聽話者近的場所，如例(2)。
❸**【場所－遠稱】**「あそこ」(那裡)指離説話者和聽話者都遠的場所，如例(3)。
❹**【場所－不定稱】**「どこ」（哪裡）表示場所的疑問和不確定，如例(4)、(5)。

1 ここを　左（ひだり）へ　曲（ま）がります。
在這裡左轉。

➡ 例句

2 そこで　花を　買います。	在那邊買花。
3 あそこに　座りましょう。	我們去那邊坐吧！
4 どこへ　行くのですか。	你要去哪裡？
5 花子さんは　どこですか。	花子小姐在哪裡呢？

004

こちら、そちら、あちら、どちら

1. 這邊、這位；2. 那邊、那位；3. 那邊、那位；4. 哪邊、哪位

➡ ❶**【方向－近稱】**這一組是方向指示代名詞。「こちら」（這邊）指離說話者近的方向。也可以用來指人，指「這位」。也可以說成「こっち」，只是前面說法比較有禮貌。如例(1)、(2)。

❷**【方向－中稱】**「そちら」（那邊）指離聽話者近的方向。也可以用來指人，指「那位」。也可以說成「そっち」，只是前面說法比較有禮貌。如例(3)。

❸**【方向－遠稱】**「あちら」（那邊）指離說話者和聽話者都遠的方向。也可以用來指人，指「那位」。也可以說成「あっち」，只是前面說法比較有禮貌。如例(4)。

❹**【方向－不定稱】**「どちら」（哪邊）表示方向的不確定和疑問。也可以用來指人，指「哪位」。也可以說成「どっち」，只是前面說法比較有禮貌。如例(5)。

1 こちらは　山田先生です。

這一位是山田老師。

➡ 例句

2 こちらへ　どうぞ。	請往這邊移駕。
3 そちらの　方は　どなたですか。	那一位是誰呢？

4 お手洗いは　あちらです。
洗手間在那邊。

5 あなたの　お国は　どちらですか。
您的國家是哪裡？

五、形容詞

001

形容詞（現在肯定／現在否定）

❶【現在肯定】{形容詞詞幹}＋い。形容詞是説明客觀事物的性質、狀態或主觀感情、感覺的詞。形容詞的詞尾是「い」，「い」的前面是詞幹，因此又稱作「い形容詞」。形容詞現在肯定形，表事物目前性質、狀態等，如例(1)、(2)。

❷【現在否定】{形容詞詞幹}＋く＋ない（ありません）。形容詞的否定形，是將詞尾「い」轉變成「く」， 然後再加上「ない（です）」或「ありません」，如例(3)～(5)。

❸【未來】現在形也含有未來的意思，例如：明日は暑くなるでしょう。（明天有可能會變熱。）

1 この　料理(りょうり)は　辛(から)いです。

這道料理很辣。

例句

2 今日(きょう)は　空(そら)が　青(あお)いです。	今天的天空是湛藍的。
3 おばあちゃんの　うちは　新(あたら)しく　ないです。	奶奶家並不是新房子。
4 日本語(にほんご)は　難(むずか)しく　ないです。	日文並不難。
5 新聞(しんぶん)は　つまらなく　ありません。	報紙並不無聊。

日語文法・句型詳解

002

形容詞（過去肯定／過去否定）

➡ ❶【過去肯定】{形容詞詞幹}＋かっ＋た。形容詞的過去形，表示説明過去的客觀事物的性質、狀態，以及過去的感覺、 感情。形容詞的過去肯定，是將詞尾「い」改成「かっ」再加上「た」，用敬體時「かった」後面要再接「です」，如例(1)、(2)。

❷【過去否定】{形容詞詞幹}＋く＋ありませんでした。形容詞的過去否定， 是將詞尾「い」改成「く」， 再加上「ありませんでした」，如例(3)、(4)。

❸〖～くなかった〗{形容詞詞幹}＋く＋なかっ＋た。也可以將現在否定式的「ない」改成「なかっ」，然後加上「た」，如例(5)。

1 テストは　やさしかったです。
考試很簡單。

➡ 例句

2 今朝（けさ）は　涼（すず）しかったです。 | 今天早晨很涼爽。

3 おなかが　痛（いた）くて、何（なに）も　おいしく　ありませんでした。 | 肚子很痛，不管吃什麼都索然無味。

4 昨日（きのう）は　暑（あつ）く　ありませんでした。 | 昨天並不熱。

5 元気（げんき）が　出（で）なくて、テレビも　面白（おもしろ）く　なかったです。 | 提不起精神，連電視節目都覺得很乏味。

003

形容詞く＋て

1. …然後；又…又…；2. 因為…

➡ {形容詞詞幹}＋く＋て

❶【停頓、並列】形容詞詞尾「い」改成「く」，再接上「て」，表示句子還沒説完到此暫時停頓或屬性的並列（連接形容詞或形容動詞

時），如例(1)～(3)。

❷【原因】表示理由、原因之意，但其因果關係比「～から」、「～ので」還弱，如例(4)、(5)。

1 教室(きょうしつ)は　明(あか)るくて　きれいです。
教室又明亮又乾淨。

➡ 例句

2 この　本(ほん)は　薄(うす)くて　軽(かる)いです。	這本書又薄又輕。
3 古(ふる)くて　小(ちい)さい　車(くるま)を　買(か)いました。	買了一輛又舊又小的車子。
4 明日(あした)は　やることが　多(おお)くて　忙(いそが)しいです。	明天有很多事要忙。
5 この　コーヒーは　薄(うす)くて　おいしく　ないです。	這杯咖啡很淡，不好喝。

N5

004

Track N5 2-08

形容詞く＋動詞

➡ {形容詞詞幹}＋く＋{動詞}

【修飾動詞】形容詞詞尾「い」改成「く」，可以修飾句子裡的動詞。

1 今日(きょう)は　風(かぜ)が　強(つよ)く　吹(ふ)いて　います。
今日一直颳著強風。

➡ 例句

2 今日(きょう)は　早(はや)く　寝(ね)ます。	今天我要早點睡。
3 今朝(けさ)は　遅(おそ)く　起(お)きました。	今天早上睡到很晚才起床。
4 元気(げんき)　よく　挨拶(あいさつ)します。	很有精神地打招呼。
5 壁(かべ)を　白(しろ)く　塗(ぬ)ります。	把牆壁漆成白色的。

日語文法・句型詳解

005

形容詞＋名詞

1. …的…；2.「這…」等

➡ {形容詞基本形}＋{名詞}

❶【**修飾名詞**】形容詞要修飾名詞，就是把名詞直接放在形容詞後面。注意喔！因為日語形容詞本身就有「…的」之意， 所以不要再加「の」了喔，如例(1)～(4)。

❷【**連體詞修飾名詞**】還有一個修飾名詞的連體詞，可以一起記住，連體詞沒有活用，數量不多。N5程度只要記住「この、その、あの、どの、大きな、小さな」這幾個字就可以了，如例(5)。

1 小(ちい)さい　家(いえ)を　買(か)いました。
買了棟小房子。

➡ **例句**

2 暖(あたた)かい　コートが　ほしいです。　想要一件暖和的外套。

3 汚(きたな)い　トイレは　使(つか)いたく　ありません。　不想去上骯髒的廁所。

4 これは　いい　セーターですね。　這真是件好毛衣呢！

5 大(おお)きな　家(いえ)に　住(す)みたいです。　我想住在大房子裡。

006

形容詞＋の

…的

➡ {形容詞基本形}＋の

【**修飾の**】形容詞後面接的「の」是一個代替名詞，代替句中前面已出現過，或是無須解釋就明白的名詞。

1 トマトは　赤(あか)いのが　おいしいです。
蕃茄要紅的才好吃。

例句

2 小（ちい）さいのが　いいです。	我要小的。
3 難（むずか）しいのは　できません。	困難的我做不來。
4 軽（かる）いのが　ほしいです。	想要輕的。
5 寒（さむ）いのは　いやです。	不喜歡寒冷的天氣。

N5

N5

六、形容動詞

001

形容動詞（現在肯定／現在否定）

➡ ❶【現在肯定】{形容動詞詞幹}＋だ；{形容動詞詞幹}＋な＋{名詞}。形容動詞是說明事物性質與狀態等的詞。形容動詞的詞尾是「だ」，「だ」前面是語幹。後接名詞時，詞尾會變成「な」，所以形容動詞又稱作「な形容詞」。形容動詞當述語（表示主語狀態等語詞）時，詞尾「だ」改「です」是敬體說法，如例(1)、(2)。

❷【疑問】{形容動詞詞幹}＋です＋か。詞尾「です」加上「か」就是疑問詞，如例(3)。

❸【現在否定】{形容動詞詞幹}＋で＋は＋ない（ありません）。形容動詞的否定形，是把詞尾「だ」變成「で」，然後中間插入「は」，最後加上「ない」或「ありません」，如例(4)、(5)。

❹【未來】現在形也含有未來的意思，例如：鎌倉は夏になると、にぎやかだ。（鐮倉一到夏天就很熱鬧。）

1 花子(はなこ)の　部屋(へや)は　きれいです。

花子的房間整潔乾淨。

➡ 例句

2 この　時間(じかん)、公園(こうえん)は　静(しず)かです。 | 這個時段，公園很安靜。

3 おうちの　方(かた)たちは　お元気(げんき)ですか。 | 你家人都安好嗎？

4「シ」と　「ツ」は、同じでは　ないです。 | 「シ」和「ツ」不是相同的假名。

5 この　ホテルは　有名では　ありません。 | 這間飯店並不有名。

002

形容動詞（過去肯定／過去否定）

➡ ❶【過去肯定】{形容動詞詞幹}＋だっ＋た。形容動詞的過去形，表示説明過去的客觀事物的性質、狀態，以及過去的感覺、感情。形容動詞的過去形是將現在肯定詞尾「だ」變成「だっ」再加上「た」，敬體是將詞尾「だ」改成「でし」再加上「た」，如例(1)、(2)。

❷【過去否定】{形容動詞詞幹}＋ではありません＋でした。形容動詞過去否定形，是將現在否定的「ではありません」後接「でした」，如例(3)。

❸〖詞幹ではなかった〗{形容動詞詞幹}＋では＋なかっ＋た。也可以將現在否定的「ない」改成「なかっ」，再加上「た」，如例(4)、(5)。

1 彼女は　昔から　きれいでした。

她以前就很漂亮。

➡ 例句

2 子供の　ころ、お風呂に　入るのが　嫌でした。 | 小時候很討厭洗澡。

3 私は、勉強が　好きでは　ありませんでした。 | 我從前並不喜歡讀書。

4 彼女の　家は　立派では　なかったです。 | 以前她的家並不豪華。

5 小さい　ときから、丈夫では　なかったです。 | 從小就體弱多病。

003

形容動詞で

1.…然後；又…又…；2. 因為…

N5 日語文法・句型詳解

➡ {形容動詞詞幹}＋で

❶【停頓、並列】形容動詞詞尾「だ」改成「で」，表示句子還沒説完到此暫時停頓，或屬性的並列（連接形容詞或形容動詞時）之意，如例(1)、(2)。

❷【原因】表示理由、原因之意，但其因果關係比「～から」、「～ので」還弱，如例(3)～(5)。

1 彼女（かのじょ）は　きれいで　やさしいです。
她又漂亮又溫柔。

➡ 例句

2 この　パソコンは　便利（べんり）で　安（やす）いです。	這台電腦既好用又便宜。
3 お祭（まつ）りは　賑（にぎ）やかで　楽（たの）しかったです。	神社的祭典很熱鬧，玩得很開心。
4 日曜日（にちようび）は、いつも　暇（ひま）で　つまらないです。	星期天總是閒得發慌。
5 ここは　静（しず）かで、勉強（べんきょう）し　やすいです。	這裡很安靜，很適合看書學習！

004

形容動詞に＋動詞

…得

➡ {形容動詞詞幹}＋に＋{動詞}

【修飾動詞】形容動詞詞尾「だ」改成「に」，可以修飾句子裡的動詞。

1 庭（にわ）の　花（はな）が　きれいに　咲（さ）きました。
院子裡的花開得很漂亮。

➡ 例句

2 トイレを　きれいに　掃除（そうじ）しました。	把廁所打掃得乾乾淨淨。

3 子供を　大切に　育てます。　　細心地養育孩子。

4 真面目に　勉強します。　　認真地學習。

5 静かに　歩いて　ください。　　請放輕腳步走路。

005

形容動詞な＋名詞

…的…

➡ {形容動詞詞幹}＋な＋{名詞}

【修飾名詞】形容動詞要後接名詞，得把詞尾「だ」改成「な」，才可以修飾後面的名詞。

1 きれいな　コートですね。

好漂亮的大衣呢！

➡ 例句

2 下手な　字ですね。　　字寫得真難看耶。

3 彼は　有名な　作家です。　　他是有名的作家。

4 これは　大切な　本です。　　這是很重要的書。

5 いろいろな　花が　咲いて　います。　　五彩繽紛的花卉盛開綻放。

006

形容動詞な＋の

…的

➡ {形容動詞詞幹}＋な＋の

【修飾の】形容動詞後面接代替句子的某個名詞「の」時，要將詞尾「だ」變成「な」。

1 有名なのを　借ります。

我要借有名的（小說）。

例句

2 丈夫なのを　ください。

請給我堅固的。

3 きれいなのが　いいです。

漂亮的比較好。

4 好きなのは　どれですか。

你喜歡的是哪一個呢？

5 使い方が　簡単なのは　ありますか。

請問有沒有容易使用的呢？

MEMO

N5

七、動詞

001

動詞（現在肯定／現在否定）

1. 做…；2. 沒…、不…；3. 將來…

❶【現在肯定】{動詞ます形}＋ます。表示人或事物的存在、動作、行為和作用的詞叫動詞。動詞現在肯定形敬體用「～ます」，如例(1)～(3)。

❷【現在否定】{動詞ます形}＋ません。動詞現在否定形敬體用「～ません」， 如例(4)、(5)。

❸【未來】現在形也含有未來的意思，例如：来週日本に行く。（下週去日本。）；毎日牛乳を飲む。（每天喝牛奶。）

1 帽子（ぼうし）を　かぶります。
戴帽子。

例句

2 机（つくえ）を　並（なら）べます。　｜　排桌子。

3 水（みず）を　飲（の）みます。　｜　喝水。

4 今日（きょう）は　お風呂（ふろ）に　入（はい）りません。　｜　今天不洗澡。

5 英語（えいご）は　できません。　｜　不懂英文。

002

動詞（過去肯定／過去否定）

1. …了；2.（過去）不…

➔ ❶【過去肯定】{動詞ます形}＋ました。動詞過去形表示人或事物過去的存在、動作、行為和作用。動詞過去肯定形敬體用「～ました」，如例(1)～(3)。

❷【過去否定】{動詞ます形} ＋ませんでした。動詞過去否定形敬體用「～ませんでした」，如例(4)、(5)。

1 今日(きょう)は　たくさん　働(はたら)きました。

今天做了很多工作。

例句

2 昨日(きのう)　図書館(としょかん)へ　行(い)きました。｜昨天去了圖書館。

3 先週(せんしゅう)、友達(ともだち)に　手紙(てがみ)を　書(か)きました。｜上星期寫了信給朋友。

4 今日(きょう)、松本(まつもと)さんは　学校(がっこう)に　来(き)ませんでした。｜今天松本同學沒來上學。

5 今日(きょう)の　仕事(しごと)は　終(お)わりませんでした。｜今天的工作並沒有做完。

003

動詞（基本形）

➔ {動詞詞幹}＋動詞詞尾（如：る、く、む、す）

【辭書形】相對於「動詞ます形」，動詞基本形説法比較隨便，一般用在關係跟自己比較親近的人之間。因為辭典上的單字用的都是基本形，所以又叫「辭書形」（又稱為「字典形」）。

1 箸(はし)で　ご飯(はん)を　食(た)べる。

用筷子吃飯。

➡ 例句

2 靴下（くつした）を　はく。	穿襪子。
3 テレビを　つける。	打開電視。
4 毎日（まいにち）　8時間（はちじかん）　働（はたら）く。	每天工作八小時。
5 まっすぐ　家（いえ）に　帰（かえ）る。	直接回家。

004　Track N5 2-20

動詞＋名詞

…的…

➡ {動詞普通形}＋{名詞}

【修飾名詞】動詞的普通形，可以直接修飾名詞。

1 分（わ）からない　単語（たんご）が　あります。
有不懂的單字。

➡ 例句

2 来週（らいしゅう）　登（のぼ）る　山（やま）は、3,000（さんぜん）メートルも　あります。	下星期要爬的那座山，海拔高達三千公尺。
3 そこは、去年（きょねん）　私（わたし）が　行（い）った　ところです。	那裡是我去年到過的地方。
4 私（わたし）が　住（す）んで　いる　アパートは　狭（せま）いです。	我目前住的公寓很小。
5 私（わたし）の　ケーキを　食（た）べた　人（ひと）は　誰（だれ）ですか。	是誰吃掉了我的蛋糕？

005

～が＋自動詞

➡ {名詞}＋が＋{自動詞}

【無意圖的動作】「自動詞」是因為自然等等的力量，沒有人為的意圖而發生的動作。「自動詞」不需要有目的語，就可以表達一個完整的意思。相較於「他動詞」，「自動詞」無動作的涉及對象。相當於英語的「不及物動詞」。

1 火(ひ)が　消(き)えました。
火熄了。

➡ 例句

2 気温(きおん)が　上(あ)がります。｜溫度會上升。

3 雨(あめ)が　降(ふ)ります。｜下雨。

4 車(くるま)が　止(と)まりました。｜車停了。

5 来月(らいげつ)、誕生日(たんじょうび)が　来(き)ます。｜下個月就是生日了。

006

Track N5 2-22

～を＋他動詞

➡ {名詞}＋を＋{他動詞}

❶**【有意圖的動作】**名詞後面接「を」來表示動作的目的語， 這樣的動詞叫「他動詞」，相當於英語的「及物動詞」。「他動詞」主要是人為的，表示影響、作用直接涉及其他事物的動作，如例(1)～(3)。

❷**〖他動詞たい等〗**「～たい」、「～てください」、「～てあります」等句型一起使用，如例(4)、(5)。

1 私(わたし)は　火(ひ)を　消(け)しました。
我把火弄熄了。

N5

例句

2 ドアを　開けます。
打開門。

3 かばんに　財布を　入れます。
把錢包放進提包裡。

4 名前と　電話番号を　教えて　くださいませんか。
請問可以告訴我您的姓名和電話嗎？

5 ほかの　人と　結婚して　あの　人を　早く　忘れたいです。
我想和其他人結婚，快點忘了那個人。

007

動詞＋て

1. 因為；2. 又…又…；3.…然後；4. 用…；5.…而…

{動詞て形}＋て

❶【原因】「動詞＋て」可表示原因，但其因果關係比「～から」、「～ので」還弱，如例(1)。

❷【並列】單純連接前後短句成一個句子，表示並舉了幾個動作或狀態，如例(2)。

❸【動作順序】用於連接行為動作的短句時， 表示這些行為動作一個接著一個，按照時間順序進行，如例(3)。

❹【方法】表示行為的方法或手段，如例(4)。

❺【對比】表示對比，如例(5)。

1 宿題を　家に　忘れて、困りました。
忘記帶作業來了，不知道該怎麼辦才好。

例句

2 夜は　お酒を　飲んで、テレビを　見ます。
晚上喝喝酒，看看電視。

3「いただきます」と　言って　ご飯を　食べます。
說完「我開動了」然後吃飯。

4 ストーブを　つけて、部屋を　暖かく　します。 | 打開暖爐讓房間變暖和。

5 夏は　海で　泳いで、冬は　山で　スキーを　します。 | 夏天到海邊游泳，冬天到山裡滑雪。

008

動詞＋ています

正在…

➡ {動詞て形} ＋います

【動作的持續】表示動作或事情的持續，也就是動作或事情正在進行中。

1 伊藤さんは　電話を　して　います。
伊藤先生在打電話。

➡ 例句

2 キムさんは　宿題を　やって　います。 | 金同學正在做功課。

3 藤本さんは　本を　読んで　います。 | 藤本小姐正在看書。

4 お父さんは　今　お風呂に　入って　います。 | 爸爸現在正在洗澡。

5 今　何を　して　いますか。 | 現在在做什麼？

009

動詞＋ています

都…

➡ {動詞て形} ＋います

【動作的反覆】跟表示頻率的「毎日（まいにち）、いつも、よく、時々（ときどき）」等單詞使用，就有習慣做同一動作的意思。

1 毎日(まいにち)　6時(ろくじ)に　起(お)きて　います。

我每天６點起床。

➡ 例句

2 毎朝(まいあさ)　いつも　紅茶(こうちゃ)を　飲(の)んで　います。	每天早上習慣喝紅茶。
3 彼女(かのじょ)は　いつも　お金(かね)に　困(こま)って　います。	她總是為錢煩惱。
4 よく　高校(こうこう)の　友人(ゆうじん)と　会(あ)って　います。	我常和高中的朋友見面。
5 ときどき　スポーツを　して　います。	偶爾會做做運動。

010

● 動詞＋ています

做…、是…

➡ ｛動詞て形｝＋います

【工作】接在職業名詞後面，表示現在在做什麼職業。也表示某一動作持續到現在，也就是説話的當時。

1 兄(あに)は　アメリカで　仕事(しごと)を　して　います。

哥哥在美國工作。

➡ 例句

2 貿易会社(ぼうえきがいしゃ)で　働(はたら)いて　います。	我在貿易公司上班。
3 姉(あね)は　今年(ことし)から　銀行(ぎんこう)に　勤(つと)めて　います。	姊姊今年起在銀行服務。
4 李(リ)さんは　日本語(にほんご)を　教(おし)えて　います。	李小姐在教日文。
5 村山(むらやま)さんは　マンガを　描(か)いて　います。	村山先生以畫漫畫維生。

011

動詞＋ています

已…了

➡ {動詞て形} ＋います

【狀態的結果】表示某一動作後的結果或狀態還持續到現在，也就是說話的當時。

1 机(つくえ)の　下(した)に　財布(さいふ)が　落(お)ちて　います。
錢包掉在桌子下面。

例句

2 クーラーが　ついて　います。｜有開冷氣。

3 窓(まど)が　閉(し)まって　います。｜窗戶是關著的。

4 壁(かべ)に　絵(え)が　かかって　います。｜牆壁上掛著畫。

5 パクさんは　今日(きょう)　帽子(ぼうし)を　かぶって　います。｜朴先生今天戴著帽子。

012

Track N5
2-28

動詞ないで

1. 沒…就…；2. 沒…反而…、不做…，而做…

➡ {動詞否定形} ＋ないで

❶**【附帶】**表示附帶的狀況，也就是同一個動作主體的行為「在不做…的狀態下，做…」的意思，如例(1)～(4)。

❷**【對比】**用於對比述說兩個事情，表示不是做前項的事，卻是做後項的事，或是發生了後項的事，如例(5)。

1 りんごを　洗(あら)わないで　食(た)べました。
蘋果沒洗就吃了。

N5

例句

2 勉強(べんきょう)しないで　テストを　受(う)けました。	沒有讀書就去考試了。
3 財布(さいふ)を　持(も)たないで　買(か)い物(もの)に　行(い)きました。	沒帶錢包就去買東西了。
4 ゆうべは　歯(は)を　磨(みが)かないで　寝(ね)ました。	昨天晚上沒有刷牙就睡覺了。
5 いつも　朝(あさ)は　ご飯(はん)ですが、今朝(けさ)は　ご飯(はん)を　食(た)べないで　パンを　食(た)べました。	平常早餐都吃飯，但今天早上吃的不是飯而是麵包。

013

動詞なくて

因為沒有…、不…所以…

{動詞否定形}＋なくて

【原因】表示因果關係。由於無法達成、實現前項的動作，導致後項的發生。

1 前(まえ)に　日本語(にほんご)を　勉強(べんきょう)しましたが、使(つか)わなくて　忘(わす)れました。

之前有學過日語，但是沒有用就忘了。

例句

2 宿題(しゅくだい)が　終(お)わらなくて、まだ　起(お)きて　います。	功課寫不完，所以我還沒睡。
3 子(こ)どもが　できなくて、医者(いしゃ)に　行(い)って　います。	一直都無法懷孕，所以去看醫生。
4 雨(あめ)が　降(ふ)らなくて、庭(にわ)の　花(はな)が　枯(か)れました。	遲遲沒有下雨，院子裡的花都枯了。
5 バスが　来(こ)なくて、学校(がっこう)に　遅(おく)れました。	巴士一直沒來，結果上學遲到了。

014

自動詞＋ています

…著、已…了

➡ {自動詞て形}＋います

【動作的結果－無意圖】表示跟目的、意圖無關的某個動作結果或狀態，還持續到現在。相較於「他動詞＋てあります」強調人為有意圖做某動作，其結果或狀態持續著，「自動詞＋ています」強調自然、非人為的動作，所產生的結果或狀態持續著。

1 空(そら)に　月(つき)が　出(で)て　います。

夜空高掛著月亮。

➡ **例句**

2 部屋(へや)に　電気(でんき)が　ついて　います。 | 房間裡電燈開著。

3 本(ほん)が　落(お)ちて　います。 | 書掉了。

4 時計(とけい)が　遅(おく)れて　います。 | 時鐘慢了。

5 花(はな)が　咲(さ)いて　います。 | 花朵綻放著。

015

Track N5 2-31

他動詞＋てあります

…著、已…了

➡ {他動詞て形}＋あります

【動作的結果－有意圖】表示抱著某個目的、有意圖地去執行，當動作結束之後，那一動作的結果還存在的狀態。相較於「～ておきます」（事先…）強調為了某目的，先做某動作，「～てあります」強調已完成動作的狀態持續到現在。

1 お弁当(べんとう)は　もう　作(つく)って　あります。

便當已經作好了。

例句

2 砂糖(さとう)は　買(か)って　あります。	有買砂糖。
3 肉(にく)と　野菜(やさい)は　切(き)って　あります。	肉和蔬菜已經切好了。
4「二階(にかい)の　窓(まど)を　閉(し)めて　きて　ください。」 「もう　閉(し)めて　あります。」	「請去把二樓的窗戶關上。」 「已經關好了。」
5 果物(くだもの)は　冷蔵庫(れいぞうこ)に　入(い)れて　あります。	水果已經放在冰箱裡了。

八、句型

001

名詞をください

1. 我要…、給我…；2. 給我（數量）…

{名詞}＋をください

❶【請求－物品】表示想要什麼的時候，跟某人要求某事物，如例(1)～(3)。

❷〖～を數量ください〗要加上數量用「名詞＋を＋數量＋ください」的形式，外國人在語順上經常會說成「數量＋の＋名詞＋をください」，雖然不能說是錯的，但日本人一般不這麼說，如例(4)、(5)。

1 ジュースを　ください。
我要果汁。

例句

2 赤（あか）い　りんごを　ください。 | 請給我紅蘋果。

3 すみません、お箸（はし）を　ください。 | 不好意思，請給我筷子。

4 紙（かみ）を　1枚（いちまい）　ください。 | 請給我一張紙。

5 水（みず）を　少（すこ）し　ください。 | 請給我一點水。

002

動詞てください

請…

➡ {動詞て形}＋ください

【請求－動作】表示請求、指示或命令某人做某事。一般常用在老師對學生、上司對部屬、醫生對病人等指示、命令的時候。

1 口(くち)を　大(おお)きく　開(あ)けて　ください。
請把嘴巴張大。

➡ 例句

2 この　問題(もんだい)が　分(わ)かりません。教(おし)えて　ください。
這道題目我不知道該怎麼解，麻煩教我。

3 本屋(ほんや)で　雑誌(ざっし)を　買(か)って　きて　ください。
請到書店買一本雜誌回來。

4 食事(しょくじ)の　前(まえ)に　手(て)を　洗(あら)って　ください。
用餐前請先洗手。

5 大(おお)きな　声(こえ)で　読(よ)んで　ください。
請大聲朗讀。

003

動詞ないでください

1. 請不要…；2. 請您不要…

➡ ❶**【請求不要】**{動詞否定形}＋ないでください。表示否定的請求命令，請求對方不要做某事，如例(1)～(3)。

❷**【婉轉請求】**{動詞否定形}＋ないでくださいませんか。為更委婉的説法，表示婉轉請求對方不要做某事，如例(4)、(5)。

1 写真(しゃしん)を　撮(と)らないで　ください。
請不要拍照。

➔ 例句

2 授業中（じゅぎょうちゅう）は　しゃべらないで　ください。	上課時請不要講話。
3 大人（おとな）は　乗（の）らないで　ください。	成年人請勿騎乘。
4 電気（でんき）を　消（け）さないで　くださいませんか。	可以麻煩不要關燈嗎？
5 大（おお）きな　声（こえ）を　出（だ）さないで　くださいませんか。	可以麻煩不要發出很大的聲音嗎？

004

● 動詞てくださいませんか

能不能請您…

N5

➔ {動詞て形}＋くださいませんか

【客氣請求】跟「～てください」一樣表示請求，但說法更有禮貌。由於請求的內容給對方負擔較大，因此有婉轉地詢問對方是否願意的語氣。也使用於向長輩等上位者請託的時候。

1 お名前（なまえ）を　教（おし）えて　くださいませんか。
能不能告訴我您的尊姓大名？

➔ 例句

2 しょう油（ゆ）を　取（と）って　くださいませんか。	可以把醬油遞給我嗎？
3 電話番号（でんわばんごう）を　書（か）いて　くださいませんか。	能否請您寫下電話號碼？
4 東京（とうきょう）へ　一緒（いっしょ）に　来（き）て　くださいませんか。	能否請您一起去東京？
5 ちょっと　荷物（にもつ）を　見（み）て　いて　くださいませんか。	可以幫我看一下行李嗎？

日語文法・句型詳解

005

動詞ましょう

1. 做…吧；2. 就那麼辦吧；3. …吧

{動詞ます形}＋ましょう

❶【勸誘】表示勸誘對方跟自己一起做某事。一般用在做那一行為、動作，事先已經規定好，或已經成為習慣的情況，如例(1)～(3)。

❷【主張】也用在回答時，表示贊同對方的提議，如例(4)。

❸【倡導】請注意例(5)，實質上是在下命令，但以勸誘的方式，讓語感較為婉轉。不用在說話人身上。

1 ちょっと　休（やす）みましょう。

休息一下吧！

例句

2 9時半（くじはん）に　会（あ）いましょう。 | 就約九點半見面吧！

3 今度（こんど）　一緒（いっしょ）に　飲（の）みましょう。 | 下回一起小酌幾杯吧！

4 ええ、そうしましょう。 | 好的，就這麼做吧。

5 右（みぎ）と　左（ひだり）を　よく　見（み）て　から　道（みち）を　渡（わた）りましょう。 | 請注意左右來車之後再過馬路喔！

006

動詞ましょうか

1. 我來（為你）…吧；2. 我們（一起）…吧

{動詞ます形}＋ましょうか

❶【提議】這個句型有兩個意思，一個是表示提議，想為對方做某件事情並徵求對方同意，如例(1)、(2)。

❷【邀約】另一個是表示邀請，相當於「ましょう」，但是是站在對方的立場著想才進行邀約，如例(3)～(5)。

1 大(おお)きな　荷物(にもつ)ですね。持(も)ちましょうか。
好大件的行李啊，我來幫你提吧？

➡ 例句

2 大変(たいへん)ですね。手伝(てつだ)いましょうか。｜真是辛苦啊！我來幫你吧！

3 もう　6時(ろくじ)ですね。帰(かえ)りましょうか。｜已經六點了呢，我們回家吧？

4 公園(こうえん)で　お弁当(べんとう)を　食(た)べましょうか。｜我們在公園吃便當吧？

5 ここに　座(すわ)りましょうか。｜我們坐在這裡吧！

N5

007　Track N5 2-38

動詞ませんか

要不要…吧

➡ {動詞ます形}＋ませんか

【勸誘】表示行為、動作是否要做，在尊敬對方抉擇的情況下，有禮貌地勸誘對方，跟自己一起做某事。

1 週末(しゅうまつ)、遊園地(ゆうえんち)へ　行(い)きませんか。
週末要不要一起去遊樂園玩？

➡ 例句

2 タクシーで　帰(かえ)りませんか。｜要不要搭計程車回去呢？

3 今晩(こんばん)、食事(しょくじ)に　行(い)きませんか。｜今晚要不要一起去吃飯？

4 明日(あした)、一緒(いっしょ)に　映画(えいが)を　見(み)ませんか。｜明天要不要一起去看電影？

5 ちょっと　散歩(さんぽ)しませんか。｜要不要去散散步呢？

008

名詞がほしい

1. …想要…；2. 不想要…

➡ {名詞}＋が＋ほしい

❶【希望－物品】表示説話人（第一人稱）想要把什麼東西弄到手，想要把什麼東西變成自己的，希望得到某物的句型。「ほしい」是表示感情的形容詞。希望得到的東西，用「が」來表示。疑問句時表示聽話者的希望，如例(1)～(3)。

❷〖否定－は〗否定的時候較常使用「は」，如例(4)、(5)。

1 私は　自分の　部屋が　ほしいです。
我想要有自己的房間。

➡ **例句**

2 新しい　洋服が　ほしいです。 | 我想要新的洋裝。

3 もっと　時間が　ほしいです。 | 我想要多一點的時間。

4 車は　ほしく　ないです。 | 不想買車。

5 子供は　ほしく　ありません。 | 不想生小孩。

009

動詞たい

1. 想要…；3. 想要…呢？；4. 不想…

➡ {動詞ます形}＋たい

❶【希望－行為】表示説話人（第一人稱）內心希望某一行為能實現，或是強烈的願望，如例(1)。

❷〖～が他動詞たい〗使用他動詞時，常將原本搭配的助詞「を」，改成助詞「が」，如例(2)。

❸〖疑問句〗用於疑問句時，表示聽話者的願望，如例(3)。

❹〖否定－たくない〗否定時用「たくない」、「たくありません」，如例(4)、(5)。

1 私は　医者に　なりたいです。

我想當醫生。

➡ 例句

2 果物が　食べたいです。	我想要吃水果。
3 何が　飲みたいですか。	想喝什麼呢？
4 お酒は　飲みたく　ないです。	不想喝酒。
5 疲れて　いるので　出かけたく　ありません。	覺得很累，所以不想出門。

010

Track N5 2-41

～とき

1. …的時候；2. 時候；3. 時、時候

➡ ❶【同時】{名詞＋の；形容動詞＋な；[形容詞・動詞]普通形}＋とき。表示與此同時並行發生其他的事情，如例(1)～(3)。

❷【時間點－之後】{動詞過去形＋とき＋動詞現在形句子}。「とき」前後的動詞時態也可能不同，表示實現前者後，後者才成立，如例(4)。

❸【時間點－之前】{動詞現在形＋とき＋動詞過去形句子}。強調後者比前者早發生，如例(5)。

1 休みの　とき、よく　デパートに　行きます。

休假的時候，我經常去逛百貨公司。

➡ 例句

2 10 歳の　とき、入院しました。	十歲的時候住院了。
3 暇なとき、公園へ　散歩に　行きます。	有空時會去公園散步。

4 新幹線(しんかんせん)に　乗(の)ったとき、いつも　駅弁(えきべん)を　食(た)べます。 | 每次搭新幹線列車的時候，總是會吃火車便當。

5 昨日(きのう)も、新幹線(しんかんせん)に　乗(の)るとき、ホームで　駅弁(えきべん)を　買(か)いました。 | 昨天搭新幹線列車時，也在月台買了火車便當。

011

動詞ながら

1. 一邊…一邊…；2. 一面…一面…

➡ {動詞ます形}＋ながら

❶【**同時**】表示同一主體同時進行兩個動作，此時後面的動作是主要的動作，前面的動作為伴隨的次要動作，如例(1)～(3)。

❷〖**長期的狀態**〗也可使用於長時間狀態下，所同時進行的動作，如例(4)、(5)。

1 音楽(おんがく)を　聞(き)きながら　ご飯(はん)を　作(つく)りました。

一面聽音樂一面做了飯。

例句

2 歌(うた)を　歌(うた)いながら　歩(ある)きました。 | 一面唱歌一面走路了。

3 トイレに　入(はい)りながら　新聞(しんぶん)を　読(よ)みます。 | 一邊上廁所一邊看報紙。

4 中学(ちゅうがく)を　出(で)て　から、昼間(ひるま)は　働(はたら)きながら　夜(よる)　高校(こうこう)に　通(かよ)って　卒業(そつぎょう)しました。 | 從中學畢業以後，一面白天工作一面上高中夜校，靠半工半讀畢業了。

5 銀行(ぎんこう)に　勤(つと)めながら、小説(しょうせつ)も　書(か)いて　います。 | 一方面在銀行工作，同時也從事小説寫作。

012

動詞てから

1. 先做…，然後再做…；2. 從…

➡ {動詞て形}＋から

❶【動作順序】結合兩個句子，表示動作順序，強調先做前項的動作或前項事態成立，再進行後句的動作，如例(1)～(3)。

❷【起點】表示某動作、持續狀態的起點，如例(4)、(5)。

1 お風呂（ふろ）に　入（はい）って　から、晩（ばん）ご飯（はん）を　食（た）べます。

洗完澡後吃晚飯。

➡ 例句

2 宿題（しゅくだい）を　やって　から　遊（あそ）びます。	做完作業之後才可以玩。
3 夜（よる）、歯（は）を　磨（みが）いて　から　寝（ね）ます。	晚上刷完牙以後才睡覺。
4 今月（こんげつ）に　入（はい）って　から、毎日（まいにち）　とても　暑（あつ）いです。	這個月以來，每天都非常炎熱。
5 日本語（にほんご）の　勉強（べんきょう）を　始（はじ）めて　から、まだ　3ヶ月（さんかげつ）です。	自從開始學日語到現在，也才三個月而已。

013

動詞たあとで、動詞たあと

1. …以後…；2. …以後

➡ {動詞た形}＋あとで；{動詞た形}＋あと

❶【前後關係】表示前項的動作做完後，做後項的動作。是一種按照時間順序，客觀敘述事情發生經過的表現，而前後兩項動作相隔一定的時間發生，如例(1)、(2)。

❷〘**繼續狀態**〙後項如果是前項發生後，而繼續的行為或狀態時，就用「あと」，如例(3)～(5)。

1 子(こ)どもが　寝(ね)た　あとで、本(ほん)を　読(よ)みます。
等孩子睡了以後會看看書。

➡ 例句

2 掃除(そうじ)した　あとで、出(で)かけます。	打掃後出門去。
3 授業(じゅぎょう)が　始(はじ)まった　あと、おなかが　痛(いた)く　なりました。	開始上課以後，肚子忽然痛了起來。
4 弟(おとうと)は、宿題(しゅくだい)を　した　あと、テレビを　見(み)て　います。	弟弟做完作業以後才看電視。
5 お母(かあ)さんは、お風呂(ふろ)に　入(はい)った　あと、ビールを　飲(の)んで　います。	媽媽洗完澡以後會喝啤酒。

014

● 名詞＋の＋あとで、名詞＋の＋あと

1. …後；2. …後、…以後

➡ {名詞}＋の＋あとで；{名詞}＋の＋あと

❶【**前後關係**】表示完成前項事情之後，進行後項行為，如例(1)～(3)。
❷【**順序**】只單純表示順序的時候，後面接不接「で」都可以。後接「で」有強調「不是其他時間，而是現在這個時刻」的語感，如例(4)、(5)。

1 トイレの　あとで　おふろに　入(はい)ります。
上完廁所後洗澡。

例句

2 宿題の　あとで　遊びます。	做完功課後玩耍。
3 テレビの　あとで　寝ます。	看完電視後睡覺。
4 ご飯の　あと、お茶を　飲みます。	吃完飯以後喝茶。
5 今日、仕事の　あと、飲みに　行きませんか。	今天工作結束後，要不要一起去喝一杯呢？

015

動詞まえに

…之前，先…

➡ {動詞辭書形}＋まえに

❶【前後關係】表示動作的順序，也就是做前項動作之前，先做後項的動作，如例(1)～(3)。

❷〔辭書形前に～過去形〕即使句尾動詞是過去形，「まえに」前面還是要接動詞辭書形，如例(4)、(5)。

1 私は　いつも、寝る　前に　歯を　磨きます。

我都是睡前刷牙。

←

例句

2 暗く　なる　前に　うちに　帰ります。	要在天黑前回家。
3 N５の　テストを　受ける　前に、勉強します。	在接受 N5 測驗之前用功研讀。
4 友達の　うちへ　行く　前に、電話を　かけました。	去朋友家前，先打了電話。
5 テレビを　見る　前に、晩ご飯を　食べました。	在看電視之前吃了晚餐。

日語文法・句型詳解

016

名詞＋の＋まえに

…前、…的前面

{名詞}＋の＋まえに

【前後關係】表示空間上的前面，或做某事之前先進行後項行為。

1 仕事の　前に　コーヒーを　飲みます。

工作前先喝杯咖啡。

例句

2 食事の　前に　手を　洗います。｜吃飯前先洗手。

3 勉強の　前に　テレビを　見ます。｜讀書前先看電視。

4 掃除の　前に　洗濯を　します。｜在打掃之前先洗衣服。

5 買い物の　前に　銀行へ　行きます。｜在買東西之前先去銀行。

017

～でしょう

1. 也許…、可能…；2. 大概…吧；3. …對吧

{名詞；形容動詞詞幹；[形容詞・動詞]普通形}＋でしょう

❶【推測】伴隨降調，表示說話者的推測，說話者不是很確定，不像「です」那麼肯定，如例(1)、(2)。

❷〖たぶん～でしょう〗常跟「たぶん」一起使用，如例(3)。

❸【確認】表示向對方確認某件事情，或是徵詢對方的同意，如例(4)、(5)。

1 明日は　風が　強いでしょう。

明天風很強吧！

➡ 例句

2「この　仕事、明日までに　できますか」「はい、大丈夫でしょう」	「這件工作在明天之前有辦法完成嗎？」「可以，應該沒問題吧！」
3 坂本さんは　たぶん　来ないでしょう。	坂本先生大概不會來吧！
4 それは　違うでしょう。	那樣不對吧？
5 この　作文、お父さんか　お母さんが　書いたでしょう。	這篇作文，是由爸爸或媽媽寫的吧？

018

● 動詞たり～動詞たりします

1. 又是…，又是…；3. 一會兒…，一會兒…；4. 有時…，有時…

➡ {動詞た形}＋り＋{動詞た形}＋り＋する

❶**【列舉】**可表示動作並列，意指從幾個動作之中，例舉出２、３個有代表性的，並暗示還有其他的，如例(1)、(2)。

❷**〖動詞たり〗**表並列用法時，「動詞たり」有時只會出現一次，如例(3)，但基本上「動詞たり」還是會連用兩次。

❸**【反覆】**表示動作的反覆實行，如例(4)。

❹**【對比】**用於說明兩種對比的情況，如例(5)。

1 休みの　日は、掃除を　したり　洗濯を　したり　する。

假日又是打掃、又是洗衣服等等。

➡ 例句

2 ゆうべの　パーティーでは、飲んだり　食べたり　歌ったり　しました。	在昨晚那場派對上吃吃喝喝又唱了歌。

3 今度(こんど)の　台湾旅行(たいわんりょこう)では、台湾茶(たいわんちゃ)の　お店(みせ)に行(い)ったりしたいです。
下回去台灣旅遊的時候，希望能去販賣台灣茶的茶行。

4 さっきから　銀行(ぎんこう)の　前(まえ)を　行(い)ったり　来(き)たりして　いる　人(ひと)が　いる。
有個人從剛才就一直在銀行前面走來走去的。（請注意不可使用「来(き)たり行(い)ったり」）

5 病気(びょうき)で　体温(たいおん)が　上(あ)がったり　下(さ)がったりして　います。
因為生病而體溫忽高忽低的。

019

形容詞く＋なります

1. 變…；2. 變得…

➡ {形容詞詞幹}＋く＋なります

❶【變化】形容詞後面接「なります」，要把詞尾的「い」變成「く」。表示事物本身產生的自然變化，這種變化並非人為意圖性的施加作用，如例(1)～(3)。

❷〖人為〗即使變化是人為造成的，若重點不在「誰改變的」，也可用此文法，如例(4)、(5)。

1 西(にし)の　空(そら)が　赤(あか)く　なりました。
西邊的天空變紅了。

➡ 例句

2 春(はる)が　来(き)て、暖(あたた)かく　なりました。
春天到來，天氣變暖和了。

3 子(こ)どもは　すぐに　大(おお)きく　なります。
小孩子一轉眼就長大了。

4 夕方(ゆうがた)は　魚(さかな)が　安(やす)く　なります。
到了傍晚，魚價會變得比較便宜。

5 来月(らいげつ)から　牛乳(ぎゅうにゅう)が　高(たか)く　なります。
從下個月起牛奶要漲價。

020

形容動詞に＋なります

變成…

➡ {形容動詞詞幹}＋に＋なります

【變化】表示事物的變化。如上一單元說的，「なります」的變化不是人為有意圖性的，是在無意識中物體本身產生的自然變化。而即使變化是人為造成的，如果重點不在「誰改變的」，也可用此文法。形容動詞後面接「なります」，要把語尾的「だ」變成「に」。

1 彼女（かのじょ）は　最近（さいきん）　きれいに　なりました。
她最近變漂亮了。

➡ 例句

2 体（からだ）が　丈夫（じょうぶ）に　なりました。	身體變強壯了。
3 浦田（うらた）さんの　ことが　好（す）きに　なりました。	喜歡上浦田小姐了。
4 この　街（まち）は　賑（にぎ）やかに　なりました。	這條街變熱鬧了。
5 バスが　増（ふ）えて　便利（べんり）に　なりました。	巴士班次增加以後變得方便多了。

021

名詞に＋なります

1. 變成…；2. 成為…

➡ {名詞}＋に＋なります

❶【變化】表示在無意識中，事態本身產生的自然變化，這種變化並非人為有意圖性的，如例(1)～(3)。

❷〖人為〗即使變化是人為造成的，若重點不在「誰改變的」，也可用此文法，如例(4)、(5)。

N5

1 もう　夏(なつ)に　なりました。

已經是夏天了。

例句

2 今日(きょう)は　39度(さんじゅうきゅうど)に　なりました。　　今天的氣溫是三十九度。

3 早(はや)く　大人(おとな)に　なって、お酒(さけ)を　飲(の)みたいです。　　我希望趕快變成大人，這樣就能喝酒了。

4 娘(むすめ)は、4月(しがつ)から　小学生(しょうがくせい)に　なります。　　小女從四月起就要上小學。

5 あそこは　前(まえ)は　喫茶店(きっさてん)でしたが、すし屋(や)に　なりました。　　那裡以前開了家咖啡廳，後來改成壽司料理店了。

022　Track N5 2-53

形容詞く＋します

使變成…

{形容詞詞幹}＋く＋します

【變化】表示事物的變化。跟「なります」比較，「なります」的變化不是人為有意圖性的，是在無意識中物體本身產生的自然變化；而「します」是表示人為的有意圖性的施加作用，而產生變化。形容詞後面接「します」，要把詞尾的「い」變成「く」。

1 部屋(へや)を　暖(あたた)かく　しました。

房間弄暖和。

例句

2 壁(かべ)を　白(しろ)く　します。　　把牆壁弄白。

3 音(おと)を　小(ちい)さく　します。　　把音量壓小。

4 この　料理(りょうり)は　冷(つめ)たく　して　食(た)べます。　　這道菜請放涼後再吃。

5 カーテンを　開(あ)けて　部屋(へや)を　明(あか)るく　します。｜打開窗簾讓房間變亮。

023

形容動詞に＋します

1. 使變成…；2. 讓它變成…

➡ {形容動詞詞幹}＋に＋します

❶【變化】表示事物的變化。如前一單元所說的，「します」是表示人為有意圖性的施加作用，而產生變化。形容動詞後面接「します」，要把詞尾的「だ」變成「に」，如例(1)～(4)。

❷【命令】如為命令語氣為「にしてください」，如例(5)。

1 運動(うんどう)して、体(からだ)を　丈夫(じょうぶ)に　します。

去運動讓身體變強壯。

➡ 例句

2 この　町(まち)を　きれいに　しました。	把這個市鎮變乾淨了。
3 音楽(おんがく)を　流(なが)して、賑(にぎ)やかに　します。	放音樂讓氣氛變熱鬧。
4 娘(むすめ)を　テレビに　出(だ)して、有名(ゆうめい)に　したいです。	我希望讓女兒上電視成名。
5 静(しず)かに　して　ください。	請保持安靜。

024

名詞に＋します

1. 讓…變成…、使其成為…；2. 請使其成為…

N5

➡ {名詞}＋に＋します

❶【變化】表示人為有意圖性的施加作用，而產生變化，如例(1)～(4)。
❷【請求】請求時用「にしてください」，如例(5)。

1 子供(こども)を　医者(いしゃ)に　します。
我要讓孩子當醫生。

➡ 例句

2 バナナを　半分(はんぶん)に　しました。	我把香蕉分成一半了。
3 玄関(げんかん)を　北(きた)に　します。	把玄關建在北邊。
4 にんじんを　ジュースに　します。	把紅蘿蔔打成果汁。
5 私(わたし)を　妻(つま)に　して　ください。	請娶我為妻。

025　Track N5 2-56

のだ

1.（因為）是…；3. …是…的

➡ ❶【說明】{[形容詞・動詞]普通形｝＋のだ；｛名詞；形容動詞詞幹｝＋なのだ。表示客觀地對話題的對象、狀況進行說明，或請求對方針對某些理由說明情況，一般用在發生了不尋常的情況，而說話人對此進行說明，或提出問題，如例(1)。
❷〖口語－んだ〗{[形容詞・動詞]普通形｝＋んだ；｛名詞；形容動詞詞幹｝＋なんだ。尊敬的說法是「のです」，口語的說法常將「の」換成「ん」，如例(2)～(4)。
❸【主張】用於表示說話者強調個人的主張或決心，如例(5)。

1 きっと、事故(じこ)が　あったのだ。

一定是發生事故了！

➡ 例句

2 あとで　やります。今、忙しいんです。	等一下再做。現在正在忙。
3「きれいな　お庭ですね」「花が　好きなんです」	「您家的院子好美喔！」「因為我喜歡花。」
4 あっ、私の　花瓶が！誰が　壊したんですか。	啊，我的花瓶！是誰摔破的？
5 ずいぶん　迷いましたが、これで　よかったんです。	雖然猶豫了很久，還是選這個好。

026

Track N5 2-57

● もう＋肯定

已經…了

➡ もう＋{動詞た形；形容動詞詞幹だ}

【完了】和動詞句一起使用，表示行為、事情到某個時間已經完了。用在疑問句的時候，表示詢問完或沒完。

1 病気は　もう　治りました。
病已經治好了。

➡ 例句

2 もう　お風呂に　入りました。	已經洗過澡了。
3 妹は　もう　出かけました。	妹妹已經出門了。
4 コンサートは　もう　始まって　います。	音樂會已經開始了。
5 あなたの　ことは、もう　嫌いです。	我已經不喜歡你了！

027

もう＋否定

已經不…了

もう＋{否定表達方式}

【否定的狀態】「否定」後接否定的表達方式，表示不能繼續某種狀態了。一般多用於感情方面達到相當程度。

1 もう　飲(の)みたく　ありません。
我已經不想喝了。

例句

2 もう　痛(いた)く　ありません。	已經不痛了。
3 もう　高山(たかやま)さんに　お金(かね)は　貸(か)しません。	再也不會借錢給高山先生了！
4 紙(かみ)は　もう　ありません。	已經沒紙了。
5 大学生(だいがくせい)ですから、もう　子供(こども)では　ないです。	都已經是大學生了，再也不是小孩了！

028

まだ＋肯定

1. 還…；2. 還有…

まだ＋{肯定表達方式}

❶**【繼續】**表示同樣的狀態，從過去到現在一直持續著，如例(1)～(4)。
❷**【存在】**表示還留有某些時間或東西，如例(5)。

1 お茶(ちゃ)は　まだ　熱(あつ)いです。
茶還很熱。

例句

2 まだ　電話中ですか。	還是通話中嗎？
3 別れた　恋人の　ことが　まだ　好きです。	依然對已經分手的情人戀戀不忘。
4 空は　まだ　明るいです。	天色還很亮。
5 まだ　時間が　あります。	還有時間。

029

Track N5 2-60

まだ+否定

還（沒有）…

まだ+{否定表達方式}

【未完】表示預定的事情或狀態，到現在都還沒進行，或沒有完成。

1 宿題が　まだ　終わりません。

功課還沒做完。

例句

2 そこは　まだ　安全では　ないです。	那裡還不安全。
3 晩ご飯は　まだ　ほしく　ありません。	晚飯還不想吃。
4 日本語は　まだ　よく　できません。	日文還不太好。
5 まだ　何も　食べて　いません。	什麼都還沒吃。

030

Track N5 2-61

～という名詞

1. 叫做…；2. 叫…、叫做…

N5

➡ {名詞}＋という＋{名詞}

❶【介紹名稱】表示説明後面這個事物、人或場所的名字。一般是説話人或聽話人一方，或者雙方都不熟悉的事物。詢問「什麼」的時候可以用「何と」，如例(1)、(2)。

❷〖確認〗如果是做確認時，「という」前接確認的內容，如例(3)～(5)。

1 その　店(みせ)は　何(なん)と　いう　名前(なまえ)ですか。
那家店叫什麼名字？

➡ 例句

2 これは　何(なん)と　いう　果物(くだもの)ですか。
這是什麼水果？

3 あれは　チワワと　いう　犬(いぬ)ですか。
那是叫做吉娃娃的狗嗎？

4 湯川秀樹(ゆかわひでき)と　いう　人(ひと)を　知(し)って　いますか。
你知道一個名叫湯川秀樹的人嗎？

5 北海道(ほっかいどう)の　富良野(ふらの)と　いう　ところに　遊(あそ)びに　行(い)って　きました。
我去了北海道一處叫富良野的地方旅遊。

031

● つもり

1. 打算、準備；2. 不打算；3. 有什麼打算呢

➡ ❶【意志】{動詞辭書形}＋つもり。表示打算作某行為的意志。這是事前決定的，不是臨時決定的，而且想做的意志相當堅定，如例(1)、(2)。

❷〖否定〗{動詞否定形}＋つもり。相反地， 表示不打算作某行為的意志， 如例(3)、(4)。

❸〖どうするつもり〗「どうする」＋つもり。詢問對方有何打算的時候，如例(5)。

1 今年(ことし)は　車(くるま)を　買(か)う　つもりです。
我今年準備買車。

例句

2 夏休みには　日本へ　行く　つもりです。	暑假打算去日本。
3 今年は　海外旅行しない　つもりです。	今年不打算出國旅行。
4 近藤さんは、大学には　行かない　つもりです。	近藤同學並不打算上大學。
5 米田さんは、どうする　つもりですか。	米田先生你有什麼打算呢？

032　Track N5 2-63

～をもらいます

取得、要、得到

{名詞}＋をもらいます

【授受】表示從某人那裡得到某物。「を」前面是得到的東西。給的人一般用「から」或「に」表示。

1 彼から　花を　もらいました。

我從他那裡收到了花。

例句

2 友人から　お土産を　もらいました。	從朋友那裡拿到了名產。
3 彼から　婚約指輪を　もらいました。	我從他那裡收到了求婚戒指。
4 隣の　人に　みかんを　もらいました。	隔壁的人給了橘子。
5 お姉ちゃんから　いらなく　なった　服を　もらいました。	接收了姐姐不要的衣服。

033

～に～があります／います

…有…

➡ {名詞}＋に＋{名詞}＋があります / います

❶【存在】表某處存在某物或人，也就是無生命事物，及有生命的人或動物的存在場所，用「（場所）に（物）があります、（人）がいます」。表示事物存在的動詞有「あります／います」，無生命的事物或自己無法動的植物用「あります」，如例(1)、(2)。

❷〖有生命－います〗「います」用在有生命的，自己可以動作的人或動物，如例(3)～(5)。

1 箱(はこ)の　中(なか)に　お菓子(かし)が　あります。
箱子裡有甜點。

➡ 例句

2 あそこに　交番(こうばん)が　あります。｜那裡有派出所。

3 部屋(へや)に　姉(あね)が　います。｜房間裡有姊姊。

4 北海道(ほっかいどう)に　兄(あに)が　います。｜北海道那邊有哥哥。

5 向(む)こうに　滝本(たきもと)さんが　います。｜那邊有瀧本小姐。

034

～は～にあります／います

…在…

➡ {名詞}＋は＋{名詞}＋にあります / います

【存在】表示某物或人，存在某場所用「（物）は（場所）にあります／（人）は（場所）にいます」。

1 トイレは　あちらに　あります。
廁所在那邊。

例句

2 レジは　どこに　ありますか。 | 請問收銀台在哪裡呢？

3 姉（あね）は　部屋（へや）に　います。 | 姊姊在房間。

4 彼（かれ）は　外国（がいこく）に　います。 | 他在國外。

5 私（わたし）は　ここに　います。 | 我就在這裡。

035

～は～より

…比…

{名詞}＋は＋{名詞}＋より

【比較】表示對兩件性質相同的事物進行比較後，選擇前者。「より」後接的是性質或狀態。如果兩件事物的差距很大，可以在「より」後面接「ずっと」來表示程度很大。

1 飛行機（ひこうき）は　船（ふね）より　速（はや）いです。

飛機比船還快。

例句

2 私（わたし）は　妹（いもうと）より　字（じ）が　下手（へた）です。 | 我的字寫得比妹妹難看。

3 兄（あに）は　母（はは）より　背（せ）が　高（たか）いです。 | 哥哥個子比媽媽高。

4 地理（ちり）は　歴史（れきし）より　面白（おもしろ）いです。 | 地理比歷史有趣。

5 今年（ことし）の　夏（なつ）は　去年（きょねん）より　暑（あつ）い。 | 今年夏天比去年熱。

036

～より～ほう

…比…、比起…，更…

{名詞;[形容詞・動詞]普通形}＋より（も、は）＋{名詞の;[形容詞・動詞]普通形；形容動詞詞幹な}＋ほう

【比較】表示對兩件事物進行比較後，選擇後者。「ほう」是方面之意，在對兩件事物進行比較後，選擇了「こっちのほう」（這一方）的意思。被選上的用「が」表示。

1 勉強(べんきょう)より　遊(あそ)びの　ほうが　楽(たの)しいです。
玩耍比讀書愉快。

例句

2 テニスより　水泳(すいえい)の　ほうが　好(す)きです。｜喜歡游泳勝過網球。

3 暇(ひま)よりは　忙(いそが)しい　方(ほう)が　いいです。｜比起空閒，更喜歡忙碌。

4 暑(あつ)いより　寒(さむ)い　方(ほう)が　嫌(いや)です。｜比起熱，更討厭冷。

5 乗(の)り物(もの)に　乗(の)るより、歩(ある)く　ほうが　いいです。｜走路比搭車好。

037

～ほうがいい

1. 我建議最好…、我建議還是…為好；2.…比較好；3. 最好不要…

{名詞の；形容詞辭書形；形容動詞詞幹な；動詞た形}＋ほうがいい

❶**【勸告】**用在向對方提出建議、忠告。有時候前接的動詞雖然是「た形」，但指的卻是以後要做的事，如例(1)、(2)。

❷**【提出】**也用在陳述自己的意見、喜好的時候，如例(3)、(4)。

❸**〖否定形－ないほうがいい〗**否定形為「～ないほうがいい」，如例(5)。

1 もう　寝（ね）た　方（ほう）が　いいですよ。

這時間該睡了喔！

➲ 例句

2 熱（ねつ）が　ありますよ。医者（いしゃ）に　行（い）った　方（ほう）が　いいですね。｜發燒了吧？去給醫師看比較好喔！

3 柔（やわ）らかい　布団（ふとん）の　ほうが　いい。｜柔軟的棉被比較好。

4 住（す）む　ところは　駅（えき）に　近（ちか）い　ほうが　いいです。｜住的地方離車站近一點比較好。

5 塩分（えんぶん）を　取（と）りすぎない　ほうが　いい。｜最好不要攝取過多的鹽分。

九、副詞

001

あまり～ない

1. 不太…；3. 完全不…

➡ あまり（あんまり）＋{[形容詞・形容動・動詞]否定形}＋～ない

❶【程度】「あまり」下接否定的形式，表示程度不特別高，數量不特別多，如例(1)～(3)。

❷〖口語－あんまり〗在口語中常說成「あんまり」，如例(4)。

❸〖全面否定－ぜんぜん～ない〗若想表示全面否定可用「全然（ぜんぜん）～ない」，如例(5)。這種用法否定意味較為強烈。

1 あの　店（みせ）は　あまり　おいしく　ありませんでした。

那家店的餐點不太好吃。

➡ 例句

2 小（ちい）さいころ、あまり　体（からだ）が　丈夫（じょうぶ）では　ありませんでした。	小時候身體不太好。
3「を」と「に」の　使（つか）い方（かた）が　あまり　分（わ）かりません。	我不太懂「を」和「に」的用法有何不同。
4 あんまり　行（い）きたく　ありません。	不大想去。
5 今日（きょう）の　テストは　全然（ぜんぜん）　できませんでした。	今天的考試統統答不出來。

MEMO

N5

一、詞類的活用（1）

N4

001

こんな

1. 這樣的、這麼的、如此的；2. 這樣地

➡ こんな＋{名詞}

❶【程度】間接地在講人事物的狀態或程度，而這個事物是靠近說話人的，也可能是剛提及的話題或剛發生的事，如例(1)～(4)。

❷〖こんなに〗「こんなに」為指示程度，是「這麼，這樣地；如此」的意思，如例(5)。

1 こんな大（おお）きな木（き）は見（み）たことがない。

沒看過如此大的樹木。

➡ 例句

2 こんな車（くるま）がほしいです。	想要一輛像這樣的車子。
3 こんな洋服（ようふく）は、いかがですか。	這樣的洋裝如何？
4 こんな山（やま）の上（うえ）まで、家（いえ）が建（た）っている。	連在這麼深山的地方都座落著房屋。
5 こんなにいい人（ひと）はめったにない。	這麼好的人，實在是少有的。

002

そんな

1. 那樣的；2. 那樣地

➡ そんな＋{名詞}

❶【程度】間接的在說人或事物的狀態或程度。而這個事物是靠近聽話人的或聽話人之前說過的。有時也含有輕視和否定對方的意味，如例(1)～(4)。

❷〖そんなに〗「そんなに」為指示程度，是「那麼，那樣地」的意思，如例(5)。

1 そんなことばかり言(い)わないで、元気(げんき)を出(だ)して。
別淨說那些話，打起精神來。

➡ 例句

2 そんな失礼(しつれい)なことは言(い)えない。 | 我說不出那樣沒禮貌的話。

3 そんなことをしたらだめです。 | 不可以那樣做。

4 久保田(くぼた)さんは、そんな人(ひと)ではありません。 | 久保田先生不是那樣的人。

5 そんなに寒(さむ)くない。 | 沒那麼冷。

003

あんな

1. 那樣的；2. 那樣地

➡ あんな＋{名詞}

❶【程度】間接地說人或事物的狀態或程度。而這是指說話人和聽話人以外的事物，或是雙方都理解的事物，如例(1)～(4)。

❷〖あんなに〗「あんなに」為指示程度， 是「那麼， 那樣地」的意思，如例(5)。

1 私(わたし)は、あんな女性(じょせい)と結婚(けっこん)したいです。
我想和那樣的女性結婚。

N4

2 私はあんな色が好きです。	我喜歡那種顏色。
3 私もあんな家に住みたいです。	我也想住那樣的房子。
4 あんなやり方ではだめだ。	那種作法是行不通的。
5 彼女があんなに優しい人だとは知りませんでした。	我不知道她是那麼貼心的人。

004

Track N4 1-04

こう

1. 這樣、這麼；2. 這樣

➡ こう＋{動詞}

❶【方法】表示方式或方法，如例(1)～(4)。
❷【限定】表示眼前或近處的事物的樣子、現象，如例(5)。

1 アメリカでは、こう握手して挨拶します。
在美國都像這樣握手寒暄。

➡ 例句

2 お箸はこう持ちます。	像這樣拿筷子。
3「ちょっとここを押さえていてください。」「こうですか。」	「麻煩幫忙壓一下這邊。」「像這樣壓住嗎？」
4 こうすれば、簡単に窓がきれいになります。	只要這樣做，很容易就能讓窗戶變乾淨。
5 こう毎日雨だと、洗濯物が全然乾かなくて困ります。	像這樣每天下雨，衣服根本晾不乾，真傷腦筋。

005

そう

1. 那樣；2. 那樣

➡ そう＋{動詞}

❶【方法】表示方式或方法，如例(1)～(3)。
❷【限定】表示眼前或近處的事物的樣子、現象，如例(4)、(5)。

1 そうしたら、君も東大に合格できるのだ。
那樣一來，你也能考上東京大學的！

➡ 例句

2「タクシーで行こうよ」「うん、そうしよう」	「我們搭計程車去嘛！」「嗯，就這麼辦吧。」
3 父には、そう説明するつもりです。	打算跟父親那樣說明。
4 私もそういうふうになりたいです。	我也想變成那樣。
5 息子は野球が好きだ。僕も子供のころそうだった。	兒子喜歡棒球，我小時候也一樣。

006

ああ

1. 那樣；2. 那樣

➡ ああ＋{動詞}

❶【限定】表示眼前或近處的事物的樣子、現象，如例(1)～(4)。
❷【方法】表示方式或方法，如例(5)。

1 ああ太っていると、苦しいでしょうね。
那麼胖一定很痛苦吧！

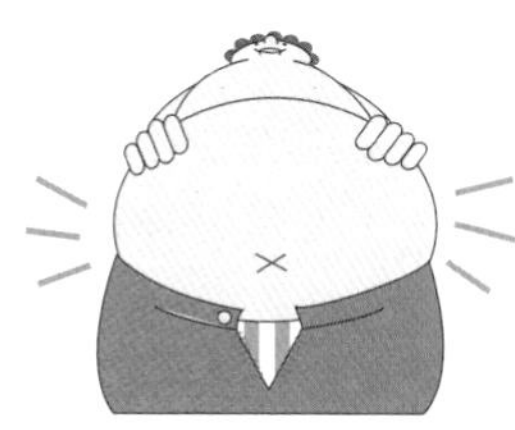

例句

2 彼は怒るといつもああだ。	他一生起氣來一向都是那樣子。
3 ああ壊れていると、直せないでしょう。	毀損到那種地步，大概沒辦法修好了吧。
4 僕には、ああはできません。	我才沒辦法像那樣。
5 ああしろこうしろとうるさい。	一下叫我那樣，一下叫我這樣煩死人了！

007 Track N4 1-07

ちゃ、ちゃう

{動詞て形}＋ちゃ、ちゃう

❶【縮略形】「ちゃ」是「ては」的縮略形式，也就是縮短音節的形式，一般是用在口語上。多用在跟自己比較親密的人，輕鬆交談的時候，如例(1)～(4)。

❷〖てしまう→ちゃう〗「ちゃう」是「てしまう」，「じゃう」是「でしまう」的縮略形式，如例(5)。

❸〖では→じゃ〗其他如「じゃ」是「では」的縮略形式，「なくちゃ」是「なくては」的縮略形式。

1 飲み過ぎちゃって、立てないよ。

喝太多了，站不起來嘛！

例句

2 まだ、火をつけちゃいけません。	還不可以點火。
3 宿題は、もうやっちゃったよ。	作業已經寫完了呀！
4 動物にえさをやっちゃだめです。	不可以餵食動物。
5 8時だ。会社に遅れちゃう！	八點了！上班要遲到啦！

008

～が

➡ {名詞}＋が

【動作或狀態主體】接在名詞的後面，表示後面的動作或狀態的主體。

1 子どもが、泣きながら走ってきた。
小孩邊哭邊跑了過來。

➡ **例句**

2 雨が降っています。	正在下雨。
3 台風で、窓が壊れました。	颱風導致窗戶壞了。
4 新しい番組が始まりました。	新節目已經開始了。
5 あるところに、おじいさんとおばあさんがいました。	在某個地方，曾經有一對老爺爺和老奶奶。

009

Track N4 1-09

～までに

1. 在…之前、到…時候為止；2. 到…為止

➡ {名詞；動詞辭書形}＋までに

❶ **【期限】**接在表示時間的名詞後面，表示動作或事情的截止日期或期限，如例(1)～(3)。

❷ **〖範圍－まで〗**不同於「までに」，用「まで」表示某事件或動作，直在某時間點前都持續著，如例(4)、(5)。

1 この車、金曜日までに直りますか。
請問這輛車在星期五之前可以修好嗎？

N4

➡ 例句

2 これ、何時までにやればいいですか。	這件事，在幾點之前完成就可以了呢？
3 先生が来るまでに返すから、宿題を写させてよ。	老師進來之前一定會還給你的，習題借我抄嘛！
4 昨日は日曜日で、お昼まで寝ていました。	昨天是星期日，所以睡到了中午。
5 仕事が終わるまで、携帯電話に出られません。	直到工作結束之前都無法接聽手機。

010

● 數量詞＋も

1. 多達…；2. 好…

➡ {數量詞}＋も

❶【強調】前面接數量詞，用在強調數量很多、程度很高的時候，由於因人物、場合等條件而異，所以前接的數量詞並不一定數量大，但還是表示「很多、多達」之意，如例(1)～(3)。

❷【數量多】用「何＋助數詞＋も」，像是「何回も」（好幾回）、「何度も」(好幾次）等，表示實際的數量或次數並不明確，但說話者感覺很多，如例(4)、(5)。

1 彼女はビールを５本も飲んだ。
她喝了多達５瓶的啤酒。

➡ 例句

2 ゆうべはワインを２本も飲みました。	昨晚喝了多達兩瓶紅酒。
3 私はもう30 年も小学校の先生をしています。	我已經擔任小學教師長達三十年了。

4 何回も電話したけれど、いつも留守だ。 | 已經打過了好多通電話，可是總是沒人接。

5 ディズニーランドは何度も行きましたよ。 | 我去過迪士尼樂園好幾次了喔！

011

～ばかり

1. 淨…、光…；2. 總是…、老是…

➡ ❶【強調】{名詞}＋ばかり。表示數量、次數非常多，如例(1)～(3)。
❷【重複】{動詞て形}＋ばかり。表示說話人對不斷重複一樣的事，或一直都是同樣的狀態，有負面的評價，如例(4)、(5)。

1 アルバイトばかりしていないで、勉強もしなさい。
別光打工，也要唸書！

➡ 例句

2 漫画ばかりで、本は全然読みません。 | 光看漫畫，完全不看書。

3 うちの子はお菓子ばかり食べています。 | 我家小孩總是只吃餅乾糖果。

4 寝てばかりいないで、手伝ってよ。 | 別老是睡懶覺，過來幫忙啦！

5 お父さんはお酒を飲んでばかりいます。 | 爸爸老是在喝酒。

012

～でも

1. …之類的；2. 就連…也

➡ {名詞}＋でも

❶【舉列】用於舉例。表示雖然含有其他的選擇，但還是舉出一個具代表性的例子，如例(1)～(3)。
❷【極端的例子】先舉出一個極端的例子，再表示其他情況當然是一樣的，如例(4)、(5)。

1 お帰(かえ)りなさい。お茶(ちゃ)でも飲(の)みますか。
你回來了。要不要喝杯茶？

➡ 例句

2 映画(えいが)でも行(い)きませんか。	要不要去看部電影呢？
3 子(こ)どもにピアノでも習(なら)わせたい。	至少想讓孩子學個鋼琴之類的樂器。
4 日本人(にほんじん)でも読(よ)めない漢字(かんじ)があります。	就連日本人，也都會有不會唸的漢字。
5 このことは、小学生(しょうがくせい)でも知(し)っているでしょう。	這種事連小學生都知道吧！

013

Track N4 1-13

疑問詞＋でも

無論、不論、不拘

➡ {疑問詞}＋でも

【全面肯定或否定】「でも」前接疑問詞時，表示全面肯定或否定，也就是沒有例外，全部都是。句尾大都是可能或容許等表現。

1 なんでも相談(そうだん)してください。
什麼都可以找我商量。

➡ 例句

2 これは誰(だれ)でも作(つく)れます。	這種事誰都會做。
3 いつでも手伝(てつだ)ってあげます。	隨時都樂於幫你忙的。
4 お茶(ちゃ)とコーヒーと、どちらでもいいです。	茶或咖啡，哪一種都可以。
5 どこでも、仕事(しごと)を見(み)つけることができませんでした。	哪裡都找不到工作。

014

疑問詞＋～か

…呢

➡ {疑問詞}＋{名詞；形容動詞詞幹；[形容詞・動詞] 普通形}＋か

【不確定】當一個完整的句子中，包含另一個帶有疑問詞的疑問句時，則表示事態的不明確性。此時的疑問句在句中扮演著相當於名詞的角色，但後面的助詞經常被省略。

1 外(そと)に誰(だれ)がいるか見(み)て来(き)てください。

請去看看誰在外面。

➡ 例句

2 映画(えいが)は何時(なんじ)から始(はじ)まるか教(おし)えてください。 | 請告訴我電影幾點放映。

3 何(なに)をしたか正直(しょうじき)に言(い)いなさい。 | 你到底做了什麼事 從實招來！

4 パーティーに誰(だれ)が来(き)たか忘(わす)れてしまいました。 | 我已經忘記誰來過派對了。

5 どんな本(ほん)を読(よ)めばいいか分(わ)かりません。 | 我不知道該讀哪種書才好。

015

～とか～とか

…啦…啦、…或…、及…

➡ {名詞；[形容詞・形容動詞・動詞] 辭書形}＋とか＋{名詞；[形容詞・形容動詞・動詞] 辭書形}＋とか

❶ **【列舉】**「とか」上接同類型人事物的名詞之後，表示從各種同類的人事物中選出幾個例子來説，或羅列一些事物，暗示還有其它，是口語的説法，如例(1)～(4)。

❷ **〖只用とか〗**有時「～とか」僅出現一次，如例(5)。

❸ **〖不正式〗**另外，跟「～や～（など）」相比，「～とか～とか」為較不正式的説法，但前者只能接名詞。

N4

1 赤とか青とか、いろいろな色を塗りました。
或紅或藍，塗上了各種的顏色。

例句

2 きれいだとか、かわいいとか、よく言われます。	常有人誇獎我真漂亮、真可愛之類的。
3 趣味は、漫画を読むとか、音楽を聞くとかです。	我的興趣是看看漫畫啦，還有聽聽音樂。
4 疲れたときは、早く寝るとか、甘いものを食べるとかするといいよ。	疲倦的時候， 看是要早點睡覺，還是吃甜食都好喔。
5 ときどき運動したほうがいいよ。テニスとか。	還是偶爾要運動比較好喔，比如打打球網球什麼的。

016 Track N4 1-16

～し

1. 既…又…、不僅…而且…；2. 因為…

{[形容詞・形容動詞・動詞] 普通形} ＋し

❶【並列】用在並列陳述性質相同的複數事物，或說話人認為兩事物是有相關連的時候，如例(1)～(3)。

❷【理由】暗示還有其他理由，是一種表示因果關係較委婉的說法，但前因後果的關係沒有「から」跟「ので」那麼緊密，如例(4)、(5)。

1 この町は、工業も盛んだし商業も盛んだ。
這城鎮不僅工業很興盛，就連商業也很繁榮。

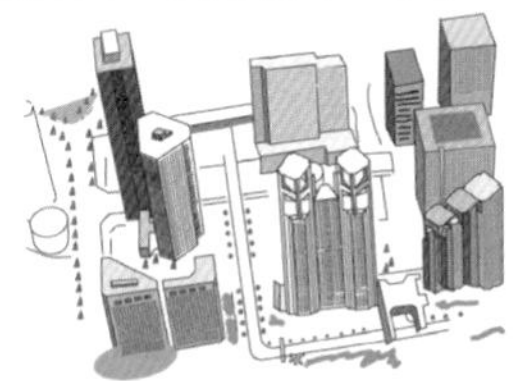

➡ 例句

2 うちのアパートは、広いし駅にも近い。	我家的公寓不但寬敞，而且離車站又近。
3 三田村は、奥さんはきれいだし子どももよくできる。	三田村先生不但有個漂亮的太太，孩子也很成器。
4 おなかもすいたし、喉も渇いた。	不但肚子餓了，而且喉嚨也渴了。
5 雨が降りそうだし、今日はもう帰ります。	看來也快下雨了，今天就先回家了。

017

～の

…嗎

➡ {句子} ＋の

【疑問】用在句尾，以升調表示發問，一般是用在對兒童，或關係比較親密的人，為口語用法。

1 行ってらっしゃい。何時に帰るの？
路上小心。什麼時候回來？

➡ 例句

2 どうしたの？具合悪いの？	怎麼了？身體不舒服嗎？
3 ゆうべはあんなにお酒を飲んだのに、どうしてそんなに元気なの？	昨天晚上你明明就喝了那麼多酒，為什麼今天還能那麼精神奕奕呢？
4 お風呂、もう出たの？	已經洗完澡了嗎？
5 あなた。この背広の口紅は何なの？	老公！這件西裝上的口紅印是怎麼回事？

018 

～だい

…呢、…呀

{句子}＋だい

【疑問】接在疑問詞或含有疑問詞的句子後面，表示向對方詢問的語氣。有時也含有責備或責問的口氣。男性用言，用在口語，說法較為老氣。

1 田舎（いなか）のおかあさんの調子（ちょうし）はどうだい？
鄉下母親的狀況怎麼樣？

例句

2 これ、どうやって作（つく）ったんだい？ | 這是怎樣做出來的哩？

3 誰（だれ）がそんなことを言（い）ったんだい？ | 是誰說那種話的呀？

4 入学式（にゅうがくしき）の会場（かいじょう）はどこだい？ | 開學典禮會場在哪裡？

5 君（きみ）の趣味（しゅみ）は何（なん）だい？ | 你的嗜好是啥？

019 

～かい

…嗎

{句子}＋かい

【疑問】放在句尾，表示親暱的疑問。

1 花見（はなみ）は楽（たの）しかったかい？
賞花有趣嗎？

例句

2 君、出身は東北かい？	你來自東北嗎？
3 体の具合はもういいのかい？	身體狀況已經恢復了嗎？
4 その辞書は役に立つかい？	那字典對你有幫助嗎？
5 財布は見つかったかい？	錢包找到了嗎？

020

～な（禁止）

不准…、不要…

{動詞辭書形}＋な

【禁止】表示禁止。命令對方不要做某事的說法。由於說法比較粗魯，所以大都是直接面對當事人說。一般用在對孩子、兄弟姊妹或親友時。也用在遇到緊急狀況或吵架的時候。

1 病気のときは、無理をするな。

生病時不要太勉強了！

例句

2 こら、授業中に寝るな。	喂，上課時不准睡覺！
3 がんばれよ。ぜったい負けるなよ。	加油點，千萬別輸了！
4 ここに荷物を置くな。じゃまだ。	不要把行李放在這裡！很礙路。
5（看板）この先危険！入るな！	（警示牌）前方危險，禁止進入！

021

～さ

…度、…之大

{[形容詞・形容動詞] 詞幹} ＋さ

【程度】接在形容詞、形容動詞的詞幹後面等構成名詞，表示程度或狀態。也接跟尺度有關的如「長さ（長度）、深さ（深度）、高さ（高度）」等，這時候一般是跟長度、形狀等大小有關的形容詞。

1 北国の冬の厳しさに驚きました。

北方地帶冬季的嚴寒令我大為震撼。

例句

2 彼女の美しさにひかれました。

我為她的美麗而傾倒。

3 彼の心の優しさに、感動しました。

為他的溫柔體貼而感動。

4 この店は、おいしさと安さで評判です。

這家店以美味與便宜而聞名。

5 仕事の丁寧さは、仕事の遅さにつながることもある。

工作時的仔細，有時候會導致工作的延遲。

022

～らしい

1. 好像…、似乎…；2. 說是…、好像…；3. 像…樣子、有…風度

{名詞；形容動詞詞幹；[形容詞・動詞] 普通形} ＋らしい

❶**【據所見推測】**表示從眼前可觀察的事物等狀況，來進行判斷，如例(1)、(2)。

❷**【據傳聞推測】**表示從外部來的，是說話人自己聽到的內容為根據，來進行推測。含有推測、責任不在自己的語氣，如例(3)、(4)。

❸**【樣子】**表示充分反應出該事物的特徵或性質，如例(5)。

1 王さんがせきをしている。風邪を引いているらしい。

王先生在咳嗽。他好像是感冒了。

例句

2 地面が濡れている。夜中に雨が降ったらしい。	地面是濕的。半夜好像有下雨的樣子。
3 みんなの噂では、あの人は本当は男らしい。	大家都在說，那個人似乎其實是位男士。
4 先生がおっしゃるには、今度の試験はとても難しいらしいです。	照老師所說，這次的考試好像會很難的樣子。
5 大石さんは、とても日本人らしい人です。	大石小姐給人感覺很有日本人的風韻。

N4

023

～がる（～がらない）

覺得…（不覺得…）、想要…（不想要）

{[形容詞・形容動詞]詞幹}＋がる、がらない

❶【感覺】表示某人說了什麼話或做了什麼動作，而給說話人留下這種想法，有這種感覺，想這樣做的印象，「がる」的主體一般是第三人稱，如例(1)～(3)。

❷〖を＋ほしい〗當動詞為「ほしい」時，搭配的助詞為「を」，而非「が」，如例(4)。

❸〖現在狀態〗表示現在的狀態用「～ている」形，也就是「がっている」，如例(5)。

1 みんながいやがる仕事を、進んでやる。

大家都不想做的工作，就交給我做吧！

例句

2（病院で）怖がらなくていいですよ、痛くないですから。
（在醫院裡）不必害怕喔，這不會痛的。

3 子どもがめんどうがって部屋の掃除をしない。
小孩嫌麻煩，不願打掃房間。

4 妻がきれいなドレスをほしがっています。
妻子很想要一件漂亮的洋裝。

5 あなたが来ないので、みんな残念がっています。
因為你不來，大家都覺得非常可惜。

024

～たがる（～たがらない）

想…（不想…）

{動詞ます形}＋たがる（たがらない）

❶【希望】是「たい的詞幹」＋「がる」來的。用在表示第三人稱，顯露在外表的願望或希望，也就是從外觀就可看對方的意願，如例(1)、(2)。

❷〖否定－たがらない〗以「たがらない」形式，表示否定，如例(3)。

❸〖現在狀態〗表示現在的狀態用「～ている」形，也就是「たがっている」，如例(4)、(5)。

1 娘が、まだ小さいのに台所の仕事を手伝いたがります。
女兒還很小，卻很想幫忙廚房的工作。

例句

2 子どもも来たがったんですが、留守番をさせました。
孩子雖然也吵著要來，但是我讓他留在家裡了。

3 子供が歯医者に行きたがらない。
小孩子不願意去看牙醫。

4 息子（むすこ）は犬（いぬ）を飼（か）いたがっています。	兒子非常渴望養狗。
5 ４歳（よんさい）の娘（むすめ）はサンタさんに会（あ）いたがっている。	四歲的女兒很希望和聖誕老公公見面。

N4

二、詞類的活用 (2)

N4

001

(ら)れる(被動)

1. 被…；2. 在…；3. 被…

➡ {[一段動詞・カ變動詞]被動形}＋られる；{五段動詞被動形；サ變動詞被動形さ}＋れる

❶【直接被動】表示某人直接承受到別人的動作，如例(1)、(2)。
❷【客觀說明】表示社會活動等普遍為大家知道的事，是種客觀的事實描述，如例(3)。
❸【間接被動】由於某人的行為或天氣等自然現象的作用，而間接受到麻煩，如例(4)、(5)。

1 弟(おとうと)が犬(いぬ)にかまれました。
弟弟被狗咬了。

➡ 例句

2 先生(せんせい)にはほめられたけれど、クラスのみんなには嫌(きら)われた。	雖然得到了老師的稱讚，卻被班上的同學討厭了。
3 試験(しけん)は2月(にがつ)に行(おこな)われます。	考試將在二月舉行。
4 電車(でんしゃ)で痴漢(ちかん)にお尻(しり)を触(さわ)られた。	在電車上被色狼摸了臀部。
5 学校(がっこう)に行(い)く途中(とちゅう)で、雨(あめ)に降(ふ)られました。	去學校途中，被雨淋濕了。

002

● お～になる、ご～になる

➡ お＋{動詞ます形}＋になる；ご＋{サ變動詞詞幹}＋になる

❶【尊敬】動詞尊敬語的形式，比「（ら）れる」的尊敬程度要高。表示對對方或話題中提到的人物的尊敬，這是為了表示敬意而抬高對方行為的表現方式，所以「お～になる」中間接的就是對方的動作，如例(1)～(3)。

❷〖ご＋サ変動詞＋になる〗當動詞為サ行變格動詞時，用「ご～になる」的形式，如例(4)、(5)。

1 先生(せんせい)がお書(か)きになった小説(しょうせつ)を読(よ)みたいです。

我想看老師所寫的小說。

➡ 例句

2 ゆうべはよくお休(やす)みになれましたか。	昨天晚上您睡得好嗎？
3 先生(せんせい)の奥(おく)さんがお倒(たお)れになったそうです。	聽說師母病倒了。
4 部長(ぶちょう)はもうご出発(しゅっぱつ)になりました。	經理已經出發了。
5 65歳以上(ろくじゅうごさいいじょう)の方(かた)は、半額(はんがく)でご利用(りよう)になれます。	超過六十五歲的人士可用半價搭乘。

003

● （ら）れる（尊敬）

➡ {[一段動詞・カ變動詞]被動形}＋られる；{五段動詞被動形；サ變動詞被動形さ}＋れる

【尊敬】表示對對方或話題人物的尊敬，就是在表敬意之對象的動作上用尊敬助動詞。尊敬程度低於「お～になる」。

1 もう具合(ぐあい)はよくなられましたか。

您身體有好一些了嗎？

例句

2 社長は明日パリへ行かれます。	社長明天將要前往巴黎。
3 何を研究されていますか。	您在做什麼研究？
4 古沢さんがこんなに料理をされるとは知りませんでした。	我不知道原來古澤小姐這麼擅長做菜。
5 金沢に来られたのは初めてですか。	您是第一次來到金澤嗎？

004

お＋名詞、ご＋名詞

您…、貴…

➡ お＋{名詞}；ご＋{名詞}

❶【尊敬】後接名詞（跟對方有關的行為、狀態或所有物），表示尊敬、鄭重、親愛，另外，還有習慣用法等意思。基本上，名詞如果是日本原有的和語就接「お」，如「お仕事（您的工作）、お名前（您的姓名）」，如例(1)、(2)。

❷〖ご＋中國漢語〗如果是中國漢語則接「ご」如「ご住所（您的住址）、ご兄弟（您的兄弟姊妹）」，如例(3)。

❸〖例外〗但是接中國漢語也有例外情況，如例(4)、(5)。

1 息子さんのお名前を教えてください。

請教令郎大名。

例句

2 お体を大切になさってください。	敬請保重玉體。
3 つまらない物ですが、ご結婚のお祝いです。	這是結婚的賀禮，只不過是一點小小的心意。
4 もうすぐお正月ですね。	馬上就要新年了。

5 お菓子を召し上がりませんか。 | 要不要吃一些點心呢？

005

● お～する、ご～する

我為您（們）做…

➡ お＋{動詞ます形}＋する；ご＋{サ變動詞詞幹}＋する

❶【謙讓】表示動詞的謙讓形式。對要表示尊敬的人，透過降低自己或自己這一邊的人，以提高對方地位，來向對方表示尊敬，如例(1)～(3)。

❷〘ご＋サ変動詞＋する〙當動詞為サ行變格動詞時，用「ご～する」的形式，如例(4)、(5)。

1 2、3日中に電話でお知らせします。

這兩三天之內會以電話通知您。

➡ 例句

2 お手洗いをお借りしてもいいですか。 | 可以借用一下洗手間嗎？

3 この前お話しした件ですが、考えていただけましたか。 | 關於上回提到的那件事，請問您考慮得怎麼樣了？

4 それはこちらでご用意します。 | 那部分將由我們為您準備。

5 先生にご相談してから決めようと思います。 | 我打算和律師商討之後再做決定。（補充：日本的醫生、律師、教師等均能尊稱為「先生」）

006

● お～いたす、ご～いたす

我為您（們）做…

➡ お＋{動詞ます形}＋いたす；ご＋{サ變動詞詞幹}＋いたす

❶【謙讓】這是比「お～する」語氣上更謙和的謙讓形式。對要表示尊敬的人，透過降低自己或自己這一邊的人的説法，以提高對方地位，來向對方表示尊敬，如例(1)～(3)。

❷〘ご＋サ変動詞＋いたす〙當動詞為サ行變格動詞時，用「ご～いたす」的形式，如例(4)、(5)。

日語文法・句型詳解

1 資料(しりょう)は私(わたし)が来週(らいしゅう)の月曜日(げつようび)にお届(とど)けいたします。

我下週一會將資料送達。

➡ 例句

2 ただいまお茶(ちゃ)をお出(だ)しいたします。	我馬上就端茶出來。
3 順番(じゅんばん)にお呼(よ)びいたしますので、番号札(ばんごうふだ)を引(ひ)いてお待(ま)ちください。	會按照順序依次叫號，所以請抽號碼牌等候。
4 会議室(かいぎしつ)へご案内(あんない)いたします。	請隨我到會議室。
5 それについては私(わたし)からご説明(せつめい)いたしましょう。	關於那一點由我來為您說明吧。

007

● ～ておく

1. 先…、暫且…；2. …著

➡ {動詞て形}＋おく

❶【準備】表示為將來做準備，也就是為了以後的某一目的，事先採取某種行為，如例(1)～(3)。

❷【結果持續】表示考慮目前的情況，採取應變措施，將某種行為的結果保持下去或放置不管。「…著」的意思，如例(4)。

❸〖口語－とく〗「ておく」口語縮略形式為「とく」，「でおく」的縮略形式是「どく」。例如：「言っておく（話先講在前頭）」縮略為「言っとく」，如例(5)。

1 結婚(けっこん)する前(まえ)に料理(りょうり)を習(なら)っておきます。

結婚前先學會做菜。

➡ 例句

2 レストランを予約(よやく)しておきます。	我會事先預約餐廳。
3 お客(きゃく)さんが来(く)るから、掃除(そうじ)をしておこう。	有客人要來，所以先打掃吧。

4 暑（あつ）いから、窓（まど）を開（あ）けておきます。	因為很熱，所以把開窗打開著。
5 お帰（かえ）り。晩（ばん）ご飯（はん）の支度（したく）、やっといてあげたよ。	回來了呀。晚餐已經先幫你準備好囉。

008

● 名詞＋でございます

是…

➡ {名詞}＋でございます

❶【斷定】「です」是「だ」的鄭重語，而「でございます」是比「です」更鄭重的表達方式。日語除了尊敬語跟謙讓語之外，還有一種叫鄭重語。鄭重語用於和長輩或不熟的對象交談時，也可用在車站、百貨公司等公共場合。相較於尊敬語用於對動作的行為者表示尊敬，鄭重語則是對聽話人表示尊敬，如例(1)～(3)。

❷〖ありますの鄭重表現〗除了是「です」的鄭重表達方式之外，也是「あります」的鄭重表達方式，如例(4)、(5)。

1 こちらが、会社（かいしゃ）の事務所（じむしょ）でございます。

這裡是公司的辦公室。

➡ 例句

2 高橋（たかはし）でございます。	敝姓高橋。
3 こんなにおいしいものを食（た）べたのは、生（う）まれて初（はじ）めてでございます。	這是我有生以來第一次吃到那麼好吃的美食！
4 お手洗（てあら）いは地下（ちか）1階（いっかい）にございます。	洗手間位於地下一樓。
5 私（わたし）にいい考（かんが）えがございます。	我有個好主意。

N4

009

● (さ)せる

1. 讓…、叫…、令…；2. 把…給；3. 讓…、隨…、請允許…

➔ {[一段動詞・カ變動詞]使役形；サ變動詞詞幹}＋させる；{五段動詞使役形}＋せる

❶【強制】表示某人強迫他人做某事，由於具有強迫性，只適用於長輩對晚輩或同輩之間，如例(1)～(3)。
❷【誘發】表示某人用言行促使他人自然地做某種行為，常搭配「泣く(哭)、笑う(笑)、怒る(生氣)」等當事人難以控制的情緒動詞，如例(4)。
❸【許可】以「～させておく」形式，表示允許或放任，如例(5)。

1 親(おや)が子(こ)どもに部屋(へや)を掃除(そうじ)させた。
父母叫小孩整理房間。

➔ 例句

2 娘(むすめ)がおなかを壊(こわ)したので薬(くすり)を飲(の)ませた。
由於女兒鬧肚子了，所以讓她吃了藥。

3 子供(こども)にもっと勉強(べんきょう)させるため、塾(じゅく)に行(い)かせることにした。
為了讓孩子多讀一點書，我讓他去上補習班了。

4 聞(き)いたよ。ほかの女(おんな)と旅行(りょこう)して奥(おく)さんを泣(な)かせたそうだね。
我聽説囉！你帶別的女人去旅行，把太太給氣哭了喔。

5 奥(おく)さんを悲(かな)しませておいて、何(なに)をいうんだ。よく謝(あやま)れよ。
你讓太太那麼傷心，還講這種話！要誠心誠意向她道歉啦！

010

● ～(さ)せられる

被迫…、不得已…

➡ {動詞使役形}＋（さ）せられる

【被迫】表示被迫。被某人或某事物強迫做某動作，且不得不做。含有不情願、感到受害的心情。這是從使役句的「XがYにNをV-させる」變成為「YがXにNをV-させられる」來的，表示Y被X強迫做某動作。

1 社長に、難しい仕事をさせられた。
社長讓我做困難的工作。

➡ 例句

2 公園でごみを拾わせられた。	被迫在公園撿垃圾。
3 若い二人は、両親に別れさせられた。	兩位年輕人被父母強迫分開。
4 納豆は嫌いなのに、栄養があるからと食べさせられた。	雖然他討厭納豆，但是因為有營養，所以還是讓他吃了。
5 何も悪いことをしていないのに、会社を辞めさせられた。	分明沒有犯下任何錯誤，卻被逼迫向公司辭職了。

N4

011

Track N4 1-35

～ず（に）

不…地、沒…地

➡ {動詞否定形（去ない）}＋ず（に）

❶**【否定】**「ず」雖是文言，但「ず（に）」現在使用得也很普遍。表示以否定的狀態或方式來做後項的動作，或產生後項的結果，語氣較生硬，相當於「～ない（で）」，如例(1)～(3)。

❷**〖せずに〗**當動詞為サ行變格動詞時，要用「せずに」，如例(4)、(5)。

1 切手を貼らずに手紙を出しました。
沒有貼郵票就把信寄出了。

例句

2 ゆうべは疲れて何も食べずに寝ました。
昨天晚上累得什麼都沒吃就睡了。

3 今年は台風が一度も来ずに秋が来た。おかしい。
今年（夏天）連一場颱風也沒有，結果直到秋天才來，好詭異。

4 連絡せずに、仕事を休みました。
沒有聯絡就請假了。

5 太郎は勉強せずに遊んでばかりいる。
太郎不讀書都在玩。

012

命令形

給我…、不要…

(句子)＋{動詞命令形}＋(句子)

❶【命令】表示命令。一般用在命令對方的時候，由於給人有粗魯的感覺，所以大都是直接面對當事人説。一般用在對孩子、兄弟姊妹或親友時，如例(1)、(2)。

❷〖教育宣導等〗也用在遇到緊急狀況、吵架、運動比賽或交通號誌等的時候，如例(3)～(5)。

1 うるさいなあ。静かにしろ！
很吵耶，安靜一點！

例句

2 いつまで寝ているんだ。早く起きろ。
你到底要睡到什麼時候？快點起床！

3 僕のおもちゃだ、返せ！
那是我的玩具耶！還來！

4 赤組！がんばれー！
紅隊！加油！

5（看板）スピード落とせ！
（警示牌）請減速慢行

013

～の（は／が／を）

的是…

❶【強調】以「短句＋のは」的形式表示強調，而想強調句子裡的某一部分，就放在「の」的後面，如例(1)、(2)。

❷【名詞化】{名詞修飾短語}＋の（は／が／を）。用於前接短句，使其名詞化，成為句子的主語或目的語，如例(3)～(5)。

1 昨日ビールを飲んだのは花子です。

昨天喝啤酒的是花子。

例句

2 花子がビールを飲んだのは昨日です。	花子喝啤酒是昨天的事了。
3 妻は何も言いませんが、目を見れば怒っているのが分かります。	我太太雖然什麼都沒說，可是只要看她的眼神就知道她在生氣。
4 妻が、私がほかの女と旅行に行ったのを怒っています。	我太太在生氣我和別的女人出去旅行的事。
5 ほかの女と旅行に行ったのは１回だけなのに、怒りすぎだと思います。	我只不過帶其他女人出去旅行一次而已，她氣成這樣未免太小題大作了。

014

～こと

{名詞の；形容動詞詞幹な；[形容詞・動詞]普通形}＋こと

【名詞化】做各種形式名詞用法。前接名詞修飾短句，使其名詞化，成為後面的句子的主語或目的語。「こと」跟「の」有時可以互換。但只能用「こと」的有：表達「話す（說）、伝える（傳達）、命ずる（命令）、要求する（要求）」等動詞的內容，後接的是「です、だ、である」、固定的表達方式「ことができる」等。

1 みんなに会えることを楽しみにしています。
很期待與大家見面。

➡ 例句

2 生きることは本当にすばらしいです。 人活著這件事真是太好了！

3 日本人には英語を話すことは難しい。 對日本人而言，開口説英文很困難。

4 言いたいことがあるなら、言えよ。 如果有話想講，就講啊！

5 会社を辞めたことを、まだ家族に話していない。 還沒有告訴家人已經向公司辭職的事。

015

Track N4 1-39

～ということだ

聽説…、據説…

➡ {簡體句}＋ということだ

【傳聞】表示傳聞，直接引用的語感強。一定要加上「という」。

1 田中さんは、大学入試を受けるということだ。
聽説田中先生要考大學。

➡ 例句

2 来週から暑くなるということだから、扇風機を出しておこう。 聽説下星期會變熱，那就先把電風扇拿出來吧。

3 部長は、来年帰国するということだ。 聽説部長明年會回國。

4 来月は物価がさらに上がるということだ。 據説物價下個月會再往上漲。

5 先月聞いた話では、福田さんは入院したということでした。	依照我上個月聽到的消息，福田先生住院了。

016

～ていく

1. …去；；2. …起來；3. …下去

{動詞て形}＋いく

❶【方向－由近到遠】保留「行く」的本意，也就是某動作由近而遠，從說話人的位置、時間點離開，如例(1)、(2)。

❷【繼續】表示動作或狀態，越來越遠地移動，或動作的繼續、順序，多指從現在向將來，如例(3)～(4)。

❸【變化】表示動作或狀態的變化，如例（5）。

1 太郎は朝早く出て行きました。

太郎一大早就出門了。

例句

2 電車がどんどん遠くへ離れていく。	電車漸漸遠離而去。
3 ますます技術が発展していくでしょう。	技術會愈來愈進步吧！
4 今後も、真面目に勉強していきます。	今後也會繼續用功讀書的。
5 これから、天気はどんどん暖かくなっていくでしょう。	今後天氣會漸漸回暖吧！

017

～てくる

1. …來；2. …起來、…過來；3. …（然後再）來…；4.…起來

{動詞て形}＋くる

❶【方向－由遠到近】保留「来る」的本意，也就是由遠而近，向說話人的位置、時間點靠近，如例(1)、(2)。

❷【繼續】表示動作從過去到現在的變化、推移，或從過去一直繼續到現在，如例(3)、(4)。

❸【去了又回】表示在其他場所做了某事之後，又回到原來的場所，如例(5)。

❹【變化】表示變化的開始，例如「風が吹いてきた／颳起風了」。

1 電車の音が聞こえてきました。
聽到電車越來越近的聲音了。

➡ 例句

2 大きな石ががけから落ちてきた。	巨石從懸崖掉了下來。
3 この川は、町の人たちに愛されてきた。	這條河向來深受當地居民的喜愛。
4 貧乏な家に生まれて、今まで必死に生きてきた。	出生於貧困的家庭，從小到現在一直為生活而拚命奮鬥。
5 父がケーキを買ってきてくれました。	爸爸買了蛋糕回來給我。

018 Track N4 1-42

● ～てみる

試著（做）…

➡ {動詞て形}＋みる

【嘗試】「みる」是由「見る」延伸而來的抽象用法，常用平假名書寫。表示嘗試著做前接的事項，是一種試探性的行為或動作，一般是肯定的說法。

1 このおでんを食べてみてください。
請嚐看看這個關東煮。

➡ 例句

2 最近話題になっている本を読んでみました。	我看了最近熱門話題的書。
3 姉に、知っているかどうか聞いてみた。	我問了姊姊她到底知不知道那件事。

4 まだ無理(むり)だろうと思(おも)ったが、N４(エヌよん)を受(う)けてみた。 | 儘管心想應該還沒辦法通過，還是試著去考了日檢N4測驗。

5 仕事(しごと)で困(こま)ったことが起(お)こり、高崎(たかさき)さんに相談(そうだん)してみた。 | 工作上發生了麻煩事，找了高崎女士商量。

019

● ～てしまう

1. …完；2. …了

➡ {動詞て形}＋しまう

❶【完成】表示動作或狀態的完成， 常接「すっかり（全部）、全部（全部）」等副詞、數量詞，如果是動作繼續的動詞， 就表示積極地實行並完成其動作， 如例(1)～(3)。

❷【感慨】表示出現了說話人不願意看到的結果，含有遺憾、惋惜、後悔等語氣，這時候一般接的是無意志的動詞，如例(4)、(5)。

❸〖口語－ちゃう〗若是口語縮約形的話，「てしまう」是「ちゃう」，「でしまう」是「じゃう」。

1 部屋(へや)はすっかり片付(かたづ)けてしまいました。

房間全部整理好了。

➡ 例句

2 小説(しょうせつ)は一晩(ひとばん)で全部(ぜんぶ)読(よ)んでしまった。 | 小說一個晚上就全看完了。

3 宿題(しゅくだい)は１時間(いちじかん)でやってしまった。 | 作業一個小時就把它完成了。

4 失敗(しっぱい)してしまって、悲(かな)しいです。 | 失敗了很傷心。

5 母(はは)が、まだ５８歳(ごじゅうはっさい)なのにがんで死(し)んでしまった。 | 家母才五十八歲就得癌症過世了。

N4

三、句型（1）

001

～（よ）うとおもう

1. 我打算…；2. 我要…；3. 我不打算…

➡ ｛動詞意向形｝＋（よ）うとおもう

❶【意志】表示說話人告訴聽話人，說話當時自己的想法、打算或意圖，比起不管實現可能性是高或低都可使用的「～たいとおもう」，「（よ）うとおもう」更具有採取某種行動的意志，且動作實現的可能性很高，如例(1)、(2)。

❷〖某一段時間〗用「（よ）うとおもっている」，表示說話人在某一段時間持有的打算，如例(3)、(4)。

❸〖強烈否定〗「（よ）うとはおもわない」表示強烈否定，如例(5)。

1 お正月（しょうがつ）は北海道（ほっかいどう）へスキーに行（い）こうと思（おも）います。

年節期間打算去北海道滑雪。

➡ 例句

2 今度（こんど）は彼氏（かれし）と来（こ）ようと思（おも）う。 | 下回想和男友一起來。

3 柔道（じゅうどう）を習（なら）おうと思（おも）っている。 | 我想學柔道。

4 今年（ことし）、Ｎ４（エヌよん）の試験（しけん）を受（う）けようと思（おも）っていたが、やっぱり来年（らいねん）にする。 | 我原本打算今年參加日檢 N4 的測驗，想想還是明年再考好了。

5 動詞の活用が難しいので、これ以上日本語を勉強しようとは思いません。	動詞的活用非常困難，所以我不打算再繼續學日文了。

002

～(よ)う

…吧

➡ {動詞意向形}＋(よ)う

【意志】表示説話者的個人意志行為，準備做某件事情，或是用來提議、邀請別人一起做某件事情。「ましょう」是較有禮貌的説法。

1 雨が降りそうだから、早く帰ろう。

好像快下雨了，所以快點回家吧！

➡ 例句

2 今年こそ、たばこをやめよう。	今年一定要戒菸。
3 もう少しだから、がんばろう。	只剩一點點了，一起加油吧！
4 結婚しようよ。一緒に幸せになろう。	我們結婚吧！一起過著幸福的日子！
5 久美、今度私の彼氏の友達紹介しようか。	久美，下次要不要介紹我男友的朋友給妳呢？

003

～つもりだ

1. 打算…、準備…；2. 不打算…；3. 不打算…；4. 並非有意要…

➡ {動詞辭書形}＋つもりだ

❶**【意志】**表示説話人的意志、預定、計畫等，也可以表示第三人稱的意志。有説話人的打算是從之前就有，且意志堅定的語氣，如例(1)、(2)。

❷**〖否定形〗**「～ないつもりだ」為否定形，如例(3)。

❸〚**強烈否定形**〛「～つもりはない」表「不打算…」之意，否定意味比「～ないつもりだ」還要強，如例(4)。

❹〚**並非有意**〛「～つもりではない」表「並非有意要…」之意，如例(5)。

1 しばらく会社を休むつもりです。

打算暫時向公司請假。

➡ 例句

2 卒業しても、日本語の勉強を続けていくつもりだ。	即使畢業了，我也打算繼續學習日文。
3 子供を生んでも、仕事はやめないつもりだ。	就算生下孩子以後，我也不打算辭職。
4 自慢するつもりはないが、7か国語話せる。	我雖然無意炫耀，但是會説七國語言。
5 殺すつもりではなかったんです。	我原本沒打算殺他。

004

Track N4 2-04

～（よ）うとする

1. 想…、打算…；2. 才…；3. 不想…、不打算…

➡ {動詞意向形}＋（よ）うとする

❶【**意志**】表示動作主體的意志、意圖。主語不受人稱的限制。表示努力地去實行某動作，如例(1)、(2)。

❷【**將要**】表示某動作還在嘗試但還沒達成的狀態，或某動作實現之前，如例(3)、(4)。

❸〚**否定形**〛否定形「（よ）うとしない」是「不想…、不打算…」的意思，不能用在第一人稱上，如例(5)。

1 赤ん坊が歩こうとしている。

嬰兒正嘗試著走路。

例句

2 そのことを忘れようとしましたが、忘れられません。	我想把那件事給忘了，但卻無法忘記。
3 車を運転しようとしたら、かぎがなかった。	正想開車才發現沒有鑰匙。
4 転んですぐに立とうとしたが、痛くて立てなかった。	那時摔倒以後雖然想立刻站起來，卻痛得站不起來。
5 もう夜遅いのに、5歳の娘が寝ようとしない。	都已經夜深了，五歲的女兒卻還不肯睡覺。

005 Track N4 2-05

～ことにする

1. 決定…；2. 已決定…；3. 習慣…

{動詞辭書形；動詞否定形}＋ことにする

❶【決定】表示説話人以自己的意志，主觀地對將來的行為做出某種決定、決心，如例(1)、(2)。

❷〖已經決定〗用過去式「ことにした」表示決定已經形成，大都用在跟對方報告自己決定的事，如例(3)。

❸【習慣】用「～ことにしている」的形式，則表示因某決定，而養成了習慣或形成了規矩，如例(4)、(5)。

1 うん、そうすることにしよう。

嗯，就這麼做吧。

例句

2 あっ、ゴキブリ！……見なかったことにしよう。	啊，蟑螂！……當作沒看到算了。
3 もっと便利なところへ引っ越すことにした。	搬到了交通更方便的地方。

N4

4 肉は食べないことにしています。｜我現在都不吃肉了。

5 毎朝ジョギングすることにしています。｜我習慣每天早上都要慢跑。

006

～にする

1. 我要…、我叫…；2. 決定…

{名詞；副助詞}＋にする

❶【決定】常用於購物或點餐時，決定買某樣商品，如例(1)、(2)。
❷【選擇】表示抉擇，決定、選定某事物，如例(3)～(5)。

1「何にする？」「私、天ぷらうどん」
「你要吃什麼？」「我要炸蝦烏龍麵。」

例句

2 この黒いオーバーにします。｜我要這件黑大衣。

3 女の子が生まれたら、名前は桜子にしよう。｜如果生的是女孩，名字就叫櫻子吧！

4 今までの生活は終わりにして、新しい人生を始めようと思う。｜我打算結束目前的生活，展開另一段全新的人生。

5 今は仕事が楽しいし、結婚するのはもう少ししてからにします。｜我現在還在享受工作的樂趣，結婚的事等過一陣子再說吧。

007

お～ください、ご～ください

請…

お＋{動詞ます形}＋ください；ご＋{サ變動詞詞幹}＋ください

❶【**尊敬**】尊敬程度比「～てください」要高。「ください」是「くださる」的命令形「くだされ」演變而來的。用在對客人、屬下對上司的請求，表示敬意而抬高對方行為的表現方式，如例(1)～(4)。

❷〘**ご＋サ変動詞＋ください**〙當動詞為サ行變格動詞時，用「ご～ください」的形式，如例(5)。

❸〘**無法使用**〙「する（上面無接漢字，單獨使用的時候）」跟「来る」無法使用這個文法。

1 山田様(やまださま)、どうぞお入(はい)りください。
山田先生，請進。

➡ 例句

2 お待(ま)たせしました。どうぞお座(すわ)りください。	久等了，請坐。
3 まだ準備中(じゅんびちゅう)ですので、もう少(すこ)しお待(ま)ちください。	現在還在做開店的準備工作，請再稍等一下。
4 折原(おりはら)さんの電話番号(でんわばんごう)をご存(ぞん)じでしたらお教(おし)えください。	您如果知道折原先生的電話號碼麻煩告訴我。
5 こちらを全(すべ)てご記入(きにゅう)ください。	這邊請全部填寫。

008

Track N4 2-08

～（さ）せてください

請允許…、請讓…做…

➡ {動詞使役形；サ變動詞詞幹}＋（さ）せてください

【謙讓－請求允許】表示「我請對方允許我做前項」之意，是客氣地請求對方允許、承認的説法。用在當説話人想做某事，而那一動作一般跟對方有關的時候。

1 あなたの作品(さくひん)をぜひ読(よ)ませてください。
請務必讓我拜讀您的作品。

➡ 例句

2 それはぜひ私にやらせてください。	那件工作請務必交給我做！
3 お礼を言わせてください。	請讓我致謝。
4 工場で働かせてください。	請讓我在工廠工作。
5 祭りを見物させてください。	請讓我看祭典。

009

● ～という

叫做…

➡ {名詞；普通形} ＋という

❶【介紹名稱】前面接名詞，表示後項的人名、地名等名稱，如例(1)～(3)。

❷【說明】用於針對傳聞、評價、報導、事件等內容加以描述或說明，如例(4)、(5)。

1 今朝、半沢という人から電話がかかって来ました。

今天早上，有個叫半澤的人打了電話來。

➡ 例句

2 最近、堺照之という俳優は人気があります。	最近有位名叫堺照之的演員很受歡迎。
3 天野さんの生まれた町は、岩手県の久慈市というところでした。	天野小姐的出身地是在岩手縣一個叫作久慈市的地方。
4 アメリカで大きな地震があったというニュースを見た。	看到美國發生了大地震的新聞。
5 うちの会社は経営がうまくいっていないという噂だ。	傳出我們公司目前經營不善的流言。

010

～はじめる

開始…

➡ {動詞ます形} +はじめる

【起點】 表示前接動詞的動作、作用的開始。前面可以接他動詞，也可以接自動詞。

1 台風が近づいて、風が強くなり始めた。

颱風接近，風勢開始變強了。

➡ 例句

2 突然、彼女が泣き始めた。	她突然哭了起來。
3 みんなは子どものように元気に走り始めた。	大家像孩子般地，精神飽滿地跑了起來。
4 試験の前の晩になって、やっと勉強し始めた。	直到考試的前一晚，才總算開始讀書了。
5 このごろ、迷惑メールがたくさん来始めた。	最近開始收到了大量的垃圾郵件。

N4

011

Track N4 2-11

～だす

…起來、開始…

➡ {動詞ます形} +だす

❶ **【起點】** 表示某動作、狀態的開始，如例(1)～(5)。

❷ 〖**×說話意志**〗「～だす」用法幾乎跟「～はじめる」一樣，但表示說話者的意志就不能用「～だす」。例：来年から家計簿をつけ始めるつもりだ。（我打算從明年起開始記錄家庭收支簿。）

1 結婚しない人が増え出した。

不結婚的人多起來了。

➡ 例句

2 話はまだ半分なのに、もう笑い出した。 | 事情才說到一半，大家就笑起來了。

3 4月になって、桜の花が咲き出した。 | 時序進入四月，櫻花開始綻放了。

4 靴もはかないまま、突然走り出した。 | 沒穿鞋就這樣跑起來了。

5 空が急に暗くなって、雨が降り出した。 | 天空突然暗下來，開始下起雨來了。

012

Track N4 2-12

～すぎる

太…、過於…

➡ {[形容詞・形容動詞]詞幹；動詞ます形}＋すぎる

❶【強調程度】表示程度超過限度，超過一般水平，過份的狀態，如例(1)～(3)。

❷〖否定形〗前接「ない」，常用「なさすぎる」的形式，如例(4)。

❸〖よすぎる〗另外，前接「良い（いい／よい）（優良）」，不會用「いすぎる」，必須用「よすぎる」，如例(5)。

1 肉を焼きすぎました。

肉烤過頭了。

➡ 例句

2 君ははっきり言いすぎる。 | 你講話太過直白。

3 体を洗いすぎるのもよくありません。 | 過度清潔身體也不好。

4 君は自分に自信がなさすぎるよ。 | 你對自己太沒信心了啦！

5 お見合いの相手は頭が良すぎて、話が全然合わなかった。 | 相親的對象腦筋太聰明，雙方完全沒有共通的話題。

013

～ことができる

1. 可能、可以；2. 能…、會…

➡ {動詞辭書形}＋ことができる

❶【可能性】表示在外部的狀況、規定等客觀條件允許時可能做，如例(1)～(3)。

❷【能力】表示技術上、身體的能力上，是有能力做的，如例(4)、(5)。

❸〖更書面語〗這種説法比「可能形」還要書面語一些。

1 ここから、富士山（ふじさん）をご覧（らん）になることができます。
從這裡可以看到富士山。

➡ 例句

2 屋上（おくじょう）でサッカーをすることができます。	頂樓可以踢足球。
3 明日（あす）の午前（ごぜん）は来（く）ることができません。午後（ごご）だったらいいです。	明天早上沒辦法過來，如果是下午就可以。
4 車（くるま）は、急（きゅう）に止（と）まることができない。	車子無法突然停下。
5 ３回目（さんかいめ）の受験（じゅけん）で、やっとＮ４（エヌよん）に合格（ごうかく）することができた。	第三次應考，終於通過了日檢 N4 測驗。

N4

014

～(ら)れる

1. 會…、能…；3. 可能、可以

➡ {[一段動詞・カ變動詞]可能形}＋られる；{五段動詞可能形；サ變動詞可能形さ}＋れる

❶【能力】表示可能，跟「ことができる」意思幾乎一樣。只是「可能形」比較口語。表示技術上、身體的能力上，是具有某種能力的，如例(1)～(3)。

❷〖助詞變化〗日語中，他動詞的對象用「を」表示，但是在使用可能形的句子裡「を」常會改成「が」，如例(1)、(2)。

❸【可能性】從周圍的客觀環境條件來看，有可能做某事，如例(4)。
❹〖否定形－(ら)れない〗否定形是「（ら）れない」，為「不會…；不能…」的意思，如例(5)。

1 私(わたし)はタンゴが踊(おど)れます。
我會跳探戈。

➔ 例句

2 マリさんはお箸(はし)が使(つか)えますか。
瑪麗小姐會用筷子嗎？

3 私(わたし)は200(にひゃく)メートルぐらい泳(およ)げます。
我能游兩百公尺左右。

4 誰(だれ)でもお金(かね)持(も)ちになれる。
誰都可以變成有錢人。

5 明日(あした)は、午後(ごご)なら来(こ)られるけど、午前(ごぜん)は来(こ)られない。
明天如果是下午就能來，但若是上午就沒辦法來了。

015

～なければならない

必須…、應該…

➔ {動詞否定形}＋なければならない

❶【義務】表示無論是自己或對方，從社會常識或事情的性質來看，不那樣做就不合理，有義務要那樣做，如例(1)～(3)。
❷〖疑問－なければなりませんか〗表示疑問時，可使用「～なければなりませんか」，如例(4)。
❸〖口語－なきゃ〗「なければ」的口語縮約形為「なきゃ」。有時只説「なきゃ」，並將後面省略掉，如例(5)。

1 医者(いしゃ)になるためには国家試験(こっかしけん)に合格(ごうかく)しなければならない。
想當醫生，就必須通過國家考試。

➡ 例句

2 寮には夜11時までに帰らなければならない。
必須在晚上十一點以前回到宿舍才行。

3 大人は子どもを守らなければならないよ。
大人應該要保護小孩呀！

4 パスポートの申請は、本人が来なければなりませんか。
請問申辦護照一定要由本人親自到場辦理嗎？

5 このDVDは明日までに返さなきゃ。
必須在明天以前歸還這個DVD。

016

～なくてはいけない

必須…、不…不可

➡ {動詞否定形(去い)}＋くてはいけない

❶【義務】表示義務和責任，多用在個別的事情，或對某個人，口氣比較強硬，所以一般用在上對下，或同輩之間，如例(1)、(2)。
❷〖普遍想法〗表示社會上一般人普遍的想法，如例(3)、(4)。
❸〖決心〗表達說話者自己的決心，如例(5)。

1 子どもはもう寝なくてはいけません。
這時間小孩子再不睡就不行了。

➡ 例句

2 来週の水曜日までに家賃を払わなくては。
下週三之前非得付房租不可。

3 約束は守らなくてはいけません。
答應人家的事一定要遵守才行。

4 車を運転するときは、周りに十分気をつけなくてはいけない。
開車的時候，一定要非常小心四周的狀況才行。

5 今日中にこれを終わらせなくてはいけません。
今天以內非得完成這個不可。

017

～なくてはならない

必須…、不得不…

{動詞否定形（去い）}＋くてはならない

❶**【義務】**表示根據社會常理來看、受某種規範影響，或是有某種義務，必須去做某件事情，如例(1)～(4)。

❷**〖口語－なくちゃ〗**「なくては」的口語縮約形為「なくちゃ」，有時只說「なくちゃ」，並將後面省略掉（此時難以明確指出省略的是「いけない」還是「ならない」，但意思大致相同），如例(5)。

1 今日中（きょうじゅう）に日本語（にほんご）の作文（さくぶん）を書（か）かなくてはならない。

今天一定要寫日文作文。

例句

2 明日（あした）は5時（ごじ）に起（お）きなくてはならない。
明天必須五點起床。

3 宿題（しゅくだい）は自分（じぶん）でやらなくてはならない。
作業一定要由自己完成才行。

4 車（くるま）が走（はし）れる道（みち）がないから、歩（ある）いて来（こ）なくてはならなかった。
因為沒有供車輛通行的道路，所以只能靠步行前來。

5 明日（あした）は試験（しけん）だから7時（しちじ）に起（お）きなくちゃ。
明天要考試，所以要七點起床才行。

018

～のに

用於…、為了…

{動詞辭書形}＋のに；{名詞}＋に

❶**【目的】**是表示將前項詞組名詞化的「の」，加上助詞「に」而來的。表示目的、用途，如例(1)～(4)。

❷〖省略の〗後接助詞「は」時，常會省略掉「の」，如例(5)。

1 これはレモンを搾(しぼ)るのに便利(べんり)です。
用這個來榨檸檬汁很方便。

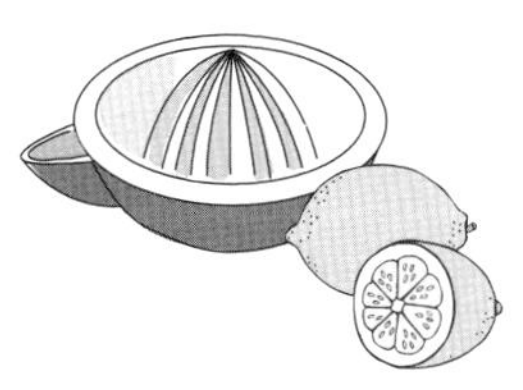

➡ 例句

2 この部屋(へや)は静(しず)かで勉強(べんきょう)するのにいい。	這個房間很安靜，很適合用來讀書。
3 このナイフは、栗(くり)をむくのに使(つか)います。	這把刀是用來剝栗子的。
4 この小説(しょうせつ)を書(か)くのに5年(ごねん)かかりました。	花了五年的時間寫這本小說。
5 N1(エヌいち)に受(う)かるには、努力(どりょく)が必要(ひつよう)だ。	想要通過日檢N1測驗就必須努力。

019

～のに

1. 雖然…、可是…；2. 明明…、卻…、但是…

➡ {[名詞・形容動詞]な；[動詞・形容詞]普通形}＋のに

❶【逆接】表示逆接，用於後項結果違反前項的期待，含有說話者驚訝、懷疑、不滿、惋惜等語氣，如例(1)～(3)。

❷【對比】表示前項和後項呈現對比的關係，如例(4)、(5)。

1 その服(ふく)、まだ着(き)られるのに捨(す)てるの。
那件衣服明明就還能穿，你要扔了嗎？

➡ 例句

2 小学(しょうがく) 1(いち) 年生(ねんせい)なのに、もう新聞(しんぶん)が読(よ)める。	才小學一年級而已，就已經會看報紙了。
3 眠(ねむ)いのに、羊(ひつじ)を 100 匹(ひゃっぴき)まで数(かぞ)えても眠(ねむ)れない。	明明很睏，但是數羊都數到一百隻了，還是睡不著。

4 お姉さんはやせているのに妹は太っている。 | 姊姊很瘦，但是妹妹卻很胖。

5 この店は、おいしくないのに値段は高い。 | 這家店明明就不好吃卻很貴。

020

～けれど（も）、けど

雖然、可是、但…

➡ {[形容詞・形動容詞・動詞]普通形（丁寧形）}＋けれど（も）、けど

【逆接】逆接用法。表示前項和後項的意思或內容是相反的、對比的。是「が」的口語説法。「けど」語氣上會比「けれど（も）」還來的隨便。

1 病院に行きましたけれども、悪いところは見つかりませんでした。

我去了醫院一趟，不過沒有發現異狀。

➡ 例句

2 その映画は、悲しいけれども、美しい愛の物語です。 | 那部電影雖然是悲劇，卻是一則淒美的愛情故事。

3 平仮名は覚えましたけれど、片仮名はまだです。 | 我背了平假名，但還沒有背片假名。

4 嘘のようだけれども、本当の話です。 | 聽起來雖然像是編造的，但卻是真實的事件。

5 買い物に行ったけど、ほしかったものはもうなかった。 | 我去買東西，但我想要的已經賣完了。

021

～てもいい

1. …也行、可以…；2. 可以…嗎

➡ {動詞て形}＋もいい

❶【許可】表示許可或允許某一行為。如果説的是聽話人的行為，表示允許聽話人某一行為，如例(1)～(3)。

❷【要求】如果説話人用疑問句詢問某一行為，表示請求聽話人允許某行為，如例(4)、(5)。

1 今日はもう帰ってもいいよ。

今天你可以回去囉！

例句

2 この試験では、辞書を見てもいいです。 | 這次的考試，可以看辭典。

3 宿題が済んだら、遊んでもいいよ。 | 如果作業寫完了，要玩也可以喔。

4 窓を開けてもいいでしょうか。 | 可以打開窗戶嗎？

5 先生。お手洗いに行ってもいいですか。 | 老師，我可以去洗手間嗎？

022 Track N4 2-22

～てもかまわない

即使…也沒關係、…也行

➡ {[動詞・形容詞]て形}＋もかまわない；{形容動詞詞幹；名詞}　＋でもかまわない

【讓步】表示讓步關係。雖然不是最好的，或不是最滿意的，但妥協一下，這樣也可以。

1 部屋さえよければ、多少高くてもかまいません。

只要（旅館）房間好，貴一點也沒關係。

N4

例句

2 狭くてもかまわないから、安いアパートがいいです。	就算小一點也沒關係，我想找便宜的公寓。
3 このレポートは手書きでもかまいません。	這份報告用手寫也行。
4 靴のまま入ってもかまいません。	直接穿鞋進來也沒關係。
5 この仕事はあとでやってもかまいません。	待會再做這份工作也行。

023

～てはいけない

1. 不准…、不許…、不要…；2. 不可以…、請勿…

{動詞て形}＋はいけない

❶【禁止】表示禁止，基於某種理由、規則，直接跟聽話人表示不能做前項事情，由於說法直接，所以一般限於用在上司對部下、長輩對晚輩，如例(1)～(4)。

❷【申明禁止】常用在交通標誌、禁止標誌或衣服上洗滌表示等，如例(5)。

1 ベルが鳴るまで、テストを始めてはいけません。

在鈴聲響起前不能動筆作答。

例句

2 人の失敗を笑ってはいけない。	不可以嘲笑別人的失敗。
3 動物を殺してはいけない。	不可以殺害動物。
4 あんな人の言うことを信じてはいけなかった。	早知道就別相信那種人說的話了。
5 ここに駐車してはいけない。	請勿在此停車。

024

～たことがある

1. 曾經…過；2. 曾經…

➡ {動詞過去式}＋たことがある

❶【特別經驗】表示經歷過某個特別的事件，且事件的發生離現在已有一段時間，如例(1)～(3)。

❷【一般經驗】指過去的一般經驗，如例(4)、(5)。

1 うん、僕(ぼく)はUFO(ユーフォー)を見(み)たことがあるよ。
對，我有看過 UFO 喔。

➡ 例句

2 小(ち)さいころ、一度(いちど)ここに来(き)たことがある。	小時候曾經來過這裡一次。
3 名前(なまえ)は聞(き)いたことがあったが、見(み)るのは初(はじ)めてだった。	雖然久聞大名，卻是第一次見到面。
4 パソコンが動(うご)かなくなったことがありますか。	你的電腦曾經當機過嗎？
5 沖縄(おきなわ)の踊(おど)りを見(み)たことがありますか。	你曾看過沖繩的舞蹈嗎？

025

Track N4 2-25

～つづける

1. 連續…、繼續…；2. 持續…

➡ {動詞ます形}＋つづける

❶【繼續】表示連續做某動作，或還繼續、不斷地處於同樣的狀態，如例(1)～(3)。

❷【意圖行為的開始及結束】表示持續做某動作、習慣，或某作用仍然持續的意思，如例(4)、(5)。

❸〖注意時態〗現在的事情用「～つづけている」，過去的事情用「～つづけました」。

1 朝(あさ)からずっと走(はし)り続(つづ)けて、疲(つか)れました。
從早上就一直跑，真累。

N4

例句

2 オーロラ姫は100年間眠り続けました。	睡美人一直沉睡了一百年。
3 傷から血が流れ続けている。	傷口血流不止。
4 あなたこそ、僕が探し続けていた理想の女性です。	妳正是我長久以來一直在追尋的完美女人。
5 風邪が治るまで、この薬を飲み続けてください。	這個藥請持續吃到感冒痊癒為止。

026

やる

給予…、給…

{名詞}＋{助詞}＋やる

【物品受益－上給下】授受物品的表達方式。表示給予同輩以下的人，或小孩、動植物有利益的事物。句型是「給予人は（が）接受人に～をやる」。這時候接受人大多為關係親密，且年齡、地位比給予人低。或接受人是動植物。

1 応接間の花に水をやってください。

把會客室的花澆一下。

例句

2 私は子どもにお菓子をやる。	我給孩子點心。
3 娘に若いころの服をやった。	把年輕時候的衣服給了女兒。
4 犬にチョコレートをやってはいけない。	不可以餵狗吃巧克力。
5 小鳥には、何をやったらいいですか。	該餵什麼給小鳥吃才好呢？

027

～てやる

1. 給…（做…）；2. 一定…

{動詞て形}＋やる

❶【行為受益－上為下】表示以施恩或給予利益的心情，為下級或晚輩（或動、植物）做有益的事，如例(1)～(3)。

❷【意志】由於説話人的憤怒、憎恨或不服氣等心情，而做讓對方有些困擾的事，或説話人展現積極意志時使用，如例(4)、(5)。

1 息子の８歳の誕生日に、自転車を買ってやるつもりです。

我打算在兒子八歲生日的時候，買一輛腳踏車送他。

例句

2 妹が宿題を聞きにきたので、教えてやりました。

因為妹妹來問我作業，所以就教她了。

3 浦島太郎は、いじめられていた亀を助けてやりました。

浦島太郎救了遭到欺負的烏龜。

4 こんなブラック企業、いつでも辞めてやる。

這麼黑心的企業，我隨時都可以辭職走人！

5 見ていろ。今に私が世界を動かしてやる。

你看好了！我會闖出一番主導世界潮流的大事業給你瞧瞧！

028

あげる

給予…、給…

{名詞}＋{助詞}＋あげる

【物品受益－給同輩】授受物品的表達方式。表示給予人（説話人或説話一方的親友等），給予接受人有利益的事物。句型是「給予人は

（が）接受人に～をあげます」。給予人是主語，這時候接受人跟給予人大多是地位、年齡同等的同輩。

1 私は李さんにCDをあげた。

我送了CD給李小姐。

例句

2 私は中山君にチョコをあげた。

我給了中山同學巧克力。

3 私の名刺をあげますから、手紙をください。

給你我的名片，請寫信給我。

4 友達の誕生日に、何かプレゼントをあげるつもりだ。

我打算在朋友生日時送個生日禮物。

5「これ、あげる」「えーっ、いいの？ありがとう！」

「這給你。」「哇！真的可以收下嗎？謝謝！」

029

～てあげる

（為他人）做…

{動詞て形}＋あげる

【行為受益－為同輩】表示自己或站在一方的人，為他人做前項利益的行為。基本句型是「給予人は（が）接受人に～を動詞てあげる」。這時候接受人跟給予人大多是地位、年齡同等的同輩。是「～てやる」的客氣說法。

1 私は夫に本を１冊買ってあげた。

我給丈夫買了一本書。

例句

2 私は友達に本を貸してあげました。	我借給了朋友一本書。
3 子供が 100 点を取ってきたので、ほめてあげた。	因為孩子考了一百分，所以稱讚他了。
4 花子、写真を撮ってあげましょうか。	花子，我來替妳拍張照片吧！
5 友達がハンカチをなくしたので、一緒に探してあげた。	因為朋友遺失了手帕，所以幫他一起找了找。

030

さしあげる

給予…、給…

{名詞}＋{助詞}＋さしあげる

【物品受益－下給上】授受物品的表達方式。表示下面的人給上面的人物品。句型是「給予人は（が）接受人に～をさしあげる」。給予人是主語，這時候接受人的地位、年齡、身份比給予人高。是一種謙虛的說法。

1 私は社長に資料をさしあげた。

我呈上資料給社長。

例句

2 本田教授に退院のお祝いを差し上げた。	送禮給本田教授以恭喜他出院了。
3 退職する先輩に記念品を差し上げた。	贈送了紀念禮物給即將離職的前輩。
4 私は毎年先生に年賀状をさしあげます。	我每年都寫賀年卡給老師。
5 彼女のお父さんに何をさしあげたのですか。	你送了她父親什麼？

日語文法・句型詳解

031

～てさしあげる

（為他人）做…

➡ {動詞て形}＋さしあげる

【行為受益－下為上】表示自己或站在自己一方的人，為他人做前項有益的行為。基本句型是「給予人は（が）接受人に～を動詞てさしあげる」。給予人是主語。這時候接受人的地位、年齡、身份比給予人高。是「～てあげる」更謙虛的說法。由於有將善意行為強加於人的感覺，所以直接對上面的人說話時，最好改用「お～します」，但不是直接當面說就沒關係。

1 私は部長を空港まで送ってさしあげました。
我送部長到機場。

➡ **例句**

2 京都を案内してさしあげました。｜我帶他們去參觀京都。

3 千葉教授を手伝って差し上げた。｜幫了千葉教授的忙。

4 早く先輩に知らせて差し上げよう。｜快點知會前輩！

5 私は先生の車を車庫に入れてさしあげました。｜我幫老師把車停進了車庫。

032

くれる

給…

➡ {名詞}＋{助詞}＋くれる

【物品受益－同輩】表示他人給說話人（或說話一方）物品。這時候接受人跟給予人大多是地位、年齡相當的同輩。句型是「給予人は（が）接受人に～をくれる」。給予人是主語，而接受人是說話人，或說話人一方的人（家人）。給予人也可以是晚輩。

1 友達(ともだち)が私(わたし)にお祝(いわ)いの電報(でんぽう)をくれた。

朋友給了我一份祝賀的電報。

例句

2 兄(あに)が弟(おとうと)に入学祝(にゅうがくいわ)いをくれた。	哥哥送了入學賀禮給弟弟。
3 友達(ともだち)が私(わたし)に面白(おもしろ)い本(ほん)をくれました。	朋友給了我一本有趣的書。
4 娘(むすめ)が私(わたし)に誕生日(たんじょうび)プレゼントをくれました。	女兒送給我生日禮物。
5 姉(あね)がくれた誕生日(たんじょうび)プレゼントは、イヤリングでした。	姐姐送給我的生日禮物是耳環。

N4

033 Track N4 2-33

～てくれる

（為我）做…

{動詞て形}＋くれる

❶【行為受益－同輩】表示他人為我，或為我方的人做前項有益的事，用在帶著感謝的心情，接受別人的行為，此時接受人跟給予人大多是地位、年齡同等的同輩，如例(1)～(3)。

❷〖行為受益－晚輩〗給予人也可能是晚輩，如例(4)。

❸〖主語＝給予人；接受方＝說話人〗常用「給予人は（が）接受人に～を動詞てくれる」之句型，此時給予人是主語，而接受人是說話人，或說話人一方的人，如例(5)。

1 同僚(どうりょう)がアドバイスをしてくれた。

同事給了我意見。

例句

2 田中(たなか)さんが仕事(しごと)を手伝(てつだ)ってくれました。	田中先生幫了我工作上的忙。
3 佐藤(さとう)さんは仕事(しごと)を1日休(いちにちやす)んで町(まち)を案内(あんない)してくれました。	佐藤小姐向公司請假一天，帶我參觀了這座城鎮。

4 子どもたちも、「お父さん、がんばって」と言ってくれました。
孩子們也對我說了：「爸爸，加油喔！」

5 花子は私に傘を貸してくれました。
花子借傘給我。

034

● くださる

給…、贈…

➡ {名詞}＋{助詞}＋くださる

【物品受益－上給下】對上級或長輩給自己（或自己一方）東西的恭敬說法。這時候給予人的身份、地位、年齡要比接受人高。句型是「給予人は（が）接受人に～をくださる」。給予人是主語，而接受人是說話人，或說話人一方的人（家人）。

1 先生が私に時計をくださいました。
老師送給我手錶。

➡ 例句

2 先輩は私たちに本をくださいました。
學長送書給我。

3 先生はご著書をくださいました。
老師送我他的大作。

4 部長がお見舞いに花をくださった。
部長來探望我時，還送花給我。

5 村田さんが息子に入学祝いをくださった。
村田小姐致贈了入學賀禮給小兒。

035

● ～てくださる

（為我）做…

➡ {動詞て形}＋くださる

❶【行為受益－上為下】是「～てくれる」的尊敬說法。 表示他人為我，或為我方的人做前項有益的事，用在帶著感謝的心情，接受別人的行為時，此時給予人的身份、地位、年齡要比接受人高，如例(1)～(4)。

❷〖主語＝給予人；接受方＝說話人〗常用「給予人は（が）接受人に（を・の～）～を動詞てくださる」之句型，此時給予人是主語，而接受人是說話人，或說話人一方的人，如例(5)。

1 先生は、間違えたところを直してくださいました。

老師幫我修正了錯的地方。

例句

2 先生がいい仕事を紹介してくださった。	老師介紹了一份好工作給我。
3 曽根さんが車で駅まで迎えに来てくださった。	曽根先生專程開車到車站來接我。
4 部長、その資料を貸してくださいませんか。	部長，您方便借我那份資料嗎？
5 先生が私に日本語を教えてくださいました。	老師教了我日語。

036

Track N4 2-36

もらう

接受…、取得…、從…那兒得到…

➡ {名詞}＋{助詞}＋もらう

【物品受益－同輩、晚輩】表示接受別人給的東西。這是以說話人是接受人，且接受人是主語的形式，或說話人是站在接受人的角度來表現。句型是「接受人は（が）給予人に～をもらう」。這時候接受人跟給予人大多是地位、年齡相當的同輩。或給予人也可以是晚輩。

1 私は友達に木綿の靴下をもらいました。

我收到了朋友給的棉襪。

➡ 例句

2 花子は田中さんにチョコをもらった。 | 花子收到了田中先生給的巧克力。

3 私は次郎さんに花をもらいました。 | 我收到了次郎給的花。

4 息子がお嫁さんをもらいました。 | 我兒子娶太太了。

5 あなたは彼女に何をもらったのですか。 | 你從她那收到了什麼嗎？

037

～てもらう

（我）請（某人為我做）…

➡ {動詞て形}＋もらう

【行為受益－同輩、晚輩】表示請求別人做某行為，且對那一行為帶著感謝的心情。也就是接受人由於給予人的行為，而得到恩惠、利益。一般是接受人請求給予人採取某種行為的。這時候接受人跟給予人大多是地位、年齡同等的同輩。句型是「接受人は（が）給予人に（から）～を動詞てもらう」。或給予人也可以是晚輩。

1 田中さんに日本人の友達を紹介してもらった。

我請田中小姐為我介紹日本人朋友。

➡ 例句

2 私は友達に助けてもらいました。 | 我請朋友幫了我的忙。

3 友達にお金を貸してもらった。 | 向朋友借了錢。

4 高橋(たかはし)さんに安(やす)いアパートを教(おし)えてもらいました。	我請高橋先生介紹我便宜的公寓。
5 お昼(ひる)ご飯(はん)のとき財布(さいふ)を忘(わす)れて、奥村(おくむら)さんに払(はら)ってもらった。	吃午飯時忘記帶錢包，由奧村先生幫忙付了錢。

038

いただく

承蒙…、拜領…

➡ {名詞}＋{助詞}＋いただく

【物品受益－上給下】表示從地位、年齡高的人那裡得到東西。這是以說話人是接受人，且接受人是主語的形式，或說話人站在接受人的角度來表現。句型是「接受人は（が）給予人に～をいただく」。用在給予人身份、地位、年齡比接受人高的時候。比「もらう」說法更謙虛，是「もらう」的謙讓語。

1 鈴木先生(すずきせんせい)にいただいた皿(さら)が、割(わ)れてしまいました。

把鈴木老師送的盤子弄破了。

➡ **例句**

2 お茶(ちゃ)をいただいてもよろしいですか。	可以向您討杯茶水嗎？
3 私(わたし)は先生(せんせい)の奥(おく)さんに絵(え)をいただきました。	我收到了師母給的畫。
4 津田部長(つだぶちょう)から缶詰(かんづめ)セットをいただきました。	津田部長送了我罐頭禮盒。
5 浜崎(はまさき)さんからおいしそうなお肉(にく)をいただきました。	濱崎小姐送了我看起來非常美味的牛肉。

039

～ていただく

承蒙…

N4

➡ {動詞て形}＋いただく

【行為受益－上為下】表示接受人請求給予人做某行為，且對那一行為帶著感謝的心情。這是以說話人站在接受人的角度來表現。用在給予人身份、地位、年齡都比接受人高的時候。句型是「接受人は（が）給予人に（から）～を動詞ていただく」。這是「～てもらう」的自謙形式。

1 花子(はなこ)は先生(せんせい)に推薦状(すいせんじょう)を書(か)いていただきました。
花子請老師寫了推薦函。

➡ 例句

2 私(わたし)は部長(ぶちょう)に資料(しりょう)を貸(か)していただきました。	我請部長借了資料給我。
3 ぜひ来(き)ていただきたいです。	希望您一定要來。
4 お客様(きゃくさま)に喜(よろこ)んでいただけると、私(わたし)もうれしいです。	能夠讓貴賓高興，我也同樣感到開心。
5 先生(せんせい)に説明(せつめい)していただいて、やっと少(すこ)し理解(りかい)できました。	經過老師的講解以後，終於比較懂了。

040　Track N4 2-40

～てほしい

1. 希望…、想…；2. 希望不要…

➡ ❶**【希望】**{動詞て形}＋ほしい。表示說話者希望對方能做某件事情，或是提出要求，如例(1)～(3)。

❷**〖否定－ないでほしい〗**{動詞否定形}＋でほしい。表示否定，為「希望（對方）不要…」，如例(4)、(5)。

1 旅行(りょこう)に行(い)くなら、お土産(みやげ)を買(か)って来(き)てほしい。
如果你要去旅行，希望你能買名產回來。

例句

2 妻にもっと優しくしてほしい。	希望太太能更溫柔一點。
3 夫にもっと子供の世話をしてほしい。	希望丈夫能多幫忙照顧孩子。
4 怒らないでほしい。	我希望你不要生氣。
5 卒業しても、私のことを忘れないでほしい。	就算畢業了，也希望你不要忘掉我。

041

～ば

1. 如果…的話；2. 假如…的話；3. 假如…、如果…就…

{[形容詞・動詞]假定形；[名詞・形容動詞]假定形}＋ば

❶【一般條件】敘述一般客觀事物的條件關係。如果前項成立，後項就一定會成立，如例(1)、(2)。

❷【限制】後接意志或期望等詞，表示後項受到某種條件的限制，如例(3)。

❸【條件】表示條件。對特定的人或物，表示對未實現的事物，只要前項成立，後項也當然會成立。前項是焦點，敘述需要的是什麼，後項大多是被期待的事，如例(4)。

❹〖諺語〗也用在諺語的表現上，表示一般成立的關係。如例(5)。「よし」為「よい」的古語用法。

1 雨が降れば、空気がきれいになる。

下雨的話，空氣就會變得十分清澄。

例句

2 もしその話が本当ならば、大変だ。	假如你說的是真的，那就糟了！
3 時間が合えば、会いたいです。	如果時間允許，希望能見一面。
4 安ければ、買います。	便宜的話我就買。
5（ことわざ）終わりよければ全てよし。	（俗諺）結果好就一切都好。

N4

042

～たら

1. 要是…、如果要是…了、…了的話；2. …之後、…的時候

➡ {[名詞・形容詞・形容動詞・動詞] た形} ＋ら

❶【條件】表示假定條件，當實現前面的情況時，後面的情況就會實現，但前項會不會成立，實際上還不知道，如例(1)～(3)。

❷【契機】表示確定條件，知道前項一定會成立，以其為契機做後項，如例(4)、(5)。

1 いい天気(てんき)だったら、富士山(ふじさん)が見(み)えます。
要是天氣好，就可以看到富士山。

➡ 例句

2 一億円(いちおくえん)があったら、マンションを買(か)います。	要是有一億日圓的話，我就買一間公寓房子。
3 雨(あめ)が降(ふ)ったら、運動会(うんどうかい)は1週間(いっしゅうかん)延(の)びます。	如果下雨的話，運動會將延後一週舉行。
4 20歳(はたち)になったら、たばこが吸(す)える。	到了二十歲，就能抽菸了。
5 宿題(しゅくだい)が終(お)わったら、遊(あそ)びに行(い)ってもいいですよ。	等到功課寫完了，就可以去玩了喔。

043

～たら～た

原來…、發現…、才知道…

➡ {[名詞・形容詞・形容動詞・動詞] た形} ＋ら～た

【確定條件】表示說話者完成前項動作後，有了新發現，或是發生了後項的事情。

1 仕事(しごと)が終(お)わったら、もう9時(くじ)だった。
工作做完，已經是九點了。

例句

2 朝起きたら、雪が降っていた。	早上起床時，發現正在下雪。
3 お風呂に入ったら、ぬるかった。	泡進浴缸後才知道水不熱。
4 家に帰ったら、妻が倒れていた。	回到家一看，太太昏倒了。
5 テレビをつけたら、臨時ニュースをやっていた。	那時一打開電視，正在播放新聞快報。

044

～なら

1. 如果…就…；2.…的話；3. 要是…的話

{名詞；形容動詞詞幹；[動詞・形容詞] 辭書形} ＋なら

❶**【條件】**表示接受了對方所說的事情、狀態、情況後，說話人提出了意見、勸告、意志、請求等，如例(1)～(3)。

❷**〔先舉例再說明〕**可用於舉出一個事物列為話題，再進行說明，如例(4)。

❸**〔假定條件－のなら〕**以對方發話內容為前提進行發言時，常會在「なら」的前面加「の」，「の」的口語說法為「ん」，如例(5)。

1 悪かったと思うなら、謝りなさい。

假如覺得自己做錯了，那就道歉！

例句

2 私があなたなら、きっとそうする。	假如我是你的話，一定會那樣做的！
3 そんなにおいしいなら、私も今度その店に連れていってください。	如果真有那麼好吃，下次也請帶我去那家店。
4 野球なら、あのチームが一番強い。	棒球的話，那一隊最強了。
5 そんなに痛いんなら、なんで今まで言わなかったの。	要是真的那麼痛，為什麼拖到現在才說呢？

日語文法・句型詳解

045

～と

1. 一…就；2. 一…竟…

➡ ❶【條件】{[名詞・形容詞・形容動詞・動詞]普通形（只能用在現在形及否定形）}＋と。表示陳述人和事物的一般條件關係，常用在機械的使用方法、説明路線、自然的現象及反覆的習慣等情況，此時不能使用表示説話人的意志、請求、命令、許可等語句，如例(1)～(4)。

❷〔契機〕表示指引道路。也就是以前項的事情為契機，發生了後項的事情，如例(5)。

1 このボタンを押すと、切符が出てきます。

一按這個按鈕，票就出來了。

➡ 例句

2 家に帰ると、電気がついていました。 | 一回到家，就發現電燈是開著的。

3 雪が溶けると、春になる。 | 積雪融化以後就是春天到臨。

4 台湾に来ると、いつも夜市に行きます。 | 每回來到台灣，總會去逛夜市。

5 角を曲がると、すぐ彼女の家が見えた。 | 一過了轉角，馬上就可以看到她家了。

046

～まま

…著

➡ {名詞の；形容詞辭書形；形容動詞詞幹な；動詞た形}＋まま

【附帶狀況】表示附帶狀況，指一個動作或作用的結果，在這個狀態還持續時，進行了後項的動作，或發生後項的事態。

1 靴を履いたままで入らないでください。

請不要穿著鞋子進來。

例句

2 日本では、トマトは生のまま食べることが多いです。
在日本，通常都是生吃蕃茄。

3 日本酒は冷たいままで飲むのが好きだ。
我喜歡喝冰的日本清酒。

4 新車を買った。きれいなままにしておきたいから、乗らない。
我買了新車。因為想讓車子永遠保持閃亮亮的，所以不開出去。

5 あとは僕がやるから、そのままでいいよ。
剩下的由我做就行，你擺著就好。

047

Track N4 2-47

～おわる

結束、完了、…完

{動詞ます形}＋おわる

【終點】接在動詞ます形後面，表示前接動詞的結束、完了。

1 日記は、もう書き終わった。
日記已經寫好了。

例句

2 今日やっとレポートを書き終わりました。
今天總算寫完了報告。

3 神田さんは、意見を言い終わると、席に座りました。
神田先生一發表完意見，就立刻在座位上坐了下來。

4 運動し終わったら、道具を片付けてください。
運動完畢後，請將道具收拾好。

5 食べ終わったら、「ごちそうさまでした」と言いなさい。
如果吃完了，要說「我吃飽了 / 謝謝招待」。

四、句型（2）

001

～ても、でも

即使…也

➡ {形容詞く形}＋ても；{動詞て形}＋も；{名詞；形容動詞詞幹}＋でも

❶【假定逆接】表示後項的成立，不受前項的約束，是一種假定逆接表現，後項常用各種意志表現的說法，如例(1)～(3)。

❷〖常接副詞〗表示假定的事情時，常跟「たとえ（比如）、どんなに（無論如何）、もし（假如）、万が一（萬一）」等副詞一起使用，如例(4)、(5)。

1 社会が厳しくても、私はがんばります。

即使社會嚴苛我也會努力。

➡ 例句

2 子供でも、暴力はいけないことくらい分かるはずだ。	即使是小孩子，應該也懂得不可以動手打人這種簡單的道理才對。
3 雨が降ってもやりが降っても、必ず行く。	哪怕是下雨還是下刀子，我都一定會去！
4 たとえ失敗しても後悔はしません。	即使失敗也不後悔。
5 どんなに父が反対しても、彼と結婚します。	無論父親如何反對，我還是要和他結婚。

002

疑問詞＋ても、でも

1. 不管（誰、什麼、哪兒）…；2. 無論…

➡ {疑問詞}＋{形容詞く形}＋ても；{疑問詞}＋{動詞て形}＋も；{疑問詞}＋{名詞；形容動詞詞幹}＋でも

❶【不論】前面接疑問詞，表示不論什麼場合、什麼條件，都要進行後項，或是都會產生後項的結果，如例(1)～(3)。

❷【全部都是】表示全面肯定或否定，也就是沒有例外，全部都是，如例(4)、(5)。

1 どんなに怖(こわ)くても、ぜったい泣(な)かない。

再怎麼害怕也絕不哭。

例句

2 いくら忙(いそが)しくても、必(かなら)ず運動(うんどう)します。

我不管再怎麼忙，一定要做運動。

3 いくつになっても、勉強(べんきょう)し続(つづ)けます。

不管活到幾歲，我都會不斷地學習。

4 来週(らいしゅう)の水曜日(すいようび)なら何時(いつ)でもOK(オーケー)です。

如果是下星期三，任何時段都OK。

5 日本人(にほんじん)なら誰(だれ)でも、この人(ひと)が誰(だれ)か知(し)っている。

只要是日本人，任何人都知道這個人是誰。

003

～だろう

…吧

➡ {名詞；形容動詞詞幹；[形容詞・動詞]普通形}＋だろう

❶【推斷】使用降調，表示說話人對未來或不確定事物的推測，且說話人對自己的推測有相當大的把握，如例(1)、(2)。

❷〖常接副詞〗常跟副詞「たぶん（大概）、きっと（一定）」等一起使用，如例(3)、(4)。

❸〖女性－でしょう〗口語時女性多用「でしょう」，如例(5)。

N4

1 みんなもうずいぶんお酒を飲んでいるだろう。
大家都已經喝了不少酒吧？

➔ 例句

2 彼以外は、みんな来るだろう。　　除了他以外，大家都會來吧！

3 試合はきっと面白いだろう。　　比賽一定很有趣吧！

4 たぶん、今話しかけると邪魔だろう。　　我猜，現在找他說話大概會打擾到他吧。

5 明日は青空が広がるでしょう。　　明天應該是晴空萬里吧。

004

～（だろう）とおもう

（我）想…、（我）認為…

➔ {[名詞・形容詞・形容動詞・動詞]普通形}＋（だろう）とおまう

【推斷】意思幾乎跟「だろう」（…吧）相同，不同的是「とおまう」比「だろう」更清楚地講出推測的內容，只不過是說話人主觀的判斷，或個人的見解。而「だろうとおもう」由於說法比較婉轉，所以讓人感到比較鄭重。

1 彼は独身だろうと思います。
我猜想他是單身。

➔ 例句

2 男に生まれていたらどんなに良かっただろうと思っている。　　我一直在想，假如自己生為男兒身，不知道該有多好。

3 その様子から、彼は私のことが嫌いなんだろうと思った。　　我原本認為從他的態度來看，他應該討厭我吧。

4 今晩、台風が来るだろうと思います。 | 今晚會有颱風吧！

5 山の上では、星がたくさん見えるだろうと思います。 | 我想山上應該可以看到很多星星吧！

005

～とおもう

覺得…、認為…、我想…、我記得…

➡ {[名詞・形容詞・形容動詞・動詞]普通形}＋とおもう

【推斷】表示說話者有這樣的想法、感受、意見。「とおもう」只能用在第一人稱。前面接名詞或形容動詞時要加上「だ」。

1 お金を好きなのは悪くないと思います。
我認為愛錢並沒有什麼不對。

➡ **例句**

2 吉村先生の授業は、面白いと思います。 | 我覺得吉村老師的課很有趣。

3 自分には日本語の通訳になるのは無理だと思う。 | 我覺得自己沒有能力成為日語口譯員。

4 自分だけは交通事故を起こしたりしないと思っていた。 | 我原本以為自己無論如何都不可能遇上交通事故。

5 吉田さんは若く見えると思います。 | 我覺得吉田小姐看起來很年輕。

006

～といい

1. 要是…該多好；2. 要是…就好了

➡ {名詞だ；[形容詞・形動容詞・動詞]辭書形}＋といい

N4

❶【願望】表示說話人希望成為那樣之意。句尾出現「けど、のに、が」時，含有這願望或許難以實現等不安的心情，如例(1)～(3)。

❷〖近似たらいい等〗意思近似於「～たらいい（要是…就好了）、～ばいい（要是…就好了）」，如例(4)、(5)。

1 女房はもっとやさしいといいんだけど。

我老婆要是能再溫柔一點就好了。

➡ 例句

2 夫の給料がもっと多いといいのに。

真希望我先生的薪水能多一些呀！

3 彼はもう少し真面目だといいんだが。

假如他能再認真一點，不知道該有多好。

4 日曜日、いい天気だといいですね。

星期天天氣要能晴朗就好啦！

5 ああ、今度の試験でＮ４に合格するといいなあ。

唉，要是這次能通過日檢 N4 測驗就好了。

007

● ～かもしれない

也許…、可能…

➡ {名詞；形容動詞詞幹；[形容詞・動詞]普通形}＋かもしれない

【推斷】表示說話人說話當時的一種不確切的推測。推測某事物的正確性雖低，但是有可能的。肯定跟否定都可以用。跟「～かもしれない」相比，「～と思います」、「～だろう」的說話者，對自己推測都有較大的把握。其順序是：と思います>だろう>かもしれない。

1 風が強いですね、台風かもしれませんね。

風真大，也許是颱風吧！

例句

2 こんな時間に電話するのは、迷惑かもしれない。	在這種時段致電，說不定會打擾到對方。
3 夫は、私のことがきらいなのかもしれません。	我先生說不定已經嫌棄我了。
4 すぐ手術していたら、死なずに済んだかもしれなかった。	假如那時立刻動手術，說不定就不會死了。
5 もしかしたら、1億円当たるかもしれない。	或許會中一億日圓。

008

～はずだ

1.（按理說）應該…；2. 怪不得…

{名詞の；形容動詞詞幹な；[形容詞・動詞]普通形}＋はずだ

❶【推斷】表示說話人根據事實、理論或自己擁有的知識來推測出結果，是主觀色彩強，較有把握的推斷，如例(1)～(3)。

❷【理解】表示說話人對原本不可理解的事物，在得知其充分的理由後，而感到信服，如例(4)、(5)。

1 高橋さんは必ず来ると言っていたから、来るはずだ。
高橋先生說他會來，就應該會來。

例句

2 金曜日の3時ですか。大丈夫なはずです。	星期五的三點嗎？應該沒問題。
3 アリさんはイスラム教徒だから、豚肉は食べないはずだ。	因為阿里先生是伊斯蘭教徒，所以應該不吃豬肉。
4 彼は弁護士だったのか。道理で法律に詳しいはずだ。	他是律師啊。怪不得很懂法律。

5 今日は月曜日だったのか。美術館が休みのはずだ。 | 原來今天是星期一啊！難怪美術館沒有開放。

009

～はずがない

不可能…、不會…、沒有…的道理

➡ {名詞の；形容動詞詞幹な；[形容詞・動詞]普通形}＋はずが(は)ない

❶【推斷】表示說話人根據事實、理論或自己擁有的知識，來推論某一事物不可能實現。是主觀色彩強，較有把握的推斷，如例(1)～(4)。

❷〖口語－はずない〗用「はずない」，是較口語的用法，如例(5)。

1 人形の髪が伸びるはずがない。
娃娃的頭髮不可能變長。

➡ 例句

2 うちの子が、頭が悪いはずがない。 | 我家的孩子絕不可能不聰明！

3 そんなところに行って安全なはずがなかった。 | 去那種地方絕不可能安全的！

4 ここから東京タワーが見えるはずがない。 | 從這裡不可能看得見東京鐵塔。

5 花子が知らないはずない。 | 花子不可能不知道。

010

～ようだ

1. 像…一樣的、如…似的；2. 好像…

➡ ❶【比喻】{名詞の；動詞辭書形；動詞た形}＋ようだ。把事物的狀態、形狀、性質及動作狀態，比喻成一個不同的其他事物，如例(1)～(3)。

❷【推斷】{名詞の；形容動詞詞幹な；[形容詞・動詞]普通形}＋ようだ。用在說話人從各種情況，來推測人或事物是後項的情況，通常是說話人主觀、根據不足的推測，如例(4)、(5)。

❸〖活用同形容動詞〗「ようだ」的活用跟形容動詞一樣。

1 まるで盆と正月が一緒に来たような騒ぎでした。

簡直像中元和過年兜在一起過一樣，大夥盡情地喧鬧。

➡ 例句

2 ここから見ると、家も車もおもちゃのようです。	從這裡看下去，房子和車子都好像玩具一樣。
3 白雪姫は、肌が雪のように白く、美しかった。	白雪公主的肌膚像雪一樣白皙，非常美麗。
4 公務員になるのは、難しいようです。	要成為公務員好像很難。
5 後藤さんは、お肉がお好きなようだった。	聽說後藤先生早前喜歡吃肉。

N4

011

Track N4 2-58

～そうだ

聽説…、據説…

➡ {[名詞・形容詞・形動容詞・動詞]普通形}＋そうだ

❶【傳聞】表示傳聞。表示不是自己直接獲得的，而是從別人那裡、報章雜誌或信上等處得到該信息，如例(1)。

❷〖消息來源〗表示信息來源的時候，常用「～によると」（根據）或「～の話では」（説是…）等形式，如例(2)～(5)。

❸〖女性－そうよ〗説話人為女性時，有時會用「そうよ」，如例(5)。

1 友達の話によると、もう一つ飛行場ができるそうだ。

聽朋友説，要蓋另一座機場。

➡ 例句

2 おばあちゃんの話(はなし)では、おじいちゃんは、若(わか)いころはハンサムだったそうだ。	聽說奶奶說，爺爺年輕時很英俊。
3 新聞(しんぶん)によると、今度(こんど)の台風(たいふう)はとても大(おお)きいそうだ。	報上說這次的颱風會很強大。
4 ここは昔(むかし)、5万人(まんにん)もの人(ひと)が住(す)んでいたそうだ。	據說這地方從前住了多達五萬人。
5 彼(かれ)の話(はなし)では、桜子(さくらこ)さんは離婚(りこん)したそうよ。	聽他說櫻子小姐離婚了。

012

● ～やすい

容易…、好…

➡ {動詞ます形}＋やすい

❶【強調程度】表示該行為、動作很容易做，該事情很容易發生，或容易發生某種變化，亦或是性質上很容易有那樣的傾向，與「～にくい」相對，如例(1)～(4)。

❷〖變化跟い形容詞同〗「やすい」的活用變化跟「い形容詞」一樣，如例(5)。

1 木綿(もめん)の下着(したぎ)は洗(あら)いやすい。

棉質內衣容易清洗。

➡ 例句

2 岩手(いわて)は涼(すず)しくて過(す)ごしやすかった。	那時岩手縣氣候涼爽，住起來舒適宜人。
3 季節(きせつ)の変(か)わり目(め)は風邪(かぜ)をひきやすい。	每逢季節交替的時候，就很容易感冒。

4 このレストランはおいしいし、場所が便利で来やすい。
這家餐廳不但餐點好吃，而且又位在交通便捷的地方，很容易到達。

5 兄が宿題を分かりやすく教えてくれました。
哥哥用簡單明瞭的方法教了我習題。

013

～にくい

不容易…、難…

{動詞ます形}＋にくい

【強調程度】表示該行為、動作不容易做，該事情不容易發生，或不容易發生某種變化，亦或是性質上很不容易有那樣的傾向。「にくい」的活用跟「い形容詞」一樣。並且與「～やすい」（容易…、好…）相對。

1 このコンピューターは、使いにくいです。
這台電腦很不好用。

例句

2 倒れにくい建物を作りました。
建造了一棟不易倒塌的建築物。

3 一度ついた習慣は、変えにくいですね。
一旦養成習慣就很難改了呢！

4 この魚、おいしいけれど食べにくかった。
這種魚雖然美味，但是吃起來很麻煩。

5 上司が年下だと、仕事しにくくないですか。
如果主管的年紀比我們小，在工作上不會不方便嗎？

014

～と～と、どちら

在…與…中，哪個…

➔ {名詞}＋と＋{名詞}＋と、どちら（のほう）が

【比較】表示從兩個裡面選一個。也就是詢問兩個人或兩件事，哪一個適合後項。在疑問句中，比較兩個人或兩件事，用「どちら」。東西、人物及場所等都可以用「どちら」。

1 着物とドレスと、どちらのほうが素敵ですか。

和服與洋裝，哪一種比較漂亮？

➔ 例句

2 哲也君と健介君と、どちらがかっこいいと思いますか。　哲也和健介，你覺得哪一個比較帥？

3 紅茶とコーヒーと、どちらがよろしいですか。　紅茶和咖啡，您要哪個？

4 工業と商業と、どちらのほうが盛んですか。　工業與商業，哪一種比較興盛？

5 お父さんとお母さん、どっちの方が好き？　爸爸和媽媽，你比較喜歡哪一位？

015

～ほど～ない

不像…那麼…、沒那麼…

➔ {名詞；動詞普通形}＋ほど～ない

【比較】表示兩者比較之下，前者沒有達到後者那種程度。這個句型是以後者為基準，進行比較的。

1 大きい船は、小さい船ほど揺れない。

大船不像小船那麼會搖。

例句

2 日本の夏はタイの夏ほど暑くないです。	日本的夏天不像泰國那麼熱。
3 私は、妹ほど母に似ていない。	我不像妹妹那麼像媽媽。
4 映画は、期待したほど面白くなかった。	電影不如我預期的那麼有趣。
5 テストは、予想したほど難しくなかった。	考試沒有我原本以為的那麼難。

016

～なくてもいい

不…也行、用不著…也可以

{動詞否定形（去い）}＋くてもいい

❶【許可】表示允許不必做某一行為，也就是沒有必要，或沒有義務做前面的動作，如例(1)、(2)。

❷〖×なくてもいかった〗要注意的是「なくてもいかった」或「なくてもいければ」是錯誤用法，正確是「なくてもよかった」或「なくてもよければ」，如例(3)、(4)。

❸〖文言－なくともよい〗較文言的表達方式為「～なくともよい」，如例(5)。

1 暖かいから、暖房をつけなくてもいいです。
很溫暖，所以不開暖氣也無所謂。

例句

2 レポートは今日出さなくてもいいですか。	今天可以不用交報告嗎？
3 こんなにつまらないなら、来なくてもよかった。	早知道那麼無聊就不來了。
4 もし働かなくてもよければ、どんなにいいだろう。	假如不必工作也無所謂，不知道該有多好。
5 忙しい人は出席しなくともよい。	忙碌的人不出席亦無妨。

017

～なくてもかまわない

不…也行、用不著…也沒關係

➡ {動詞動詞否定形(去い)}＋くてもかまわない

❶【許可】表示沒有必要做前面的動作，不做也沒關係，如例(1)～(3)。

❷〘＝大丈夫等〙「かまわない」也可以換成「大丈夫」（沒關係）、「問題ない」(沒問題）等表示「沒關係」的表現，如例(4)、(5)。

1 明るいから、電灯をつけなくてもかまわない。
還很亮，不開電燈也沒關係。

➡ 例句

2 あなたは行かなくてもかまいません。
你不去也行。

3 彼を愛していたから、彼が私を愛していなくてもかまわなかった。
原本以為只要我愛他，就算他不愛我也沒關係。

4 あと 15 分ありますから、急がなくても大丈夫ですよ。
時間還有十五分鐘，不必趕著去也沒關係喔。

5 都会に住んでいると、車の運転ができなくても問題ありません。
若是住在城市裡，就算不會開車也沒有問題。

018

～なさい

要…、請…

➡ {動詞ます形}＋なさい

【命令】表示命令或指示。一般用在上級對下級，父母對小孩，老師對學生的情況。比起命令形，此句型稍微含有禮貌性，語氣也較緩和。由於這是用在擁有權力或支配能力的人，對下面的人說話的情況，使用的場合是有限的。

1 規則を守りなさい。

要遵守規定。

➡ 例句

2 早く寝なさい。 | 快點睡覺！

3 しっかり勉強しなさいよ。 | 要好好用功讀書喔！

4 生徒たちを、教室に集めなさい。 | 叫學生到教室集合。

5 選択肢１から４の中から、いちばんいいものを選びなさい。 | 請從選項一到四之中，挑出最適合的答案。

N4

019

～ため（に）

1. 以…為目的，做…、為了…；2. 因為…所以…

➡ ❶【目的】{名詞の；動詞辭書形}＋ため（に）。表示為了某一目的，而有後面積極努力的動作、行為，前項是後項的目標，如果「ため（に）」前接人物或團體，就表示為其做有益的事，如例(1)～(3)。

❷【理由】{名詞の；［動詞・形容詞]普通形；形容動詞詞幹な}＋ため（に）。表示由於前項的原因，引起後項的結果，如例(4)、(5)。

1 私は、彼女のためなら何でもできます。

只要是為了她，我什麼都辦得到。

➡ 例句

2 世界を知るために、たくさん旅行をした。 | 為了了解世界，到各地去旅行。

3 日本に留学するため、一生懸命日本語を勉強しています。 | 為了去日本留學而正在拚命學日語。

4 台風のために、波が高くなっている。
由於颱風來襲，海浪愈來愈高。

5 指が痛いため、ピアノが弾けない。
因為手指疼痛而無法彈琴。

020

～そう

好像…、似乎…

{[形容詞・形容動詞]詞幹；動詞ます形}＋そう

❶【樣態】表示說話人根據親身的見聞，而下的一種判斷，如例(1)～(3)。
❷〖よさそう〗形容詞「よい」、「ない」接「そう」，會變成「よさそう」、「なさそう」，如例(4)。
❸〖女性－そうね〗會話中，當說話人為女性時，有時會用「そうね」，如例(5)。

1 このラーメンはおいしそうだ。
這拉麵似乎很好吃。

例句

2 大変そうだね。手伝おうか。
你一個人忙不過來吧？要不要我幫忙？

3 妹は、お母さんに叱られて、泣きそうな顔をしていました。
妹妹遭到媽媽的責罵，露出了一副快要哭出來的表情。

4「これでどうかな。」「よさそうだね。」
「你覺得這樣好不好呢？」「看起來不錯啊。」

5 どうしたの。気分が悪そうね。
怎麼了？你看起來好像不太舒服耶？

021

～がする

感到…、覺得…、有…味道

➡ {名詞}＋がする

【樣態】前面接「かおり（香味）、におい（氣味）、味（味道）、音（聲音）、感じ（感覺）、気（感覺）、吐き気（噁心感）」等表示氣味、味道、聲音、感覺等名詞，表示說話人通過感官感受到的感覺或知覺。

1 このうちは、畳（たたみ）の匂（にお）いがします。
這屋子散發著榻榻米的味道。

➡ 例句

2 今朝（けさ）から頭痛（ずつう）がします。	今天早上頭就開始痛。
3 外（そと）で大（おお）きい音（おと）がしました。	外頭傳來了巨大的聲響。
4 彼女（かのじょ）の目（め）は温（あたた）かい感（かん）じがします。	她的眼神讓人感覺充滿關懷。
5 あの人（ひと）はどこかであったことがあるような気（き）がします。	我覺得好像曾在哪裡見過那個人。

N4

022 Track N4 2-69

～ことがある

1. 有時…、偶爾…；2. 有過…

➡ {動詞辭書形；動詞否定形}＋ことがある

❶【不定】表示有時或偶爾發生某事，如例(1)。
❷【經驗】「～ことはあるが、～ことはない」為「有過…，但沒有過…」的意思，通常內容為談話者本身經驗，如例(2)。
❸〘常搭頻度副詞〙常搭配「ときどき（有時）、たまに（偶爾）」等表示頻度的副詞一起使用，如例(3)、(4)。

1 友人（ゆうじん）とお酒（さけ）を飲（の）みに行（い）くことがあります。
偶爾會跟朋友一起去喝酒。

例句

2 僕は酒を飲むことはあるが、飲み過ぎることはない。	我雖會喝酒，但是從來沒有喝過量。
3 たまに自転車で通勤することがあります。	有時會騎腳踏車上班。
4 私は時々、帰りにおじの家に行くことがある。	回家途中我有時會去伯父家。

023

～ことになる

1.（被）決定…；3. 規定…；4. 也就是說…

{動詞辭書形；動詞否定形}＋ことになる

❶【決定】表示決定。指說話人以外的人、團體或組織等，客觀地做出了某些安排或決定，如例(1)、(2)。

❷〖婉轉宣布〗用於婉轉宣布自己決定的事，如例(3)。

❸【約束】以「～ことになっている」的形式，表示人們的行為會受法律、約定、紀律及生活慣例等約束，如例(4)。

❹【換句話說】指針對事情，換一種不同的角度或說法，來探討事情的真意或本質，如例(5)。

1 駅にエスカレーターをつけることになりました。

車站決定設置自動手扶梯。

例句

2 来月新竹に出張することになった。	下個月要去新竹出差。
3 6月に結婚することになりました。	已經決定將於六月結婚了。
4 子どもはお酒を飲んではいけないことになっています。	依現行規定，孩童不得喝酒。

5 異性と食事に行くというのは、付き合っているることになるのでしょうか。

跟異性一起去吃飯，就表示兩人在交往嗎？

024

～かどうか

是否…、…與否

{名詞；形容動詞詞幹；[形容詞・動詞]普通形}＋かどうか

【不確定】表示從相反的兩種情況或事物之中選擇其一。「～かどうか」前面的部分接「不知是否屬實」的事情、情報。

1 これでいいかどうか、教えてください。

請告訴我這樣是否可行。

例句

2 あの二人が兄弟かどうか分かりません。

我不知道那兩個人是不是兄弟。

3 あちらの部屋が静かかどうか見てきます。

我去瞧瞧那裡的房間是否安靜。

4 明日晴れるかどうか、天気予報はなんて言ってた？

氣象預報對明天是不是晴天，是怎麼說的？

5 お金が集まるかどうか、やってみないと分からない。

不試試看就不知道能不能籌得到錢。

025

～ように

1. 請…、希望…；2. 為了…；3. 以便…、為了…

{動詞辭書形；動詞否定形}＋ように

❶**【祈求】**表示祈求、願望、希望、勸告或輕微的命令等。有希望成為某狀態，或希望發生某事態，向神明祈求時，常用「動詞ます形＋ますように」，如例(1)、(2)。

N4

❷〔提醒〕用在老師提醒學生時，如例(3)。

❸【目的】表示為了實現「ように」前的某目的，而採取後面的行動或手段，以便達到目的，如例(4)、(5)。

1 どうか試験に合格しますように。
請神明保佑讓我考上！

➡ 例句

2 世界が平和になりますように。	祈求世界和平。
3 月曜日までに作文を書いてくるように。	記得在星期一之前要把作文寫完交來。
4 忘れないように手帳にメモしておこう。	為了怕忘記，事先記在筆記本上。
5 熱が下がるように、注射を打ってもらった。	為了退燒，我請醫生替我打針。

026

Track N4 2-73

～ようにする

1. 爭取做到…；2. 設法使…；3. 使其…

➡ {動詞辭書形；動詞否定形} ＋ようにする

❶【意志】表示説話人自己將前項的行為、狀況當作目標而努力，或是説話人建議聽話人採取某動作、行為時，如例(1)、(2)。

❷【習慣】如果要表示把某行為變成習慣，則用「ようにしている」的形式，如例(3)、(4)。

❸【目的】表示對某人或事物，施予某動作，使其起作用，如例(5)。

1 これから毎日野菜を取るようにします。
我從現在開始每天都要吃蔬菜。

例句

2 人の悪口を言わないようにしましょう。	努力做到不去説別人的壞話吧！
3 朝早く起きるようにしています。	我習慣早起。
4 エレベーターには乗らないで、階段を使うようにしている。	現在都不搭電梯，而改走樓梯。
5 ソファーを移動して、寝ながらテレビを見られるようにした。	把沙發搬開，以便躺下來也能看到電視了。

027 Track N4 2-74

～ようになる

（變得）…了

{動詞辭書形；動詞可能形}＋ようになる

【變化】表示是能力、狀態、行為的變化。大都含有花費時間，使成為習慣或能力。動詞「なる」表示狀態的改變。

1 練習して、この曲はだいたい弾けるようになった。

練習後，這首曲子大致會彈了。

例句

2 私は毎朝牛乳を飲むようになった。	我每天早上都會喝牛奶了。
3 心配しなくても、そのうちできるようになるよ。	不必擔心，再過一些時候就會了呀。
4 うちの娘は、このごろ箸を上手に持てるようになってきた。	我女兒最近已經很會用筷子了。

N4

5 注意したら、文句を言わないようになった。
警告他後，他現在不再抱怨了。

028

～ところだ

剛要…、正要…

{動詞辭書形}＋ところだ

【將要】 表示將要進行某動作，也就是動作、變化處於開始之前的階段。

1 これから、校長先生が話をするところです。
接下來是校長致詞時間。

例句

2 今から寝るところだ。
現在正要就寢。

3 いま、田中さんに電話をかけるところです。
現在正要打電話給田中小姐。

4「早く宿題をしなさい」「今、やるところだよ」
「快點寫作業！」「現在正要寫啦！」

5「ちょっと、いいですか？」「何？もう帰るところなんだけど」
「可以耽擱一下你的時間嗎？」「什麼事？我正準備回家說……」

029

～ているところだ

正在…、…的時候

{動詞て形}＋いるところだ

❶ **【時點】** 表示正在進行某動作，也就是動作、變化處於正在進行的階段，如例(1)～(4)。

❷ **〔連接句子〕** 如為連接前後兩句子，則可用「～ているところに～」，如例(5)。

1 日本語(にほんご)の発音(はつおん)を直(なお)してもらっているところです。

正在請人幫我矯正日語發音。

例句

2 今(いま)、試験(しけん)の準備(じゅんび)をしているところです。	現在正在準備考試。
3 社長(しゃちょう)は今奥(いまおく)の部屋(へや)で銀行(ぎんこう)の人(ひと)と会(あ)っているところです。	總經理目前正在裡面的房間和銀行人員會談。
4 家(いえ)に帰(かえ)ると、ちょうど父(ちち)が弟(おとうと)を叱(しか)っているところだった。	回到家時，爸爸正在罵弟弟。
5 お風呂(ふろ)に入(はい)っているところに電話(でんわ)がかかってきた。	我在洗澡時電話響起。

N4

030

Track N4 2-77

～たところだ

剛…

{動詞た形}＋ところだ

❶【時點】表示剛開始做動作沒多久，也就是在「…之後不久」的階段，如例(1)～(4)。

❷〖發生後不久〗跟「～たばかりだ」比較，「～たところだ」強調開始做某事的階段，但「～たばかりだ」則是一種從心理上感覺到事情發生後不久的語感，如例(5)。

1 テレビを見始(みはじ)めたところなのに、電話(でんわ)が鳴(な)った。

才剛看電視沒多久，電話就響了。

N4 日語文法・句型詳解

例句

2 もしもし。ああ、今、駅に着いたところだ。

喂？喔，我現在剛到車站。

3 赤ちゃんが寝たところなので、静かにしてください。

小寶寶才剛睡著，請安靜一點。

4 お客さんが帰ったところに、また別のお客さんが来た。

前一個客人才剛走，下一個客人又來了。

5 食べたばかりだけど、おなかが減っている。

雖然才剛剛吃過飯，肚子卻餓了。

031

～たところ

結果…、果然…

{動詞た形}＋ところ

【結果】順接用法。表示完成前項動作後，偶然得到後面的結果、消息，含有說話者覺得訝異的語感。或是後項出現了預期中的好結果。前項和後項之間沒有絕對的因果關係。

1 先生に聞いたところ、先生も知らないそうだ。

請教了老師，結果老師似乎也不曉得。

例句

2 交番に行ったところ、財布は届いていた。

去到派出所時，錢包已經被送到那裡了。

3 学校から帰ったところ、うちにお客さんが来ていた。

從學校回到家時，家裡有客人來訪。

4 初めてお抹茶を飲んでみたところ、すごく苦かった。

第一次嘗試喝抹茶，結果苦得要命。

5 パソコンを開いたところ、昔の友人からメールが来ていた。	一打開電腦，就收到了以前的朋友寄來的電子郵件。

032

～について（は）、につき、についても、についての

1. 有關…、就…、關於…；2. 由於…

➡ {名詞}＋について（は）、につき、についても、についての

❶【對象】表示前項先提出一個話題，後項就針對這個話題進行說明，如例(1)～(4)。

❷【原因】要注意的是「～につき」也有「由於…」的意思，可以根據前後文來判斷意思，如例(5)。

1 江戸時代の商人についての物語を書きました。

撰寫了一個有關江戶時期商人的故事。

➡ 例句

2 私は、日本酒については詳しいです。	我對日本酒知道得很詳盡。
3 中国の文学について勉強しています。	我在學中國文學。
4 あの会社のサービスは、使用料金についても明確なので、安心して利用できます。	那家公司的服務使用費標示也很明確，因此可以放心使用。
5 好評につき、発売期間を延長いたします。	由於產品廣受好評，因此將販售期限往後延長。

001

～いっぽうだ

一直…、不斷地…、越來越…

➡ {動詞辭書形}＋一方だ

❶【傾向】表示某狀況一直朝著一個方向不斷發展，沒有停止，如例(1)。
❷〖消極〗多用於消極的、不利的傾向，意思近於「～ばかりだ」，如例(2)～(5)。

1 岩崎の予想以上の活躍ぶりに、周囲の期待も高まる一方だ。
岩崎出色的表現超乎預期，使得周圍人們對他的期望也愈來愈高。

➡ 例句

2 国の借金は、増える一方だ。｜國債愈來愈龐大。

3 景気は、悪くなる一方だ。｜景氣日漸走下坡。

4 子どもの学力が低下する一方なのは、問題です。｜小孩的學習力不斷地下降，真是個問題。

5 最近、オイル価格は、上がる一方だ。｜最近油價不斷地上揚。

002

～うちに

1. 趁…做…、在…之內…做…；2. 在…之內，自然就…

{名詞の；形容動詞詞幹な；[形容詞・動詞] 辭書形}＋うちに

❶【期間】表示在前面的環境、狀態持續的期間，做後面的動作，相當於「～（している）間に」，如例(1)～(4)。

❷【變化】用「～ているうちに」時，後項並非說話者意志，大都接自然發生的變化，如例(5)。

1 昼間は暑いから、朝のうちに散歩に行った。
白天很熱，所以趁早去散步。

例句

2 ご飯ですよ。熱いうちに召し上がれ。
吃飯囉！快趁熱吃！

3 足が丈夫なうちに、富士山に登りたい。
想趁還有腿力的時候爬上富士山。

4 お姉ちゃんが帰ってこないうちに、お姉ちゃんの分もおやつ食べちゃおう。
趁姊姊還沒回來之前，把姊姊的那份點心也偷偷吃掉吧！

5 いじめられた経験を話しているうちに、涙が出てきた。
在敘述被霸凌的經驗時，流下了眼淚。

N3

003

～おかげで、おかげだ

多虧…、托您的福、因為…

{名詞の；形容動詞詞幹な；形容詞普通形；動詞た形}＋おかげで、おかげだ

❶【原因】由於受到某種恩惠，導致後面好的結果，與「から」、「ので」作用相似，但感情色彩更濃，常帶有感謝的語氣，如例(1)～(4)。

❷〖消極〗後句如果是消極的結果時，一般帶有諷刺的意味，相當於「～のせいで」，如例(5)。

1 薬のおかげで、傷はすぐ治りました。

多虧藥效，傷口馬上好了。

例句

2 電気のおかげで、昔と比べると家事はとても楽になった。	多虧電力的供應，現在做家事比從前來得輕鬆多了。
3 母に似て肌が白いおかげで、よく美人だと言われる。	很幸運地和媽媽一樣皮膚白皙，所以常被稱讚是美女。
4 就職できたのは、山本先生が推薦状を書いてくださったおかげです。	能夠順利找到工作，一切多虧山本老師幫忙寫的推薦函。
5 君が余計なことを言ってくれたおかげで、ひどい目にあったよ。	感謝你的多嘴，害我被整得慘兮兮的啦！

004

～おそれがある

恐怕會…、有…危險

{名詞の；形容動詞詞幹な；[形容詞・動詞]辭書形}＋恐れがある

❶【推量】表示有發生某種消極事件的可能性，常用在新聞報導或天氣預報中，如例(1)、(2)。

❷〖不利〗通常此文法只限於用在不利的事件，相當於「～心配がある」，如例(3)～(5)。

1 台風のため、午後から高潮の恐れがあります。

因為颱風，下午恐怕會有大浪。

例句

2 この地震による津波の恐れはありません。	這場地震將不會引發海嘯。

3 立地は良いが、駅前なので、夜間でも騒がしい恐れがある。

雖然座落地點很棒，但是位於車站前方，恐怕入夜後仍會有吵嚷的噪音。

4 このアニメを子どもに見せるのは不適切な恐れがある。

這部動畫恐怕不適合兒童觀看。

5 子どもが一晩帰らないとすると、事件に巻き込まれた恐れがある。

如果孩子一整晚沒有回家，恐怕是被捲進案件裡了。

005

～かけ（の）、かける

1. 做一半、剛…、開始…；2. 快…了；3. 對…

{動詞ます形}＋かけ（の）、かける

❶【中途】表示動作，行為已經開始，正在進行途中，但還沒有結束，相當於「～している途中」，如例(1)、(2)。
❷【狀態】前接「死ぬ（死亡）、止まる（停止）、立つ（站起來）」等瞬間動詞時，表示面臨某事的當前狀態，如例(3)。
❸【涉及對方】用「話しかける（攀談）、呼びかける（招呼）、笑いかける（面帶微笑）」等，表示向某人作某行為，如例(4)、(5)。

1 今ちょうどデータの処理をやりかけたところです。

現在正在處理資料。

例句

2 読みかけの本が 5、6 冊たまっている。

剛看一點開頭的書積了五六本。

3 お父さんのことを死にかけの病人なんて、よくもそんなひどいことを。

竟然把我爸爸說成是快死掉的病人，這種講法太過分了！

4 堀田君のことが好きだけれど、告白はもちろん話しかけることもできない。

我雖然喜歡堀田，但別說是告白了，就連和他交談都不敢。

N3

5 たくさんの人に呼びかけて、寄付を集めましょう。
我們一起來呼籲大家踴躍捐款吧！

006

● ～がちだ、がちの

（前接名詞）經常，總是；（前接動詞ます形）容易…、往往會…、比較多

➡ {名詞；動詞ます形}＋がちだ、がちの

❶【傾向】表示即使是無意的，也容易出現某種傾向，或是常會這樣做，一般多用在消極、負面評價的動作，相當於「～の傾向がある」，如例(1)～(4)。
❷〖慣用表現〗常用於「遠慮がち（客氣）」等慣用表現，如例(5)。

1 おまえは、いつも病気がちだなあ。
你還真容易生病呀！

➡ 例句

2 このところ毎日曇りがちだ。 | 最近可能每天都是陰天。

3 冬は寒いので家にこもりがちになる。 | 冬天很冷，所以通常窩在家裡。

4 現代人は寝不足になりがちだ。 | 現代人具有睡眠不足的傾向。

5 彼女は遠慮がちに、「失礼ですが、村主さんですか。」と声をかけてきた。 | 她小心翼翼地問了聲：「不好意思，請問是村主先生嗎？」

007

● ～から～にかけて

從…到…

➡ {名詞}＋から＋{名詞}＋にかけて

【範圍】表示兩個地點、時間之間一直連續發生某事或某狀態的意思。跟「～から～まで」相比，「～から～まで」著重在動作的起點與終點，「～から～にかけて」只是籠統地表示跨越兩個領域的時間或空間。

1 この辺(あた)りからあの辺(あた)りにかけて、畑(はたけ)が多(おお)いです。

這頭到那頭，有很多田地。

➡ 例句

2 三月下旬(がつげじゅん)から五月上旬(がつじょうじゅん)にかけて、桜前線(さくらぜんせん)が北上(ほくじょう)する。	從三月下旬到五月上旬，櫻花綻放的地區會一路北上。
3 月曜(げつよう)から水曜(すいよう)にかけて、健康診断(けんこうしんだん)が行(おこな)われます。	星期一到星期三，實施健康檢查。
4 今日(きょう)から明日(あした)にかけて大雨(おおあめ)が降(ふ)るらしい。	今天起到明天好像會下大雨。
5 九州(きゅうしゅう)から東北(とうほく)にかけての広(ひろ)い範囲(はんい)で地震(じしん)がありました。	從九州到東北地區發生了大區域地震。

N3

008

● ～からいうと、からいえば、からいって

從…來説、從…來看、就…而言

➡ {名詞}＋からいうと、からいえば、からいって

❶【根據】表示判斷的依據及角度，指站在某一立場上來進行判斷。
❷〔類義〕相當於「～から考えると」。

1 専門家(せんもんか)の立場(たちば)からいうと、この家(いえ)の構造(こうぞう)はよくない。

從專家的角度來看，這個房子的結構不好。

➡ 例句

2 理想(りそう)からいうと、あの役(やく)は西島拓哉(にしじまたくや)にやってほしかった。	若以最理想的狀況來説，非常希望那個角色由西島拓哉出演。

3 品質(ひんしつ)からいえば、このくらい高(たか)くてもしょうがない。
就品質來看，即使價格如此昂貴也無可厚非。

4 学力(がくりょく)からいえば、山田君(やまだくん)がクラスで一番(いちばん)だ。
從學習力來看，山田君是班上的第一名。

5 これまでの経験(けいけん)からいって、完成(かんせい)まであと二日(ふつか)はかかるでしょう。
根據以往的經驗，恐怕至少還需要兩天才能完成吧！

009

～から（に）は

既然…、既然…，就…

➡ ｛動詞普通形｝＋から（に）は

❶【理由】表示既然到了這種情況，後面就要「貫徹到底」的説法，因此後句常是説話人的判斷、決心及命令等，一般用於書面上，相當於「～のなら、～以上は」，如例(1)～(3)。

❷【義務】表示以前項為前提，後項事態也就理所當然，如例(4)、(5)。

1 教師(きょうし)になったからには、生徒一人一人(せいとひとりひとり)をしっかり育(そだ)てたい。

既然當了老師，當然就想要把學生一個個都確實教好。

➡ 例句

2 決(き)めたからには、最後(さいご)までやる。
既然已經決定了，就會堅持到最後。

3 オリンピックに出(で)るからには、金(きん)メダルを目指(めざ)す。
既然參加奧運，目標就是奪得金牌。

4 こうなったからは、しかたがない。私一人(わたしひとり)でもやる。
事到如今，沒辦法了。就算只剩下我一個也會做完。

5 コンクールに出(で)るからには、毎日練習(まいにちれんしゅう)しなければだめですよ。 | 既然要參加競演會，不每天練習是不行的。

010

～かわりに

1. 代替…；3. 雖說…但是…；4. 作為交換

➡ ❶【代替】{名詞の；動詞普通形}＋かわりに。表示原為前項，但因某種原因由後項另外的人、物或動作等代替，相當於「～の代理／代替として」，如例(1)、(2)。

❷〖接尾詞化〗也可用「名詞＋がわりに」的形式，如例(3)。

❸【對比】{動詞普通形}＋かわりに。表示一件事同時具有兩個相互對立的側面，一般重點在後項，相當於「～一方で」，如例(4)。

❹【交換】表示前項為後項的交換條件， 也會用「～、かわりに～」的形式出現，相當於「～とひきかえに」，如例(5)。

1 正月(しょうがつ)は、海外旅行(かいがいりょこう)に行(い)くかわりに近(ちか)くの温泉(おんせん)に行(い)った。

過年不去國外旅行，改到附近洗溫泉。

➡ 例句

2 市長(しちょう)のかわりに、副市長(ふくしちょう)が挨拶(あいさつ)した。 | 由副市長代理市長致詞了。

3 こちら、つまらないものですが、ほんのご挨拶(あいさつ)がわりです。 | 這裡有份小東西，不成敬意，就當是個見面禮。

4 人気(にんき)を失(うしな)ったかわりに、静(しず)かな生活(せいかつ)が戻(もど)ってきた。 | 雖然不再受歡迎，但換回了平靜的生活。

5 卵焼(たまごや)きあげるから、かわりにウインナーちょうだい。 | 我把煎蛋給你吃，然後你把小熱狗給我作為交換。

N3

011

● ～ぎみ

有點…、稍微…、…趨勢

➡ {名詞；動詞ます形}＋気味

【傾向】表示身心、情況等有這種樣子，有這種傾向，用在主觀的判斷。多用在消極或不好的場合相當於「～の傾向がある」。

1 ちょっと風邪気味(かぜぎみ)で、熱(ねつ)がある。
有點感冒，發了燒。

➡ 例句

2 最近(さいきん)、少(すこ)し寝不足気味(ねぶそくぎみ)です。｜最近感到有點睡眠不足。

3 たばこをやめてから、太(ふと)り気味(ぎみ)だ。｜自從戒菸以後，好像變胖了。

4 この時計(とけい)は1、2分遅(ふんおく)れ気味(ぎみ)です。｜這錶常會慢一兩分。

5 疲(つか)れ気味(ぎみ)なので、休憩(きゅうけい)します。｜有點累，我休息一下。

012

● ～(っ)きり

1. 只有…；2. 全心全意地…；3. 自從…就一直…

➡ ❶【限定】{名詞}＋（っ）きり。接在名詞後面，表示限定，也就是只有這些的範圍，除此之外沒有其它，相當於「～だけ」、「～しか～ない」，如例(1)、(2)。

❷〖一直〗{動詞ます形}＋（っ）きり。表示不做別的事，全心全意做某一件事，如例(3)。

❸【不變化】{動詞た形；これ／それ／あれ}＋（っ）きり。表示自此以後，便未發生某事態，後面常接否定，如例(4)、(5)。

1 今度は二人きりで会いましょう。

下次就我們兩人出來見面吧！

例句

2 今持っているのは 300 円きりだ。	現在手頭上只有三百圓而已。
3 難病にかかった娘を付ききりで看病した。	全心全意地照顧罹患難治之症的女兒。
4 息子は、10 年前に出て行ったきり、連絡さえ寄越さない。	我兒子自從十年前離家之後，就完全斷了音訊。
5 橋本とは、あれっきりだ（＝あのとき会ったきりでその後会っていない）。生きているのかどうかさえ分からない。	我和橋本從那次以後就沒再見過面了。就連他是死是活都不曉得。

N3

013

～きる、きれる、きれない

1.…完、完全、到極限；2. 充分…、堅決…；完結

{動詞ます形}＋切る、切れる、切れない

❶【完了】表示行為、動作做到完結、竭盡、堅持到最後，或是程度達到極限，相當於「終わりまで～する」，如例(1)～(3)。

❷【極其】表示擁有充分實現某行為或動作的自信，相當於「十分に～する」，如例(4)、(5)。

❸【切斷】原本有切斷的意思，後來衍生為使結束，甚至使斷念的意思。例如「彼との関係を完全に断ち切る／完全斷絕與他的關係」。

1 いつの間にか、お金を使いきってしまった。

不知不覺，錢就花光了。

例句

2 夫はもう1か月も休みなしで働き、疲れ切っている。

丈夫整整一個月不眠不休地工作，已經疲累不堪。

3 すみません。そちらはもう売り切れました。

不好意思，那項商品已經銷售一空了。

4「あの人とは何もなかったって言い切れるの？」「ああ、もちろんだ。」

「你敢發誓和那個人毫無曖昧嗎？」「是啊，當然敢啊！」

5 犯人は分かりきっている。小原だ。でも、証拠がない。

我已經知道兇手是誰了——是小原幹的！但是，我沒有證據。

014

～くせに

雖然…，可是…、…，卻…

{名詞の；形容動詞詞幹な；[形容詞・動詞]普通形}＋くせに

【不符情況】表示逆態接續。用來表示根據前項的條件，出現後項讓人覺得可笑的、不相稱的情況。全句帶有譴責、抱怨、反駁、不滿、輕蔑的語氣。批評的語氣比「のに」更重，較為口語。

1 芸術なんか分からないくせに、偉そうなことを言うな。

明明不懂藝術，別在那裡說得像真的一樣。

例句

2 子どものくせに、偉そうことを言うな。

只是個小孩子，不可以說那種大話！

3 お前、ほんとはマージャン強いくせに、初めはわざと負けただろう。

我說你啊，明明很會打麻將，一開始卻故意輸給我，對吧？

4 彼女(かのじょ)が好(す)きなくせに、嫌(きら)いだと言(い)い張(は)っている。	明明喜歡她，卻硬說討厭她。
5 お金(かね)もそんなにないくせに、買(か)い物(もの)ばかりしている。	明明沒什麼錢，卻一天到晚買東西。

015

● ～くらい（ぐらい）～はない、ほど～はない

沒什麼是…、沒有…像…一樣、沒有…比…的了

➡ {名詞}＋くらい（ぐらい）＋{名詞}＋はない；{名詞}＋ほど＋{名詞}＋はない

❶【最上級】表示前項程度極高，別的東西都比不上，是「最…」的事物，如例(1)～(3)。

❷〖特定個人→いない〗當前項主語是特定的個人時，後項不會使用「ない」，而是用「いない」，如例(4)、(5)。

1 母(はは)の作(つく)る手料理(てりょうり)くらいおいしいものはない。

沒有什麼東西是像媽媽親手做的料理一樣美味的。

➡ 例句

2 富士山(ふじさん)くらい美(うつく)しい山(やま)はない。	再沒有比富士山更美麗的山岳了！
3 渋谷(しぶや)ほど楽(たの)しい街(まち)はない。	沒有什麼街道是比澀谷還好玩的了。
4 彼(かれ)ほど沖縄(おきなわ)を愛(あい)した人(ひと)はいない。	沒有人比他還愛沖繩。
5 お母(かあ)さんくらいいびきのうるさい人(ひと)はいない。	再沒有比媽媽的鼾聲更吵的人了。

N3

016

～くらい（だ）、ぐらい（だ）

1. 幾乎…、簡直…、甚至…；2. 這麼一點點

➡ ｛名詞；形容動詞詞幹な；［形容詞・動詞］普通形｝＋くらい（だ）、ぐらい（だ）

❶【程度】用在為了進一步説明前句的動作或狀態的極端程度，舉出具體事例來，相當於「～ほど」，如例(1)～(4)。

❷【蔑視】説話者舉出微不足道的事例，表示要達成此事易如反掌，如例(5)。

1 田中さんは美人になって、本当にびっくりするくらいでした。

田中小姐變得那麼漂亮，簡直叫人大吃一驚。

➡ 例句

2 ふるさとは、降りる駅を間違えたかと思うくらい、都会になっていた。	故鄉變成了一座都市，（全新的樣貌）甚至讓我以為下錯車站了。
3 マラソンのコースを走り終わったら、疲れて一歩も歩けないくらいだった。	跑完馬拉松全程，精疲力竭到幾乎一步也踏不出去。
4 この作業は、誰でもできるくらい簡単です。	這項作業簡單到不管是誰都會做。
5 中学の数学ぐらい、教えられるよ。	只不過是中學程度的數學，我可以教你啊。

017

～くらいなら、ぐらいなら

與其…不如…、要是…還不如…

➡ ｛動詞普通形｝＋くらいなら、ぐらいなら

【極端事例】表示與其選前者，不如選後者，是一種對前者表示否定、厭惡的說法。常跟「ましだ」相呼應，「ましだ」表示兩方都不理想，但比較起來，還是某一方好一點。

1 途中でやめるくらいなら、最初からやるな。
與其要半途而廢，不如一開始就別做！

➡ 例句

2 三流大学に行くくらいなら、高卒で就職した方がいい。
若是要讀三流大學，還不如高中畢業後就去工作。

3 後悔するくらいなら、ケーキ食べたりしなければいいのに。
與其現在後悔，當初別吃蛋糕就好了。

4 あんな男と結婚するぐらいなら、一生独身の方がましだ。
與其要和那種男人結婚，不如一輩子單身比較好。

5 借金するぐらいなら、最初から浪費しなければいい。
如果會落到欠債的地步，不如一開始就別揮霍！

N3

018 Track N3 1-18

～こそ

1. 正是…、才（是）…；2. 唯有…才…

➡ ❶**【強調】**｛名詞｝＋こそ。表示特別強調某事物，如例(1)、(2)。
❷**〔結果得來不易〕**｛動詞て形｝＋こそ。表示只有當具備前項條件時，後面的事態才會成立。表示這樣做才能得到好的結果，才會有意義。後項一般是接續褒意，是得來不易的好結果。如例(3)～(5)。

1「ありがとう。」「私こそ、ありがとう。」
「謝謝。」「我才該向你道謝。」

日語文法・句型詳解

例句

2 私には、この愛こそ生きる全てです。 | 對我而言，這份愛就是生命的一切。

3 誤りを認めてこそ、立派な指導者と言える。 | 唯有承認自己的錯，才叫了不起的領導者。

4 苦しいときを乗り越えてこそ、幸せの味が分かるのだ。 | 唯有熬過艱困的時刻，更能體會到幸福的滋味喔。

5 あなたがいてこそ、私が生きる意味があるんです。 | 只有你陪在我身旁，我才有活著的意義。

019

～ことか

多麼…啊

{疑問詞}＋{形容動詞詞幹な；[形容詞・動詞]普通形}＋ことか

❶【感慨】表示該事態的程度如此之大，大到沒辦法特定，含有非常感慨的心情，常用於書面，相當於「非常に～だ」，前面常接疑問詞「どんなに（多麼）、どれだけ（多麼）、どれほど（多少）」等，如例(1)～(3)。

❷〖口語〗另外，用「～ことだろうか」、「ことでしょうか」也可表示感歎，常用於口語，如例(4)、(5)。

1 あなたが子どもの頃は、どんなにかわいかったことか。

你小時候多可愛啊！

例句

2 あの人の妻になれたら、どれほど幸せなことか。 | 如果能夠成為那個人的妻子，不知道該是多麼幸福呢。

3 こんなにたくさんの食べ物が毎日捨てられているとは、なんともったいないことか。

每天都丟掉這麼多食物，實在太浪費了！

4 テレビもネットもないホテルで、どれだけ退屈したことだろうか。

那時待在既沒有電視也沒有網路的旅館裡，要說有多無聊就有多無聊。

5 子どものときには、お正月をどんなに喜んだことでしょうか。

小時候，每逢過年，真不曉得有多麼開心呀。

020

～ことだ

1. 就得…、應當…、最好…；2. 非常…

➡ ❶【忠告】{動詞辭書形；動詞否定形}＋ことだ。說話人忠告對方，某行為是正確的或應當的，或某情況下將更加理想，口語中多用在上司、長輩對部屬、晚輩，相當於「～したほうがよい」，如例(1)～(3)。

❷【各種感情】{形容詞辭書形；形容動詞詞幹な}＋ことだ。表示說話人對於某事態有種感動、驚訝等的語氣，如例(4)、(5)。

1 大会に出たければ、がんばって練習することだ。

如果想出賽，就要努力練習。

➡ 例句

2 文句があるなら、はっきり言うことだ。

如果有什麼不滿，最好要說清楚。

3 痩せたいのなら、間食、夜食をやめることだ。

如果想要瘦下來，就不能吃零食和消夜。

4 子どもが子どもを殺すとは、恐ろしいことです。

兒童殺死兒童，實在太可怕了。

5 孫の結婚式に出られるなんて、本当にうれしいことだ。

能夠參加孫子的婚禮，這事真教人高興哪！

021

～ことにしている

都…、向來…

➡ {動詞普通形}＋ことにしている

【習慣】表示個人根據某種決心，而形成的某種習慣、方針或規矩。翻譯上可以比較靈活。

1 自分は毎日 12 時間、働くことにしている。
我每天都會工作十二個小時。

➡ 例句

2 毎晩 12 時に寝ることにしている。	我每天都會到晚上十二點才睡覺。
3 休日は家でゆったりと過ごすことにしている。	每逢假日，我都是在家悠閒度過。
4 家事は夫婦で半分ずつやることにしています。	家事決定由夫妻各做一半。
5 正月はスキーに行くことにしていたが、風邪をひいてしまった。	原本打算過年時去滑雪，結果感冒了。

022

～ことになっている、こととなっている

按規定…、預定…、將…

➡ {動詞辭書形；動詞否定形}＋ことになっている、こととなっている

【約定】表示結果或定論等的存續。表示客觀做出某種安排，像是約定或約束人們生活行為的各種規定、法律以及一些慣例。

1 夏休みの間、家事は子どもたちがすることになっている。

暑假期間，說好家事是小孩們要做的。

➡ 例句

2 うちの会社は、福岡に新しい工場を作ることになっている。	我們公司決定在福岡設立一座新工廠。
3 隊長が来るまで、ここに留まることになっています。	按規定要留在這裡，一直到隊長來。
4 この決まりは、2年後に見直すこととなっている。	這項規則將於兩年後重新檢討。
5 社長はお約束のある方としかお会いしないこととなっております。	董事長的原則是只和事先約好的貴賓見面。

N3

023

～ことはない

1. 用不著…；3. 不是…、並非…；4. 沒…過、不曾…

➡ ❶【勸告】{動詞辭書形}＋ことはない。表示鼓勵或勸告別人，沒有做某行為的必要，相當於「～する必要はない」，如例(1)。

❷〖口語〗口語中可將「ことはない」的「は」省略，如例(2)。

❸【不必要】用於否定的強調，如例(3)。

❹【經驗】{[形容詞・形容動詞・動詞]た形}＋ことはない。表示以往沒有過的經驗，或從未有的狀態，如例(4)、(5)。

1 時間は十分あるから、慌てることはない。

時間還十分充裕，不需要慌張。

例句

2 人がちょっと言い間違えたからって、そんなに笑うことないでしょう。
人家只不過是不小心講錯話而已，何必笑成那樣前仰後合的呢？

3 失恋したからってそう落ち込むな。この世の終わりということはない。
只不過是區區失戀，別那麼沮喪啦！又不是世界末日來了。

4 日本に行ったことはないが、日本人の友達は何人かいる。
我雖然沒去過日本，但有幾個日本朋友。

5 親友だと思っていた人に恋人を取られた。あんなに苦しかったことはない。
我被一個原以為是姊妹淘的好友給搶走男朋友了。我從不曾嘗過那麼痛苦的事。

024

～さい（は）、さいに（は）

…的時候、在…時、當…之際

{名詞の；動詞普通形}＋際、際は、際に（は）

【時候】表示動作、行為進行的時候。相當於「～ときに」。

1 仕事の際には、コミュニケーションを大切にしよう。

在工作時，要著重視溝通。

例句

2 引っ越しの際の手続きは、水道、電気などいろいろある。
搬家時需辦理的手續包括水電帳戶的轉移等等。

3 お降りの際は、お忘れ物のないようご注意ください。
下車時請別忘了您隨身攜帶的物品。

4 何か変更がある際は、こちらから改めて連絡いたします。 | 若有異動時，我們會再和您聯繫。

5 パスポートを申請する際には写真が必要です。 | 申請護照時需要照片。

025

～さいちゅうに、さいちゅうだ

正在…

{名詞の；動詞て形＋いる}＋最中に、最中だ

❶【進行中】「～最中だ」表示某一行為、動作正在進行中，「～最中に」常用在某一時刻，突然發生了什麼事的場合，相當於「～している途中に、している途中だ」，如例(1)～(4)。

❷〖省略に〗有時會將「最中に」的「に」省略，只用「～最中」，如例(5)。

1 例の件について、今検討している最中だ。

那個案子，現在正在檢討中。

例句

2 大事な試験の最中に、急におなかが痛くなってきた。 | 在重要的考試時，肚子突然痛起來。

3 この暑い最中に、停電で冷房が効かない。 | 在最熱的時候卻停電了，冷氣機無法運轉。

4 放送している最中に、非常ベルが鳴り出した。 | 廣播時警鈴突然響起來了。

5 試合の最中、急に雨が降り出した。 | 正在考試的時候，突然下起了雨。

026

～さえ、でさえ、とさえ

1. 連…、甚至…；2. 就連…也…；3. 甚至

N3

➡ {名詞＋（助詞）}＋さえ、でさえ、とさえ；{疑問詞…}＋かさえ；{動詞意向形}＋とさえ

❶【舉例】表示舉出的例子都不能了，其他更不必提，相當於「～すら、～でも、～も」，如例(1)～(3)。
❷【程度】表示比目前狀況更加嚴重的程度，如例(4)。
❸〖實際狀況〗表示平常不那麼認為，但實際是如此，如例(5)。

1 私でさえ、あの人の言葉にはだまされました。
就連我也被他的話給騙了。

➡ 例句

2 1年前は、「あいうえお」さえ書けなかった。	一年前連「あいうえお」都不會寫。
3 こんな字は初めて見ました。何語の字かさえ分かりません。	這種文字我還是頭一回看到，就連是什麼語言的文字都不知道。
4 電気もガスも、水道さえ止まった。	包括電氣、瓦斯，就連自來水也全都沒供應了。
5 失恋が辛くて、死にたいとさえ思ってしまいます。	失戀實在太痛苦，甚至有想死的念頭。

027

さえ～ば、さえ～たら

只要…（就）…

➡ {名詞}＋さえ＋{[形容詞・形容動詞・動詞]假定形}＋ば、たら

❶【條件】表示只要某事能夠實現就足夠了，強調只需要某個最低限度或唯一的條件，後項即可成立，相當於「～その条件だけあれば」，如例(1)～(4)。
❷〖惋惜〗表達說話人後悔、惋惜等心情的語氣，如例(5)。

1 手続きさえすれば、誰でも入学できます。

只要辦手續，任何人都能入學。

➡ 例句

2 道が混みさえしなければ、空港まで 30 分で着きます。	只要不塞車，三十分鐘就可以抵達機場。
3 この試合にさえ勝てば、全国大会に出られる。	只要贏得這場比賽，就可以參加全國大賽。
4 君の歌さえよかったら、すぐでもコンクールに出場できるよ。	只要你歌唱得好，馬上就能參加試唱會！
5 私があんなことさえ言わなければ、妻は出て行かなかっただろう。	要是我當初沒說那種話，想必妻子也不至於離家出走吧。

028

(さ)せてください、(さ)せてもらえますか、(さ)せてもらえませんか

請讓…、能否允許…、可以讓…嗎？

➡ {動詞否定形(去ない)；サ變動詞詞幹}＋(さ)せてください、(さ)せてもらえますか、(さ)せてもらえませんか

【許可】「(さ)せてください」用在想做某件事情前，先請求對方的許可。「(さ)せてもらえますか」、「(さ)せてもらえませんか」表示徵詢對方的同意來做某件事情。以上三個句型的語氣都是客氣的。

1 課長、その企画は私にやらせてください。

課長，那個企劃請讓我來做。

➡ 例句

2 お願い、子どもに会わせてください。	拜託你，請讓我見見孩子。

3 今日はこれで帰らせてもらえますか。	請問今天可以讓我回去了嗎？
4 お嬢さんと結婚させてください。	請同意我和令千金結婚。
5 海外転勤ですか…。家族と相談させてもらえますか。	調派到國外上班嗎…，可以讓我和家人商量一下嗎？

029

使役形＋もらう、くれる、いただく

請允許我…、請讓我…

{動詞使役形}＋もらう、くれる、いただく

❶【許可】使役形跟表示請求的「もらえませんか、いただけませんか、いただけますか、ください」等搭配起來，表示請求允許的意思，如例(1)、(2)。

❷〔恩惠〕如果使役形跟「もらう、いただく、くれる」等搭配，就表示由於對方的允許，讓自己得到恩惠的意思，如例(3)～(5)。

1 詳しい説明をさせてもらえませんか。

可以容我做詳細的説明嗎？

例句

2 それはぜひ弊社にやらせていただけませんか。	那件工作能否務必交由敝公司承攬呢？
3 ここ1週間ぐらい休ませてもらったお陰で、体がだいぶ良くなった。	多虧您讓我休息了這個星期，我的身體狀況好轉了許多。
4 父は土地を売って、大学院まで行かせてくれた。	父親賣了土地，供我讀到了研究所。
5 姉は、自分の大切なものでもいつも私に使わせてくれました。	以前姊姊即使是自己珍惜的東西也總是讓我用。

030

～しかない

只能…、只好…、只有…

➔ {動詞辭書形}＋しかない

【限定】表示只有這唯一可行的，沒有別的選擇，或沒有其它的可能性，用法比「～ほかない」還要廣，相當於「～だけだ」。

1 病気になったので、しばらく休業するしかない。
因為生病，只好暫時歇業了。

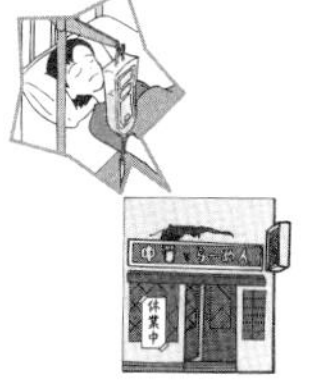

➔ 例句

2 知事になるには、選挙で勝つしかない。	要當上知事，就只有打贏選戰了。
3 こんな会社で働くのはもう嫌だ。やめるしかない。	我再也不想在這種公司工作了！只有辭職一途了！
4 こうなったら、やるしかない。	事到如此，我只能咬牙做了。
5 もう我慢できない。離婚するしかない。	我再也無法忍受了！只能離婚了！

N3

031

～せいか

可能是（因為）…、或許是（由於）…的緣故吧

➔ {名詞の；形容動詞詞幹な；[形容詞・動詞]普通形}＋せいか

❶**【原因】**表示不確定的原因，說話人雖無法斷言，但認為也許是因為前項的關係，而產生後項負面結果，相當於「～ためか」，如例(1)～(4)。
❷**〖正面結果〗**後面也可接正面結果，如例(5)。

1 年のせいか、体の調子が悪い。
也許是年紀大了，身體的情況不太好。

例句

2 暑いせいか、頭がボーッとする。
可能是太熱的緣故，腦筋一片呆滯。

3 このゲームは、遊び方が複雑なせいか、評判が悪い。
這種電玩遊戲可能是玩法太複雜，以致於評價很差。

4 日本の漢字に慣れたせいか、繁体字が書けなくなった。
可能是因為已經習慣寫日本的漢字，結果變成不會寫繁體字了。

5 要点をまとめておいたせいか、上手に発表できた。
或許是因為有事先整理重點，所以發表得很好。

032

～せいで、せいだ

由於…、因為…的緣故、都怪…

{名詞の；形容動詞詞幹な；[形容詞・動詞]普通形}＋せいで、せいだ

❶【原因】表示發生壞事或會導致某種不利的情況的原因，還有責任的所在。「せいで」是「せいだ」的中頓形式。相當於「～が原因だ、～ため」，如例(1)～(3)。

❷〔否定句〕否定句為「せいではなく、せいではない」，如例(4)。

❸〔疑問句〕疑問句會用「せい＋表推量的だろう＋疑問終助詞か」，如例(5)。

1 おやつを食べ過ぎたせいで、太った。
因為吃了太多的點心，所以變胖了。

例句

2 家族を捨てて出て行った父のせいで、母は大変な苦労をした。
由於父親拋下家人離開了，使得母親受盡了千辛萬苦。

3 霧が濃いせいで、遠くまで見えない。
由於濃霧影響視線，因此無法看到遠處。

4 うまくいかなかったのは、君のせいじゃなく、僕のせいでもない。	事情之所以不順利，原因既不在你身上，也不是我的緣故。
5 またスマホが壊れた。使い方が乱暴なせいだろうか。	智慧型手機又故障了。該不會是因為沒有妥善使用的緣故吧？

033

だけしか

只…、…而已、僅僅…

{名詞}＋だけしか

【限定】限定用法。下面接否定表現，表示除此之外就沒別的了。比起單獨用「だけ」或「しか」，兩者合用更多了強調的意味。

1 私にはあなただけしか見えません。

我眼中只有你。

N3

例句

2 僕の手元には、お金はこれだけしかありません。	我手邊只有這些錢而已。
3 新聞では、彼一人だけしか名前を出していない。	報紙上只有刊出他一個人的名字。
4 この果物は、今の季節だけしか食べられません。	這種水果只有現在這個季節才吃得到。
5 この辺りのバスは、朝に１本と夕方に１本だけしかない。	這附近的巴士，只有早上一班和傍晚一班而已。

034

～だけ（で）

1. 光…就…；2. 只是…、只不過…

{名詞；形容動詞詞幹な；[形容詞・動詞] 普通形}＋だけ（で）

❶【限定】表示不管有沒有實際體驗，都可以感受到，如例(1)、(2)。
❷〔限定範圍〕表示除此之外，別無其它，如例(3)～(5)。

1 彼女(かのじょ)と温泉(おんせん)なんて、想像(そうぞう)するだけでうれしくなる。
跟她去洗溫泉，光想就叫人高興了！

例句

2 あなたがいてくれるだけで、私(わたし)は幸(しあわ)せなんです。
只要有你陪在身旁，我就很幸福了。

3 後藤(ごとう)は口(くち)だけで、実行(じっこう)はしない男(おとこ)だ。
後藤是個舌燦蓮花，卻光說不練的男人。

4 ただ絵(え)を描(か)くのが好(す)きなだけで、画家(がか)になりたいとは思(おも)っていません。
只是喜歡畫圖，沒想過要成為畫家。

5 名前(なまえ)と電話番号(でんわばんごう)を登録(とうろく)するだけで、会員(かいいん)になれます。
只要登錄姓名和電話，就可以成為會員。

035

～たとえ～ても

即使…也…、無論…也…

たとえ＋{動詞て形；形容詞く形}＋ても；たとえ＋{名詞；形容動詞詞幹}＋でも

【逆接條件】表示讓步關係，即使是在前項極端的條件下，後項結果仍然成立。相當於「もし～だとしても」。

1 たとえ明日雨(あしたあめ)が降(ふ)っても、試合(しあい)は行(おこな)われます。
明天即使下雨，比賽還是照常舉行。

例句

2 たとえ給料(きゅうりょう)が今(いま)の２倍(ばい)でも、そんな仕事(しごと)はしたくない。
就算給我現在的兩倍薪水，我也不想做那種工作。

3 たとえ費用(ひよう)が高(たか)くてもかまいません。
即使費用高也沒關係。

4 たとえ何(なに)を言(い)われても、私(わたし)は平気(へいき)だ。
不管人家怎麼説我，我都不在乎。

5 たとえ家族(かぞく)が殺(ころ)されても、犯人(はんにん)は死刑(しけい)にすべきではないと思(おも)う。
就算我的家人遭到殺害，我也不認為凶手應該被處以死刑。

N3

036

Track N3 1-36

（た）ところ

…，結果…

➡ {動詞た形}＋ところ

【順接】這是一種順接的用法，表示因某種目的去作某一動作，但在偶然的契機下得到後項的結果。前後出現的事情，沒有直接的因果關係，後項經常是出乎意料之外的客觀事實。相當於「～した結果」。

1 事件(じけん)に関(かん)する記事(きじ)を載(の)せたところ、大変(たいへん)な反響(はんきょう)がありました。
去刊登事件相關的報導，結果得到熱烈的回響。

例句

2 A社(エーしゃ)にお願(ねが)いしたところ、早速引(さっそくひ)き受(う)けてくれた。
去拜託A公司，結果對方馬上就答應了。

3 夏に日本へ行ったところ、台北より暑かった。	夏天去到了日本，竟然比台北還熱。
4 N3 を受けてみたところ、受かった。	嘗試應考 N3 級測驗，結果通過了。
5 思い切って頼んでみたところ、ＯＫが出ました。	鼓起勇氣提出請託後，得到了對方 OK 的允諾。

037

～たとたん（に）

剛…就…、剎那就…

➡ {動詞た形}＋とたん（に）

【時間前後】表示前項動作和變化完成的一瞬間，發生了後項的動作和變化。由於説話人當場看到後項的動作和變化，因此伴有意外的語感，相當於「～したら、その瞬間に」。

1 二人は、出会ったとたんに恋に落ちた。
兩人一見鍾情。

➡ 例句

2 発車したとたんに、タイヤがパンクした。	才剛發車，輪胎就爆胎了。
3 4月になったとたん、春の大雪が降った。	四月一到，突然就下了好大一場春雪。
4 バスを降りたとたんに、傘を忘れたことに気がついた。	一下巴士，就立刻發現把傘忘在車上了。
5 窓を開けたとたん、ハエが飛び込んできた。	一打開窗戶，蒼蠅立刻飛了進來。

038

～たび（に）

每次…、每當…就…

➡ {名詞の；動詞辭書形}＋たび（に）

❶【反覆】表示前項的動作、行為都伴隨後項， 相當於「～するときはいつも～」，如例(1)～(4)。

❷〖變化〗表示每當進行前項動作，後項事態也朝某個方向逐漸變化，如例(5)。

1 あいつは、会(あ)うたびに皮肉(ひにく)を言(い)う。
每次跟那傢伙碰面，他就冷嘲熱諷的。

➡ 例句

2 健康診断(けんこうしんだん)のたびに、血圧(けつあつ)が高(たか)いから塩分(えんぶん)を控(ひか)えなさいと言(い)われる。	每次接受健康檢查時，醫生都說我血壓太高，要減少鹽分的攝取。
3 王(おう)さんには、試験(しけん)のたびにノートを借(か)りている。	每次考試都向王同學借筆記。
4 夏(なつ)が来(く)るたびに、敗戦(はいせん)の日(ひ)のことを思(おも)い出(だ)す。	每當夏天來臨，就會想起戰敗那一天的事。
5 姉(あね)の子(こ)どもに会(あ)うたび、大(おお)きくなっていてびっくりしてしまう。	每回見到姊姊的小孩時，總是很驚訝怎麼長得那麼快。

039

～たら、だったら、かったら

要是…、如果…

➡ {動詞た形}＋たら；{名詞；形容詞詞幹}＋だったら；{形容詞た形}＋かったら

【假定條件】前項是不可能實現，或是與事實、現況相反的事物，後面接上說話者的情感表現，有感嘆、惋惜的意思。

1 鳥のように空を飛べたら、楽しいだろうなあ。

如果能像鳥兒一樣在空中飛翔，一定很快樂啊！

例句

2 私がもっときれいだったら、告白できるんだけど。	假如我長得更漂亮一點，就可以向他表白了。
3 もっと頭がよかったら、いい仕事に就けたのに。	要是我更聰明一些，就能找到好工作了。
4 お金があったら、家が買えるのに。	如果有錢的話，就能買房子的說。
5 若いころ、もっと勉強しておいたらよかった。	年輕時，要是能多唸點書就好了。

040

Track N3 1-40

～たらいい（のに）なあ、といい（のに）なあ

…就好了

{名詞；形容動詞詞幹}＋だといい（のに）なあ；{名詞；形容動詞詞幹}＋だったらいい（のに）なあ；{[動詞・形容詞]普通形現在形}＋といい（のに）なあ；{動詞た形}＋たらいい（のに）なあ；{形容詞た形}＋かったらいい（のに）なあ；{名詞；形容動詞詞幹}＋だったらいい（のに）なあ

❶【願望】表示前項是難以實現或是與事實相反的情況，表現說話者遺憾、不滿、感嘆的心情，如例(1)～(3)。

❷〘單純希望〙「たらいいなあ」、「といいなあ」單純表示說話者所希望的，並沒有在現實中是難以實現的，與現實相反的語意，如例(4)、(5)。

1 もう少し給料が上がったらいいのになあ。

薪水若能再多一點就好了！

例句

2 お庭がもっと広いといいのになあ。	庭院若能再大一點就好了！
3 あと10センチ背が高かったらいいのになあ。	如果我再高十公分該有多好啊。
4 赤ちゃんが女の子だといいなあ。	小孩如果是女生就好了！
5 日曜日、晴れたらいいなあ。	星期天若能放晴就好了！

041

Track N3 1-41

～だらけ

全是…、滿是…、到處是…

{名詞}＋だらけ

❶【樣態】表示數量過多，到處都是的樣子，不同於「まみれ」，「だらけ」前接的名詞種類較多，特別像是「泥だらけ（滿身泥巴）、傷だらけ（渾身傷）、血だらけ（渾身血）」等，相當於「～がいっぱい」，如例(1)、(2)。

❷〖貶意〗常伴有「不好」、「骯髒」等貶意，是說話人給予負面的評價，如例(3)、(4)。

❸〖不滿〗前接的名詞也不一定有負面意涵，但通常仍表示對說話人而言有諸多不滿，如例(5)。

1 子どもは泥だらけになるまで遊んでいた。

孩子們玩到全身都是泥巴。

例句

2 道に人が血だらけになって倒れていた。	有個渾身是血的人倒在路上了。
3 あの人は借金だらけだ。	那個人欠了一屁股債。
4 冷蔵庫の上がほこりだらけだ。	冰箱上面布滿了灰塵。
5 桜が散って、車が花びらだらけになった。	櫻花飄落下來，整輛車身都沾滿了花瓣。

N3 日語文法・句型詳解

042

～たらどうですか、たらどうでしょう（か）

…如何、…吧

➡ ｛動詞た形｝＋たらどうですか、たらどうでしょう（か）

❶【提議】用來委婉地提出建議、邀請，或是對他人進行勸說。儘管兩者皆為表示提案的句型，但「たらどうですか」說法較直接，「たらどうでしょう（か）」較委婉，如例(1)、(2)。

❷〖接連用形〗常用「動詞連用形＋てみたらどうですか、どうでしょう（か）」的形式，如例(3)。

❸〖省略形〗當對象是親密的人時，常省略成「～たらどう？」、「～たら？」的形式，如例(4)。

❹〖禮貌說法〗較恭敬的說法可將「どう」換成「いかが」，如例(5)。

1 そんなに嫌（いや）なら、別（わか）れたらどうですか。
既然這麼心不甘情不願，不如分手吧？

➡ 例句

2 直（なお）すより、新型（しんがた）を買（か）ったらどうでしょう。	與其修理，不如買個新款的吧？
3 そろそろＮ３を受（う）けてみたらどうでしょう。	差不多該試著報考 N3 級測驗了，你覺得怎麼樣？
4 たまには運動（うんどう）でもしたらどう？	我看，偶爾還是運動一下比較好吧？
5 熱（ねつ）があるなら、今日（きょう）はもうお帰（かえ）りになったらいかがですか。	既然發燒了，我看您今天還是回去比較妥當吧？

043

～ついでに

順便…、順手…、就便…

➡ {名詞の；動詞普通形}＋ついでに

【附加】 表示做某一主要的事情的同時，再追加順便做其他件事情，後者通常是附加行為，輕而易舉的小事，相當於「～の機会を利用して、～をする」。

1 知人を訪ねて京都に行ったついでに、観光をしました。

到京都拜訪朋友，順便觀光了一下。

➡ 例句

2 東京出張のついでに埼玉の実家にも寄ってきた。
利用到東京出差時，順便也繞去位在埼玉的老家探望。

3 先生のお見舞いのついでに、デパートで買い物をした。
到醫院去探望老師，順便到百貨公司買東西。

4 風邪で医者に行ったついでに、指のけがも見てもらった。
因為感冒而去找醫師，順便請醫師看了手指上的傷口。

5 いつも、晩ご飯を作るついでに、翌日のお弁当の用意もしておく。
平常總是在做晚飯時，順便準備好隔天的便當。

044

Track N3 1-44

～っけ

是不是…來著、是不是…呢

➡ {名詞だ（った）；形容動詞詞幹だ（った）；[動詞・形容詞] た形}＋っけ

【確認】 用在想確認自己記不清，或已經忘掉的事物時。「っけ」是終助詞，接在句尾。也可以用在一個人自言自語，自我確認的時候。當對象為長輩或是身分地位比自己高時，不會使用這個句型。

1 ところで、あなたは誰だっけ。

話說回來，請問你哪位來著？

例句

2 約束は10時だったっけ。	是不是約好十點來著？
3 あの映画、そんなに面白かったっけ。	那部電影真的那麼有趣嗎？
4 ここ、来たことなかったっけ。	這裡，沒來過嗎？
5 さて、寝るか。もう歯磨きはしたんだっけ。	好了，睡覺吧。刷過牙了嗎？

045

Track N3 1-45

～って

1. 他説…、人家説…；2. 聽説…、據説…

{名詞(んだ)；形容動詞詞幹な(んだ)；[形容詞・動詞]普通形(んだ)}+って

❶【引用】表示引用自己聽到的話，相當於表示引用句的「と」，重點在引用，如例(1)～(3)。

❷【傳聞】也可以跟表説明的「んだ」搭配成「んだって」，表示從別人那裡聽説了某信息，如例(4)、(5)。

1 駅の近くにおいしいラーメン屋があるって。

聽（朋友）説在車站附近有家美味的拉麵店。

例句

2 田中君、急に用事を思い出したから、少し時間に遅れるって。	田中説突然想起有急事待辦，所以會晚點到。
3 天気予報では、午後から涼しいって。	聽氣象預報説，下午以後天氣會轉涼。
4 食べるのは好きだけど飲むのは嫌いなんだって。	他説他很喜歡大快朵頤，卻很討厭喝杯小酒。
5 高田さん、森村さんに告白したんだって。	聽説高田先生向森村小姐告白了喔。

046

Track N3 1-46

～って（いう）、とは、という（のは）（主題・名字）

1. 所謂的…、…指的是；2. 叫…的、是…、這個…

➡ ❶【話題】{名詞}＋って、とは、というのは。表示主題，前項為接下來話題的主題內容，後面常接疑問、評價、解釋等表現，「って」為隨便的口語表現，「とは、というのは」則是較正式的説法，如例(1)～(3)。

❷〔短縮〕{名詞}＋って（いう）、という＋{名詞}。表示提示事物的名稱，如例(4)、(5)。

1 日本語って、思ったより難しいですね。
日文比想像中還要困難呢。

➡ 例句

2 食べ放題とは、食べたいだけ食べてもいいということです。	所謂的吃到飽，意思就是想吃多少就可以吃多少。
3 アリバイというのは、何のことですか。	不在場證明是什麼意思啊？
4 村上春樹っていう作家、知ってる？	你知道村上春樹這個作家嗎？
5 日本にも台湾にも、「松山」という地名がある。	在日本和在台灣都有「松山」這個地名。

N3

047

～っぱなしで、っぱなしだ、っぱなしの

1.…著；2. 一直…、總是…

➡ {動詞ます形}＋っ放しで、っ放しだ、っ放しの

❶【放任】「はなし」是「はなす」的名詞形。表示該做的事沒做，放任不管、置之不理。大多含有負面的評價。如例(1)～(3)。

❷【持續】表示相同的事情或狀態，一直持續著。如例(4)。

❸〔後接N〕使用「っ放しの」時，後面要接名詞，如例(5)。

1 蛇口を閉めるのを忘れて、水が流れっ放しだった。

忘記關水龍頭，就讓水一直流著。

➡ 例句

2 ゆうべは暑かったので、窓を開けっ放しで寝た。
昨晚很熱，所以開著窗子睡覺了。

3 靴は脱ぎっぱなしにしないで、ちゃんと揃えなさい。
不要脫了鞋子就扔在那裡，把它擺放整齊。

4 私の仕事は、1日中ほとんどずっと立ちっ放しです。
我的工作幾乎一整天都是站著的。

5 偉い人たちに囲まれて、緊張しっ放しの3時間でした。
身處於大人物們之中，度過了緊張不已的三個小時。

048 Track N3 1-48

● ～っぽい

看起來好像…、感覺像…

➡ {名詞；動詞ます形}＋っぽい

【傾向】接在名詞跟動詞連用形後面作形容詞，表示有這種感覺或有這種傾向。與語氣具肯定評價的「らしい」相比，「っぽい」較常帶有否定評價的意味。

1 君は、浴衣を着ていると女っぽいね。

你一穿上浴衣，就很有女人味唷！

➡ 例句

2 あの黒っぽいスーツを着ているのが村山さんです。
穿著深色套裝的那個人是村山小姐。

3 彼は短気で、怒りっぽい性格だ。	他的個性急躁又易怒。
4 その本の内容は、子どもっぽすぎる。	這本書的內容太幼稚了。
5 あの人は忘れっぽくて困る。	那個人老忘東忘西的，真是傷腦筋。

049

～ていらい

自從…以來，就一直…、…之後

➡ ❶【起點】{動詞て形}＋以来。表示自從過去發生某事以後，直到現在為止的整個階段，後項是一直持續的某動作或狀態，跟「～てから」相似，是書面語，如例(1)～(3)。

❷〖サ変動詞的N＋以来〗{サ変動詞語幹}＋以来，如例(4)、(5)。

1 手術をして以来、ずっと調子がいい。

手術完後，身體狀況一直很好。

➡ 例句

2 彼女は嫁に来て以来、一度も実家に帰っていない。	自從她嫁過來以後，就沒回過娘家。
3 子どもができて以来、お酒は飲んでいない。	自從有孩子以後就不喝酒了。
4 わが社は創立以来、成長を続けている。	自從本公司設立以來，便持續地成長。
5 福田さんは、入学以来いつも成績が学年で一番だ。	自入學以來，福田同學的成績總是保持全學年的第一名。

050

～てからでないと、てからでなければ

不…就不能…、不…之後，不能…、…之前，不…

N3

➡ {動詞て形}＋からでないと、からでなければ

【條件】表示如果不先做前項，就不能做後項。相當於「～した後でなければ」。

1 準備体操をしてからでないと、プールに入ってはいけません。
不先做暖身運動，就不能進游泳池。

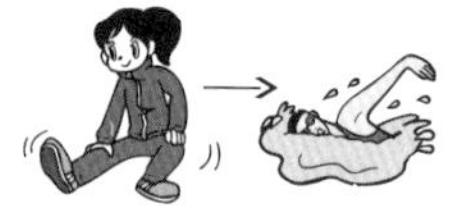

➡ 例句

2 ご飯を全部食べてからでないと、アイスを食べてはいけません。	除非把飯全部吃完，否則不可以吃冰淇淋。
3 仕事が終わってからでないと、時間が取れません。	除非等到下班以後，否則抽不出空。
4 病気が完全に治ってからでなければ、退院できません。	疾病沒有痊癒之前，就不能出院的。
5 よく調べてからでなければ、原因についてはっきりしたことは言えない。	除非經過仔細的調查，否則無法斷言事發原因。

051

● ～てくれと

給我…

➡ {動詞て形}＋くれと

【命令】後面常接「言う（說）」、「頼む（拜託）」等動詞，表示引用某人下的強烈命令，或是要別人替自己做事的內容這個某人的地位比聽話者還高，或是輩分相等，才能用語氣這麼不客氣的命令形。

1 社長に、タクシーを呼んでくれと言われました。
社長要我幫他叫台計程車。

例句

2 友達にお金を貸してくれと頼まれた。	朋友拜託我借他錢。
3 そのことは父には言わないでくれと彼に頼んだ。	我拜託他那件事不要告訴我父親。
4 今朝木村さんに、早く報告書を出してくれと言われたんだ。	今早木村先生叫我盡快把報告書交出來。
5 彼氏の友達に、親友の恵ちゃんを紹介してくれと頼まれた。	男友的朋友拜託我把手帕交的小惠介紹給他認識。

052

～てごらん

…吧、試著…

{動詞て形}＋ごらん

❶【嘗試】用來請對方試著做某件事情。說法比「～てみなさい」客氣，但還是不適合對長輩使用，如例(1)～(4)。

❷〖漢字〗「～てごらん」為「～てご覧なさい」的簡略形式，有時候也會用未簡略的原形。使用未簡略的形式時，通常會用「覧」的漢字書寫，而簡略時則常會用假名表記呈現，「～てご覧なさい」用法如例(5)。

1 目をつぶって、森の音を聞いてごらん。

閉上眼睛，聽聽森林的聲音吧！

例句

2 川に飛び込んでごらん、ここからなら危なくないよ。	試試跳進河裡，從這裡下去不會危險喔。
3 見てごらん、虹が出ているよ。	你看，彩虹出來囉！

N3

4 これ、すごくおもしろかったから、読(よ)んでごらんよ。
這個，有意思極了，你讀一讀嘛！

5 これは「もんじゃ焼(や)き」っていうのよ。ちょっと食(た)べてご覧(らん)なさい。
這東西就叫做文字燒喔！你吃吃看！

053

～て（で）たまらない

非常…、…得受不了

➡ {[形容詞・動詞]て形}＋たまらない；{形容動詞詞幹}＋でたまらない

❶【感情】指說話人處於難以抑制，不能忍受的狀態，前接表達感覺、感情的詞，表示說話人強烈的感情、感覺、慾望等，相當於「～てしかたがない、～非常に」，如例(1)～(4)。

❷〖重複〗可重複前項以強調語氣，如例(5)。

1 勉強(べんきょう)が辛(つら)くてたまらない。

書唸得痛苦不堪。

➡ 例句

2 低血圧(ていけつあつ)で、朝起(あさお)きるのが辛(つら)くてたまらない。
因為患有低血壓，所以早上起床時非常難受。

3 N1に合格(ごうかく)して、うれしくてたまらない。
通過N1級測驗，簡直欣喜若狂。

4 最新(さいしん)のコンピューターが欲(ほ)しくてたまらない。
想要新型的電腦，想要得不得了。

5 あの人のことが憎(にく)くて憎(にく)くてたまらない。
我對他恨之入骨。

054

～て（で）ならない

…得受不了、非常…

➡ {[形容詞・動詞] て形}＋ならない；{名詞；形容動詞詞幹}＋でならない

❶【感情】表示因某種感受十分強烈，達到沒辦法控制的程度，相當於「～てしょうがない」等，如例(1)、(2)。

❷〖接自發性動詞〗不同於「～てたまらない」，「～てならない」前面可以接「思える（看來）、泣ける（忍不住哭出來）、気になる（在意）」等非意志控制的自發性動詞，如例(3)～(5)。

1 新(あたら)しいスマホがほしくてならない。

非常渴望新款的智慧手機。

例句

2 老後(ろうご)が心配(しんぱい)でならない。

對於晚年的人生擔心得要命。

3 日本(にほん)はこのままではだめになると思(おも)えてならない。

實在不由得讓人擔心日本再這樣下去恐怕要完蛋了。

4 主人公(しゅじんこう)がかわいそうで、泣(な)けてならなかった。

主角太可憐了，讓人沒法不為他流淚。

5 彼女(かのじょ)のことが気(き)になってならない。

十分在意她。

055

～て(で)ほしい、てもらいたい

想請你…

➡ ❶【願望】{動詞て形}＋ほしい。表示對他人的某種要求或希望，如例(1)、(2)。

❷〖否定說法〗否定的説法有「ないでほしい」跟「てほしくない」兩種，如例(3)。

❸【請求】{動詞て形}＋もらいたい。表示想請他人為自己做某事，或從他人那裡得到好處，如例(4)、(5)。

1 袖(そで)の長(なが)さを直(なお)してほしいです。

我希望你能幫我修改袖子的長度。

N3

例句

2 思いやりのある子に育ってほしいと思います。	我希望能將他培育成善解人意的孩子。
3 神田さんには、パーティーに来てほしくない。	不希望神田先生來參加派對。
4 お父さんにたばこをやめてもらいたい。	希望爸爸能夠戒菸。
5 インタビューするついでに、サインもしてもらいたいです。	在採訪時，也希望您順便幫我簽個名。

056

Track N3 1-56

～てみせる

1. 做給…看；2. 一定要…

{動詞て形}＋みせる

❶【示範】表示為了讓別人能瞭解，做出實際的動作給別人看，如例(1)、(2)。

❷【意志】表示說話人強烈的意志跟決心，含有顯示自己的力量、能力的語氣，如例(3)～(5)。

1 子どもに挨拶の仕方を教えるには、まず親がやってみせたほうがいい。

關於教導孩子向人請安問候的方式，最好先由父母親自示範給他們看。

例句

2 子どもの嫌いな食べ物は、親がおいしそうに食べてみせるといい。	對於孩子討厭的食物，父母可以故意在孩子的面前吃得很美味給他看。
3 次のテストではきっと100点を取ってみせる。	下次考試一定考一百分給你看！

4 あんな奴に負けるものか。必ず勝ってみせる。	我怎麼可能會輸給那種傢伙呢！我一定贏給你看！
5 今度こそ合格してみせる。	我這次絕對會通過測驗讓你看看的！

057

命令形＋と

引用用法

{動詞命令形}＋と

❶【直接引用】前面接動詞命令形、「な」、「てくれ」等，表示引用命令的內容，下面通常會接「怒る（生氣）、叱る（罵）、言う（説）」等和意思表達相關的動詞，如例(1)～(3)。

❷【間接引用】除了直接引用説話的內容以外，也表示間接的引用，如例(4)、(5)。

1「窓口はもっと美人にしろ」と要求された。

有人要求「櫃檯的小姐要挑更漂亮的」。

例句

2 電話がかかってきて、「俺、俺。交通事故起こしちゃったから、300万円送ってくれ」と言われた。	電話打來説：「是我啦，我啦！我出車禍了，快送三百萬過來！」
3「男ならもっとしっかりしろ」と叱られた。	我被罵説「是男人的話就振作點」。
4 次は必ず100点を取れと怒られた。	被罵説下次一定要考一百分。
5 社長に、会社を辞めろと言われた。	總經理對我説了要我辭職。

058

～ということだ

1. 聽説…、據説…；2.…也就是説…、這就是…

N3

➡ {簡體句}＋ということだ

❶【傳聞】表示傳聞，從某特定的人或外界獲取的傳聞。比起「…そうだ」來，有很強的直接引用某特定人物的話之語感，如例(1)～(3)。

❷【結論】明確地表示自己的意見、想法之意，也就是對前面的內容加以解釋，或根據前項得到的某種結論，如例(4)、(5)。

1 課長は、日帰りで出張に行ってきたということだ。

聽說課長出差，當天就回來。

➡ 例句

2 あの二人は離婚したということだ。｜聽說那兩個人最後離婚了。

3 今、大人用の塗り絵がはやっているということです。｜目前正在流行成年人版本的著色畫冊。

4 ご意見がないということは、皆さん、賛成ということですね。｜沒有意見的話，就表示大家都贊成了吧！

5 芸能人に夢中になるなんて、君もまだまだ若いということだ。｜竟然會迷戀藝人，表示你還年輕啦！

059

～というより

與其說…，還不如說…

➡ {名詞；形容動詞詞幹；[名詞・形容詞・形容動詞・動詞]普通形}＋というより

【比較】表示在相比較的情況下，後項的說法比前項更恰當後項是對前項的修正、補充或否定，比直接、毫不留情加以否定的「～ではなく」，說法還要婉轉。

1 彼女は女優というより、モデルという感じですね。

與其說她是女演員，倒不如說她是模特兒。

➲ 例句

2 彼女は、きれいというよりかわいいですね。 | 與其說她漂亮，其實可愛更為貼切唷。

3 好きじゃないというより、嫌いなんです。 | 與其說不喜歡，不如說討厭。

4 彼は、経済観念があるというより、けちなんだと思います。 | 與其說他有經濟觀念，倒不如說是小氣。

5 これは絵本だけれど、子ども向けというより大人向けだ。 | 這雖是一本圖畫書，但與其說是給兒童看的，其實更適合大人閱讀。

N3

060 Track N3 1-60

～といっても

雖說…，但…、雖說…，也並不是很…

➲ {名詞；形容動詞詞幹；[名詞・形容詞・形容動詞・動詞]普通形}＋といっても

【讓步】表示承認前項的說法，但同時在後項做部分的修正，或限制的內容，說明實際上程度沒有那麼嚴重。後項多是說話者的判斷。

1 貯金があるといっても、10万円ほどですよ。

雖說有存款，但也只有十萬日圓而已。

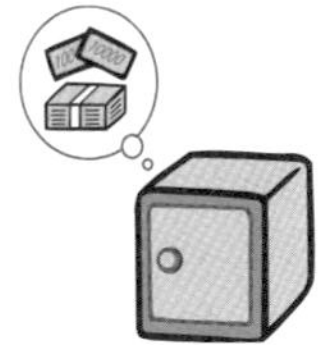

➲ 例句

2 簡単といっても、さすがに3歳の子には無理ですね。 | 就算很容易，畢竟才三歲的小孩實在做不來呀！

3 距離は遠いといっても、車で行けばすぐです。
雖說距離遠，但開車馬上就到了。

4 はやっているといっても、若い女性の間だけです。
說是正在流行，其實僅限於年輕女性之間而已。

5 我慢するといっても、限度があります。
雖說要忍耐，但忍耐還是有限度的。

061

～とおり（に）

按照…、按照…那樣

{名詞の；動詞辭書形；動詞た形}＋とおり（に）

【依據】 表示按照前項的方式或要求，進行後項的行為、動作。

1 医師の言うとおり、薬を飲んでください。
請按照醫生的指示吃藥。

例句

2 説明書の通りに、本棚を組み立てた。
按照說明書的指示把書櫃組合起來了。

3 先生に習ったとおり、送り仮名をつけた。
按照老師所教，寫送假名。

4 言われたとおりに、規律を守ってください。
請按照所說的那樣，遵守紀律。

5 勉強は好きではないが、両親の言う通り大学に行った。
雖然不喜歡讀書，還是依照父母的意願上了大學。

062

～どおり（に）

按照、正如…那樣、像…那樣

➡ {名詞}+ どおり（に）

【依據】「どおり」是接尾詞。表示按照前項的方式或要求，進行後項的行為、動作。

1 荷物を、指示どおりに運搬した。

行李依照指示搬運。

➡ 例句

2 話は予想どおりに展開した。

事情就有如預料般地進展了下去。

3「万一」とは、文字通りには「一万のうち一つ」ということで、「めったにないこと」を表す言葉です。

所謂的「萬一」，字面的意思就是「一萬分之一」，也就是用來表示「罕見的事」的語詞。

4 進み具合は、ほぼ計画どおりだ。

進度幾乎都依照計畫進行。

5 人生は、思い通りにならないことがいろいろ起こるものだ。

人生當中會發生許許多多無法順心如意的事。

063

～とか

好像…、聽說…

➡ {名詞；形容動詞詞幹；[名詞・形容詞・形容動詞・動詞] 普通形}＋とか

【傳聞】用在句尾，接在名詞或引用句後，表示不確切的傳聞。比表示傳聞的「～そうだ」、「～ということだ」更加不確定，或是迴避明確説出。相當於「～と聞いている」。

1 当時はまだ新幹線がなかったとか。
聽說當時還沒有新幹線。

➡ 例句

2 昔、この辺は海だったとか。
據說這一帶從前是大海。

3 彼らは、みんな仲良しだとか。
聽說他們感情很好。

4 昨日はこの冬一番の寒さだったとか。
聽說昨天是今年冬天最冷的一天。

5 お嬢さん、京大に合格なさったとか。おめでとうございます。
聽說令千金考上京都大學了？恭喜恭喜！

064

～ところだった

1.（差一點兒）就要…了、險些…了；2. 差一點就…可是…

➡ {動詞辭書形}＋ところだった

❶【結果】表示差一點就造成某種後果，或達到某種程度，含有慶幸沒有造成那一後果的語氣，是對已發生的事情的回憶或回想，如例(1)～(3)。
❷〖懊悔〗「～ところだったのに」表示差一點就可以達到某程度，可是沒能達到，而感到懊悔，如例(4)、(5)。

1 もう少しで車にはねられるところだった。
差點就被車子撞到了。

➡ 例句

2 あっ、そうだ、忘れるところだった。明日、3時に向井さんが来るよ。
啊，對了，差點忘了！明天三點向井小姐會來喔。

3 もしあと5分遅かったら、大きな事故になるところでした。
若是再晚個五分鐘，就會發生嚴重的事故了。

4 もう少しで二人きりになれるところだったのに、彼女が台無しにしたのよ。

原本就快要剩下我們兩人獨處了，結果卻被她壞了好事啦！

5 もう少しで優勝するところだったのに、最後の最後に1点差で負けてしまった。

本來就快要獲勝了呀，就在最後的緊要關頭以一分飲恨敗北。

065

～ところに

…的時候、正在…時

{名詞の；形容詞辭書形；動詞て形＋いる；動詞た形}＋ところに

【時點】表示行為主體正在做某事的時候，發生了其他的事情。大多用在妨礙行為主體的進展的情況，有時也用在情況往好的方向變化的時候。相當於「ちょうど～しているときに」。

1 出かけようとしたところに、電話が鳴った。
正要出門時，電話鈴就響了。

例句

2 家の電話で話し中のところに、携帯電話もかかってきた。

就在以家用電話通話時，手機也響了。

3 ただでさえ忙しいところに、急な用事を頼まれてしまった。

已經忙得團團轉了，竟然還有急事插進來。

4 困っているところに先生がいらっしゃって、無事解決できました。

正在煩惱的時候，老師一來事情就解決了。

5 口紅を塗っているところに子どもが飛びついてきて、はみ出してしまった。

正在畫口紅時，小孩突然跑過來，口紅就畫歪了。

N3

066

～ところへ

…的時候、正當…時，突然…、正要…時，（…出現了）

{名詞の；形容詞辭書形；動詞て形＋いる；動詞た形}＋ところへ

【時點】表示行為主體正在做某事的時候，偶然發生了另一件事，並對行為主體產生某種影響。下文多是移動動詞。相當於「ちょうど～しているときに」。

1 植木の世話をしているところへ、友達が遊びに来ました。

正要整理花草時，朋友就來了。

例句

2 会議の準備で資料作成中のところへ、データが間違っていたという知らせが来た。
正忙著準備會議資料的時候，接到了數據有誤的通知。

3 洗濯物を干しているところへ、犬が飛び込んできた。
正在曬衣服時，小狗突然闖了進來。

4 宿題をやっているところへ、弟がじゃましに来た。
正在做功課的時候，弟弟來搗蛋了。

5 食事の支度をしているところへ、薫姉さんが来た。
當我正在做飯時，薰姊姊恰巧來了。

067

～ところを

正…時、…之時、正當…時…

{名詞の；形容動詞詞幹な；[形容詞・動詞]普通形}＋ところを

【時點】表示正當A的時候，發生了B的狀況。後項的B所發生的事，是

對前項Ａ的狀況有直接的影響或作用的行為。相當於「ちょうど～しているときに」。

1 たばこを吸っているところを母に見つかった。

抽煙時，被母親撞見了。

➡ 例句

2 お取り込み中のところを、失礼いたします。	不好意思，在您百忙之中前來打擾。
3 係りの人が忙しいところを呼び止めて質問した。	職員正在忙的時候，我叫住他問問題。
4 警察官は泥棒が家を出たところを捕まえた。	小偷正要逃出門時，被警察逮個正著。
5 クラスメートをいじめているところを先生に見つかった。	正在霸凌同學的時候被老師發現了。

N3

068

Track N3 1-68

～として、としては

以…身份、作為…；如果是…的話、對…來說

➡ {名詞}＋として、としては

【立場】「として」接在名詞後面，表示身份、地位、資格、立場、種類、名目、作用等。有格助詞作用。

1 専門家として、一言意見を述べたいと思います。

我想以專家的身份，説一下我的意見。

➡ 例句

2 責任者として、状況を説明してください。	請以負責人的身份，説明一下狀況。

3 本の著者として、内容について話してください。
請以本書作者的身份，談一下本書的內容。

4 趣味として、書道を続けています。
作為興趣，我持續地寫書法。

5 今の彼は、恋人としては満足だけれど、結婚相手としては収入が足りない。
現在的男友以情人來說雖然無可挑剔，但若要當成結婚的對象，他的收入卻不夠。

069

～としても

即使…，也…、就算…，也…

➡ {名詞だ；形容動詞詞幹だ；[形容詞・動詞]普通形}＋としても

【逆接條件】表示假設前項是事實或成立，後項也不會起有效的作用，或者後項的結果，與前項的預期相反。相當於「その場合でも」。

1 みんなで力を合わせたとしても、彼に勝つことはできない。

就算大家聯手，也沒辦法贏他。

➡ 例句

2 これが本物の宝石だとしても、私は買いません。
即使這是真的寶石，我也不會買的。

3 その子がどんなに賢いとしても、この問題は解けないだろう。
即使那孩子再怎麼聰明，也沒有辦法解開這個問題吧！

4 体が丈夫だとしても、インフルエンザには注意しなければならない。
就算身體硬朗，也應該要提防流行性感冒。

5 タクシーで行ったとしても間に合わないだろう。
就算搭計程車去也來不及吧。

070

～とすれば、としたら、とする

如果…、如果…的話、假如…的話

➡ {名詞だ；形容動詞詞幹だ；[形容詞・動詞]普通形}＋とすれば、としたら、とする

【假定條件】在認清現況或得來的信息的前提條件下，據此條件進行判斷，相當於「～と仮定したら」。

1 資格を取るとしたら、看護師の免許をとりたい。

要拿執照的話，我想拿看護執照。

➡ 例句

2 彼が犯人だとすれば、動機は何だろう。

假如他是凶手的話，那麼動機是什麼呢？

3 川田大学でも難しいとしたら、山本大学なんて当然無理だ。

既然川田大學都不太有機會考上了，那麼山本大學當然更不可能了。

4 無人島に一つだけ何か持っていけるとする。何を持っていくか。

假設你只能帶一件物品去無人島，你會帶什麼東西呢？

5 5億円が当たったとします。あなたはどうしますか。

假如你中了五億日圓，你會怎麼花？

071

～とともに

1. 與…同時，也…；2. 隨著…；3. 和…一起

➡ {名詞；動詞辭書形}＋とともに

❶**【同時】**表示後項的動作或變化，跟著前項同時進行或發生，相當於「～と一緒に」、「～と同時に」，如例(1)、(2)。

❷【相關關係】表示後項變化隨著前項一同變化，如例(3)。

❸【並列】表示與某人一起進行某行為，相當於「～と一緒に」，如例(4)、(5)。

1 雷の音とともに、大粒の雨が降ってきた。

隨著打雷聲，落下了豆大的雨滴。

➡ 例句

2 文法を学ぶとともに、単語も覚える。
一邊學習文法，一邊也背誦單詞。

3 電子メールの普及とともに、手紙を書く人は減ってきました。
隨著電子郵件的普及，寫信的人愈來愈少了。

4 バレンタインデーは彼女とともに過ごしたい。
情人節那天我想和女朋友一起度過。

5 私たち人間も、自然と共に生きるしかない。
我們人類只能與大自然共生共存。

072

● ～ないこともない、ないことはない

1. 並不是不…、不是不…；2. 應該不會不…

➡ {動詞否定形}＋ないこともない、ないことはない

❶【消極肯定】使用雙重否定，表示雖然不是全面肯定，但也有那樣的可能性，是種有所保留的消極肯定說法，相當於「～することはする」，如例(1)～(4)。

❷【推測】後接表示確認的語氣時，為「應該不會不…」之意，如例(5)。

1 彼女は病気がちだが、出かけられないこともない。

她雖然多病，但並不是不能出門的。

例句

2 理由があるなら、外出を許可しないこともない。	如果有理由，並不是不允許外出的。
3 ぜひにと言われたら、行かないこともない。	假如懇求我務必撥冗，倒也不是不能去一趟。
4 ちょっと急がないといけないが、あと１時間でできないことはない。	假如非得稍微趕一下，倒也不是不能在一個小時之內做出來。
5 中学で習うことですよ。知らないことはないでしょう。	在國中時學過了呀？總不至於不曉得吧？

N3

073

Track N3 1-73

～ないと、なくちゃ

不…不行

{動詞否定形}＋ないと、なくちゃ

❶【條件】表示受限於某個條件、規定，必須要做某件事情，如果不做，會有不好的結果發生，如例(1)～(3)。

❷〖口語〗「なくちゃ」是口語説法，語氣較為隨便，如例(4)、(5)。

1 雪が降ってるから、早く帰らないと。

下雪了，不早點回家不行。

例句

2 アイスが溶けちゃうから、早く食べないと。	冰要溶化了，不趕快吃不行。
3 あさってまでに、これやらないと。	在後天之前非得完成這個不可。
4 （テレビ番組表を見ながら）あ、９時からおもしろそうな映画やる。見なくちゃ。	（一面看電視）啊，九點開始要播一部似乎挺有趣的電影，非看不可！

5 明日朝5時出発だから、もう寝なくちゃ。 | 明天早上五點要出發，所以不趕快睡不行。

074

～ないわけにはいかない

不能不…、必須…

➡ {動詞否定形}＋ないわけにはいかない

【義務】表示根據社會的理念、情理、一般常識或自己過去的經驗，不能不做某事，有做某事的義務。

1 明日、試験があるので、今夜は勉強しないわけにはいかない。

由於明天要考試，今晚不得不用功念書。

➡ 例句

2 どんなに嫌でも、税金を納めないわけにはいかない。 | 任憑百般不願，也非得繳納稅金不可。

3 弟の結婚式だから、出席しないわけにはいかない。 | 畢竟是弟弟的婚禮，總不能不出席。

4 仕事なんだから、苦手な人でも会わないわけにはいかない。 | 畢竟是工作，就算是不知該如何應對的人，也不得不會面。

5 放っておくと命にかかわるから、手術をしないわけにはいかない。 | 置之不理會有生命危險，所以非得動手術不可。

075

～など

怎麼會…、才（不）…；竟是…

➡ {名詞（＋格助詞）；動詞て形；形容詞く形}＋など

【輕視】表示加強否定的語氣。通過「など」對提示的事物，表示不值得一提、無聊、不屑等輕視的心情。

1 あいつが言うことなど、信じるもんか。
我才不相信那傢伙説的話呢！

➡ 例句

2 私の気持ちが、君などに分かるものか。
你哪能了解我的感受！

3 宝くじなど、当たるわけがない。
彩券那種東西根本不可能中獎。

4 面白くなどないですが、課題だから読んでいるんです。
我不覺得有趣，只是因為那是功課，所以不得不讀而已！

5 別に、怒ってなどいませんよ。
我並沒有生氣呀。

N3

076

～などと（なんて）いう、などと（なんて）おもう

1. 多麼…呀；2.…之類的…

➡ {[名詞・形容詞・形容動詞・動詞]普通形}＋などと（なんて）言う、などと（なんて）思う

❶**【驚訝】**表示前面的事，好得讓人感到驚訝，含有讚嘆的語氣，如例(1)。
❷**【輕視】**表示輕視、鄙視的語氣，如例(2)～(5)。

1 こんな日が来るなんて、夢にも思わなかった。
真的連做夢都沒有想到過，竟然會有這一天的到來。

➡ 例句

2 やらないなんて言ってないよ。
我又沒説不做啊。

3 ばかだなんて言ってない、もっとよく考えた方がいいと言ってるだけだ。
我沒罵你是笨蛋，只是說最好再想清楚一點比較好而已。

4 あの人は授業を受けるだけで資格が取れるなどと言って、強引に勧誘した。
那個人說了只要上課就能取得資格之類的話，以強硬的手法拉人招生。

5 息子は、自分の家を親に買ってもらおうなどと思っている。
兒子盤算著要爸媽幫自己買個房子。

077

～なんか、なんて

1.…之類的；2.…什麼的；3. 連…都不…

➔ ❶【舉例】{名詞}＋なんか。表示從各種事物中例舉其一，是比「など」還隨便的說法，如例(1)、(2)。
❷【輕視】{[名詞・形容詞・形容動詞・動詞]普通形}＋なんて。表示對所提到的事物，帶有輕視的態度，如例(3)、(4)。
❸【強調否定】用「なんか～ない」的形式，表示「連…都不…」之意，如例(5)。

1 庭に、芝生なんかあるといいですね。
如果庭院有個草坪之類的東西就好了。

➔ 例句

2 データなんかは揃っているのですが、原稿にまとめる時間がありません。
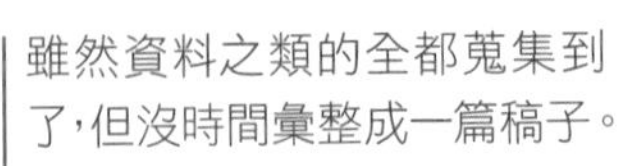
雖然資料之類的全都蒐集到了，但沒時間彙整成一篇稿子。

3 アイドルに騒ぐなんて、全然理解できません。
看大家瘋迷偶像的舉動，我完全無法理解。

4 いい年して、嫌いだからって無視するなんて、子どもみたいですね。
都已經是這麼大歲數的人了，只因為不喜歡就當做視而不見，實在太孩子氣了耶！

5 ラテン語なんか、興味ない。
拉丁語那種的我沒興趣。

078

～において、においては、においても、における

在…、在…時候、在…方面

➡ {名詞}＋において、においては、においても、における

【場面・場合】表示動作或作用的時間、地點、範圍、狀況等。是書面語。口語一般用「で」表示。

1 我が社においては、有能な社員はどんどん昇進します。

在本公司，有才能的職員都會順利升遷的。

➡ 例句

2 聴解試験はこの教室において行われます。	聽力考試在這間教室進行。
3 研究過程において、いくつかの点に気が付きました。	於研究過程中，發現了幾項要點。
4 職場においても、家庭においても、完全に男女平等の国はありますか。	不論是在職場上或在家庭裡，有哪個國家已經達到男女完全平等的嗎？
5 私は、資金においても彼を支えようと思う。	我想在資金上也支援他。

079

～にかわって、にかわり

1. 替…、代替…、代表…；2. 取代…

➡ {名詞}＋にかわって、にかわり

❶**【代理】**前接名詞為「人」的時候，表示應該由某人做的事，改由其他的人來做。是前後兩項的替代關係。相當於「～の代理で」。如例(1)～(4)。

❷**【對比】**前接名詞為「物」的時候，表示以前的東西，被新的東西所取代。相當於「かつての～ではなく」。如例(5)。

日語文法・句型詳解

1 社長にかわって、副社長が挨拶をした。

副社長代表社長致詞。

例句

2 親族一同にかわって、ご挨拶申し上げます。
僅代表全體家屬，向您致上問候之意。

3 鎌倉時代、貴族にかわって武士が政治を行うようになった。
鎌倉時代由武士取代了貴族的施政功能。

4 首相にかわり、外相がアメリカを訪問した。
外交部長代替首相訪問美國。

5 今では、そろばんにかわってコンピューターが計算に使われている。
如今電腦已經取代算盤的計算功能。

080

～にかんして（は）、にかんしても、にかんする

關於…、關於…的…

{名詞}＋に関して（は）、に関しても、に関する

【關連】表示就前項有關的問題，做出「解決問題」性質的後項行為。有關後項多用「言う（說）」、「考える（思考）」、「研究する（研究）」、「討論する（討論）」等動詞。多用於書面。

1 フランスの絵画に関して、研究しようと思います。

我想研究法國繪畫。

例句

2 日本語の学習に関して、先輩からアドバイスをもらった。
學長給了我關於學習日文的建議。

3 近藤さんは、アニメに関しては詳しいです。	近藤先生對動漫知道得很詳盡。
4 最近、何に関しても興味がわきません。	最近，無論做什麼事都提不起勁。
5 経済に関する本をたくさん読んでいます。	看了很多關於經濟的書。

081

● ～にきまっている

肯定是…、一定是…

➡ {名詞；[形容詞・動詞]普通形}＋に決まっている

❶【自信推測】表示說話人根據事物的規律，覺得一定是這樣，不會例外，是種充滿自信的推測，語氣比「きっと～だ」還要有自信，如例(1)～(3)。

❷〔斷定〕表示說話人根據社會常識，認為理所當然的事，如例(4)、(5)。

1 今ごろ東北は、紅葉が美しいに決まっている。

現在東北的楓葉一定很漂亮的。

➡ 例句

2「きゃ～、おばけ～！」「おばけのわけない。風の音に決まってるだろう。」	「媽呀～有鬼～！」「怎麼可能有鬼，一定是風聲啦！」
3 石上さんなら、できるに決まっている。	如果是石上小姐的話，絕對辦得到。
4 こんな時間に電話をかけたら、迷惑に決まっている。	要是在這麼晚的時間撥電話過去，想必會打擾對方的作息。
5 みんな一緒のほうが、安心に決まっています。	大家在一起，肯定是比較安心的。

N3

日語文法・句型詳解

082

～にくらべて、にくらべ

與…相比、跟…比較起來、比較…

➡ {名詞}＋に比べて、に比べ

【基準】表示比較、對照。相當於「～に比較して」。

1 今年は去年に比べて雨の量が多い。
今年比去年雨量豐沛。

➡ **例句**

2 平野に比べて、盆地の夏は暑いです。
跟平原比起來，盆地的夏天熱多了。

3 日本語は、中国語に比べて、ふだん使う漢字の数が少ない。
相較於中文，日文使用的漢字數目可能比較少。

4 昔に比べると、日本人の米の消費量は減っている。
相較於過去，日本人的食米消費量日趨減少。

5 事件前に比べ、警備が強化された。
跟事件發生前比起來，警備更森嚴了。

083

～にくわえて、にくわえ

而且…、加上…、添加…

➡ {名詞}＋に加えて、に加え

【附加】表示在現有前項的事物上，再加上後項類似的別的事物。相當於「～だけでなく～も」。

1 書道に加えて、華道も習っている。
學習書法以外，也學習插花。

例句

2 能力に加えて、人柄も重視されます。｜重視能力以外，也重視人品。

3 太っているのに加えて髪も薄い。｜不但體重肥胖而且髮量也稀疏。

4 彼は、実力があるのに加えて努力家でもある。｜他不僅有實力，而且也很努力。

5 電気代に加え、ガス代までもが値上がりした。｜電費之外，就連瓦斯費也上漲了。

084

～にしたがって、にしたがい

伴隨…、隨著…

{動詞辭書形}＋にしたがって、にしたがい

【附帶】表示隨著前項的動作或作用的變化，後項也跟著發生相應的變化。相當於「～につれて」、「～にともなって」、「～に応じて」、「～とともに」等。

1 おみこしが近づくにしたがって、賑やかになってきた。

隨著神轎的接近，變得熱鬧起來了。

例句

2 山を登るにしたがって、寒くなってきた。｜隨著山愈爬愈高，變得愈來愈冷。

3 薬品を加熱するにしたがって、色が変わってきた。｜隨著溫度的提升，藥品的顏色也起了變化。

4 出産予定日が近づくにしたがって、おなかが大きくなってきた。｜隨著預產期愈來愈近，肚子變得愈來愈大。

N3

5 国が豊かになるにしたがい、国民の教育水準も上がりました。

伴隨著國家的富足，國民的教育水準也跟著提升了。

085

～にしては

照…來說…、就…而言算是…、從…這一點來說，算是…的、作為…，相對來說…

{名詞；形容動詞詞幹；動詞普通形}＋にしては

【與預料不同】表示現實的情況，跟前項提的標準相差很大，後項結果跟前項預想的相反或出入很大。含有疑問、諷刺、責難、讚賞的語氣。相當於「～割には」。

1 この字は、子どもが書いたにしては上手です。

這字出自孩子之手，算是不錯的。

例句

2 社長の代理にしては、頼りない人ですね。

做為代理社長來講，他不怎麼可靠呢。

3 彼は、プロ野球選手にしては小柄だ。

就棒球選手而言，他算是個子矮小的。

4 あの人は、英文科を出たにしては、英語ができない。

以英文系畢業生來說，那個人根本不會英文。

5 植村さんがやったにしては、雑ですね。

以植村先生完成的結果而言，未免太草率了吧。

086

～にしても

就算…，也…、即使…，也…

➡ {名詞；[形容詞・動詞]普通形}＋にしても

【讓步】表示讓步關係，退一步承認前項條件，並在後項中敘述跟前項矛盾的內容。前接人物名詞的時候，表示站在別人的立場推測別人的想法。相當於「～も、～としても」。

1 テストの直前にしても、全然休まないのは体に悪いと思います。

就算是考試當前，完全不休息對身體是不好的。

➡ 例句

2 佐々木さんにしても悪気はなかったんですから、許してあげたらどうですか。	其實佐佐木小姐也沒有惡意，不如原諒她吧？
3 見かけは悪いにしても、食べれば味は同じですよ。	儘管外觀不佳，但嚐起來同樣好吃喔。
4 お互い立場は違うにしても、助け合うことはできます。	即使立場不同，也能互相幫忙。
5 来られないにしても、電話１本くらいちょうだいよ。	就算不來，至少也得打通電話講一下吧。

087 Track N3 2-10

～にたいして(は)、にたいし、にたいする

1. 向…、對（於）…；2. 和…相比

➡ {名詞}＋に対して(は)、に対し、に対する

❶**【對象】**表示動作、感情施予的對象，有時候可以置換成「に」，如例(1)～(4)。

❷**【對比】**用於表示對立，指出相較於某個事態，有另一種不同的情況，如例(5)。

1 この問題に対して、意見を述べてください。

請針對這問題提出意見。

➡ 例句

2 お客様に対しては、常に神様と思って接しなさい。	面對顧客時，必須始終秉持顧客至上的心態。
3 皆さんに対し、お詫びを申し上げなければならない。	我得向大家致歉。
4 息子は、音楽に対する興味が人一倍強いです。	兒子對音樂的興趣非常濃厚。
5 息子は静かに本を読むのが好きなのに対して、娘は外で運動するのが好きだ。	我兒子喜歡安安靜靜地讀書，而女兒則喜歡在戶外運動。

088

～にちがいない

一定是…、准是…

➡ {名詞；形容動詞詞幹；[形容詞・動詞] 普通形}＋に違いない

【肯定推測】表示說話人根據經驗或直覺，做出非常肯定的判斷，相當於「きっと～だ」。

1 この写真は、ハワイで撮影されたに違いない。
這張照片，肯定是在夏威夷拍的。

➡ 例句

2 犯人はあいつに違いない。	凶手肯定是那傢伙！
3 あの店はいつも行列ができているから、おいしいに違いない。	那家店總是大排長龍，想必一定好吃。
4 ああ、今日の試験、だめだったに違いない。	唉，今天的考試一定考砸了。
5 彼女はかわいくてやさしいから、もてるに違いない。	她既可愛又溫柔，想必一定很受大家的喜愛。

089

～につき

因…、因為…

{名詞}＋につき

【原因】接在名詞後面，表示其原因、理由。一般用在書信中比較鄭重的表現方法。相當於「～のため、～という理由で」。

1 台風につき、学校は休みになります。

因為颱風，學校停課。

例句

2 5時以降は不在につき、また明日お越しください。	因為五點以後不在，所以請明天再來。
3 工事中につき、この先通行止めとなっております。	由於施工之故，前方路段禁止通行。
4 好評につき、現在品切れとなっております。	由於大受好評，目前已經銷售一空。
5 病気につき欠席します。	由於生病而缺席。

090

～につれ（て）

伴隨…、隨著…、越…越…

{名詞；動詞辭書形}＋につれ（て）

【平行】表示隨著前項的進展，同時後項也隨之發生相應的進展，相當於「～にしたがって」。

1 一緒に活動するにつれて、みんな仲良くなりました。

隨著共同參與活動，大家感情變得很融洽。

例句

2 話が進むにつれ、登場人物が増えて込み入ってきた。

隨著故事的進展，出場人物愈來愈多，情節也變得錯綜複雜了。

3 時代の変化につれ、少人数の家族が増えてきた。

隨著時代的變化，小家庭愈來愈多了。

4 年齢が上がるにつれて、体力も低下していく。

隨著年齡增加，體力也逐漸變差。

5 勉強するにつれて、原理が理解できてきた。

隨著研讀，也就瞭解原理了。

091

Track N3 2-14

～にとって（は／も／の）

對於…來説

{名詞}＋にとって（は／も／の）

【立場】表示站在前面接的那個詞的立場，來進行後面的判斷或評價，相當於「～の立場から見て」。

1 僕たちにとって、明日の試合は重要です。

對我們來説，明天的比賽至關重要。

例句

2 そのニュースは、川崎さんにとってショックだったに違いない。

那個消息必定讓川崎先生深受打擊。

3 たった1,000円でも、子どもにとっては大金です。

雖然只有一千日圓，但對孩子而言可是個大數字。

4 みんなにとっても、今回の旅行は忘れられないものになったことでしょう。

想必對各位而言，這趟旅程一定也永生難忘吧！

5 私にとっての昭和とは、第二次世界大戦と戦後復興の時代です。

對我而言的昭和時代，也就是第二次世界大戰與戰後復興的那個時代。

092

～にともなって、にともない、にともなう

伴隨著…、隨著…

{名詞；動詞普通形}＋に伴って、に伴い、に伴う

【平行】 表示隨著前項事物的變化而進展，相當於「～とともに」、「～につれて」。

1 牧畜業が盛んになるに伴って、村は豊かになった。

伴隨著畜牧業的興盛，村子也繁榮起來了。

例句

2 円高に伴う輸出入の増減について調べました。

調查了當日圓升值時，對於進出口額增減造成的影響。

3 少子化に伴って、学校経営は厳しさを増している。

隨著少子化的影響，學校的營運也愈來愈困難了。

4 台風の北上に伴い、風雨が強くなってきた。

隨著颱風行徑路線的北移，風雨將逐漸增強。

5 火山の噴火に伴って、地震も観測された。

隨著火山的爆發也觀測到了地震。

093

～にはんして、にはんし、にはんする、にはんした

與…相反…

{名詞}＋に反して、に反し、に反する、に反した

【對比】接「期待（期待）」、「予想（預測）」等詞後面，表示後項的結果，跟前項所預料的相反，形成對比的關係。相當於「て～とは反対に」、「～に背いて」。

1 期待に反して、収穫量は少なかった。

與預期的相反，收穫量少很多。

例句

2 別れた妻が、約束に反して子どもと会わせてくれない。｜前妻違反約定，不讓我和孩子見面。

3 予想に反し、賛成より反対の方が多かった。｜與預期相反，比起贊成，有更多人反對。

4 今回の政府の決定は、国の利益に反する。｜此次政府的決定有違國家利益。

5 彼は、外見に反して、礼儀正しい青年でした。｜跟他的外表相反，他是一個很懂禮貌的青年。

094

Track N3 2-17

～にもとづいて、にもとづき、にもとづく、にもとづいた

根據…、按照…、基於…

{名詞}＋に基づいて、に基づき、に基づく、に基づいた

【依據】表示以某事物為根據或基礎。相當於「～をもとにして」。

1 違反者は法律に基づいて処罰されます。

違者依法究辦。

例句

2 この雑誌の記事は、事実に基づいていない。｜這本雜誌上的報導沒有事實根據。

3 こちらはお客様の声に基づき開発した新商品です。
這是根據顧客的需求所研發的新產品。

4 その食品は、科学的根拠に基づかずに「がんに効く」と宣伝していた。
那種食品毫無科學依據就不斷宣稱「能夠有效治療癌症」。

5 専門家の意見に基づいた計画です。
根據專家意見訂的計畫。

095

～によって（は）、により

1. 因為…；2. 根據…；3. 由…；4. 依照…的不同而不同

➡ {名詞}＋によって（は）、により

❶【理由】表示事態的因果關係，「～により」大多用於書面，後面常接動詞被動態，相當於「～が原因で」，如例(1)。

❷【手段】表示事態所依據的方法、方式、手段，如例(2)。

❸【被動句的動作主體】用於某個結果或創作物等是因為某人的行為或動作而造成、成立的，如例(3)。

❹【對應】表示後項結果會對應前項事態的不同而有所變動或調整，如例(4)、(5)。

1 地震により、500人以上の貴い命が奪われました。

這一場地震，奪走了超過五百條寶貴的生命。

N3

➡ 例句

2 成績によって、クラス分けする。
根據成績分班。

3『源氏物語』は紫式部によって書かれた傑作です。
《源氏物語》是由紫式部撰寫的一部傑作。

4 価値観は人によって違う。
價值觀因人而異。

5 状況により、臨機応変に対処してください。
請依照當下的狀況採取臨機應變。

096

～による

因…造成的…、由…引起的…

➔ {名詞}＋による

【依據】表示造成某種事態的原因。「～による」前接所引起的原因。

1 雨(あめ)による被害(ひがい)は、意外(いがい)に大(おお)きかった。
因大雨引起的災害，大到叫人料想不到。

➔ 例句

2 「きのこ」（木(き)の子(こ)）という名前(なまえ)は、木(き)に生(は)えることによる。
「木の子」（菇蕈）這個名稱來自於其生長於樹木之上。

3 若手音楽家(わかておんがくか)による無料(むりょう)チャリティー・コンサートが開(ひら)かれた。
由年輕音樂家舉行了慈善音樂會。

4 不注意(ふちゅうい)による大事故(だいじこ)が起(お)こった。
因為不小心，而引起重大事故。

5 この地震(じしん)による津波(つなみ)の心配(しんぱい)はありません。
無需擔心此次地震會引發海嘯。

097

～によると、によれば

據…、據…說、根據…報導…

➔ {名詞}＋によると、によれば

【信息來源】表示消息、信息的來源，或推測的依據。後面經常跟著表示傳聞的「～そうだ」、「～ということだ」之類詞。

1 天気予報(てんきよほう)によると、明日(あした)は雨(あめ)が降(ふ)るそうです。
根據氣象報告，明天會下雨。

➡ 例句

2 アメリカの文献によると、この薬は心臓病に効くそうだ。	根據美國的文獻，這種藥物對心臟病有效。
3 久保田によると、川本は米田さんと付き合い始めたらしい。	聽久保田説，川本好像和米田小姐開始交往了。
4 女性雑誌によれば、毎日1リットルの水を飲むと美容にいいそうだ。	據女性雜誌上説，每天喝一公升的水有助養顏美容。
5 政府の発表によれば、被害者に日本人は含まれていないとのことです。	根據政府的宣布，受害者當中沒有日本人。

098

～にわたって、にわたる、にわたり、にわたった

經歷…、各個…、一直…、持續…

➡ {名詞}＋にわたって、にわたる、にわたり、にわたった

【範圍】前接時間、次數及場所的範圍等詞。表示動作、行為所涉及到的時間範圍，或空間範圍非常之大。

1 この小説の作者は、60 年代から 70 年代にわたってパリに住んでいた。

這小説的作者 從六十年代到七十年代都住在巴黎。

➡ 例句

2 この事故で、約 30 キロにわたって渋滞しました。	這起車禍導致塞車長達了三十公里。
3 10 年にわたる苦心の末、新製品が完成した。	嘔心瀝血長達十年，最後終於完成了新產品。
4 西日本全域にわたり、大雨になっています。	西日本全區域都下大雨。

5 明治維新により、約700年にわたった武士の時代は終わった。	自從進入明治維新之後，終結了歷經約莫七百年的武士時代。

099

（の）ではないだろうか、（の）ではないかとおもう

1. 不就…嗎；2. 我想…吧

{名詞；[形容詞・動詞] 普通形}＋（の）ではないだろうか、（の）ではないかと思う

❶【推測】表示意見跟主張。是對某事能否發生的一種預測，有一定的肯定意味，如例(1)～(3)。

❷【判斷】「（の）ではないかと思う」表示說話人對某事物的判斷，如例(4)、(5)。

1 読んでみると面白いのではないだろうか。
讀了以後，可能會很有趣吧！

例句

2 こんなことを頼んだら、迷惑ではないだろうか。	拜託這種事情，會不會造成困擾呢？
3 そろそろＮ３を受けても大丈夫ではないだろうか。	差不多可以考 N3 級測驗也沒問題了吧？
4 彼は誰よりも君を愛していたのではないかと思う。	我覺得他應該比任何人都還要愛妳吧！
5 こんなうまい話は、うそではないかと思う。	我想，這種好事該不會是騙人的吧！

100

～ば～ほど

1. 越…越…；2. 如果…更…

➡ {[形容詞･形容動詞･動詞]假定形}＋ば＋{同形容動詞詞幹な；[同形容詞･動詞]辭書形}＋ほど

❶【平行】同一單詞重複使用，表示隨著前項事物的變化，後項也隨之相應地發生變化，如例(1)～(4)。

❷〖省略ば〗接形容動詞時，用「形容動詞＋なら（ば）～ほど」，其中「ば」可省略，如例(5)。

1 話(はな)せば話(はな)すほど、お互(たが)いを理解(りかい)できる。

雙方越聊越能理解彼此。

➡ 例句

2 「いつ、式(しき)を挙(あ)げる？」「早(はや)ければ早(はや)いほどいいな。」

「什麼時候舉行婚禮？」「愈快愈好啊。」

3 字(じ)は、練習(れんしゅう)すればするほど上手(じょうず)になる。

寫字愈練習愈流利。

4 外国語(がいこくご)は、使(つか)えば使(つか)うほど早(はや)く上達(じょうたつ)する。

外文愈使用，進步愈快。

5 仕事(しごと)は丁寧(ていねい)なら丁寧(ていねい)なほどいいってもんじゃないよ。速(はや)さも大切(たいせつ)だ。

工作不是做得愈仔細就愈好喔，速度也很重要！

101

Track N3 2-24

～ばかりか、ばかりでなく

豈止…，連…也…、不僅…而且…

➡ {名詞；形容動詞詞幹な；[形容詞・動詞]普通形}＋ばかりか、ばかりでなく

【附加】表示除了前項的情況之外，還有後項的情況，語意跟「～だけでなく～も～」相同，後項也常會出現「も、さえ」等詞。

1 彼(かれ)は、勉強(べんきょう)ばかりでなくスポーツも得意(とくい)だ。

他不光只會唸書，就連運動也很行。

N3

例句

2 隣のレストランは、量が少ないばかりか、大しておいしくもない。

隔壁餐廳的菜餚不只份量少，而且也不大好吃。

3 何だこの作文は。字が雑なばかりでなく、内容もめちゃくちゃだ。

這篇作文簡直是鬼畫符呀！不但筆跡潦草，內容也亂七八糟的。

4 あの子は、わがままなばかりでなく生意気だ。

那個孩子不但任性妄為，而且驕傲自大。

5 彼は、失恋したばかりか、会社さえくびになってしまいました。

他不但失戀了，而且工作也被革職了。

102

～はもちろん、はもとより

不僅…而且…、…不用說，…也…

{名詞}＋はもちろん、はもとより

❶【附加】表示一般程度的前項自然不用說，就連程度較高的後項也不例外，相當於「～は言うまでもなく～（も）」，如例(1)～(3)。

❷〔禮貌體〕「～はもとより」是種較生硬的表現，如例(4)、(5)。

1 病気の治療はもちろん、予防も大事です。

疾病的治療自不待言，預防也很重要。

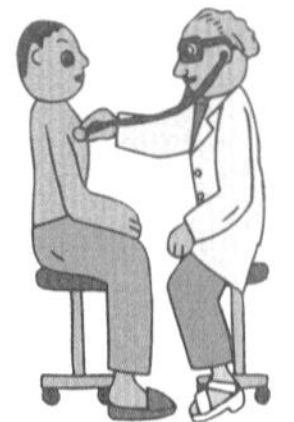

例句

2 この辺りは、昼間はもちろん夜も人であふれています。

這一帶別說是白天，就連夜裡也是人聲鼎沸。

3 Kansai Boys は、かっこういいのはもちろん、歌も踊りも上手です。

Kansai Boys 全是型男就不用說了，連唱歌和跳舞也非常厲害。

4 楊さんは、英語はもとより日本語もできます。
楊小姐不只會英語，也會日語。

5 生地はもとより、デザインもとてもすてきです。
布料好自不待言，就連設計也很棒。

103

～ばよかった

…就好了

➡ {動詞假定形}＋ばよかった；{動詞否定形（去い）}＋なければよかった

【反事實條件】表示説話者自己沒有做前項的事而感到後悔，覺得要是做了就好了，對於過去事物的惋惜、感慨，帶有後悔的心情。

1 雨だ、傘を持ってくればよかった。
下雨了！早知道就帶傘來了。

➡ 例句

2 正直に言えばよかった。
早知道一切從實招供就好了。

3 もっと早くお医者さんに診てもらえばよかった。
要是能及早請醫師診治就好了。

4 親の言う通り、大学に行っておけばよかった。
假如當初按照父母所説的去上大學就好了。

5 あの時あんなこと言わなければよかった。
那時若不要説那樣的話就好了。

104

～はんめん

另一面…、另一方面…

➡ {[形容詞・動詞]辭書形}＋反面；{[名詞・形容動詞詞幹な]である}＋反面

【對比】表示同一種事物，同時兼具兩種不同性格的兩個方面。除了前項的一個事項外，還有後項的相反的一個事項。相當於「～である一方」。

1 産業が発達している反面、公害が深刻です。
産業雖然發達，但另--方面也造成嚴重的公害。

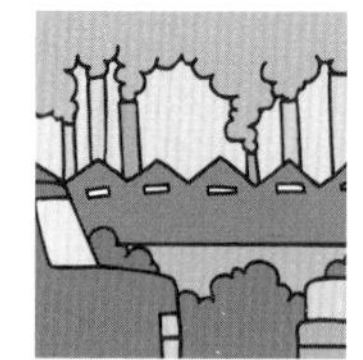

➡ 例句

2 自動車は、便利な道具である反面、交通事故や環境破壊の原因にもなる。
汽車雖然是便捷的工具，卻也是造成交通事故與破壞環境的元凶。

3 商社は、給料がいい反面、仕事がきつい。
貿易公司雖然薪資好，但另一方面工作也吃力。

4 語学は得意な反面、数学は苦手だ。
語文很拿手，但是數學就不行了。

5 この国は、経済が遅れている反面、自然が豊かだ。
這個國家經濟雖然落後，但另一方面卻擁有豐富的自然資源。

105

～べき、べきだ

必須…、應當…

➡ {動詞辭書形}＋べき、べきだ

❶【勸告】表示那樣做是應該的、正確的。常用在勸告、禁止及命令的場合。是一種比較客觀或原則的判斷，書面跟口語雙方都可以用，相當於「～するのが当然だ」，如例(1)～(3)。

❷〖するべき、すべき〗「べき」前面接サ行變格動詞時，「する」以外也常會使用「す」。「す」為文言的サ行變格動詞終止形，如例(4)、(5)。

1 人間(にんげん)はみな平等(びょうどう)であるべきだ。

人人應該平等。

例句

2 これは、会社(かいしゃ)を辞(や)めたい人(ひと)がぜひ読(よ)むべき本(ほん)だ。
這是一本想要辭職的人必讀的書！

3 ああっ、バス行(い)っちゃったー！あと１分早(ぷんはや)く家(いえ)を出(で)るべきだった。
啊，巴士跑掉了…！應該提早一分鐘出門的。

4 学生(がくせい)は、勉強(べんきょう)していろいろなことを吸収(きゅうしゅう)するべきだ。
學生應該好好學習，以吸收各種知識。

5 自分(じぶん)の不始末(ふしまつ)は自分(じぶん)で解決(かいけつ)すべきだ。
自己闖的禍應該要自己收拾。

N3

106

～ほかない、ほかはない

只有…、只好…、只得…

{動詞辭書形}＋ほかない、ほかはない

【讓步】表示雖然心裡不願意，但又沒有其他方法，只有這唯一的選擇，別無它法。相當於「～以外にない」、「～より仕方がない」等。

1 書類(しょるい)は一部(いちぶ)しかないので、コピーするほかない。

因為資料只有一份，只好去影印了。

例句

2 運命(うんめい)だったとあきらめるほかない。
只能死心認命了。

3 こんなやり方(かた)はおかしいと思(おも)うけど、上司(じょうし)に言(い)われたからやるほかない。
儘管覺得這種作法有違常理，可是既然主管下令，只好照做。

4 父が病気だから、学校を辞めて働くほかなかった。　因為家父生病，我只好退學出去工作了。

5 上手になるには、練習し続けるほかはない。　想要更好，只有不斷地練習了。

107

～ほど

1.…得、…得令人；2. 越…越

{名詞；形容動詞詞幹な；[形容詞・動詞] 辭書形}＋ほど

❶【程度】用在比喻或舉出具體的例子，來表示動作或狀態處於某種程度，如例(1)～(3)。

❷【平行】表示後項隨著前項的變化，而產生變化，如例(4)、(5)。

1 おなかが死ぬほど痛い。

肚子痛到好像要死掉了。

例句

2 足を切り落としてしまいたいほど痛い。　腳痛得幾乎想剁掉。

3 今日は面白いほど魚がよく釣れた。　我今天出乎意料地釣了好多魚。

4 勉強するほど疑問が出てくる。　讀得愈多愈會發現問題。

5 不思議なほど、興味がわくというものです。　很不可思議的，對它的興趣竟然油然而生。

108

～までには

…之前、…為止

{名詞；動詞辭書形}＋までには

【期限】前面接和時間有關的名詞，或是動詞，表示某個截止日、某個動作完成的期限。

1 結論が出るまでにはもうしばらく時間がかかります。

在得到結論前還需要一點時間。

例句

2 30までには、結婚したい。 | 我希望能在三十歲之前結婚。

3 仕事は明日までには終わると思います。 | 我想工作在明天之前就能做完。

4 完成するまでには、いろいろなことがあった。 | 在完成之前經歷了種種困難。

5 大学を卒業するまでには、N1に合格したい。 | 希望在大學畢業之前通過N1級測驗。

109

～み

帶有…、…感

{[形容詞・形容動詞]詞幹}＋み

【狀態】「み」是接尾詞，前接形容詞或形容動詞詞幹，表示該形容詞的這種狀態，或在某種程度上感覺到這種狀態。形容詞跟形容動詞轉為名詞的用法。

1 月曜日の放送を楽しみにしています。

我很期待看到星期一的播映。

例句

2 この包丁は厚みのある肉もよく切れる。 | 這把菜刀也可以俐落地切割有厚度的肉塊。

3 玉露は、天然の甘みがある。 | 玉露茶會散發出天然的甘甜。

4 川の深みにはまって、あやうく溺れるところだった。 | 一腳陷進河底的深處，險些溺水了。

5 この講義(こうぎ)、はっきり言(い)って新鮮(しんせん)みがない。

這個課程，老實説，內容已經過時了。

110

～みたい（だ）、みたいな

1. 好像…；3. 想要嘗試…

➡ ❶【推測】{名詞；形容動詞詞幹；[動詞・形容詞]普通形}＋みたい（だ）、みたいな。表示不是很確定的推測或判斷，如例(1)、(2)。

❷〘みたいなN〙後接名詞時，要用「みたいな＋名詞」，如例(3)。

❸【嘗試】{動詞て形}＋みたい。由表示試探行為或動作的「～てみる」，再加上表示希望的「たい」而來。跟「みたい（だ）」的最大差別在於，此文法前面必須接「動詞て形」，且後面不得接「だ」，用於表示欲嘗試某行為，如例(4)、(5)。

1 太郎君(たろうくん)は雪(ゆき)ちゃんに気(き)があるみたいだよ。

太郎似乎對小雪有好感喔。

➡ 例句

2 何(なん)だかだるいな。風邪(かぜ)をひいたみたいだ。

怎麼覺得全身倦怠，好像感冒了。

3 空(そら)に綿(わた)みたいな雲(くも)が浮(う)かんでいる。

天空中飄著棉絮般的浮雲。

4 次(つぎ)のカラオケでは必(かなら)ず歌(うた)ってみたいです。

下次去唱卡拉 OK 時，我一定要唱看看。

5 一度(いちど)、富士山(ふじさん)に登(のぼ)ってみたいですね。

真希望能夠登上一次富士山呀！

111

～むきの、むきに、むきだ

1. 朝…；2. 合於…、適合…

➡ {名詞}＋向きの、向きに、向きだ

❶【方向】接在方向及前後、左右等方位名詞之後，表示正面朝著那一方向，如例(1)。

❷【合適】表示為適合前面所接的名詞，而做的事物，相當於「～に適している」，如例(2)、(3)。

❸〔積極／消極〕「前向き／後ろ向き」原為表示方向的用法，但也常用於表示「積極／消極」、「朝符合理想的方向／朝理想反方向」之意，如例(4)、(5)。

1 南向きの部屋は暖かくて明るいです。
朝南的房子不僅暖和，採光也好。

➡ 例句

2 私は人と話すのが好きなので、営業向きだと思う。	我很喜歡與人交談，所以覺得自己適合當業務。
3 この味付けは日本人向きだ。	這種調味很適合日本人的口味。
4 彼はいつも前向きに物事を考えている。	他思考事情都很積極。
5「どうせ失敗するよ。」「そういう後ろ向きなこと言うの、やめなさいよ。」	「反正會失敗啦！」「不要講那種負面的話嘛！」

112

～むけの、むけに、むけだ

適合於…

➡ {名詞}＋向けの、向けに、向けだ

【目標】表示以前項為對象，而做後項的事物，也就是適合於某一個方面的意思。相當於「～を対象にして」。

1 初心者向けのパソコンは、たちまち売り切れてしまった。
針對電腦初學者的電腦，馬上就賣光了。

➡ 例句

2 この工場では、主に輸出向けの商品を作っている。	這座工廠主要製造外銷商品。
3 童話作家ですが、たまに大人向けの小説も書きます。	雖然是童話作家，但偶爾也會寫適合成年人閱讀的小説。
4 日本から台湾向けに食品を輸出するには、原産地証明書が必要です。	要從日本外銷食品到台灣，必須附上原產地證明。
5 この乗り物は子ども向けです。	這項搭乘工具適合小孩乘坐。

113

～もの、もん

因為…嘛

➡ {[名詞・形容動詞詞幹]んだ；[形容詞・動詞]普通形んだ}＋もの、もん

❶【説明理由】助詞「もの」、「もん」接在句尾，多用在會話中，年輕女性或小孩子較常使用。「もの」主要為年輕女性或小孩使用，「もん」則男女都會使用。跟「だって」一起使用時，就有撒嬌的語感，如例(1)。

❷【強烈斷定】表示説話人很堅持自己的正當性，而對理由進行辯解，如例(2)、(3)。

❸〖口語〗更隨便的説法用「もん」，如例(4)、(5)。

1 花火を見に行きたいわ。だってとってもきれいだもの。

我想去看煙火，因為很美嘛！

➡ 例句

2 おしゃれをすると、何だか心がウキウキする。やっぱり、女ですもの。	精心打扮時總覺得心情特別雀躍，畢竟是女人嘛。

3 運動はできません。退院したばかりだもの。	人家不能運動，因為剛出院嘛！
4 早寝早起きしてるの。健康第一だもん。	早睡早起，因為健康第一嘛！
5「お帰り。遅かったね。」「しょうがないだろ。付き合いだもん。」	「回來了？好晚喔。」「有什麼辦法，得應酬啊。」

114

～ものか

哪能…、怎麼會…呢、決不…、才不…呢

{形容動詞詞幹な；[形容詞・動詞] 辭書形}＋ものか

❶【強調否定】句尾聲調下降。表示強烈的否定情緒，指說話人絕不做某事的決心，或是強烈否定對方的意見，如例(1)～(3)。

❷〖禮貌體〗一般而言「ものか」為男性使用，女性通常用「ものですか」，如例(4)。

❸〖口語〗比較隨便的說法是「～もんか」，如例(5)。

1 彼の味方になんか、なるものか。

我才不跟他一個鼻子出氣呢！

例句

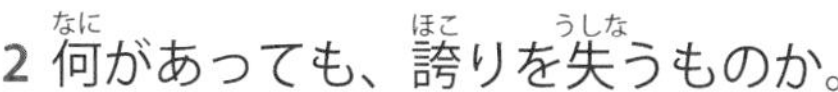

2 何があっても、誇りを失うものか。	無論遇到什麼事，我決不失去我的自尊心。
3 あんな銀行に、お金を預けるものか。	我才不把錢存在那種銀行裡呢！
4 何よ、あんな子がかわいいものですか。私の方がずっとかわいいわよ。	什麼嘛，那種女孩哪裡可愛了？我比她可愛不知道多少倍耶！
5 元カノが誰と何をしたって、かまうもんか。	前女友和什麼人做了什麼事，我才不管咧！

115

～ものだ

過去…經常、以前…常常

{形容動詞詞幹な；形容詞辭書形；動詞普通形}＋ものだ

【感慨】表示説話者對於過去常做某件事情的感慨、回憶。

1 懐かしい。これ、子どものころによく飲んだものだ。

好懷念喔！這個是我小時候常喝的。

例句

2 渋谷には、若い頃よく行ったものだ。

我年輕時常去澀谷。

3 英語の授業中に、よく辞書でエッチな言葉を調べたものだ。

在英文課堂上經常翻字典查些不正經的詞語呢。

4 学生時代は毎日ここに登ったものだ。

學生時代我每天都爬到這上面來。

5 この町も、ずいぶん都会になったものだ。

這座小鎮也變得相當具有城市的樣貌囉。

116

～ものだから

就是因為…，所以…

{[名詞・形容動詞詞幹]な；[形容詞・動詞]普通形}＋ものだから

❶**【理由】**表示原因、理由，相當於「～から」、「～ので」常用在因為事態的程度很厲害，因此做了某事，如例(1)～(2)。

❷**〖説明理由〗**含有對事情感到出意料之外、不是自己願意的理由，進行辯白，主要為口語用法，如例(3)～(5)。

1 お葬式で正座して、足がしびれたものだから立てませんでした。

在葬禮上跪坐得腳麻了，以致於站不起來。

例句

2 きつく叱ったものだから、娘はしくしくと泣き出した。	由於很嚴厲地斥責了女兒，使得她抽抽搭搭地哭了起來。
3 パソコンが壊れたものだから、レポートが書けなかった。	由於電腦壞掉了，所以沒辦法寫報告。
4 隣のテレビがやかましかったものだから、抗議に行った。	因為隔壁的電視太吵了，所以跑去抗議。
5 値段が手ごろなものだから、ついつい買い込んでしまいました。	因為價格便宜，忍不住就買太多了。

N3

117

Track N3 2-40

～もので

因為…、由於…

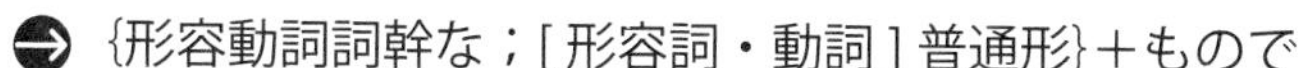

{形容動詞詞幹な；[形容詞・動詞]普通形}＋もので

【理由】意思跟「ので」基本相同，但強調原因跟理由的語氣比較強。前項的原因大多為意料之外或不是自己的意願，後項為此進行解釋、辯白。結果是消極的。意思跟「ものだから」一樣。後項不能用命令、勸誘、禁止等表現方式。

1 東京は家賃が高いもので、生活が大変だ。

由於東京的房租很貴，所以生活很不容易。

例句

2 子どもに手伝わせるとあんまり遅いもので、つい自分でやってしまう。	讓孩子幫忙會拖得太晚，最後還是忍不住自己動手做。

3 勉強が苦手なもので、高校を出てすぐ就職した。
因為不喜歡讀書，所以高中畢業後馬上去工作了。

4 子どもが行きたいと言うもので、しかたなく東京ディズニーランドに連れていった。
由於孩子説想去，不得已只好帶去東京迪士尼樂園了。

5 走ってきたもので、息が切れている。
由於是跑著來的，因此上氣不接下氣的。

118

～ようがない、ようもない

沒辦法、無法…；不可能…

{動詞ます形}＋ようがない、ようもない

❶【不可能】表示不管用什麼方法都不可能，已經沒有辦法了，相當於「～ことができない」，「～よう」是接尾詞，表示方法，如例(1)～(4)。

❷〖漢字＋（の）＋しようがない〗表示説話人確信某事態理應不可能發生，相當於「～はずがない」，如例(5)。通常前面接的サ行變格動詞為雙漢字時，中間加不加「の」都可以。

1 道に人があふれているので、通り抜けようがない。
路上到處都是人，沒辦法通行。

例句

2 すばらしい演技だ。文句のつけようがない。
真是精湛的演技！無懈可擊！

3 済んだことは、今更どうしようもない。
過去的事，如今已無法挽回了。

4 ご家族がみんな飛行機事故で死んでしまって、なぐさめようがない。
他全家人都死於墜機意外，不知道該如何安慰才好。

5 スイッチを入れるだけだから、失敗（の）しようがない。
只是按下按鈕而已，不可能會搞砸的。

119

～ような

1. 像…樣的；2. 宛如…一樣的…；3. 感覺像…

➡ ❶【列舉】{名詞の}＋ような。表示列舉，為了説明後項的名詞，而在前項具體的舉出例子，如例(1)、(2)。

❷【比喻】{名詞の；動詞辭書形；動詞ている}＋ような。表示比喻，如例(3)、(4)。

❸【判斷】{名詞の；形容動詞詞幹な；[形容詞・動詞]辭書形}＋ような気がする。表示説話人的感覺或主觀的判斷，如例(5)。

1 お寿司(すし)や天(てん)ぷらのような和食(わしょく)が好(す)きです。

我喜歡吃像壽司或是天婦羅那樣的日式料理。

➡ 例句

2 病院(びょういん)や駅(えき)のような公共(こうきょう)の場所(ばしょ)は、禁煙(きんえん)です。｜醫院和車站之類的公共場所一律禁菸。

3 兄(あに)のような大人(おとな)になりたい。｜我想成為像哥哥一樣的大人！

4 警察(けいさつ)が疑(うたが)っているようなことは、していません。｜我沒有做過會遭到警方懷疑的壞事。

5 あの人(ひと)、見(み)たことがあるような気(き)がする。｜我覺得那個人似曾相識。

120

～ようなら、ようだったら

如果…、要是…

➡ {名詞の；形容動詞な；[動詞・形容詞] 辭書形}＋ようなら、ようだったら

【條件】表示在某個假設的情況下，説話者要採取某個行動，或是請對方採取某個行動。

N 3

1 パーティーが 10 時過ぎるようなら、途中で抜けることにする。

如果派對超過十點，我要中途落跑。

例句

2 明日になっても痛いようなら、お医者さんに行こう。
如果到了明天還是一樣痛，就去找醫師吧。

3 大阪と京都と奈良に行きたいけれど、無理なようなら奈良はやめる。
雖然想去大阪和京都和奈良，但若不可行，就放棄奈良。

4 肌に合わないようだったら、使用を中止してください。
如肌膚有不適之處，請停止使用。

5 良くならないようなら、検査を受けたほうがいい。
如果一直好不了，最好還是接受檢查。

121

Track N3 2-44

～ように

1. 為了…而…；2. 請…；3. 希望…；4. 如同…

➊【目的】{動詞辭書形；動詞否定形}＋ように。表示為了實現前項而做後項，是行為主體的希望，如例(1)。

➋【勸告】用在句末時，表示願望、希望、勸告或輕微的命令等，如例(2)。

➌【期盼】{動詞ます形}＋ますように。表示祈求，如例(3)。

➍【例示】{名詞の；動詞辭書形；動詞否定形}＋ように。表示以具體的人事物為例，來陳述某件事物的性質或內容等，如例(4)、(5)。

1 約束を忘れないように手帳に書いた。

把約定寫在了記事本上以免忘記。

➡ 例句

2 明日は駅前に８時に集合です。遅れないように。	明天八點在車站前面集合。請各位千萬別遲到。
3（遠足の前日）どうか明日晴れますように。	（遠足前一天）求求老天爺明天給個大晴天。
4 私が発音するように、後について言ってください。	請模仿我的發音，跟著複誦一次。
5 ご存じのように、来週から営業時間が変更になります。	誠如各位所知，自下週起營業時間將有變動。

122

ようにいう(いう)

告訴…

➡ {動詞辭書形；動詞否定形}＋ように（言う）

❶【間接引用】表示間接轉述指令、請求等內容，如例(1)。
❷〖後接詞〗後面也常接「お願いする（拜託）、頼む（拜託）、伝える（傳達）」等跟說話相關的動詞，如例(2)～(5)。

1 息子にちゃんと歯を磨くように言ってください。
請告訴我兒子要好好地刷牙。

➡ 例句

2 あさってまでにはやってくれるようにお願いします。	麻煩在後天之前完成這件事。
3 明日晴れたら海に連れて行ってくれるように父に頼みました。	我拜託爸爸假如明天天氣晴朗的話帶我去海邊玩。

4 私に電話するように伝えてください。	請告訴他要他打電話給我。
5 神社で、「矢野君と結婚できますように。」と祈りました。	在神社祈禱神明保佑「自己能和矢野君結婚。」

123

～ようになっている

1. 會…；2. 就會…

❶【變化】{動詞辭書形；動詞可能形}＋ようになっている。是表示能力、狀態、行為等變化的「ようになる」，與表示動作持續的「～ている」結合而成，如例(1)、(2)。

❷【功能】{動詞辭書形}＋ようになっている。表示機器、電腦等，因為程式或設定等而具備的功能，如例(3)、(4)。

❸〖變化的結果〗{名詞の；動詞辭書形}＋ようになっている。是表示比喻的「ようだ」，再加上表示動作持續的「～ている」的應用，如例(5)。

1 毎日練習したから、この曲は今では上手に弾けるようになっている。

正因為每天練習不懈，現在才能把這首曲子彈得這麼流暢。

例句

2 日本に住んで 3 年、今では日本語で夢を見るようになっている。	在日本住了三年以後，現在已經能夠用日語作夢了。
3 このトイレは、入ってドアを閉めると電気がつくようになっている。	這間廁所設計成進去後關上門，電燈就會亮。
4 ここのボタンを押すと、水が出るようになっている。	按下這個按鈕，水就會流出來。
5 直美さんはもうフランスに 20 年も住んでいるから、今ではフランス人のようになっている。	由於直美小姐已經在法國住了長達二十年，現在幾乎成為道地的法國人了。

124

Track N3 2-47

● ～より（ほか）ない、ほか（しかたが）ない

只有…、除了…之外沒有…

➡ ❶【讓步】{名詞；動詞辭書形}＋より（ほか）ない；{動詞辭書形}＋ほか（しかたが）ない。後面伴隨著否定，表示這是唯一解決問題的辦法，相當於「ほかない」、「ほかはない」，另外還有「よりほかにない」、「よりほかはない」的説法，如例(1)～(4)。

❷〖人物＋いない〗{名詞；動詞辭書形}＋よりほかに～ない。是「それ以外にない」的強調説法，前接的名詞為人物時，後面要接「いない」，如例(5)。

1 もう時間がない。こうなったら一生懸命やるよりほかない。

時間已經來不及了，事到如今，只能拚命去做了。

➡ 例句

2 終電が出てしまったので、タクシーで帰るよりほかにない。	由於最後一班電車已經開走了，只能搭計程車回家了。
3 病気を早く治すためには、入院するよりほかはない。	為了要早點治癒，只能住院了。
4 停電か。テレビも見られないし、寝るよりほかしかたがないな。	停電了哦。既然連電視也沒得看，剩下能做的也只有睡覺了。
5 君よりほかに頼める人がいない。	除了你以外，再也沒有其他人能夠拜託了。

125

● 句子＋わ

…啊、…呢、…呀

➡ {句子}＋わ

【主張】表示自己的主張、決心、判斷等語氣。女性用語。在句尾可使語氣柔和。

1 私(わたし)も行(い)きたいわ。

我也好想去啊！

➡ **例句**

2 早(はや)く休(やす)みたいわ。 | 真想早點休息呀！

3 雨(あめ)が降(ふ)ってきたわ。 | 下起雨來嘍。

4 あ、お金(かね)がないわ。 | 啊！沒有錢了！

5 きゃーっ、遅刻(ちこく)しちゃうわ！ | 天呀…要遲到了！

126

～わけがない、わけはない

不會…、不可能…

➡ {形容動詞詞幹な；[形容詞・動詞] 普通形}＋わけがない、わけはない

❶**【強烈主張】**表示從道理上而言，強烈地主張不可能或沒有理由成立，相當於「～はずがない」，如例(1)～(4)。

❷〘**口語**〙口語常會説成「わけない」，如例(5)。

1 人形(にんぎょう)が独(ひと)りでに動(うご)くわけがない。

洋娃娃不可能自己會動。

➡ **例句**

2 無断(むだん)で欠勤(けっきん)して良(よ)いわけがないでしょう。 |

未經請假不去上班，那怎麼可以呢！

3 医学部に合格するのが簡単なわけはないですよ。	要考上醫學系當然是很不容易的事呀！
4 こんな重いかばん、一人で運べるわけがない。	這麼重的提包，一個人根本不可能搬得動。
5「あれ、この岩、金が混ざってる。」「まさか、金のわけないよ。」	「咦？這塊岩石上面是不是有金子呀。」「怎麼可能，絕不會是黃金啦！」

127

～わけだ

1. 當然…、難怪…；2. 也就是說…

➡ {形容動詞詞幹な；[形容詞・動詞] 普通形}＋わけだ

❶【結論】表示按事物的發展，事實、狀況合乎邏輯地必然導致這樣的結果。與側重於說話人想法的「～はずだ」相比較，「～わけだ」傾向於由道理、邏輯所導出結論，如例(1)～(4)。

❷【換個說法】表示兩個事態是相同的，只是換個說法而論，如例(5)。

1 3年間留学していたのか。道理で英語がペラペラなわけだ。

到國外留學了三年啊！難怪英文那麼流利。

➡ 例句

2 お母さんアメリカ人なの？じゃ、ハーフなわけだね。	你媽媽是美國人啊？這麼說，你是混血兒囉。
3 彼はうちの中にばかりいるから、顔色が青白いわけだ。	因為他老待在家，難怪臉色蒼白。
4 ふうん。それで、帽子からハトが出るわけだ。	是哦？然後，帽子裡就出現鴿子了喔。
5 昭和 46 年生まれなんですか。それじゃ、1971 年生まれのわけですね。	您是在昭和四十六年出生的呀。這麼說，也就是在一九七一年出生的囉。

N3

日語文法・句型詳解

128

～わけではない、わけでもない

並不是…、並非…

➡ {形容動詞詞幹な；[形容詞・動詞] 普通形}＋わけではない、わけでもない

【部分否定】表示不能簡單地對現在的狀況下某種結論，也有其它情況。常表示部分否定或委婉的否定。

1 食事(しょくじ)をたっぷり食(た)べても、必(かなら)ず太(ふと)るというわけではない。
吃得多不一定會胖。

➡ **例句**

2 現実(げんじつ)の世(よ)の中(なか)では、誰(だれ)もが自由(じゆう)で平等(びょうどう)というわけではない。
在現實世界中，並不是每一個人都享有自由與平等。

3 結婚相手(けっこんあいて)はお金(かね)があれば誰(だれ)でもいいってわけじゃないわ。
並不是只要對方有錢，跟什麼樣的人結婚都無所謂哦。

4 人生(じんせい)は不幸(ふこう)なことばかりあるわけではないだろう。
人生總不會老是發生不幸的事吧！

5 けんかばかりしているが、互(たが)いに嫌(きら)っているわけでもない。
老是吵架，也並不代表彼此互相討厭。

129

～わけにはいかない、わけにもいかない

不能…、不可…

➡ {動詞辭書形；動詞ている}＋わけにはいかない、わけにもいかない

【不能】表示由於一般常識、社會道德或過去經驗等約束，那樣做是行不通的，相當於「～することはできない」。

1 友情を裏切るわけにはいかない。

友情是不能背叛的。

➡ 例句

2 休みだからといって、一日中ごろごろしているわけにはいかない。	雖說是休假日，總不能一整天窩在家裡閒著無事。
3 消費者の声を、企業は無視するわけにはいかない。	消費者的心聲，企業不可置若罔聞。
4 赤ちゃんが夜中に泣くから、寝ているわけにもいかない。	小寶寶半夜哭了，總不能當作沒聽到繼續睡吧。
5 式の途中で、帰るわけにもいかない。	不能在典禮進行途中回去。

130

Track N3 2-53

～わりに（は）

（比較起來）雖然…但是…、但是相對之下還算…、可是…

➡ {名詞の；形容動詞詞幹な；[形容詞・動詞]普通形}＋わりに（は）

【比較】表示結果跟前項條件不成比例、有出入或不相稱，結果劣於或好於應有程度，相當於「～のに」、「～にしては」。

1 この国は、熱帯のわりには過ごしやすい。

這個國家雖處熱帶，但住起來算是舒適的。

➡ 例句

2 北国のわりには、冬も過ごしやすい。	儘管在北部地方，不過冬天也算氣候宜人。
3 面積が広いわりに、人口が少ない。	面積雖然大，但人口相對地很少。

4 安かったわりにはおいしい。
雖然便宜，但挺好吃的。

5 やせてるわりには、よく食べるね。
瞧她身材纖瘦，沒想到食量那麼大呀！

131

～をこめて

集中…、傾注…

➡ {名詞}＋を込めて

❶【附帶】表示對某事傾注思念或愛等的感情，如例(1)、(2)。

❷〖慣用法〗常用「心を込めて（誠心誠意）、力を込めて（使盡全力）、愛を込めて（充滿愛）」等用法，如例(3)～(5)。

1 みんなの幸せのために、願いを込めて鐘を鳴らした。

為了大家的幸福，以虔誠的心鳴鍾祈禱。

➡ 例句

2 思いを込めて彼女を見つめた。
那時滿懷愛意地凝視著她。

3 教会で、心を込めて、オルガンを弾いた。
在教會以真誠的心彈風琴。

4 力を込めてバットを振ったら、ホームランになった。
他使盡力氣揮出球棒，打出了一支全壘打。

5 彼のために、愛を込めてセーターを編みました。
我用真摯的愛為男友織了件毛衣。

132

～をちゅうしんに(して)、をちゅうしんとして

以…為重點、以…為中心、圍繞著…

➡ {名詞}＋を中心に（して）、を中心として

【基準】表示前項是後項行為、狀態的中心。

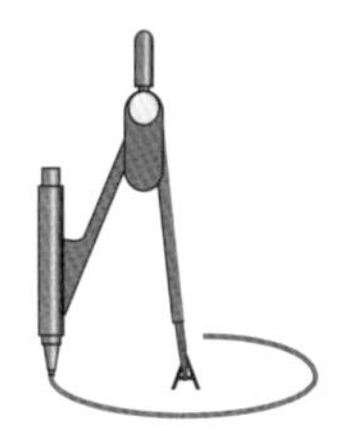

1 点Aを中心に、円を描いてください。

請以Ａ點為中心，畫一個圓圈。

➡ **例句**

2 大学の先生を中心にして、漢詩を学ぶ会を作った。	以大學老師為中心，設立了漢詩學習會。
3 地球は、太陽を中心として回っている。	地球以太陽為中心繞行著。
4 パンや麺も好きですが、やっぱり米を中心とする和食が一番好きです。	我既喜歡麵包也喜歡麵食，不過最喜歡的還是以米飯為主的日本餐食。
5 Kansai Boys は、ボーカルのリッキーを中心とする5人組のバンドです。	Kansai Boys 是由主唱力基所領銜的五人樂團。

133

～をつうじて、をとおして

1. 透過…、通過…；2. 在整個期間…、在整個範圍…

➡ {名詞}＋を通じて、を通して

❶**【經由】**表示利用某種媒介（如人物、交易、物品等），來達到某目的（如物品、利益、事項等）。相當於「～によって」，如例(1)～(3)。

❷**【範圍】**後接表示期間、範圍的詞，表示在整個期間或整個範圍內，相當於「～のうち（いつでも／どこでも）」，如例(4)、(5)。

1 彼女を通じて、間接的に彼の話を聞いた。

透過她，間接地知道關於他的事情。

➡ 例句

2 マネージャーを通して、取材を申し込んだ。	透過經紀人申請了採訪。
3 江戸時代、日本は中国とオランダを通して外国の情報を得ていた。	江戶時代的日本是經由中國與荷蘭取得了海外的訊息。
4 台湾は1年を通して雨が多い。	台灣一整年雨量都很充沛。
5 会員になれば、年間を通していつでもプールを利用できます。	只要成為會員，全年都能隨時去游泳。

134

Track N3 2-57

～をはじめ、をはじめとする、をはじめとして

以…為首、…以及…、…等等

➡ {名詞}＋をはじめ、をはじめとする、をはじめとして

【例示】表示由核心的人或物擴展到很廣的範圍。「を」前面是最具代表性的、核心的人或物。作用類似「などの」、「と」等。

1 校長先生をはじめ、たくさんの先生方が来てくれた。

校長以及多位老師都來了。

➡ 例句

2 この病院には、内科をはじめ、外科や耳鼻科などがあります。	這家醫院有內科、外科及耳鼻喉科等。
3 小切手をはじめとする様々な書類を、書留で送った。	支票跟各種資料等等，都用掛號信寄出了。
4 富士山をはじめとして、日本の山は火山が多い。	以富士山為首的日本山岳有許多都是火山。

5 日本人の名字は、佐藤をはじめとして、加藤、伊藤など、「藤」のつくものが多い。 | 日本人的姓氏有許多都含有「藤」字，最常見的是佐藤，其他包括加藤、伊藤等等。

135

～をもとに、をもとにして

以…為根據、以…為參考、在…基礎上

➡ {名詞}＋をもとに、をもとにして

【根據】表示將某事物做為啟示、根據、材料、基礎等。後項的行為、動作是根據或參考前項來進行的。相當於「～に基づいて」、「～を根拠にして」。

1 いままでに習った文型をもとに、文を作ってください。

請參考至今所學的文型造句。

N3

➡ 例句

2 彼女のデザインをもとに、青いワンピースを作った。 | 以她的設計為基礎，裁製了藍色的連身裙。

3 集めたデータをもとにして、分析しました。 | 根據收集來的資料來分析。

4『三国志演義』をもとにしたゲームがたくさん制作されている。 | 許多電玩遊戲都是根據《三國演義》為原型所設計出來的。

5 木下順二の『夕鶴』は、民話『鶴の恩返し』をもとにしている。 | 木下順二的《夕鶴》是根據民間故事的《白鶴報恩》所寫成的。

136

～んじゃない、んじゃないかとおもう

不…嗎、莫非是…

➡ {名詞な；形容動詞詞幹な；[形容詞・動詞]普通形}＋んじゃない、んじゃないかと思う

【主張】是「のではないだろうか」的口語形。表示意見跟主張。

1 そこまで必要ないんじゃない。
沒有必要做到那個程度吧！

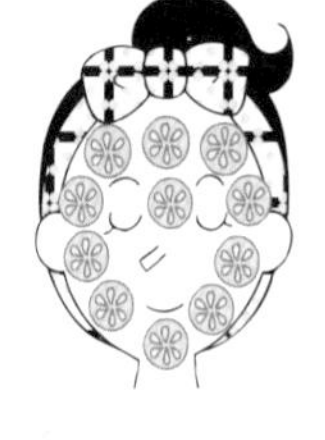

➡ 例句

2 あの人、髪長くてスカートはいてるけど、男なんじゃない？
那個人雖然有一頭長髮又穿著裙子，但應該是男的吧？

3 大丈夫？具合悪いんじゃない？
你還好嗎？是不是身體不舒服？

4 そのぐらいで十分なんじゃないかと思う。
做到那個程度我認為已經十分足夠了。

5 花子？もうじき来るんじゃない？
花子？她不是等一下就來了嗎？

137　Track N3 2-60

～んだって

聽說…呢

➡ {[名詞・形容動詞詞幹]な}＋んだって；{[動詞・形容詞]普通形}＋んだって

❶**【傳聞】**表示說話者聽說了某件事，並轉述給聽話者。語氣比較輕鬆隨便，是表示傳聞的口語用法，如例(1)～(4)。
❷**〖女性－んですって〗**女性會用「～んですって」的說法，如例(5)。

1 北海道ってすごくきれいなんだって。
聽說北海道非常漂亮呢！

➡ 例句

2 林さんって、元やくざなんだって。 | 聽說林先生之前是個流氓耶。

3 田中さん、試験に落ちたんだって。 | 聽說田中同學落榜了呢！

4 来週、台風が来るかもしれないんだって。 | 聽說下星期颱風可能會來喔。

5 あの店のラーメン、とてもおいしいんですって。 | 聽說那家店的拉麵很好吃。

138

Track N3 2-61

～んだもん

因為…嘛、誰叫…

➡ {[名詞・形容動詞詞幹] な}＋んだもん；{[動詞・形容詞] 普通形}＋んだもん

【理由】用來解釋理由，是口語說法。語氣偏向幼稚、任性、撒嬌，在說明時帶有一種辯解的意味。也可以用「～んだもの」。

1「なんでにんじんだけ残すの！」「だってまずいんだもの。」

「為什麼只剩下胡蘿蔔！」「因為很難吃嘛！」

➡ 例句

2「お化け屋敷入ろうよ。」「やだ、怖いんだもん。」 | 「我們去鬼屋玩啦！」「不要，人家會怕嘛！」

3「どうして私のスカートはくの？」「だって、好きなんだもの。」 | 「妳為什麼穿我的裙子？」「因為人家喜歡嘛！」

4「どうして遅刻したの？」「だって、目覚まし時計が壊れてたんだもん。」 | 「你為什麼遲到了？」「誰叫我的鬧鐘壞了嘛！」

5「あれ、もう帰るの？」「うん、なんか風邪ひいたみたいなんだもん。」 | 「咦，妳要回去了？」「嗯，因為人家覺得好像感冒了嘛！」

001

～あげく（に／の）

…到最後、…，結果…

{動詞性名詞の；動詞た形}＋あげく（に／の）

❶【結果】表示事物最終的結果，指經過前面一番波折和努力所達到的最後結果，後句的結果多因前句，而造成精神上的負擔或麻煩，多用在消極的場合，如例(1)～(3)。

❷〚あげくの＋名詞〛後接名詞時，用「あげくの＋名詞」，如例(4)。

❸〚慣用表現〛慣用表現「あげくの果て」為「あげく」的強調説法，如例(5)。

1 年月をかけた準備のあげく、失敗してしまいました。

花費多年準備，結果卻失敗了。

例句

2 口論のあげくに、殴り合いになった。

吵了一陣子，最後打了起來。

3 考えたあげく、やっぱり彼にこのことは言わないことにした。

考慮了很久，最終還是決定不告訴他這件事。

4 家の売却は、さんざん迷ったあげくの決断だった。

賣掉房子是左思右想了老半天之後的決定。

5 市長も副市長も収賄で捕まって、あげくの果ては知事まで捕まった。	市長和副市長都因涉嫌收賄而遭到逮捕，到最後甚至連知事也被逮捕了。

002

～あまり（に）

1. 由於過度…、因過於…、過度…；2. 由於太…才…

➡ {名詞の；動詞辭書形}＋あまり（に）

❶【極端的程度】表示由於前句某種感情、感覺的程度過甚，而導致後句的結果。前句表示原因，後句的結果一般是消極的，如例(1)～(4)。

❷【原因】表示某種程度過甚的原因，導致後項結果，為「由於太…才…」之意，常用「あまりの＋形容詞詞幹＋さ＋に」的形式，如例(5)。

1 焦るあまり、大事なところを見落としてしまった。

由於過度著急，而忽略了重要的地方。

N2

➡ 例句

2 父の死を聞いて、驚きのあまり言葉を失った。	聽到父親的死訊，在過度震驚之下說不出話來。
3 お金がほしいあまりに、会社の金を取って逃げた。	由於太需要錢，因而盜領公款後逃逸了。
4 読書に熱中したあまり、時間がたつのをすっかり忘れてしまいました。	由於沉浸在書中世界，渾然忘記了時光的流逝。
5 あまりの暑さに（≒暑さのあまり）、倒れて救急車で運ばれた。	在極度的酷熱之中昏倒，被送上救護車載走。

日語文法・句型詳解

003

～いじょう（は）

既然…、既然…，就…、正因為…

{動詞普通形}＋以上（は）

【原因】由於前句某種決心或責任，後句便根據前項表達相對應的決心、義務或奉勸。有接續助詞作用。

1 引き受ける以上は、最後までやり通すつもりだ。
既然已經接下這件事，我會有始有終完成它的。

例句

2 彼の決意が固い以上、止めても無駄だ。
既然他已經下定決心，就算想阻止也是沒用的。

3 両親は退職したが、まだ元気な以上、同居して面倒を 見る必要はない。
父母雖然已經退休了，既然身體還很硬朗，就不必住在一起照顧他們。

4 大学を出た以上、仕事を探さなければならない。
既然已從大學畢業，就必須找工作不可。

5 彼女に子供ができた以上は、責任を取って結婚します。
既然女友已經懷孕，我會負起責任和她結婚。

004

～いっぽう（で）

1. 在…的同時，還…、一方面…，一方面…、另一方面…；2. 一方面…而另一方面卻…

{動詞辭書形}＋一方（で）

❶**【同時】**前句説明在做某件事的同時，另一個事情也同時發生。後句多

敘述可以互相補充做另一件事，如例(1)～(3)。

❷【**對比**】表示同一主語有兩個對比的側面，如例(4)、(5)。

1 景気がよくなる一方で、人々のやる気も出てきている。

在景氣好轉的同時，人們也更有幹勁了。

➡ 例句

2 わが社は、家具の生産をする一方、販売も行っています。	敝公司一方面生產家具，一方面也進行販賣。
3 短期的な計画を立てる一方で、長期的な構想も持つべきだ。	一方面擬定短期計畫，另一方面也該做長期的規畫。
4 地球上には豊かな人がいる一方で、明日の食べ物すら ない人もたくさんいる。	地球上有人豐衣足食，但另一方面卻有許多人，連明天的食物都沒有。
5 今の若者は、親を軽視している一方で、親に頼っている。	現在的年輕人，瞧不起父母的同時，但卻又很依賴父母。

N2

005

Track N2 1-05

～うえ（に）

…而且…、不僅…，而且…、在…之上，又…

➡ {名詞の；形容動詞詞幹な；[形容詞・動詞]普通形}＋上（に）

【**附加**】表示追加、補充同類的內容。在本來就有的某種情況之外，另外還有比前面更甚的情況。

1 主婦は、家事の上に育児もしなければなりません。

家庭主婦不僅要做家事，而且還要帶孩子。

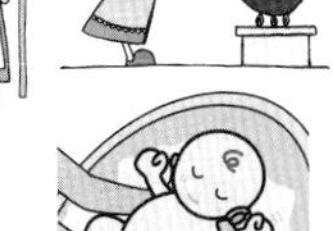

例句

2 この部屋(へや)は、眺(なが)めがいい上(うえ)に清潔(せいけつ)です。	這房子不僅景觀好，而且很乾淨。
3 この魚屋(さかなや)の魚(さかな)は、新鮮(しんせん)な上(うえ)に値段(ねだん)も安(やす)い。	這家魚舖賣的魚不但新鮮，而且價錢便宜。
4 先生(せんせい)に叱(しか)られた上(うえ)、家(いえ)に帰(かえ)ってから両親(りょうしん)にまた叱(しか)られた。	不但被老師責罵，回到家後又挨爸媽罵了。
5 彼女(かのじょ)は美人(びじん)である上(うえ)、優(やさ)しいので、みんなの人気者(にんきもの)です。	她不但長得漂亮，而且個性溫柔，因此廣受大家的喜愛。

006

～うえで（の）

1. 在…之後、…以後…、之後（再）…；2. 在…過程中…、在…時

❶【前提】{名詞の；動詞た形}＋上で（の）。表示兩動作間時間上的先後關係。先進行前一動作，後面再根據前面的結果，採取下一個動作，如例(1)、(2)。

❷【目的】{名詞の；動詞辭書形}＋上で（の）。表示做某事是為了達到某種目的，用在敘述這一過程中會出現的問題或注意點，如例(3)～(5)。

1 土地(とち)を買(か)った上(うえ)で、建(た)てる家(いえ)を設計(せっけい)しましょう。
買了土地以後，再設計房子。

例句

2 内容(ないよう)をご確認(かくにん)いただいた上(うえ)で、サインをお願(ねが)いします。	敬請於確認內容以後簽名。
3 工藤(くどう)から、海外赴任(かいがいふにん)の上(うえ)でのアドバイスをもらった。	工藤給了我關於轉調國外工作時的建議。

4 誠実であることは、生きていく上で大切だ。 | 秉持誠實是人生的重要操守。

5 商売をする上で、嫌な相手に頭を下げることもあった。 | 既然是做生意，有時也得向討厭的人低頭。

007

～うえは

既然…、既然…就…

➡ {動詞普通形}＋上は

【決心】前接表示某種決心、責任等行為的詞，後續表示必須採取跟前面相對應的動作。後句是說話人的判斷、決定或勸告。有接續助詞作用。

1 会社をクビになった上は、屋台でもやるしかない。

既然被公司炒魷魚，就只有開路邊攤了。

➡ 例句

2 やると決めた上は、最後までやり抜きます。 | 既然決定要做了，就會堅持到最後一刻。

3 日本に留学する上は、きっとペラペラになって帰ってくる。 | 既然在日本留學，想必將學得一口流利的日語之後歸國。

4 試合に出ると言ってしまった上は、トレーニングをしなければなりません。 | 既然說要參加比賽，那就得練習了。

5 大臣の不正が明らかになった上は、首相も責任が問われるだろう。 | 既然部長的舞弊已經遭到了揭發，想必首相也會被追究相關責任吧。

008

～うではないか、ようではないか

讓…吧、我們（一起）…吧

➡ {動詞意向形}＋うではないか、ようではないか

❶【提議】表示提議或邀請對方跟自己共同做某事，或是一種委婉的命令，常用在演講上，是稍微拘泥於形式的説法，一般為男性使用，如例(1)～(4)。

❷〖口語－うじゃないか等〗口語常説成「～うじゃないか、ようじゃないか」，如例(5)。

1 皆(みんな)で協力(きょうりょく)して困難(こんなん)を乗(の)り越(こ)えようではありませんか。

讓我們同心協力共度難關吧！

➡ 例句

2 たいへんだけれど、がんばろうではないか。	雖然很辛苦，我們就加油吧！
3 かかった費用(ひよう)を、会社(かいしゃ)に請求(せいきゅう)しようではないか。	花費的費用，就跟公司申請吧！
4 力(ちから)を合(あ)わせて、よりよい社会(しゃかい)を作(つく)っていこうではありませんか。	我們是不是應該同心協力，一起打造一個更美好的社會呢？
5 よし、その方法(ほうほう)でやってみようじゃないか。	好，不妨用那個辦法來試一試吧！

009

～うる、える

1. 可能、能、會；2. 難以…

➡ {動詞ます形}＋得る

❶【可能性】表示可以採取這一動作，有發生這種事情的可能性，有接尾詞的作用，如例(1)～(3)。ます形是「えます」，た形是「えた」。

❷【不可能】如果是否定形（只有「～えない」，沒有「～うない」），就表示不能採取這一動作，沒有發生這種事情的可能性，如例(4)、(5)。

❸〖×能力有無〗用在可能性，不用在能力上的有無。

1 コンピューターを使えば、大量のデータを計算し得る。

利用電腦，就能統計大量的資料。

➡ 例句

2 どんなことでもあり得るのが今日の科学の力だ。	現在的科學力量就是無奇不有。
3 澎湖で海割れを見て、モーゼの海割れは起こり得たと思った。	在澎湖目睹分海的奇景，不由得想到了「摩西分紅海」或許真有其事。
4 そんなひどい状況は、想像し得ない。	那種慘狀，真叫人難以想像。
5 その環境では、生物は生存し得ない。	那種環境讓生物難以生存。

N2

010

～おり（に／には）、おりから

1. …的時候；2. 正值…之際

➡ ❶【時點】{名詞；動詞辭書形；動詞た形} ＋おり（に／には）、おりから。「折」是流逝的時間中的某一個時間點，表示機會、時機的意思，說法較為鄭重、客氣，如例(1)～(4)。

❷〔書信固定用語〕{名詞の；[形容詞・動詞]辭書形} ＋折から。「折から」大多用在書信中，表示季節、時節的意思，先敘述此天候不佳之際，後面再接請對方多保重等關心話，說法較為鄭重、客氣。由於屬於較拘謹的書面語，有時會用古語形式，如例(5)的「厳しい」可改用古語「厳しき」。

1 先生には3年前に帰国した折、お会いしたきりですね。

跟老師最後一次見面，是在三年前回國的時候了。

➡ 例句

2 上京の折には、ぜひ見学にお越しください。	到東京來的時候，請務必光臨參觀。

3 それについては、また何かの折に改めてお話ししましょう。	關於那件事，再另找機會告訴您吧。
4 入院していたとき、妹が、出産を控えて大変な折にもかかわらず見舞いにきてくれた。	當時住院的時候，儘管妹妹臨盆在即，依然挺著一個大肚子特地來探病。
5 寒さ厳しい折から、お風邪など召しませんよう、お気を付けください。	時序進入嚴寒冬季，請格外留意勿受風寒。

011

～か～まいか

要不要…、還是…

➡ {動詞意向形}＋か＋{動詞辭書形；動詞ます形}＋まいか

【意志】表示説話者在迷惘是否要做某件事情，後面可以接「悩む」、「迷う」等動詞。

1 受かったら日本に留学しようかすまいか、どうしようかなあ。

考上後要不要去日本留學呢？該怎麼辦才好？

➡ 例句

2 来ようか来まいか迷ったけれど、来て良かったです。	本來猶豫著該不該來，幸好還是來了。
3 博士を取って、学者になろうかなるまいか。	要不要拿博士、當學者呢？
4 日本の大学を卒業したら、大学院に行こうか行くまいか、迷うなあ。	從日本的大學畢業後，要不要唸研究所，好猶豫啊。
5 目覚ましがなるより早く目が覚めてしまった。起きようか、起きまいか。	比鬧鐘響鈴還早醒過來了，心想到底該起床呢？還是再躺一下呢？

012

～かいがある、かいがあって

1. 總算值得、有了代價、不枉…；2. 沒有代價

➡ ｛名詞の；動詞辭書形；動詞た形｝＋かいがある、かいがあって

❶【值得】表示辛苦做了某件事情而有了正面的回報，或是得到預期的結果。有「好不容易」的語感，如例(1)～(3)。

❷【不值得】用否定形時，表示努力了，但沒有得到預期的結果，如例(4)、(5)。

1 いい場所が取れて、朝早く来たかいがあった。
能佔到好地點，一大早就過來總算值得。

➡ 例句

2 おいしいコロッケ食べられて、2時間待ったかいがあった。
能吃到好吃的可樂餅，等了兩個鐘頭總算值得。

3 一日も休まず勉強したかいがあって、志望の大学に合格 できた。
不枉費我每天不間斷地讀書，總算考上了想唸的大學。

4 失恋した。もう、生きているかいがない。
我失戀了，再也沒有理由活下去了！

5 看病のかいもなく、娘は死んでしまった。
雖然盡心盡力看護女兒，她終究還是死了。

013

～がい

有意義的…、值得的…、…有回報的

➡ ｛動詞ます形｝＋がい

【值得】表示做這一動作是值得、有意義的。也就是付出是有所回報，能得到期待的結果的。多接意志動詞。意志動詞跟「がい」在一起，就構成一個名詞。後面常接「（の／が／も）ある」，表示做這動作，是值得、有意義的。

N2 日語文法・句型詳解

1 やりがいがあると仕事が楽しく進む。

只要是值得去做的工作，做起來便會得心應手。

➡ 例句

2 この子は、教えれば教えるだけ伸びるので、教えがいがある。	這個小孩只要教他就會有顯著的進步，不枉費教導的苦心。
3 みんなおいしそうに食べてくれるから、作りがいがあります。	就因為大家總是吃得津津有味，才覺得辛苦烹調很值得。
4 簡単ではないが、それだけに挑戦しがいのある計画だ。	這計畫雖然不簡單，卻具有挑戰的價值。
5 この子は私の生きがいです。	這孩子是我存活的意義。

014

Track N2 1-14

～かぎり

1. 盡…、竭盡…；2. 耗盡；3. 以…為限、到…為止

➡ {名詞の；動詞辭書形}＋限り

❶【極限】表示可能性的極限，如例(1)～(3)。而「見渡す限り」表示一望無際，可以看見的所有範圍，如例(3)。

❷〖慣用表現〗慣用表現「～の限りを尽くす」為「耗盡、 費盡」等意，如例(4)。

❸【期限】表示時間或次數的限度，如例(5)。

1 できる限りのことはした。あとは運を天にまかせるだけだ。

我們已經盡全力了。剩下的只能請老天保佑了。

➡ 例句

2 命の限り、戦争の記憶を語り伝えていきたい。	只要還有一口氣在，我希望能把關於戰爭的記憶繼續傳承下去。

3 見渡す限り、青い海と空ばかりだ。	放眼望去，一片湛藍的海天連線。
4 ぜいたくの限りを尽くした王妃も、最期は哀れなものだった。	就連那位揮霍無度的王妃，到了臨死前也令人掬一把同情淚。
5 当店は今月限りで閉店します。	本店將於本月底停止營業。

015

～かぎり（は／では）

1. 只要…就…；2. 據…而言

{動詞辭書形；動詞て形＋いる；動詞た形}＋限り（は／では）

❶【限定】表示在前項的範圍內，後項便能成立，有肯定自信的語感，如例(1)、(2)。

❷【範圍】憑自己的知識、經驗等有限範圍做出判斷，或提出看法，常接表示認知行為如「知る（知道）、見る（看見）、聞く（聽說）」等動詞後面，如例(3)、(4)。

❸【決心】表示在前提下，說話人陳述決心或督促對方做某事，如例(5)。

1 太陽が東から昇る限り、私は諦めません。

只要太陽依然從東邊升起，我就絕不放棄。

例句

2 私がそばにいる限り、君は何も心配しなくていい。	只要有我陪在身旁，你什麼都不必擔心！
3 今回の調査の限りでは、景気はまだ回復しているとは いえない。	就今天的調查結果而言，還無法斷定景氣已經復甦。
4 私の知る限りでは、彼は信頼できる人間です。	就我所知，他是個值得信賴的人。
5 やると言った限りは、必ずやる。	既然說要做了，就言出必行。

N2

016

～がたい

難以…、很難…、不能…

➡ {動詞ます形}＋がたい

【困難】表示做該動作難度非常高，幾乎是不可能， 或者即使想這樣做也難以實現，一般多用在抽象的事物，為書面用語。

1 彼女との思い出は忘れがたい。

很難忘記跟她在一起時的回憶。

➡ 例句

2 前回はいいできとは言いがたかったけれども、今回はよく書けているよ。	雖然上一次沒辦法說做得很棒，但這回寫得很好喔！
3 想像しがたくても、これは実際に起こったことだ。	儘管難以想像，這卻是真實發生的事件。
4 それがほんとの話だとは、信じがたいです。	實在很難相信那件事是真的。
5 あなたの考えは、理解しがたい。	你的想法很難懂。

017

～かとおもうと、かとおもったら

剛一…就…、剛…馬上就…

➡ {動詞た形}＋かと思うと、かと思ったら

【同時】表示前後兩個對比的事情，在短時間內幾乎同時相繼發生，後面接的大多是說話人意外和驚訝的表達。

1 泣いていたかと思うと突然笑い出して、変なやつだ。

還以為她正在哭，沒想到突然又笑了出來，真是個怪傢伙！

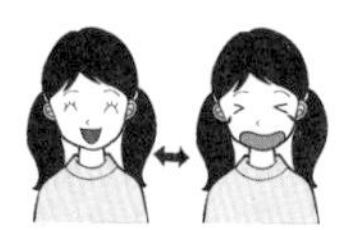

➡ 例句

2 帰ってきたかと思うと、トイレにかけ込んだ。	才想說他剛回到家，就已經衝進廁所裡去了。
3 起きてきたかと思ったら、また寝てしまった。	還以為他已經醒了，沒想到又睡著了。
4 空が暗くなったかと思ったら、大粒の雨が降ってきた。	天空才剛暗下來，就下起了大雨。
5 花子は結婚したかと思うと、１週間で離婚した。	才想說花子結婚了，沒想到一個星期就離婚了。

018

～か～ないかのうちに

剛剛…就…、一…（馬上）就…

➡ {動詞辭書形} ＋か＋ {動詞否定形} ＋ないかのうちに

【時間的前後】表示前一個動作才剛開始，在似完非完之間，第二個動作緊接著又開始了。

1 試合が開始するかしないかのうちに、１点取られてしまった。

比賽才剛開始，就被得了一分。

➡ 例句

2 酔っぱらって帰り、玄関に入るか入らないかのうちに寝てしまった。	喝得醉醺醺地回來，就在要進不進玄關的那一刻，就睡著了。
3 彼は、サッカー選手を引退するかしないかのうちに、タレントになった。	他才剛從足球職業選手引退，就當起藝人來了。

4「火事だ！」と誰かが叫んだか叫ばないかのうちに、工場は爆発した。

就在隱隱約約聽到有人大喊一聲「失火啦！」的一剎那，工廠便爆炸了。

5 空がピカッと光ったか光らないかのうちに、大粒の雨が降ってきた。

就在天空似乎瞬間閃過一道電光的剎那，豆大的雨滴落了下來。

019

～かねる

難以…、不能…、不便…

➡ {動詞ます形}＋かねる

❶【困難】表示由於心理上的排斥感等主觀原因，或是道義上的責任等客觀原因，而難以做到某事，如例(1)～(4)。

❷〖衍生－お待ちかね〗「お待ちかね」為「待ちかねる」的衍生用法，表示久候多時，但請注意沒有「お待ちかねる」這種説法，如例(5)。

1 その案には、賛成しかねます。

那個案子我無法贊成。

➡ 例句

2 突然頼まれても、引き受けかねます。

這突如其來的請託，實在無法答應下來。

3 患者は、ひどい痛みに耐えかねたのか、うめき声を上げた。

病患無法忍受劇痛，而發出了呻吟。

4 もたもたしていたら、見るに見かねて福田さんが親切に教えてくれた。

瞧我做得拖拖拉拉的，看不下去的福田小姐很親切地教了我該怎麼做。

5 じゃーん。お待ちかねのケーキですよ。

來囉！望眼欲穿的蛋糕終於來囉！

020

～かねない

很可能…、也許會…、說不定將會…

➡ {動詞ます形} ＋かねない

【可能】「かねない」是接尾詞「かねる」的否定形。表示有這種可能性或危險性。有時用在主體道德意識薄弱，或自我克制能力差等原因，而有可能做出異於常人的某種事情，一般用在負面的評價。

1 あいつなら、そんなでたらめも言(い)いかねない。
那傢伙的話就很可能會信口胡說。

➡ 例句

2 こんな生活(せいかつ)をしていると、体(からだ)を壊(こわ)しかねませんよ。
要是再繼續過這種生活，說不定會把身體弄壞的哦。

3 そんなむちゃな。命(いのち)にかかわることにもなりかねないじゃないか。
哪有人這樣亂來的啊！說不定會沒命的耶！

4 勉強(べんきょう)しないと、落第(らくだい)しかねないよ。
如果不用功，說不定會留級喔。

5 そういう発言(はつげん)は、誤解(ごかい)されかねませんよ。
那樣的言論恐怕會遭來誤會喔。

021

～かのようだ

像…一樣的、似乎…

➡ {[名詞・形容動詞詞幹](である)；[形容詞・動詞]普通形} ＋かのようだ

❶**【比喻】**由終助詞「か」後接「…のようだ」而成。將事物的狀態、性質、形狀及動作狀態，比喻成比較誇張的、具體的，或比較容易瞭解的其他事物，經常以「～かのように＋動詞」的形式出現，如例(1)、(2)。

❷**〔文學性描寫〕**常用於文學性描寫，如例(3)、(4)。

❸**〔かのような＋名詞〕**後接名詞時，用「～かのような＋名詞」，如例(5)。

1 母は、何も聞いていないかのように、「お帰り」と言った。

媽媽裝作什麼都沒聽說的樣子，只講了一句「回來了呀」。

➡ 例句

2 その会社は、輸入品を国産であるかのように見せかけて売っていた。 | 那家公司把進口商品偽裝成國產品販售。

3 池には蓮の花が一面に咲いて、極楽浄土に来たかのようです。 | 池子裡開滿了蓮花，宛如來到了極樂淨土。

4 祖母の死に顔は安らかで、まるで生きているかのようだった。 | 祖母過世時的面容安詳，宛如還活著一樣。

5 もう 10 月なのに、夏に逆戻りしたかのような暑さだ。 | 都已經是十月了，簡直像夏天重新再來一次那樣酷熱。

022

Track N2 1-22

～からこそ

正因為…、就是因為…

➡ {名詞だ；形容動辭書形；[形容詞・動詞] 普通形} ＋からこそ

❶【原因】表示說話者主觀地認為事物的原因出在何處，並強調該理由是唯一的、最正確的、除此之外沒有其他的了，如例(1)、(2)。

❷〖後接のだ／んだ〗後面常和「のだ／んだ」合用，如例(3)～(5)。

1 交通が不便だからこそ、豊かな自然が残っている。

正因為那裡交通不便，才能夠保留如此豐富的自然風光。

➡ 例句

2 君にだからこそ、話すんです。 | 正因為是你，所以我才要說。

3 夫婦というのは、仲がいいからこそ、けんかもするものだ。

所謂的夫妻，就是因為感情好，才會吵架。

4 君がかわいいからこそ、いじめたくなるんだ。

正因為妳很可愛，才讓我不禁想欺負妳。

5 精一杯努力したからこそ、第一志望に合格できたのだ。

正因為盡全力地用功，才能考上第一志願。

023

～からして

從…來看…

{名詞}＋からして

【根據】表示判斷的依據。後面多是消極、不利的評價。

1 あの態度からして、女房はもうその話を知っているようだな。

從那個態度來看，我老婆已經知道那件事了。

例句

2 あの人、目つきからして何だかおっかない。

那個人的眼神讓人覺得有點可怕。

3 確率からして、くじに当たるのは難しそうです。

從機率來看，要中彩券似乎是很難的。

4 私に言わせれば、関西と関東は別の国と言ってもいいくらいだ。言葉からして違う。

依我看來，關西和關東甚至可以說是兩個不同的國家，打從語言開始就完全不一樣了。

5 剛力勇？名前からして強そうだ。

剛力勇？這名字看起來好像很強壯喔。

024

～からすれば、からすると

1. 從…立場來看；2. 根據…來考慮

➡ {名詞}＋からすれば、からすると

❶【立場】表示判斷的觀點，如例(1)～(3)。
❷【根據】表示判斷的根據，如例(4)、(5)。

1 親からすれば、子どもはみんな宝です。
對父母而言，小孩個個都是寶。

➡ 例句

2 このホテルは高いということだが、日本の感覚からすると安い。	這家旅館雖然昂貴，但以日本的物價來看，算是便宜的。
3 プロからすると、私たちの野球はとても下手に見えるでしょう。	從職業的角度來看，我們的棒球應該很差吧！
4 あの人の成績からすれば、合格は厳しいでしょう。	從他的成績來看，大概很難考上吧！
5 目撃者の証言からすると、犯人は左利きらしい。	根據目擊者的證詞，嫌犯似乎是個左撇子。

025

～からといって

1.（不能）僅因…就…、即使…，也不能…；3. 説是（因為）…

➡ {[名詞・形容動詞詞幹]だ；[形容詞・動詞]普通形}＋からといって

❶【原因】表示不能僅僅因為前面這一點理由，就做後面的動作，後面常接否定的説法，如例(1)～(3)。
❷〖口語－からって〗口語中常用「～からって」，如例(4)。
❸【引用理由】表示引用別人陳述的理由，如例(5)。

1 読書が好きだからといって、一日中読んでいたら体に悪いよ。

即使愛看書，但整天抱著書看對身體也不好呀！

例句

2 勉強ができるからといって偉いわけではありません。	即使會讀書，不代表就很了不起。
3 負けたからといって、いつまでもくよくよしてはいけない。	就算是吃了敗仗，也不能總是一直垂頭喪氣的。
4 誰も見ていないからって、勝手に持ってっちゃだめだよ。	就算沒有人看見，也不可以擅自帶走喔。
5 頭が痛いからといって、夫は先に寝た。	丈夫說他頭痛，先睡了。

026

～からみると、からみれば、からみて（も）

1. 從…來看、從…來說；2. 根據…來看…的話

{名詞}＋から見ると、から見れば、から見て（も）

❶【立場】表示判斷的角度，也就是「從某一立場來判斷的話」之意，如例(1)、(2)。

❷【根據】表示判斷的依據，如例(3)～(5)。

1 子どもたちから見れば、お父さんは神様みたいなものよ。

在孩子們的眼中，爸爸就像天上的神唷。

例句

2 日本人から見ると変な習慣でも、不合理だとは限らない。	從日本人來看覺得奇怪的習俗，也未必表示它就是不合常理的。

3 遺体の状況から見て、眠っているところを刺されたようだ。

從遺體的情況判斷，應該是在睡著的時候遭到刺殺的。

4 道の混み具合から見て、タクシーよりも地下鉄で行った方が早いだろう。

從交通壅塞的狀況來看，與其搭計程車，還是搭地鐵比較快吧。

5 雲の様子から見ると、もうじき雨が降りそうです。

從雲的形狀看起來，好像快要下雨了。

027

～きり～ない

…之後，再也沒有…、…之後就…

➡ {動詞た形}＋きり～ない

【無變化】後面接否定的形式，表示前項的動作完成之後，應該進展的事，就再也沒有下文了。

1 彼女とは一度会ったきり、その後会ってない。

跟她見過一次面以後，就再也沒碰過面了。

➡ 例句

2 彼は金を借りたきり、返してくれない。

他錢借了後，就沒還過。

3 子供が遊びに行ったきり、暗くなっても帰って来ない。

孩子出去玩了之後，直到天都黑了都還沒有回家。

4 今朝コーヒーを飲んだきりで、その後何も食べていない。

今天早上，只喝了咖啡，什麼都沒吃。

5 この辺りでは雪は珍しく、11 年前に少し降ったきりだ（≒降ったきり、その後降っていない）。

這附近很少下雪，只曾經在十一年前下過一點小雪而已。

028

～くせして

只不過是…、明明只是…、卻…

{名詞の；形容動詞詞幹な；[形容詞・動詞] 普通形} ＋くせして

【不符意料】表示後項出現了從前項無法預測到的結果，或是不與前項身分相符的事態。帶有輕蔑、嘲諷的語氣。

1 ブスで頭(あたま)も悪(わる)いくせして、かっこうよくて金持(かねも)ちの男(おとこ)と付(つ)き合(あ)いたがっている。

明明又醜又笨，卻想和帥氣多金的男人交往。

例句

2 まだ子(こ)どものくせして、生意気(なまいき)なことを言(い)うな。	只不過還是個孩子，少說些狂妄的話。
3 橋本(はしもと)さん、下手(へた)なくせして、私(わたし)より高(たか)いバイオリン使(つか)ってる。	橋本小姐的琴藝那麼差，卻用比我還貴的小提琴。
4 いつも人(ひと)に金(かね)を借(か)りているくせして、あんな高級車(こうきゅうしゃ)に乗(の)るなんて。	明明就老是在跟別人借錢，卻能搭那種高級轎車。
5 自分(じぶん)ではできないくせして、文句(もんく)言(い)うんじゃない。	你自己根本辦不到，還好意思發牢騷！

029

～げ

…的感覺、好像…的樣子

{[形容詞・形容動詞] 詞幹；動詞ます形} ＋げ

【樣子】表示帶有某種樣子、傾向、心情及感覺。書寫語氣息較濃。但要注意「かわいげ」（討人喜愛）與「かわいそう」（令人憐憫的）兩者意思完全不同。

1 かわいげのない女は嫌いだ。

我討厭不可愛的女人。

例句

2 弟は、「この小說、半分くらい読んだところで犯人分かった」と不満げに言った。

弟弟大表不滿地說：「這本小說差不多看到中間，就知道凶手是誰了！」

3 老人は寂しげに笑った。

老人寂寞地笑著。

4「結婚しよう」と言うと、彼女はうれしげに「うん」とうなずいた。

對女友說「我們結婚吧」，她開心地「嗯」了一聲，點頭答應了。

5 伊藤くんが、自信ありげな表情で手を上げました。

伊藤露出自信滿滿的神情，舉起了手。

030

Track N2 1-30

～ことから

1.…是由於…；2. 從…來看、因為…；3. 根據…來看

{名詞である；形容動詞詞幹な；[形容詞・動詞] 普通形} ＋ことから

❶【由來】用於說明命名的由來，如例(1)、(2)。
❷【理由】表示後項事件因前項而起，如例(3)。
❸【根據】根據前項的情況，來判斷出後面的結果或結論，如例(4)。也可表示因果關係，如例(5)。

1 日本は、東の端に位置することから「日の本」という名前が付きました。

日本是由於位於東邊，所以才將國號命名為「日之本」(譯注：意指太陽出來的地方。)

例句

2 きのこは、木に生えることから「木の子」とよばれるようになった。	菇類因為長在木頭上，所以在日文裡被稱做「木之子」。
3 つまらないことから大げんかになってしまいました。	從雞毛蒜皮小事演變成了一場大爭吵。
4 顔がそっくりなことから、双子だと分かった。	根據長得很像來看，所以知道是雙胞胎。
5 電車が通ったことから、不動産の値段が上がった。	自從電車通車了以後，房地產的價格就上漲了。

031

～ことだから

1. 因為是…，所以…；2. 由於

{名詞の}＋ことだから

❶**【根據】**表示自己判斷的依據。主要接表示人物的詞後面，前項是根據說話雙方都熟知的人物的性格、行為習慣等，做出後項相應的判斷，如例(1)～(3)。

❷**【理由】**表示理由，由於前項狀況、事態，後項也做與其對應的行為，如例(4)、(5)。

1 主人のことだから、また釣りに行っているのだと思います。

我想我老公一定又去釣魚了吧！

例句

2 責任感の強い彼のことだから、役目をしっかり果たすだろう。	因為是責任感強的他，所以一定能完成使命吧！

3 あなたのことだから、きっと夢を実現させるでしょう。
因為是你，所以一定可以讓夢想實現吧！

4 戦争中のことだから、何が起こるか分からない。
畢竟當時正值戰亂，發生什麼樣的情況都是有可能的。

5 今年はうちの商品ずいぶん売れたことだから、きっとボーナスもたくさん出るだろう。
今年我們公司的產品賣了不少，想必會發很多獎金吧。

032

～ことに(は)

令人感到…的是…

➡ {形容詞辭書形；形容動詞詞幹な；動詞た形}＋ことに(は)

【感想】接在表示感情的形容詞或動詞後面，表示說話人在敘述某事之前的心情。書面語的色彩濃厚。

1 うれしいことに、仕事はどんどん進みました。
高興的是，工作進行得很順利。

➡ 例句

2 お恥ずかしいことに、妻とけんかして、もう三日も口をきいていないんです。
說來其實是家醜……我和妻子吵架，已經整整三天都沒講過話了。

3 残念なことに、この区域では携帯電話が使えない。
可惜的是，這個區域不能使用手機。

4 驚いたことに、町はたいへん発展していました。
令人驚訝的是，城鎮蓬勃地發展了起來。

5 あきれたことには、中学レベルの数学を教えている大学もあるそうだ。
令人震撼的是，聽說甚至有大學教的數學是中學程度。

033

～こと（も）なく

不…、不…（就）…、不…地…

➡ {動詞辭書形}＋こと（も）なく

【附帶】表示從來沒有發生過某事。書面語感強烈。

1 立ち止まることなく、未来に向かって歩いていこう。
不要停下腳步，朝向未來邁進吧！

➡ 例句

2 この工場は、24時間休むことなく製品を供給できます。	這個工廠，可以二十四小時無休地提供產品。
3 あなたなら、誰にも頼ることなく仕事をやっていけるでしょう。	如果是你的話，工作可以不依賴任何人吧！
4 ゴッホは、売れなくてもあきらめることなく絵を描き続けた。	梵谷即使作品賣不掉，依舊毫不洩氣地持續作畫。
5 旅行は、雨が降ったり体調を崩したりすることもなく、順調でした。	這趟旅行既沒遇到下雨，身體也沒有出狀況，一切順利。

034

～ざるをえない

1. 不得不…、只好…、被迫…；2. 不…也不行

➡ {動詞否定形（去ない）}＋ざるを得ない

❶【強制】「ざる」是「ず」的活用形。「得ない」是「得る」的否定形。表示除此之外，沒有其他的選擇。有時也表示迫於某壓力或情況，而違背良心地做某事，如例(1)～(3)。

❷〖自然而然〗表示自然而然產生後項的心情或狀態，如例(4)。

❸〖サ變動詞－せざるを得ない〗前接サ行變格動詞要用「～せざるを得ない」，如例(5)（但也有例外，譬如前接「愛する」，要用「愛さざるを得ない」）。

日語文法・句型詳解

1 上司の命令だから、やらざるを得ない。
既然是上司的命令，也就不得不遵從了。

➡ 例句

2 不景気でリストラを実施せざるを得ない。	由於不景氣，公司不得不裁員。
3 みんなで決めたルールだから、守らざるを得ない。	既然是大家共同決定的規則，就非遵守不可。
4 これだけ説明されたら、信じざるを得ない。	都解釋這麼多了，叫人不信也不行了。
5 香川雅人と上戸はるかが主役となれば、これは期待せざるを得ませんね。	既然是由香川雅人和上戸遙擔綱主演，這部戲必定精采可期！

035

Track N2 1-35

～しだい

要看…如何；馬上…、一…立即、…後立即…

➡ {動詞ます形}＋次第

❶【時間的前後】表示某動作剛一做完，就立即採取下一步的行動，也就是一旦實現了前項，就立刻進行後項，前項為期待實現的事情。
❷〖×後項過去式〗後項不用過去式、而是用委託或願望等表達方式。

1 バリ島に着き次第、電話します。
一到巴里島，馬上打電話給你。

➡ 例句

2（上司に向かって）先方から電話が来次第、ご報告いたします。	（對主管說）等對方來電聯繫了，會立刻向您報告。

3 全員(ぜんいん)が集(あつ)まり次第(しだい)、会議(かいぎ)を始(はじ)めます。

等全體人員到齊之後，才開始舉行會議。

4 雨(あめ)が止(や)み次第(しだい)、出発(しゅっぱつ)しましょう。

雨一停就馬上出發吧！

036

～しだいだ、しだいで（は）

全憑…、要看…而定、決定於…

➡ {名詞}＋次第だ、次第で（は）

❶【經由】表示行為動作要實現，全憑「次第だ」前面的名詞的情況而定，如例(1)～(4)。

❷〖諺語〗「地獄の沙汰も金次第」（有錢能使鬼推磨）為相關諺語，如例(5)。

1 一流(いちりゅう)の音楽家(おんがくか)になれるかどうかは、才能次第(さいのうしだい)だ。

能否成為頂尖的音樂家，端看才華如何。

➡ 例句

2 合(あ)わせる小物次第(こものしだい)でオフィスにもデートにも着回(きまわ)せる便利(べんり)な１着(ちゃく)です。

依照搭襯不同的配飾，這件衣服可以穿去上班，也可以穿去約會，相當實穿。

3 今度(こんど)の休(やす)みに温泉(おんせん)に行(い)けるかどうかは、お父(とう)さんの気分次第(きぶんしだい)だ。

這次假期是否要去溫泉旅遊，一切都看爸爸的心情。

4 気温次第(きおんしだい)で、作物(さくもつ)の生長(せいちょう)は全然違(ぜんぜんちが)う。

在不同的氣溫環境下，作物的生長情況完全不同。

5「犯人(はんにん)が保釈(ほしゃく)されたんだって？」「『地獄(じごく)の沙汰(さた)も金次第(かねしだい)』ってことだよ。」

「什麼？凶手交保了？」「這就是所謂的『有錢能使鬼推磨』啊！」

N2

日語文法・句型詳解

037

～しだいです

由於…、才…、所以…

➡ {動詞普通形；動詞た形；動詞ている}＋次第です

【原因】解釋事情之所以會演變成如此的原由。是書面用語，語氣生硬。

1 そういうわけで、今(いま)の仕事(しごと)に就(つ)いた次第(しだい)です。

因為有這樣的原因，才從事現在的工作。

➡ 例句

2 取(と)り急(いそ)ぎ御礼申(おんれいもう)し上(あ)げたく、メール差(さ)し上(あ)げた次第(しだい)です。

由於急著想向您道謝，所以寄電子郵件給您。

3 このたび、この地区(ちく)の担当(たんとう)になりましたので、ご挨拶(あいさつ)に伺(うかが)った次第(しだい)です。

我是剛剛接任本地區的負責人，特此前來拜會。

4 100万円(まんえん)ほど貸(か)していただきたく、お願(ねが)いする次第(しだい)です。

想向您借一百萬日圓左右，拜託您了。

5 自分(じぶん)のほしい商品(しょうひん)がなかったので、それなら自分(じぶん)で作(つく)ろうと思(おも)った次第(しだい)です。

因為找不到自己想要的商品，心想既然如此，不如自己來做。

038

～じょう（は／では／の／も）

從…來看、出於…、鑑於…上

➡ {名詞}＋上（は／では／の／も）

【觀點】表示就此觀點而言。

1 経験上(けいけんじょう)、練習(れんしゅう)を三日(みっか)休(やす)むと体(からだ)がついていかなくなる。

根據經驗，只要三天不練習，身體就會跟不上。

例句

2 その話は、ネット上では随分前から騒がれていた。 | 那件事，在網路上從很早以前就鬧得沸沸揚揚了。

3 予算の都合上、そこは我慢しよう。 | 依照預算額度，那部分只好勉強湊合了。

4 たばこは、健康上の害が大きいです。 | 香菸對健康會造成很大的傷害。

5 記録上は病死だが、殺されたのではという噂がささやかれている。 | 文件上寫的是因病而亡，但人們私下傳言或許是被殺死的。

039

～すえ（に／の）

經過…最後、結果…、結局最後…

{名詞の}＋末（に／の）；{動詞た形}＋末（に／の）

❶【結果】表示「經過一段時間，最後…」之意，是動作、行為等的結果，意味著「某一期間的結束」，為書面語，如例(1)～(4)。

❷〔末の＋名詞〕後接名詞時，用「～末の＋名詞」，如例(5)。

1 工事は、長期間の作業の末、完了しました。

經過了長時間的作業，這項工程終於完工了。

例句

2 来月の末にお店を開けるように、着々と準備を進めている。 | 為了趕及下個月底開店，目前正在積極籌備當中。

3 悩んだ末に、会社を辞めることにした。 | 煩惱了好久，到最後決定辭去工作了。

N2

4 別れる別れないと大騒ぎをした末、結局彼らは仲良くやっている。
一下要分手，一下不分手的鬧了老半天，結果他們又和好如初了。

5 長年の努力の末の成功ですから、本当にうれしいです。
畢竟是在多年的努力下才成功的，真的很開心。

040

～ずにはいられない

不得不…、不由得…、禁不住…

{動詞否定形(去ない)}＋ずにはいられない

❶【強制】表示自己的意志無法克制，情不自禁地做某事，為書面用語，如例(1)。

❷〖反詰語氣去は〗用於反詰語氣（以問句形式表示肯定或否定），不能插入「は」，如例(2)。

❸〖自然而然〗表示動作行為者無法控制所呈現自然產生的情感或反應等，如例(3)～(5)。

1 すばらしい風景を見ると、写真を撮らずにはいられません。
一看到美麗的風景，就禁不住想拍照。

例句

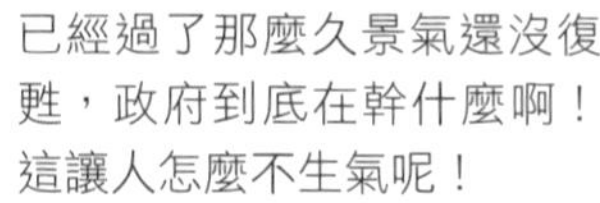

2 いつまで経っても景気が回復しない。政府は何をやってるんだ。これが怒らずにいられるか。
已經過了那麼久景氣還沒復甦，政府到底在幹什麼啊！這讓人怎麼不生氣呢！

3 この漫画は、読むと笑わずにはいられない。
這部漫畫任誰看了都會大笑。

4 君のその輝く瞳を見ると、愛さずにはいられないんだ。
看到妳那雙閃亮的眼眸，教人怎能不愛呢？

5 あまりにも無残(むざん)な姿(すがた)に、目(め)をそむけずにはいられなかった。	那慘絕人寰的狀態，實在讓人目不忍視。

041

● ～そうにない、そうもない

不可能…、根本不會…

➡ {動詞ます形；動詞可能形詞幹}＋そうにない、そうもない

【可能性】表示說話者判斷某件事情發生的機率很低，或是沒有發生的跡象。

1 明日(あした)はいよいよ出発(しゅっぱつ)だ。今夜(こんや)はドキドキして眠(ねむ)れそうにない。

明天終於要出發了。今晚興奮到睡不著。

N2

➡ 例句

2 昨日(きのう)からずっと雨(あめ)が降(ふ)っているが、まだやみそうにない。	從昨天開始就一直在下雨，這雨看來還不會停。
3 こんなに難(むずか)しい仕事(しごと)は、私(わたし)にはできそうもありません。	這麼困難的工作，我根本就辦不到。
4 あんなにすてきな人(ひと)に、「好(す)きです」なんて言(い)えそうにないわ。	我是不可能對那麼出色的人說「我喜歡你」的。
5 まだこんなに仕事(しごと)が残(のこ)っている。今夜(こんや)は帰(かえ)れそうもない。	工作還剩下那麼多，看來今天晚上沒辦法回家了。

042

● ～だけあって

不愧是…；也難怪…

➡ {名詞；形容動詞詞幹な；[形容詞・動詞]普通形}＋だけあって

【符合期待】表示名實相符，後項結果跟自己所期待或預料的一樣，一般用在積極讚美的時候。副助詞「だけ」在這裡表示與之名實相符。

1 この辺は、商業地域だけあって、とてもにぎやかだ。
這附近不愧是商業區，相當熱鬧。

例句

2 さすが作家だけあって、文章がうまい。	不愧是作家，文章寫得真精采！
3 高いだけあって、食品添加物や防腐剤は一切含まれていません。	到底是價格高昂，裡面完全不含任何食品添加物或防腐劑。
4 国際交流が盛んなだけあって、この大学には外国人が多い。	由於國際交流頻繁，因此這所大學裡有許多外國人。
5 プロを目指しているだけあって、歌がうまい。	不愧是立志成為專業歌手的人，歌唱得真好！

043

～だけでなく

不只是…也…、不光是…也…

{名詞；形容動詞詞幹な；[形容詞・動詞] 普通形} ＋だけでなく

【附加】表示前項和後項兩者皆是，或是兩者都要。

1 あの番組はゲストだけでなく、司会者も大物です。
那個節目不只是來賓，連主持人都是大牌人物。

例句

2 責任は幹部だけでなく、従業員にもある。	責任不只在幹部身上，也在一般員工身上。

3 頭がいいだけでなく、スポーツも得意だ。

不但頭腦聰明，也擅長運動。

4 僕はピーナッツが嫌いなだけでなく、食べると赤いブツブツが出るんです。

我不但討厭花生，而且只要吃了就會冒出紅疹子。

5 夫は、殴るだけでなくお金も全部使ってしまうんです。

我先生不但會打我，還把生活費都花光了。

044

～だけに

1. 到底是…、正因為…，所以更加…；2. 由於…，所以特別…

{名詞；形容動詞詞幹な；[形容詞・動詞]普通形}＋だけに

❶【原因】表示原因。表示正因為前項，理所當然地有相應的結果，或有比一般程度更深的後項的狀況，如例(1)～(4)。

❷【反預料】表示結果與預料相反、事與願違。大多用在結果不好的情況，如例(5)，但也可以用在結果好的情況。

1 役者としての経験が長いだけに、演技がとてもうまい。

正因為有長期的演員經驗，所以演技真棒！

例句

2 有名な大学だけに、入るのは難しい。

正因為是著名的大學，所以特別難進。

3 大スターだけに、舞台に出てきただけで何だか空気が変わる。

不愧是大明星，一出現在舞台上，全場的氣氛就倏然一變。

4 彼は政治家としては優秀なだけに、今回の汚職は大変残念です。

正因為他是一名優秀的政治家，所以這次的貪汙事件更加令人遺憾。

5 小さいころからやっているだけに、ピアノが上手だ。

由於從小就練鋼琴，所以彈得很好。

日語文法・句型詳解

045

～だけのことはある、だけある

到底沒白白…、值得…、不愧是…、也難怪…

{名詞；形容動詞詞幹な；[形容詞・動詞]普通形}＋だけのことはある、だけある

❶【符合期待】表示與其做的努力、所處的地位、所經歷的事情等名實相符，對其後項的結果、能力等給予高度的讚美，如例(1)～(4)。

❷〖負面〗可用於對事物的負面評價，表示理解前項事態，如例(5)。

1 あの子は、習字を習っているだけのことはあって、字がうまい。

那孩子到底沒白學書法，字真漂亮。

例句

2 簡単な曲だけど、私が弾くのと全然違う。プロだけのことはある。	雖然是簡單的曲子，但是由我彈起來卻完全不是同一回事。專家果然不同凡響！
3 よく飽きないね。好きなだけのことはある。	你怎麼都不會膩啊？那果真是你打從心底喜歡的事。
4 頭がいいしやる気もある。社長が娘の婿にと考えるだけある。	不但聰明而且幹勁十足，不愧是總經理心目中的女婿人選。
5 5回洗濯しただけで穴が開くなんて、安かっただけあるよ。	只不過洗了五次就破洞了，果然是便宜貨！

046

～だけましだ

幸好、還好、好在…

➡ {形容動詞詞幹な；[形容詞・動詞]普通形}＋だけましだ

【程度】表示情況雖然不是很理想，或是遇上了不好的事情，但也沒有差到什麼地步，或是有「不幸中的大幸」。有安慰人的感覺。

1 たとえ第三志望でも、君は行く大学があるだけましだよ。僕は全部落ちちゃったよ。

就算是第三志願，你有大學能唸已經很幸運了。我全部落榜了呢。

➡ 例句

2 この店は、おいしいというほどではないけれど、安いだけましだ。

這家店雖然稱不上好吃，但還算便宜。

3 津波に家を流されたけれど、家族みんな無事なだけましだった。

雖然房子被海嘯捲走了，但還好全家人都平安無事。

4 今年入社した福山さんは、仕事は遅いけれど、素直なだけましだ。

今年剛進公司的福山先生雖然工作效率不高，不過為人還算忠厚。

5 咳と鼻水がひどいけど、熱がないだけましだ。

雖然咳嗽和流鼻水的情形很嚴重，但還好沒有發燒。

N2

047 Track N2 1-47

～たところが

可是…、然而…

➡ {動詞た形}＋たところが

【期待】這是一種逆接的用法。表示因某種目的作了某一動作，但結果與期待相反之意。後項經常是出乎意料之外的客觀事實。

1 彼のために言ったところが、かえって恨まれてしまった。

為了他好才這麼說的，誰知卻被他記恨。

例句

2 適当な店に入ったところが、びっくりするほどおいしかった。	隨便找一家店進去吃，沒想到居然出奇好吃。
3 涼しいと思って行ったところが、毎日 30 度以上だった。	原本以為那地方天氣涼爽，去到那裡居然天天都超過三十度。
4 憧れのスターに手紙を書いたところが、手書きの返事が来た。	寫了信給喜歡的明星，沒想到居然收到了親筆回信。
5 大して勉強しなかったところが、成績は思ったより悪くなかった。	雖然沒有使力唸書，但是成績並非想像的差。

048

～っこない

不可能…、決不…

{動詞ます形} ＋っこない

【可能性】表示強烈否定，某事發生的可能性。一般用於口語，用在關係比較親近的人之間。

1 こんな長い文章、すぐには暗記できっこないです。

這麼長的文章，根本沒辦法馬上背起來呀！

例句

2 どんなに勉強しても、アメリカ人と同じには英語をしゃべれっこない。	不管再怎麼努力學習英語，也不可能和美國人講得一樣流利。
3 スターに手紙を書いても、本人からの返事なんて来っこないよ。	就算寫信給明星，也不可能會收到他本人的回信。

4 どんなに急いだって、間に合いっこないよ。	不管怎麼趕，都不可能趕上的。
5 3億円の宝くじなんて、当たりっこないよ。	高達三億圓的彩金，怎麼可能會中獎呢。

049

～つつある

正在…

➡ {動詞ます形}＋つつある

【繼續】接繼續動詞後面，表示某一動作或作用正向著某一方向持續發展，為書面用語。相較於「～ている」表示某動作做到一半，「～つつある」則表示正處於某種變化中，因此，前面不可接「食べる、書く、生きる」等動詞。

1 経済は、回復しつつあります。

經濟正在復甦中。

➡ 例句

2 一生結婚しない人が増えつつある。	一輩子不結婚的人數正持續增加當中。
3 この町の生活環境は悪化しつつある。	這個城鎮的生活環境正在持續惡化中。
4 方言はどんどん失われつつある。	方言正逐漸消失中。
5 二酸化炭素の排出量の増加に伴って、地球温暖化が進みつつある。	隨著二氧化碳排放量的增加，地球暖化現象持續惡化。

050

～つつ（も）

1. 儘管…、雖然…；2. 一邊…一邊…

➡ {動詞ます形}＋つつ（も）

❶【反預料】表示逆接，用於連接兩個相反的事物，如例(1)～(3)。
❷【同時】表示同一主體，在進行某一動作的同時，也進行另一個動作，這時只用「つつ」，不用「つつも」，如例(4)、(5)。

1 身分が違うと知りつつも、好きになってしまいました。
雖然知道彼此的家世背景有落差，但還是愛上他了。

➡ 例句

2 ちょっとだけと言いつつ、たくさん食べてしまった。
我一面說只嚐一點點就好，卻還是吃了一大堆。

3 やらなければならないと思いつつ、今日もできなかった。
儘管知道得要做，但今天還是沒做。

4 彼は酒を飲みつつ、月を眺めていた。
他一邊喝酒，一邊賞月。

5 給料日前なので、買い物は財布の中身を考えつつしないといけない。
由於還沒到發薪日，因此買東西時必須掂一掂錢包裡的鈔票才行。

051 Track N2 1-51

～て（で）かなわない

…得受不了、…死了

➡ {形容詞く形}＋てかなわない；{形容動詞詞幹}＋でかなわない

【強調】表示情況令人感到困擾或無法忍受。敬體用「～てかなわないです」、「～てかないません」。

1 毎日の生活が退屈でかなわないです。
每天的生活都無聊得受不了。

例句

2 このごろ、両親が「ケッコン、ケッコン」とうるさくて　かなわない。
這陣子真受不了爸媽成天把「結婚、結婚」這兩個字掛在嘴邊催我結婚。

3 歯が痛くてかなわない。
牙齒疼得受不了。

4 髪が伸びて邪魔でかなわないから、明日切りに行こう。
頭髮長長了實在是很礙事，明天去剪吧。

5 このコンピューターは、遅くて不便でかなわない。
這台電腦跑很慢，實在是很不方便。

Track N2 1-52

052

～てこそ

只有…才（能）、正因為…才…

{動詞て形}＋こそ

【強調】 由接續助詞「て」後接提示強調助詞「こそ」表示由於實現了前項，從而得出後項好的結果。「てこそ」後項一般接表示褒意或可能的內容。是強調正是這個理由的説法。

1 人は助け合ってこそ、人間として生かされる。
人們必須互助合作才能得到充分的發揮。

例句

2 目標を達成してこそ、大きな満足感が得られる。
正因為達成目標，才能得到大大的滿足感。

3 口先だけでなく、行動で示してこそ、信頼してもらえる。
不單是動嘴，還要採取行動表現出來，才能受到信賴。

4 努力を積み重ねてこそ、よい結果が出せる。
要日積月累的努力才會得到好成果。

N2

5 ダイエットは、継続してこそ成果が得られる。 | 減重只有持之以恆，才會有成效。

053

～て(で)しかたがない、て(で)しょうがない、て(で)しようがない

…得不得了

➡ {形容動詞詞幹；形容詞て形；動詞て形}＋て（で）しかたがない、て（で）しょうがない、て（で）しようがない

❶【強調心情】表示心情或身體，處於難以抑制，不能忍受的狀態，為口語表現。使用頻率依序為：「て（で）しょうがない」、「て（で）しかたがない」、「て（で）しようがない」，其中「～て（で）しょうがない」使用頻率最高，如例(1)～(4)。形容詞、動詞用「て」接續，形容動詞用「で」接續。

❷〖發音差異〗請注意「～て（で）しようがない」與「～て（で）しょうがない」意思相同，發音不同，如例(5)。

1 彼女のことが好きで好きでしょうがない。
我喜歡她，喜歡到不行。

➡ 例句

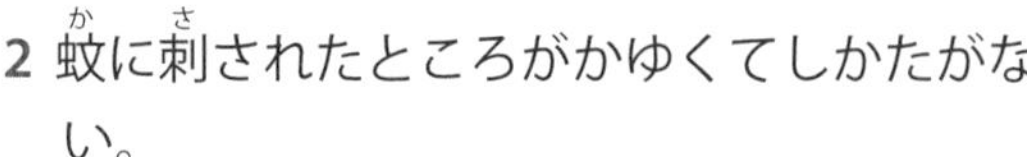

2 蚊に刺されたところがかゆくてしかたがない。 | 被蚊子叮到的地方癢得要命。

3 ふるさとが恋しくてしょうがない。 | 非常、非常思念故鄉。

4 何だか最近いらいらしてしょうがない。 | 不知道為什麼，最近心情煩躁得要命。

5 母からの手紙を読んで、泣けてしようがなかった。 | 讀著媽媽寫來的信，哭得不能自已。

054

～てとうぜんだ、てあたりまえだ

難怪…、本來就…、…也是理所當然的

{形容動詞詞幹}＋で当然だ、で当たり前だ；{[動詞・形容詞]て形}＋当然だ、当たり前だ

【理所當然】表示前述事項自然而然地就會導致後面結果的發生，這樣的演變是合乎邏輯的。

1 やせたいからといって食事を一日一食にするなんて、倒れて当然だ。

雖說想減肥，但一天只吃一餐，難怪會病倒。

例句

2 両親が美男美女だもの、息子がハンサムで当然だ。	爸媽都是俊男美女嘛，兒子長得帥也是理所當然的呀。
3 外国語の学習は、時間がかかって当然だ。	學習外語本來就要花時間。
4 毎回おごってもらって当たり前だと思っているような女の子は、ちょっとなあ。	實在不太能苟同那種每次聚餐都認為別人請客是天經地義的女孩。
5 彼は頭がいいから、東大に合格できて当然だ。	他頭腦很好，考上東大也是理所當然。

055

～て(は)いられない、てられない、てらんない

不能再…、哪還能…

{動詞て形}＋(は)いられない、られない、らんない

❶**【強制】**表示無法維持某個狀態，如例(1)～(3)。

❷**〖口語－てられない〗**「～てられない」為口語説法，是由「～ていられない」中的「い」脱落而來的，如例(4)。

❸**〖口語－てらんない〗**「～てらんない」則是語氣更隨便的口語説法，如例(5)。

1 心配で心配で、家でじっとしてはいられない。

擔心的不得了，在家裡根本待不住。

➔ 例句

2（夫婦の片方が）ああっ、いびきがうるさくて寝ていられない！ ｜ （夫妻的其中一人）哎，打呼聲吵死人了，這要我怎麼睡嘛！

3 えっ、スーパーで今日だけお肉半額？こうしちゃいられない、買いに行かなくちゃ！ ｜ 什麼，超市只限今天肉品半價？我可不能在這裡蘑菇了，得趕快去買才行！

4 忙しくて、ゆっくり家族旅行などしてられない。 ｜ 這麼忙，哪有時間悠閒地來個家族旅行什麼的。

5 5年後の優勝なんて待ってらんない。 ｜ 等不及五年後要取得冠軍了。

056

Track N2 1-56

～てばかりはいられない、～てばかりもいられない

不能一直…、不能老是…

➔ {動詞て形}＋ばかりはいられない、ばかりもいられない

【強制】表示不可以過度、持續性地、經常性地做某件事情。

1 忙しいからって、部長のお誘いを断ってばかりはいられない。

雖說很忙碌，但也不能一直拒絕部長的邀約。

➔ 例句

2 明日は試験があるから、こんなところで遊んでばかりはいられない。 ｜ 明天要考試，不能在這裡一直玩耍。

3 日曜日だけど、寝てばかりもいられない。1週間分たまっている洗濯をしなくちゃ。

雖然是星期天，但沒辦法整天睡懶覺，得把積了一整個星期的髒衣服洗一洗才行。

4 いつまでも親に甘えてばかりもいられない。

也不能一直依賴父母。

5 子供が生まれてうれしいが、お金のことを考えると喜んでばかりもいられない。

孩子出生雖然開心，但一想到養育費，似乎也無法光顧著高興。

057

～てはならない

不能…、不要…、不許、不應該

➡ {動詞て形}＋はならない

【禁止】為禁止用法。表示有義務或責任，不可以去做某件事情。敬體用「～てはならないです」、「～てはなりません」。

1 人と違ったことをするのを恐れてはならない。

不要害怕去做和別人不一樣的事情。

➡ 例句

2 試合が終わるまで、一瞬でも油断してはならない。

在比賽結束之前，一刻也不能鬆懈。

3 昔話では、「見てはならない」と言われたら必ず見ることになっている。

在老故事裡，只要被叮囑「絕對不准看」，就一定會忍不住偷看。

4 夢がかなうまで諦めてはなりません。

在實現夢想之前不要放棄。

5 パンドラは、開けてはならないと言われていた箱を開けてしまいました。

潘朵拉是指一只據說絕對不能打開的盒子，結果卻被打開了。

058

～てまで、までして

到…的地步、甚至…、不惜…

➡ ❶【強調輕重】{動詞て形}＋まで、までして。前接動詞時，用「～てまで」，如例(1)～(4)。

❷【指責】{名詞}＋までして。表示為了達到某種目的，採取令人震驚的極端行為，或是做出相當大的犧牲，如例(5)。

1 女の人はなぜ痛い思いをしてまで子供を産みたがるのだろう。

女人為何不惜痛苦也想生孩子呢？

➡ 例句

2 あそこの店は確かにおいしいが、並んでまで食べたい とは思わない。

那一家店確實好吃，但我可不想為了吃它還得排隊。

3 整形手術をしてまで、美しくなりたいとは思いません。

我沒有想變漂亮想到要整形動刀的地步。

4 映画の仕事は、彼が家出をしてまでやりたかったこと なのだ。

從事電影相關工作，是他不惜離家出走也想做的事。

5 人殺しまでして、金がほしかったのか。

難道不惜殺人，也要把錢拿到手嗎？

059

～といえば、といったら

談到…、提到…就…、說起…、（或不翻譯）

➡ {名詞}＋といえば、といったら

【話題】用在承接某個話題，從這個話題引起自己的聯想，或對這個話題進行說明。

1 京都の名所といえば、金閣寺と銀閣寺でしょう。

提到京都名勝，那就非金閣寺跟銀閣寺莫屬了！

➡ 例句

2 台湾の観光スポットといえば、故宮と台北101でしょう。 | 提到台灣的觀光景點，就會想到故宮和台北 101 吧。

3 意地悪な人といえば、高校の数学の先生を思い出す。 | 說到壞心眼的人，就想起高中的數學老師。

4 日本料理といったら、おすしでしょう。 | 談到日本料理，那就非壽司莫屬了。

5 好きな作家といったら、川端康成です。 | 要說我喜歡的作家，就是川端康成。

060

～というと、っていうと

你說…；提到…、要說…、說到…

➡ {名詞}＋というと、っていうと

❶【確認】用於確認對方的發話內容，說話人再提出疑問、質疑等，如例(1)～(3)。

❷【話題】表示承接話題的聯想，從某個話題引起自己的聯想，或對這個話題進行說明，如例(4)、(5)。

1 堺照之というと、このごろテレビでよく見かけるあの堺照之ですか。

你說的那個堺照之，是最近常在電視上看到的那個堺照之嗎？

➡ 例句

2 バスがストライキというと、どうやって会社に行ったらいいんだ？ | 說到巴士罷工這件事，那麼該怎麼去公司才好呢？

3 会えないっていうと？そんなにご病気重いんですか。	説是沒辦法見面？ 當真病得那麼嚴重嗎？
4 古典芸能というと、やはり歌舞伎でしょう。	提到古典戲劇，就非歌舞伎莫屬了。
5 英語ができるっていうと、山崎さん、TOEIC850 なんだってよ。	説到擅長英文，據説山崎小姐的多益成績是 850 分喔。

061

～というものだ

也就是…、就是…

➡ {名詞；形容動詞詞幹；動詞辭書形}＋というものだ

❶【説明】表示對事物做出看法或批判，是一種斷定説法，不會有過去式或否定形的活用變化，如例(1)～(4)。

❷〚口語－ってもん〛「ってもん」是種較草率、粗魯的説法，是先將「という」變成「って」，再接上「もの」轉變的「もん」，如例(5)。

1 この事故で助かるとは、幸運というものです。

能在這事故裡得救，算是幸運的了。

➡ 例句

2 困った時には助け合ってこそ、真の夫婦というものだ。	有困難的時候互相幫助，這才叫做真正的夫妻。
3 コネで採用されるなんて、ずるいというものだ。	透過走後門找到工作，實在是太狡猾了。
4 18 歳で結婚なんて、早過ぎるというものだ。	在十八歲時結婚，這樣實在太早了。
5 地球は自分を中心に回っているとでも思ってるの？大間違いってもんよ。	他以為地球是繞著他轉的啊？真是大錯特錯啦！

062

～というものではない、というものでもない

…可不是…、並不是…、並非…

➡ {[名詞・形容詞・形容動詞・動詞]假定形}…{[名詞・形容動詞詞幹](だ)；形容詞辭書形}＋というものではない、というものでもない

【部分否定】表示對某想法或主張，不能說是非常恰當，不完全贊成。

1 結婚すれば幸せというものではないでしょう。
結婚並不代表獲得幸福吧！

➡ 例句

2 警察は常に正義の味方だというものでもない。
警察並非永遠都是正義的一方。

3 年上だからといって、いばってよいというものではない。
並不是稍長個幾歲，就可以對人頤指氣使的！

4 才能があれば成功するというものではない。
有才能並非就能成功。

5 謝れば済むってもんじゃない。弁償しないと。
這可不是道歉就能了事的！一定要賠償才行！

063

～どうにか（なんとか、もうすこし）～ないもの（だろう）か

能不能…

➡ どうにか（なんとか、もう少し）＋{動詞否定形；動詞可能形詞幹}＋ないもの（だろう）か

【願望】表示說話者有某個問題或困擾，希望能得到解決辦法。

1 最近よく変な電話がかかってくる。どうにかならないものか。
最近常有奇怪的電話打來。有沒有什麼辦法啊？

例句

2 近所の子どもがいたずらばかりして困る。どうにかやめさせられないものだろうか。

附近的小孩老是在惡作劇，真令人困擾。能不能讓他們停止這種行為啊？

3 とても大切なものなんです。なんとか直らないものでしょうか。

這是非常珍貴的東西。能不能想辦法修好呢？

4 それは相手が怒るのも無理はない。もう少し言いようがなかったものか。

也難怪對方會生氣，就不能把話講得好聽一點嗎？

5「なんとか、もう少し待っていただけないものでしょうか」「しょうがないなあ、じゃあ、今週の金曜日までだよ」

「真的沒有辦法再多等一下下嗎？」「真拿你沒辦法，那麼，就等到這個星期五囉！」

064

～とおもうと、とおもったら

1. 原以為…，誰知是…；2. 覺得是…，結果果然…

{動詞た形}＋と思うと、と思ったら；{名詞の；動詞普通形；引用文句}＋と思うと、と思ったら

❶【反預料】表示本來預料會有某種情況，下文的結果有兩種：較常用於出乎意外地出現了相反的結果，如例(1)～(4)。

❷【符合預料】用在結果與本來預料是一致的，只能使用「とおもったら」，如例(5)。此句型無法用於説話人本身。

1 太郎は勉強していると思ったら、漫画を読んでいた。

原以為太郎在看書，誰知道是在看漫畫。

例句

2 彼のオフィスは、3階だと思ったら4階でした。

原以為他的辦公室在三樓，誰知是四樓。

3 起きてきたと思ったら、また寝てしまった。

原以為起床了，結果又倒頭睡著了。

4 太郎は勉強を始めたと思うと、5分で眠ってしまいました。

還以為太郎開始用功了，誰知道才五分鐘就呼呼大睡了。

5 雷が鳴っているなと思ったら、やはり雨が降ってきました。

覺得好像打雷了，結果果然就下起雨來了。

065

～どころか

1. 哪裡還…、非但…、簡直…；2. 不但…反而…

➡ {名詞；形容動詞詞幹な；[形容詞・動詞] 普通形} ＋どころか

❶【程度的比較】表示從根本上推翻前項，並且在後項提出跟前項程度相差很遠，如例(1)～(3)。

❷【反預料】表示事實結果與預想內容相反，如例(4)、(5)。

1 お金が足りないどころか、財布は空っぽだよ。

哪裡是不夠錢，錢包裡就連一毛錢也沒有。

➡ 例句

2 腰が痛くて、勉強どころか、横になるのも辛いんだ。

腰實在痛得受不了，別說唸書了，就連躺著休息都覺得痛苦。

3 一流大学を出ているどころか、博士号まで持っている。

他不僅是從名校畢業，還擁有博士學位。

4「がんばれ」と言われて、うれしいどころかストレスになった。

聽到這句「加油」，別說高興，根本成了壓力。

5 失敗はしたが、落ち込むどころかますますやる気が出てきた。

雖然失敗了，可是不但沒有沮喪，反而激發出十足幹勁。

066

～どころではない

1. 哪裡還能…、不是…的時候；2. 何止…、哪裡是…根本是…

➡ {名詞；動詞辭書形}＋どころではない

❶**【否定】**表示沒有餘裕做某事，強調目前處於緊張、困難的狀態，沒有金錢、時間或精力去進行某事，如例(1)、(2)。

❷**【程度】**表示事態大大超出某種程度，事態與其説是前項，實際為後項，如例(3)～(5)。

1 先々週は風邪を引いて、勉強どころではなかった。
上上星期感冒了，哪裡還能唸書啊。

➡ **例句**

2 いろいろ仕事が重なって、休むどころではありません。	各種各樣的工作堆在一塊，哪裡還有時間讓我慢慢休息。
3 あったかかったどころじゃない、暑くて暑くてたまらなかったよ。	這已經不只是暖和，根本是熱到教人吃不消了耶！
4 パソコンは、私にとって便利どころではなく、生活必需品です。	電腦對我而言不僅僅是使用便利，而是生活必需品。
5 涼しかったどころじゃない、あんな寒いところだとは思わなかったよ。	哪裡是涼爽的天氣，根本連作夢都沒想到那地方會冷成那樣耶！

067

～とはかぎらない

也不一定…、未必…

➡ {[名詞・形容詞・形容動詞・動詞]普通形}＋とは限らない

【部分否定】表示事情不是絕對如此，也是有例外或是其他可能性。

1 お金持ちが必ず幸せだとは限らない。

有錢人不一定就能幸福。

例句

2 逃げたからといって、犯人（だ）とは限らない。	雖説逃走了，並不代表他就是凶手。
3 本に書いてあることが必ず正しいとは限らない。	寫在書上的文字不一定就是正確的。
4 訴えたところで、勝訴するとは限らない。	即使是提出告訴，也不一定能打贏官司。
5 機械化したところで、必ずしも効率が上がるとは限らない。	即使是機械化，也不一定能提高效率。

068

Track N2 2-05

～ないうちに

在未…之前，…、趁沒…

{動詞否定形}＋ないうちに

【期間】這也是表示在前面的環境、狀態還沒有產生變化的情況下，做後面的動作。

1 嵐が来ないうちに、家に帰りましょう。

趁暴風雨還沒來之前，回家吧！

例句

2 雨が降らないうちに、帰りましょう。	趁還沒有下雨，回家吧！
3 値が上がらないうちに、マンションを買った。	在房價還沒有上漲之前，買了公寓。

4 知らないうちに、隣の客は帰っていた。	不知不覺中，隔壁的客人就回去了。
5 1分もたたないうちに、「ゴーッ」といびきをかき始めた。	上床不到一分鐘就「呼嚕」打起鼾來了。

069

～ないかぎり

除非…，否則就…、只要不…，就…

{動詞否定形} ＋ないかぎり

【無變化】表示只要某狀態不發生變化，結果就不會有變化。含有如果狀態發生變化了，結果也會有變化的可能性。

1 犯人が逮捕されないかぎり、私たちは安心できない。

只要沒有逮捕到犯人，我們就無法安心。

例句

2 しっかり練習しないかぎり、優勝はできません。	要是沒紮實做練習，就沒辦法獲勝。
3 大地震や台風でも来ない限り、イベントは予定通り行う。	除非遇到大地震或是颱風，否則活動依然照常舉行。
4 文書で許可を得ない限り、撮影・録音などは禁止です。	除非拿到了書面許可，否則禁止錄音攝影。
5 社長の気が変わらないかぎりは、大丈夫です。	只要社長沒改變心意就沒問題。

070

～ないことには

要是不…、如果不…的話，就…

➡ {動詞否定形}＋ないことには

【條件】表示如果不實現前項，也就不能實現後項。後項一般是消極的、否定的結果。

1 保護しないことには、この動物は絶滅してしまいます。

如果不加以保護，這種動物將會瀕臨絕種。

➡ 例句

2 試験にパスしないことには、資格はもらえない。	如果不通過考試，就拿不到資格。
3 工夫しないことには、問題を解決できない。	如果不下點功夫，就沒辦法解決問題。
4 見た目はおいしそうだが、実際食べてみないことには分からない。	外觀看起來雖然美味，但沒有實際吃過還是難保絕對可口。
5 趙さん、遅いな。誕生日パーティーなのに、主役が来ないことには始められないよ。	趙小姐怎麼還沒來呀？這可是她的生日派對，連主角都沒到，怎麼開始呢！

071

● ～ないではいられない

不能不…、忍不住要…、不禁要…、不…不行、不由自主地…

➡ {動詞否定形}＋ないではいられない

【強制】表示意志力無法控制，自然而然地內心衝動想做某事。傾向於口語用法。

1 紅葉がとてもきれいで、歓声を上げないではいられなかった。

楓葉真是太美了，不禁歡呼了起來。

例句

2 特売が始まると、買い物に行かないではいられない。

特賣活動一開始，就忍不住想去買。

3 税金が高すぎるので、文句を言わないではいられない。

因為稅金太高了，忍不住就想抱怨幾句。

4 彼女の身の上話を聞いて、同情しないではいられなかった。

聽了她的際遇後，教人不禁同情了起來。

5 困っている人を見て、助けないではいられなかった。

看到人家有困難時，實在無法不伸出援手。

072

Track N2 2-09

～ながら(も)

雖然…，但是…、儘管…、明明…卻…

{名詞；形容動詞詞幹；形容詞辭書形；動詞ます形}＋ながら(も)

【逆接】連接兩個矛盾的事物，表示後項與前項所預想的不同。

1 この服は地味ながらも、とてもセンスがいい。

這件衣服雖然樸素，卻很有品味。

例句

2 狭いながらも、楽しい我が家だ。

雖然很小，但也是我快樂的家。

3 残念ながら、今回はご希望に添えないことになりました。

很遺憾，目前無法提供適合您的職務。

4 夫に悪いと思いながらも、彼への思いがどんどん募っていきました。

雖然覺得對不起先生，但對情夫的愛意卻越來越濃。

5 情報を入手していながらも、活かせなかった。	儘管取得了資訊，卻沒有辦法活用。

073

～にあたって、にあたり

在…的時候、當…之時、當…之際

➡ {名詞；動詞辭書形}＋にあたって、にあたり

【時點】 表示某一行動，已經到了事情重要的階段。它有複合格助詞的作用。一般用在致詞或感謝致意的書信中。

1 このおめでたい時にあたって、一言お祝いを言いたい。

在這可喜可賀的時候，我想説幾句祝福的話。

➡ 例句

2「ご利用にあたっての注意事項」をお読みになってから、お申し込みください。	請先閱讀「使用之相關注意事項」之後，再提出申請。
3 この実験をするにあたり、いくつか注意しなければならないことがある。	在進行這個實驗的時候，有幾點要注意的。
4 社長を説得するにあたって、慎重に言葉を選んだ。	説服社長的時候，説話要很慎重。
5 プロジェクトを展開するにあたって、新たに職員を採用した。	為了推展計畫而進用了新員工。

074

～におうじて

根據…、按照…、隨著…

➡ {名詞}＋に応じて

❶【相應】表示按照、根據。前項作為依據，後項根據前項的情況而發生變化，如例句(1)～(3)。

❷〖に応じたN〗後接名詞時，變成「に応じたN」的形式，如例句(4)、(5)。

1 働きに応じて、報酬をプラスしてあげよう。

依工作的情況來加薪！

➡ 例句

2 保険金は被害状況に応じて支払われます。
保險給付是依災害程度支付的。

3 収入に応じて、生活のレベルを変える。
改變生活水準以配合收入。

4 エスカレーターの近くに、季節に応じた商品を並べる。
在手扶梯附近陳列當季商品。

5 その日の気分に応じた色の服を着る。
根據當天的心情穿上相對應色彩的服裝。

075

● ～にかかわって、にかかわり～にかかわる

關於…、涉及…

➡ {名詞}＋にかかわって、にかかわり、にかかわる

【關連】表示後面的事物受到前項影響，或是和前項是有關聯的。

1 命にかかわる大けがをした。

受到攸關性命的重傷。

➡ 例句

2 新製品の開発にかかわって10年、とうとう完成させることができた。
新產品開發了十年，終於能完成了。

3 日本語をもっと勉強して、将来は台日友好にかかわる 仕事がしたい。	我要多讀點日語，將來想從事台日友好相關工作。
4 やめとけよ、あいつにかかわるとろくなことがないぜ。	別理他了啦！要是和那傢伙牽扯下去，可不會有好下場的哩！
5 これは我が国の信用にかかわる。	此事關乎我國威信。

076

～にかかわらず

無論…與否…、不管…都…、儘管…也…

➡ {名詞；[形容詞・動詞]辭書形；[形容詞・動詞]否定形}＋にかかわらず

N2

❶【無關】表示前項不是後項事態成立的阻礙。接兩個表示對立的事物，表示跟這些無關，都不是問題，前接的詞多為意義相反的二字熟語，或同一用言的肯定與否定形式，如例(1)～(4)。

❷〖類語－にかかわりなく〗「～にかかわりなく」跟「～にかかわらず」意思、用法幾乎相同，表示「不管…都…」之意，如例(5)。

1 お酒を飲む飲まないにかかわらず、一人当たり 2,000 円を払っていただきます。

不管有沒有喝酒，每人都要付兩千日圓。

➡ 例句

2 金額の多少にかかわらず、寄附は大歓迎です。	不論金額多寡，非常歡迎踴躍捐贈。
3 このアイスは、季節にかかわらず、よく売れている。	這種冰淇淋一年四季都賣得很好。
4 勝敗にかかわらず、参加することに意義がある。	不論是優勝或落敗，參與的本身就具有意義。

5 以前の経験にかかわりなく、実績で給料は決められます。	不管以前的經驗如何，以業績來決定薪水。

077

～にかぎって、にかぎり

只有…、唯獨…是…的、獨獨…

➡ {名詞} ＋に限って、に限り

❶【限定】表示特殊限定的事物或範圍，説明唯獨某事物特別不一樣，如例(1)～(4)。

❷〖否定形－にかぎらず〗「～に限らず」為否定形，如例(5)。

1 時間に空きがあるときに限って、誰も誘ってくれない。

獨獨在空閒的時候，沒有一個人來約我。

➡ 例句

2 前の晩、よく勉強しなかったときに限って、抜き打ち テストがある。	每次都是前一晚沒有用功讀書的時候，隔天就會抽考。
3 未使用でレシートがある場合に限り、返品を受け付けます。	僅限尚未使用並保有收據的狀況，才能受理退貨。
4 5時から6時のご来店に限り、グラスビール1杯サービスします。	限五點至六點來店的顧客可享免費啤酒一杯。
5 この店は、週末に限らずいつも混んでいます。	這家店不分週末或平日，總是客滿。

078

～にかけては

在…方面、關於…、在…這一點上

➔ {名詞}＋にかけては

【話題】表示「其它姑且不論，僅就那一件事情來說」的意思。後項多接對別人的技術或能力好的評價。

1 パソコンのトラブル解決(かいけつ)にかけては、自信(じしん)があります。

在解決電腦問題方面，我有十足的把握。

➔ 例句

2 米作(こめづく)りにかけては、まだまだ息子(むすこ)には負(ま)けない。	就種稻來說，我還寶刀未老，不輸兒子。
3 自動車(じどうしゃ)の輸送(ゆそう)にかけては、うちは一流(いちりゅう)です。	在汽車運送方面，本公司堪稱一流。
4 数学(すうがく)にかけては関本(せきもと)さんがクラスで一番(いちばん)だ。	在數學科目方面，關本同學是全班最厲害的。
5 人(ひと)を笑(わら)わせることにかけては、彼(かれ)の右(みぎ)に出(で)るものはいない。	以逗人發笑的絕活來說，沒有人比他更高明。

N2

079

～にこたえて、にこたえ、にこたえる

應…、響應…、回答、回應

➔ {名詞}＋にこたえて、にこたえ、にこたえる

【對象】接「期待」、「要求」、「意見」、「好意」等名詞後面，表示為了使前項能夠實現，後項是為此而採取行動或措施。

1 農村(のうそん)の人々(ひとびと)の期待(きたい)にこたえて、選挙(せんきょ)に出馬(しゅつば)した。

為了回應農村的鄉親們的期待而出來參選。

例句

2 中村は、ファンの声援にこたえ、満塁ホームランを打った。	中村在聽到球迷的聲援之後，揮出了一支三分全壘打。
3 消費者の要望にこたえて、販売地域の範囲を広げた。	應消費者的要求，擴大了銷售的範圍。
4 社員の要求にこたえ、職場環境を改善しました。	應員工的要求，改善了工作的環境。
5 需要にこたえるのではない。需要を作り出すのだ。	不是要回應需求，而是要創造需求！

080

～にさいし（て／ては／ての）

在…之際、當…的時候

{名詞；動詞辭書形}＋に際し（て／ては／ての）

【時點】表示以某事為契機，也就是動作的時間或場合。有複合詞的作用。是書面語。

1 チームに入るに際して、自己紹介をしてください。

入隊時請先自我介紹。

例句

2 ご利用に際しては、まず会員証を作る必要がございます。	在您使用的時候，必須先製作會員證。
3 試験に際し、携帯電話の電源は切ってください。	考試時手機請關機。

4 新入社員を代表して、入社に際しての抱負を入社式で述べた。

我代表所有的新進職員，在進用典禮當中闡述了來到公司時的抱負。

5 この商品は割れ物なので、扱うに際しては、十分気をつけてください。

這種商品是易碎品，因此使用時請特別留意。

081

● ～にさきだち、にさきだつ、にさきだって

在…之前，先…、預先…、事先…

➡ {名詞；動詞辭書形}＋に先立ち、に先立つ、に先立って

【前後關係】用在述説做某一動作前應做的事情，後項是做前項之前，所做的準備或預告。

1 旅行に先立ち、パスポートが有効かどうか確認する。

在出遊之前，要先確認護照期限是否還有效。

➡ 例句

2 面接に先立ち、会社説明会が行われた。

在面試前先舉行了公司説明會。

3 法律改正に先立つ公聴会が来週開かれる予定です。

在修改法律之前，將於下週先召開公聽會。

4 新しい機器を導入するに先立って、説明会が開かれた。

在引進新機器之前，先舉行了説明會。

5 上演に先立ちまして、主催者から一言ご挨拶を申し上げます。

在開演之前，先由主辦單位向各位致意。

082

～にしたがって、にしたがい

1. 隨著…，逐漸…；2. 依照…、按照…、隨著…

➡ {名詞；動詞辭書形}＋にしたがって、にしたがい

❶【跟隨】表示跟前項的變化相呼應，而發生後項，如例(1)～(3)。
❷【基準】前面接表示人、規則、指示、根據、基準等的名詞，表示按照、依照的意思。後項一般是陳述對方的指示、忠告或自己的意志，如例(4)、(5)。

1 季節の変化にしたがって、町の色も変わってゆく。
隨著季節的變化，街景也改變了。

➡ **例句**

2 子供が大きくなるにしたがって、自分の時間が増えた。	隨著孩子長大，自己的時間變多了。
3 治療法の研究が進むにしたがい、この病気で死亡する人は減っている。	隨著治療方法的研究進步，死於這種疾病的人逐漸減少。
4 父の言いつけにしたがって、大学は工学部に進んだ。	聽從父親的囑咐，大學進入工學院就讀。
5 矢印にしたがって、進んでください。	請依照箭頭前進。

083

～にしたら、にすれば、にしてみたら、にしてみれば

對…來說、對…而言

➡ {名詞}＋にしたら、にすれば、にしてみたら、にしてみれば

【觀點】前面接人物，表示站在這個人物的立場來對後面的事物提出觀點、評判、感受。

1 彼にしてみれば、私のことなんて遊びだったんです。
對他來說，我只不過是玩玩罷了。

例句

2 祖母にしたら、高校生が化粧するなんてとんでもないことなのだろう。	對祖母來說，高中生化妝是很不可取的行為吧？
3 英語の勉強は、私にすれば簡単なのだが、できの悪い 人達には難しいのだろう。	學英文對我來說是很簡單，但是對頭腦不好的人們而言就很難了吧？
4 1,000 円は、子どもにしてみたら相当なお金だ。	一千日圓對小朋友來說是一筆大數字。
5 私がいくつになっても、両親にしたら子供らしい。	不管我長到幾歲，在父母的眼裡大概還是個小孩。

084 Track N2 2-21

～にしろ

無論…都…、就算…，也…、即使…，也…

{名詞；形容動詞詞幹；[形容詞・動詞] 普通形} ＋にしろ

【無關】 表示退一步承認前項，並在後項中提出跟前面相反或相矛盾的意見。是「～にしても」的鄭重的書面語言。也可以說「～にせよ」。

1 体調は幾分よくなってきたにしろ、まだ出勤はできません。

即使身體好了些，也還沒辦法去上班。

例句

2 生まれてくる子が男にしろ女にしろ、どちらでもうれしい。	即將出生的孩子不管是男孩也好、女孩也罷，哪一種性別都同樣高興。
3 いくら忙しいにしろ、食事をしないのはよくないですよ。	無論再怎麼忙，不吃飯是不行的喔！

4 いくら有能にしろ、人のことを思いやれないようなら、ダメでしょう。
即便是多麼能幹的人，假如不懂得為人著想，也是枉然吧！

5 やるにしろやめるにしろ、明日までに決めなければならない。
要做也好、不做也罷，在明天之前都必須做出決定才行。

085

～にすぎない

只是…、只不過…、不過是…而已、僅僅是…

{名詞；形容動詞詞幹である；[形容詞・動詞]普通形}＋にすぎない

【主張】表示某微不足道的事態，指程度有限，有著並不重要的消極評價語氣。

1 これは少年犯罪の一例にすぎない。
這只不過是青少年犯案中的一個案例而已。

例句

2 彼はとかげのしっぽにすぎない。陰に黒幕がいる。
他只不過是代罪羔羊，背地裡另有幕後操縱者。

3 今回は運がよかったにすぎません。
這一次只不過是運氣好而已。

4 そんなの彼のわがままにすぎないから、放っておきなさい。
那不過是他的任性妄為罷了，不必理會。

5 答えを知っていたのではなく、勘で言ったにすぎません。
我不是知道答案，只不過是憑直覺回答而已。

086

～にせよ、にもせよ

無論…都…、就算…，也…、即使…，也…、…也好…也好

➔ {名詞；形容動詞詞幹である；[形容詞・動詞] 普通形} ＋にせよ、にもせよ

【無關】表示退一步承認前項，並在後項中提出跟前面相反或相矛盾的意見。是「～にしても」的鄭重的書面語言。也可以說「～にしろ」。

1 困難があるにせよ、引き受けた仕事はやりとげるべきだ。

即使有困難，一旦接下來的工作就得完成。

➔ 例句

2 ビール1杯にせよ、飲んだら運転してはいけない。	即使只喝一杯啤酒，只要喝了酒，就不可以開車。
3 いずれにもせよ、集会には出席しなければなりません。	不管如何，集會是一定得出席的。
4 いくらずうずうしいにせよ、残り物を全部持って帰るなんてねえ。	不管再怎麼厚臉皮，竟然把剩下的東西全都帶回去，未免太過分了。
5 最後の場面はいくらか感動したにせよ、全体的には面白くなかった。	即使最後一幕有些動人，但整體而言很無趣。

N 2

087

～にそういない

一定是…、肯定是…

➔ {名詞；形容動詞詞幹；[形容詞・動詞] 普通形} ＋に相違ない

【判斷】表示說話人根據經驗或直覺，做出非常肯定的判斷。跟「だろう」相比，確定的程度更強。跟「～に違いない」意思相同，只是「～に相違ない」比較書面語。

1 明日の天気は、快晴に相違ない。

明天的天氣，肯定是晴天。

例句

2 これは先週の事件と同じ犯人のしわざに相違ない。	這肯定和上星期那起案件是同一個凶手幹的好事。
3 彼女たちのコーラスは、すばらしいに相違ない。	她們的合唱，肯定很棒的。
4 裁判の手続きは、面倒に相違ない。	打官司的手續想必很繁瑣。
5 会社をやめて農業をやりたいと妻に言ったら、反対するに相違ない。	要是告訴太太我想辭掉公司改去務農，肯定會遭到反對。

088

Track N2 2-25

～にそって、にそい、にそう、にそった

1. 沿著…、順著…；2. 按照…

{名詞}＋に沿って、に沿い、に沿う、に沿った

❶【順著】接在河川或道路等長長延續的東西，或操作流程等名詞後，表示沿著河流、街道，如例(1)。

❷【基準】或表示按照某程序、方針，如例(2)～(5)。

1 道に沿って、クリスマスの飾りが続いている。

沿著道路滿是聖誕節的點綴。

例句

2 このビルは最新の耐震基準に沿っている。	這棟大廈符合最新規定的耐震標準。
3 計画に沿い、演習が行われた。	按照計畫，進行沙盤演練。
4 両親の期待に沿えるよう、毎日しっかり勉強している。	每天都努力用功以達到父母的期望。

5 契約に沿った商売をする。	依契約做買賣。

089

● ～につけ（て）、につけても

1. 一…就…、每當…就…；2. 不管…或是…

➡ {[形容詞・動詞] 辭書形} ＋につけ（て）、につけても

❶【關連】每當碰到前項事態，總會引導出後項結論，表示前項事態總會帶出後項結論，如例(1)～(4)。

❷【無關】也可用「～につけ～につけ」來表達，這時兩個「につけ」的前面要接成對的詞，如例(5)。

1 この音楽を聞くにつけて、楽しかった月日を思い出します。

每當聽到這個音樂，就會回想起過去美好的時光。

➡ 例句

2 福田さんは何かにつけて私を目の敵にするから、付き合いにくい。	福田小姐不論任何事總是視我為眼中釘，實在很難和她相處。
3 それにつけても、思い出すのは小学校で同級だった矢部さんです。	關於那件事，能夠想起的只有小學同班同學的矢部而已。
4 祖父の話を聞くにつけ、平和のありがたみを感じる。	每當聽到爺爺的往事，總能感到和平的可貴。
5 テレビで見るにつけ、本で読むにつけ、宇宙に行きたいなあと思う。	不管是看到電視也好，或是讀到書裡的段落也好，總會讓我想上太空。

090

● ～にて、でもって

1. …為止；2. 以…、用…；3. 因…

➡ {名詞}＋にて、でもって

❶【時點】「にて」相當於「で」，表示時間、年齡跟地點，如例(1)、(2)。

❷【手段】也可接手段、方法、原因、限度、資格或指示詞，宣佈、告知的語氣強，如例(3)。

❸【強調手段】「でもって」是由格助詞「で」跟「もって」所構成，用來加強「で」的詞意，表示方法、手段跟原因，如例(4)、(5)。

1 もう時間(じかん)なので本日(ほんじつ)はこれにて失礼(しつれい)いたします。
時間已經很晚了，所以我就此告辭了。

➡ 例句

2 講演会(こうえんかい)は市民(しみん)ホールにて執(と)り行(おこな)います。 | 演講將於市民會館舉行。

3 書面(しょめん)にてご対応(たいおう)させていただく場合(ばあい)の手続(てつづ)きは、次(つぎ)の通(とお)りです。 | 以書面回覆之相關手續如下所述。

4 メールでもってご連絡(れんらく)いたしますが、よろしいでしょうか。 | 請問方便用 e-mail 與您聯繫嗎？

5 現代社会(げんだいしゃかい)では、インターネットでもって、いろいろなことが事足(ことた)りるようになった。 | 現代社會能夠透過網際網路完成很多事情。

091

～にほかならない

完全是…、不外乎是…、其實是…、無非是…

➡ {名詞}＋にほかならない

❶【主張】表示斷定的說事情發生的理由、原因，是對事物的原因、結果的肯定語氣，亦即「それ以外のなにものでもない」（不是別的，就是這個）的意思，如例(1)～(4)。

❷〘ほかならぬ＋N〙相關用法：「ほかならぬ」修飾名詞，表示其他人事物無法取代的特別存在，如例(5)。

1 肌がきれいになったのは、化粧品の美容効果にほかならない。

肌膚會這麼漂亮，其實是因為化妝品的美容效果。

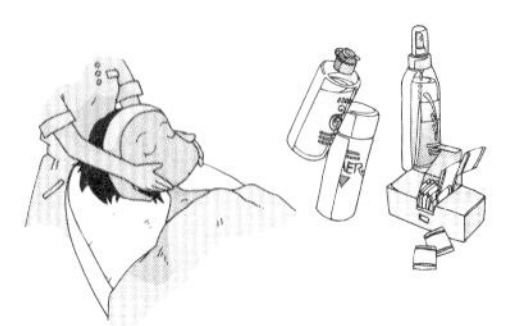

➡ 例句

2 彼が失敗したのは、欲張ったせいにほかならない。	他之所以失敗，唯一的原因就是貪心。
3 私達が出会ったのは運命にほかなりません。	我們的相遇只能歸因於命運。
4 彼があんなに厳しいことを言うのも、君のためを思うからにほかならない。	他之所以會說那麼嚴厲的話，完完全全都是為了你著想。
5 ほかならぬ君の頼みとあれば、一肌脱ごうじゃないか。	既然是交情匪淺的你前來請託，我當然得大力相助啊！

N2

092

Track N2 2-29

～にもかかわらず

雖然…，但是…、儘管…，卻…、雖然…，卻…

➡ {名詞；形容動詞詞幹；[形容詞・動詞] 普通形} ＋にもかかわらず

【無關】 表示逆接。後項事情常是跟前項相反或相矛盾的事態。也可以做接續詞使用。

1 努力にもかかわらず、全然効果が出ない。

儘管努力了，還是完全沒有看到效果。

➡ 例句

2 祝日にもかかわらず、会社で仕事をした。	雖然是國定假日，卻要上班。
3 周りの反対にもかかわらず、会社をやめた。	他不顧周圍的反對，辭掉工作了。

4 やめろと言ったにもかかわらずやって、案の定失敗した。

已經警告過他別做，結果他還是執意去做，果然不出所料失敗了。

5 熱があるにもかかわらず、学校に行った。

雖然發燒，但還是去了學校。

093

Track N2 2-30

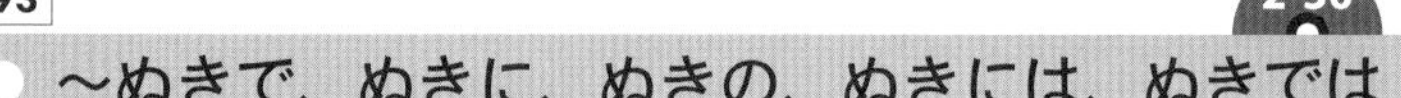

～ぬきで、ぬきに、ぬきの、ぬきには、ぬきでは

1. 省去…、沒有…；3. 如果沒有…（，就無法…）、沒有…的話

➡ {名詞}＋抜きで、抜きに、抜きの

❶**【非附帶狀態】**表示除去或省略一般應該有的部分，如例(1)、(2)。
❷**〖ぬきの＋N〗**後接名詞時，用「～抜きの＋名詞」，如例(3)。
❸**【必要條件】**{名詞}＋抜きには、抜きでは。為「如果沒有…（，就無法…）」之意，如例(4)、(5)。

1 今日は仕事の話は抜きにして飲みましょう。

今天就別提工作，喝吧！

➡ 例句

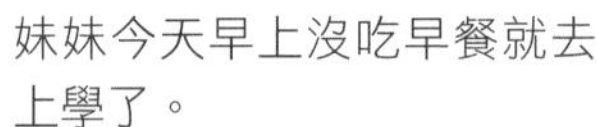

2 妹は今朝は朝食抜きで学校に行った。

妹妹今天早上沒吃早餐就去上學了。

3 男性抜きの宴会、「女子会」がはやっています。

目前正在流行沒有任何男性參加的餐會，也就是所謂的「姊妹淘聚會」。

4 この商談は、社長抜きにはできないよ。

這個洽談沒有社長是不行的。

5 炭水化物抜きでは、ダイエットはうまくいきませんよ。

不吃碳水化合物，就無法順利減肥喔。

094

～ぬく

1. 穿越、超越；2. …做到底

➡ {動詞ます形} ＋抜く

❶【穿越】表示超過、穿越的意思，如例(1)、(2)。
❷【行為的意圖】表示把必須做的事，最後徹底做到最後，含有經過痛苦而完成的意思，如例(3)～(5)。

1 ゴールの５メートル手前で神谷君を追い抜いて、１位になった。
在終點前五公尺處超越了神谷，得到第一名。

➡ 例句

2 鉄砲の弾が胸を撃ち抜いて、即死だった。	遭到槍彈射穿胸部，當場死亡了。
3 あの子は厳しい戦争の中、一人で生き抜いた。	那孩子在殘酷的戰爭中一個人活了下來。
4 どんなに辛くても、やり抜くつもりだ。	無論多麼辛苦，我都要做到底。
5 これは、私が考え抜いた末の結論です。	這是我經過深思熟慮後得到的結論。

N2

095

～ねばならない、ねばならぬ

必須…、不能不…

➡ {動詞否定形} ＋ねばならない、ねばならぬ

❶【義務】表示有責任或義務應該要做某件事情，如例(1)～(4)。
❷〔文言〕「ねばならぬ」的語感比起「ねばならない」較為生硬、文言，如例(5)。

1 実は君に話さねばならないことがある。

其實我有話一定要對你說。

例句

2 他人を非難するには、その前に事実を確かめねばならない。

在責備他人之前，必須要先確定是否屬實。

3 犯人は電話で、「金はお前が一人で持って来ねばならない」と言った。

綁架犯在電話裡說了「你只能獨自一人把錢帶來」。

4 歯を抜く痛みを考えれば、麻酔の注射くらい我慢せねばならない。

一想到拔牙的疼痛，只好忍受打麻醉針時的不適。

5 約束は守らねばならぬ。

不能不守信。

096 Track N2 2-33

～のうえでは

…上

{名詞}＋の上では

【情報源】表示「在某方面上是…」。

1 法律の上では無罪でも、私には許せない。

在法律上縱使無罪，我也不能原諒。

例句

2 今日は立夏です。暦の上では夏になりました。

今天是立夏，在曆法上已是夏天了。

3 数字の上では景気は回復しているが、そういう実感はない。

在數字上雖然景氣已經回復，但沒有實際的感覺。

4 父のことは、仕事の上では尊敬しているが、人間としては最低だと思っている。

我很尊敬父親在工作上的成就，但就人性而言，卻覺得他非常差勁。

5 一つの星座の星々は、見かけの上では近くにあるが、宇宙空間で近くにあるとは限らない。

同一個星座裡的星星，表面上看起來很近，但在宇宙空間裡未必相隔不遠。

097

～のみならず

不僅…，也…、不僅…，而且…、非但…，尚且…

{名詞；形容動詞詞幹である；[形容詞・動詞]普通形}＋のみならず

【附加】表示添加，用在不僅限於前接詞的範圍，還有後項進一層的情況。

1 この薬は、風邪のみならず、肩こりにも効果がある。

這個藥不僅對感冒有效，對肩膀酸痛也很有效。

N
2

例句

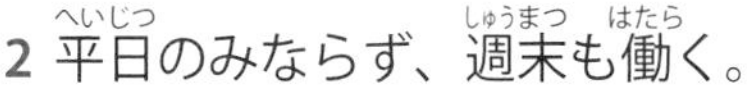

2 平日のみならず、週末も働く。

不單是平日，連週末也在工作。

3 彼は要領が悪いのみならず、やる気もない。

他做的方法不僅不好，連做的意願也低。

4 あの辺りは不便であるのみならず、ちょっと物騒です。

那一帶不只交通不便，治安也不大好。

5 資料を分析するのみならず、現場を見てくるべきだ。

不僅要分析資料，而且應該到現場勘察。

098

～のもとで、のもとに

在…之下

➡ {名詞}＋のもとで、のもとに

❶【前提】表示在受到某影響的範圍內，而有後項的情況，如例(1)。
❷【基準】表示在某人事物的影響範圍下，或在某條件的制約下做某事，如例(2)～(4)。
❸〖星の下に生まれる〗「星の下に生まれる」是「命該如此」、「命中註定」的意思，如例(5)。

1 太陽の光のもとで、稲が豊かに実っています。
稻子在太陽光之下，結實纍纍。

➡ 例句

2 坂本教授のもとで勉強したい。	我希望能在坂本教授的門下受教。
3 法のもとに、公平な裁判を受ける。	法律之下，人人平等。
4 3ヶ月後に返すという約束のもとに、彼にお金を貸しました。	在他答應三個月後還錢的前提下，我把錢借給了他。
5 小さいころから苦労ばかり。そういう星のもとに生まれたんだろうか。	從小就吃盡了苦頭，難道是我命該如此嗎？

099

～のももっともだ、のはもっともだ

也是應該的、也不是沒有道理的

➡ {形容動詞詞幹な；[形容詞・動詞]普通形}＋のももっともだ、のはもっともだ

【推論】表示依照前述的事情，可以合理地推論出後面的結果，所以這個結果是令人信服的。

1 あのきれいな趙さんが失恋するなんて、みんなが驚くのももっともだ。

那位美麗的趙小姐居然會失戀，也難怪大家都很震驚。

例句

2 趙さんは親切だから、みんなに好かれるのももっともだ。	趙小姐為人親切，會被大家喜愛也是應該的。
3 趙さんのお母さんは日本人なのか。日本語が上手なのももっともだ。	原來趙先生的母親是日本人喔？難怪他的日文那麼厲害。
4 葉さんって、お父さんフランス人なの？それなら、金髪で目が青いのももっともだ。	葉小姐的爸爸是法國人？既然這樣，她擁有金髮碧眼也是理所當然的呀。
5 葉さんはとても優しい人だから、趙さんが葉さんを好きになったのはもっともだ。	葉先生是非常溫柔的人，所以趙小姐喜歡上他也不是沒有道理的。

N2

100

Track N2 2-37

～ばかりだ

1. 一直…下去、越來越…；2. 只等…、只剩下…就好了

{動詞辭書形}＋ばかりだ

❶【對比】表示事態越來越惡化，一直持續同樣的行為或狀態，多為對講述對象的負面評價，如例(1)～(4)。

❷【限定】表示準備完畢，只差某個動作而已，或是可以進入下一個階段，如例(5)。

1 暮らしは苦しくなるばかりだ。

生活只會越來越辛苦。

例句

2 このままでは両国の関係は悪化するばかりだ。
再這樣下去的話，兩國的關係只會更加惡化。

3 彼女はうつむいて、ただ泣くばかりだった。
她低頭，只是不停地哭著。

4 あいつは、人のやったことに文句を言うばかりで、自分では何もやらない。
那傢伙對別人所做的事總是抱怨連連，自己卻什麼也不做。

5 晩ご飯の用意はもうできている。あとは食べるばかりだ。
晚飯已經準備好了，接下來就等開動了。

101

～ばかりに

1. 就因為…、都是因為…，結果…；2. 就是因為想…

{名詞である；形容動詞詞幹な；[形容詞・動詞] 普通形} ＋ばかりに

❶【原因】表示就是因為某事的緣故，造成後項不良結果或發生不好的事情，說話人含有後悔或遺憾的心情，如例(1)～(4)。

❷【願望】強調由於說話人的心願，導致極端的行為或事件發生，如例(5)。

1 彼は競馬に熱中したばかりに、全財産を失った。
他就是因為沉迷於賭馬，結果傾家蕩產了。

例句

2 忙しかったばかりに、約束をうっかり忘れていた。
由於忙碌而把約定忘得一乾二淨了。

3 性格があまりにまっすぐなばかりに、友人と衝突することもあります。
就因為他的個性太過耿直，有時候也會和朋友起衝突。

4 過半数がとれなかったばかりに、議案は否決された。
因為沒有過半數，所以議案被否決了。

5 オリンピックで金(きん)メダルを取(と)りたいばかりに、薬物(やくぶつ)を使(つか)った。｜只為了在奧運贏得金牌，所以用了藥物。

102

～はともかく（として）

姑且不管…、…先不管它

➡ {名詞}＋はともかく（として）

【除外】表示提出兩個事項，前項暫且不作為議論的對象，先談後項。暗示後項是更重要的。

1 平日(へいじつ)はともかく、週末(しゅうまつ)はのんびりしたい。
不管平常如何，我週末都想悠哉地休息一下。

➡ 例句

2 俺(おれ)の話(はなし)はともかくとして、お前(まえ)の方(ほう)はどうなんだ。｜先別談我的事，你那邊還好嗎？

3 それはともかく、まずコート脱(ぬ)いだら？｜那個等一下再說，你先脫掉大衣吧？

4 顔(かお)はともかく、人柄(ひとがら)はよい。｜暫且不論長相，他的人品很好。

5 見(み)た目(め)はともかく、味(あじ)はうまい。｜姑且不論外觀，滋味相當好。

103

～はまだしも、ならまだしも

若是…還說得過去、（可是）…、若是…還算可以…

➡ {名詞}＋はまだしも、ならまだしも；{形容動詞詞幹な；[形容詞・動詞]普通形}＋（の）ならまだしも

【埋怨】是「まだ」（還…、尚且…）的強調說法。表示反正是不滿意，儘

管如此但這個還算是好的，雖然不是很積極地肯定，但也還說得過去。前面可接副助詞「だけ、ぐらい、くらい」，後可跟表示驚訝的「とは、なんて」相呼應。

1 授業中に、お茶ぐらいならまだしも物を食べるのはやめてほしい。
倘若只是在課堂上喝茶那倒罷了，像吃東西這樣的行為真希望能夠停止。

例句

2 本気ならまだしも、義理チョコなんかいらない。	如果是真心的也就算了，那種基於禮貌給的人情巧克力我才不要！
3 ただつまらないだけならまだしも、話がウソ臭すぎる。	如果只是無趣的話還好說，但總覺得這件事聽起來很假。
4 役員が決めたんならまだしも、主任が勝手に決めちゃうなんてね。	如果董事決定的話還說得過去，主任居然擅自做決定真可惡。
5 新人にちょっと注意したところ、謝るならまだしも、逆に怒り出した。	只不過稍微提醒一下新進員工，結果對方別說是道歉了，反而還生我的氣。

104

～べきではない

不應該…

{動詞辭書形}＋べきではない

【禁止】如果動詞是「する」，可以用「すべきではない」或是「するべきではない」。表示禁止，從某種規範來看不能做某件事。

1 どんなに辛くても、死ぬべきではない。
再怎麼辛苦，也不該去尋死。

例句

2 戦争はすべきではなく、外交で解決すべきだ。	不應當發動戰爭，而應該透過外交手段來解決才對。
3 テストが 100 点でなかったくらいで、泣くべきではない。	只不過是考試沒拿一百分，不該哭泣。
4 そんな危険なところに行くべきではない。	不應該去那麼危險的地方。
5 学校にそんな格好で来るべきではない。	不應該打扮成那種樣子到學校來。

105

～ぶり、っぷり

1. …的樣子、…的狀態、…的情況；3. 相隔…

{名詞；動詞ます形}＋ぶり、っぷり

❶【樣子】前接表示動作的名詞或動詞的ます形，表示前接名詞或動詞的樣子、狀態或情況，如例(1)。

❷〖っぷり〗有時也可以說成「っぷり」，如例(2)、(3)。

❸【時間】{時間；期間}＋ぶり，表示時間相隔多久的意思，如例(4)、(5)。

1 夫の話しぶりからすると、正月もほとんど休みが取れないようだ。

從丈夫講話的樣子判斷，過年期間也大概幾乎沒辦法休假了。

例句

2 あの人の豪快な飲みっぷりはかっこうよかった。	這個人喝起酒來十分豪爽，看起來非常有氣魄。
3 大豆を食べて、女っぷりを上げる！	攝取黃豆以提升女性魅力！

N2

4 友人の赤ちゃんに半年ぶりに会ったら、もう歩けるようになっていました。	隔了半年再見到朋友的小寶寶，已經變得會走路了。
5 1年ぶりに会ったけど、全然変わっていなかった。	相隔一年沒見，完全都沒有變呢。

106

～ほどだ、ほどの

幾乎…、簡直…

➡ {名詞；形容動詞詞幹な；[形容詞・動詞]辭書形}＋ほどだ

❶【程度】表示對事態舉出具體的狀況或事例。為了説明前項達到什麼程度，在後項舉出具體的事例來，如例(1)～(4)。

❷〖ほどの＋N〗後接名詞，用「～ほどの＋名詞」，如例(5)。

1 彼の実力は、世界チャンピオンに次ぐほどだ。

他的實力好到幾乎僅次於世界冠軍了。

➡ 例句

2 数学は大嫌いだ。数字を見るのも嫌なほどだ。	最討厭數學了！甚至連看到數字就討厭！
3 憎くて憎くて、殺したいほどだ。	我對他恨之入骨，恨不得殺了他！
4 今朝は寒くて、池に氷が張るほどだった。	今天早上冷到池塘的水面上結了一層冰。
5 山の頂上は、息も止まるほどの絶景でした。	山頂上的美麗奇景令人幾乎屏息。

107

～ほど～はない

1. 沒有比…更…；2. 用不著…

➡ ❶【比較】{名詞；形容動詞詞幹な；[形容詞・動詞] 辭書形} ＋ほど～はない。表示在同類事物中是最高的，除了這個之外，沒有可以相比的，如例(1)～(3)。

❷【程度】{動詞辭書形} ＋ほどのことではない。表示「用不著…」之意，如例(4)、(5)。

1 今日ほど悔しい思いをしたことはありません。

從沒有像今天這麼不甘心過。

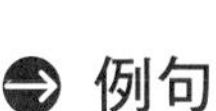

例句

2 オフィスが煙いほどいやなことはない。	辦公室從沒被菸燻得如此烏煙瘴氣過。
3 涙が出るほど痛くはない。	並沒有痛到會飆淚的程度。
4 子どものけんかだ。親が出て行くほどのことではない。	孩子們的吵架而已，用不著父母插手。
5 軽いけがだから、医者に行くほどのことではない。	只是點輕傷，還用不著看醫生。

108

～まい

1. 不打算…；2. 大概不會…；3. 該不會…吧

➡ {動詞辭書形} ＋まい

❶【意志】表示説話人不做某事的意志或決心，書面語，如例(1)、(2)。

❷【推測】表示説話人推測、想像，如例(3)。

❸【推測疑問】用「まいか」表示説話人的推測疑問，如例(4)、(5)。

1 絶対タバコは吸うまいと、決心した。
下定決心絕對不再抽菸了。

例句

2 失敗は繰り返すまいと、心に誓った。	我心中發誓，絕對不再犯錯。
3 その株を買っても、損はするまい。	就算買下那檔股票，大概也不會賠錢。
4 やはり妻は私を裏切っているのではあるまいか。	結果妻子終究還是背叛了我嗎？
5 妻は私と別れたいのではあるまいか。	妻子該不會想和我離婚吧？

109

Track N2 2-46

～まま

1. 就這樣…、依舊；2. …著

{名詞の；この／その／あの；形容詞普通形；形容動詞詞幹な；動詞た形；動詞否定形}＋まま

❶【樣子】表示原封不動，某種狀態沒有變化，一直持續的樣子，如例(1)～(3)。

❷【無變化】在某個不變的狀態下進行某件事情，如例(4)、(5)。

1 久しぶりにおばさんに会ったが、昔と同じできれいなままだった。
好久沒見到阿姨，她還是和以前一樣美麗。

例句

2 そのまま、置いといてください。	請這樣放著就可以了。
3 服をクリーニングに出したのに、汚いままだった。	雖然把衣服送洗了，卻還是一樣髒。

4 子どもが遊びに行ったまま、まだ帰って来ないんです。 | 小孩就這樣去玩了，還沒回到家。

5 昨夜は歯磨きをしないまま寝てしまった。 | 昨晚沒有刷牙就這樣睡著了。

110

～まま（に）

1. 任人擺佈、唯命是從；2. 隨意、隨心所欲

{動詞辭書形；動詞被動形}＋まま（に）

❶【擺佈】表示沒有自己的主觀判斷，被動的任憑他人擺佈的樣子。後項大多是消極的內容。一般用「られるまま（に）」的形式，如例(1)、(2)。

❷【隨意】表示順其自然、隨心所欲的樣子，如例（3）～（5）。

1 友達に誘われるまま、スリをしてしまった。

在朋友的引誘之下順手牽羊。

例句

2 犯人に言われるまま、ＡＴＭでお金を振り込んでしまった。 | 依照犯人的指示，在自動櫃員機裡把錢匯出去了。

3 子育てをしていて感じたことを、思いつくまま書いてみました。 | 我試著把育兒過程中的感受，想到什麼就寫成什麼。

4 老後は、時の過ぎゆくままに、のんびりと暮らしたい。 | 老後我想隨著時間的流逝，悠閒度日。

5 半年の間、気の向くままに世界のあちこちを旅して来ました。 | 這半年，我隨心所欲地在世界各地旅行。

111

～も～ば～も、も～なら～も

既…又…、也…也…

➡ {名詞}＋も＋{[形容詞・動詞]假定形}＋ば{名詞}＋も；{名詞}＋も＋{名詞・形容動詞詞幹}＋なら、{名詞}＋も

【並列】把類似的事物並列起來，用意在強調。或並列對照性的事物，表示還有很多情況。

1 あのレストランは、値段も手頃なら味もおいしい。
那家餐廳價錢公道，菜色味道也好吃。

➡ 例句

2 歌も歌えば踊りも踊りますが、本業は役者です。	雖然我歌也唱、舞也跳，不過本業是演員。
3 我々には、権利もあれば義務もある。	我們有權力，也有義務。
4 人生には、悪い時もあればいい時もある。	人生時好時壞。
5 このアパートは、部屋も汚ければ家賃も高い。	這間公寓的房間已很陳舊，房租又很貴。

112

～も～なら～も

…不…，…也不…、…有…的不對，…有…的不是

➡ {名詞}＋も＋{同名詞}＋なら＋{名詞}＋も＋{同名詞}

【譴責】表示雙方都有缺點，帶有譴責的語氣。

1 最近の子どもの問題に関しては、家庭も家庭なら学校も学校だ。
最近關於小孩的問題，家庭有家庭的不是，學校也有學校的缺陷。

➡ 例句

2 旦那様も旦那様なら、お嬢様もお嬢様だ。	老爺不對，小姐也不對。
3 政府も政府なら、国民も国民だ。	政府有政府的問題，百姓也有百姓的不對。
4 政治家も政治家なら、官僚も官僚だ。	非但政治家不像政治家，連公務員也不像公務員。
5 父親も父親なら、母親も母親だ。	不但做父親的沒個典範，連做母親的也沒個榜樣。

113

● ～もかまわず

（連…都）不顧…、不理睬…、不介意…

N2

➡ {名詞；動詞辭書形の}＋もかまわず

❶【無關】表示對某事不介意，不放在心上。常用在不理睬旁人的感受、眼光等，如例(1)～(4)。

❷〖不用顧慮〗「～にかまわず」表示不用顧慮前項事物的現況，請以後項為優先的意思，如例(5)。

1 警官の注意もかまわず、赤信号で道を横断した。

不理會警察的警告，照樣闖紅燈。

➡ 例句

2 このごろの若い者は、所もかまわずベタベタ、イチャイチャしている。	現在的年輕人根本不分場合，自顧自地黏在一起打情罵俏。
3 田崎部長は、いつも人が忙しいのにもかまわず、つまらない用事を言ってくる。	田崎經理總是不管我正在忙，過來吩咐一些無關緊要的小事。
4 順番があるのもかまわず、彼は割り込んできた。	不管排隊的先後順序，他就這樣插進來了。

5 私にかまわず、先に行け。 | 不用管我，你們先去。

114

～もどうぜんだ

…沒兩樣、就像是…

➡ {名詞；動詞普通形} ＋も同然だ

【類似性】 表示前項和後項是一樣的，有時帶有嘲諷或是不滿的語感。

1 洋子さんは家族も同然なんですから、遠慮しないでたくさん食べてね。

洋子小姐就像我們的家人一樣，請別客氣，多吃點喔！

➡ 例句

2 あの二人はもう何年も同居していて夫婦も同然だ。 | 那兩人已經同居好幾年了，就和夫妻沒兩樣。

3 残り５分で５対１なんだから、勝ったも同然だ。 | 既然剩下五分鐘時的比數是５比１，也就等於贏定了。

4 私はあの人のことは何も知らないも同然なんです。 | 我可以說是完全不認識那個人。

5 近所の引っ越す人から、新品も同然の本棚をただでもらった。 | 搬家的鄰居免費送給了我幾乎完全簇新的書櫃。

115

～ものがある

有…的價值、確實有…的一面、非常…

➡ {形容動詞詞幹な；[形容詞・動詞] 辭書形} ＋ものがある

【感嘆】 表示肯定某人或事物的優點。由於說話人看到了某些特徵，而發自內心的肯定，是種強烈斷定，如例(1)、(2)。表示受某事態而有所感受，如例(3)。用於感歎某事態之可取之處，如例(4)、(5)。

1 古典には、時代を越えて読みつがれてきただけのものがある。

古籍是足以跨越時代，讓人百讀不厭的讀物。

例句

2 高校生なのにあれほどの速球を投げるとは、期待を抱かせるものがある。	還只是個高中生卻能投出如此驚人的快球，其未來不可限量。
3 昔の日記を読むと、なんだか恥ずかしいものがある。	重讀以前的日記後，覺得有點難為情。
4 彼のストーリーの組み立て方には、見事なものがある。	他的故事架構實在太精采了。
5 あのお坊さんの話には、聞くべきものがある。	那和尚說的話，確實有一聽的價值。

N2

116

～ものだ

1. 以前…；2.…就是…；3. 本來就該…、應該…

{形容動詞詞幹な；[形容詞・動詞] 辭書形} ＋ものだ

❶【回想】表示回想過往的事態，並帶有現今狀況與以前不同的含意，如例(1)、(2)。

❷【感慨】表示感慨常識性、普遍事物的必然結果，如例(3)。

❸【事物的本質】{形容動詞詞幹な；[形容詞・動詞]辭書形} ＋ものではない。表示理所當然，理應如此，常轉為間接的命令或禁止，如例(4)、(5)。

1 私(わたし)はいたずらが過(す)ぎる子(こ)どもで、よく父(ちち)に殴(なぐ)られたものでした。

我以前是個超級調皮搗蛋的小孩，常常挨爸爸揍。

例句

2 若(わか)いころは、酒(さけ)を飲(の)んではむちゃをしたものだ。	他年輕的時候，只要喝了酒就會鬧事。
3 どんなにがんばっても、うまくいかないときがあるものだ。	有時候無論怎樣努力，還是不順利的。
4 食(た)べ物(もの)を残(のこ)すものではない。	食物不可以沒吃完！
5 そんな言葉(ことば)を使(つか)うものではない。	不准說那種話！

117

～ものなら

1. 如果能…的話；2. 要是能…就…

{動詞可能形}＋ものなら

❶【假定條件】提示一個實現可能性很小的事物，且期待實現的心情，接續動詞常用可能形，口語有時會用「～もんなら」，如例(1)～(4)。

❷〘重複動詞〙表示挑釁對方做某行為。帶著向對方挑戰，放任對方去做的意味。由於是種容易惹怒對方的講法，使用上必須格外留意。後項常接「～てみろ」、「～てみせろ」等，如例(5)。

1 南極(なんきょく)かあ。行(い)けるものなら、行(い)ってみたいなあ。

南極喔……。如果能去的話，真想去一趟耶。

例句

2 もらえるものならもらいたいが、くれるわけがない。	如果他願意給那東西，我倒是想收下，問題是他不會給我。

3 あんな人、別れられるものならとっくに別れてる。

那種人，假如能和他分手的話早就分了。

4 あんなお城のような家に、住めるものなら住みたい。

如果可以住在那種像城堡一樣的房子裡，我倒想住住看。

5 あの素敵な人に、声をかけられるものなら、かけてみろよ。

你敢去跟那位美女講話的話，你就去講講看啊！

118

～ものの

雖然…但是…

{名詞である；形容動詞詞幹な；[形容詞・動詞] 普通形} ＋ものの

【逆接】表示姑且承認前項，但後項不能順著前項發展下去。後項一般是對於自己所做、所說或某種狀態沒有信心，很難實現等的說法。

1 フランスに留学したとはいうものの、満足にフランス語を話すこともできない。

雖說到過法國留學，卻無法講一口流利的法語。

例句

2 同じクラスの広瀬さんは、家は近いものの、話があまり合わない。

我和同班的廣瀨同學雖然家住得近，但是聊天卻不太投機。

3 気はまだまだ若いものの、体はなかなか若いころのようにはいきません。

心情儘管還很年輕，但身體已經不如年輕時候那麼有活力了。

4 森村は、顔はなかなかハンサムなものの、ちょっと痩せすぎだ。

森村的長相雖然十分英俊，可就是瘦了一點。

5 自分の間違いに気付いたものの、なかなか謝ることが できない。

雖然發現自己不對，但總是沒辦法道歉。

119

～やら～やら

…啦…啦、又…又…

{名詞}＋やら＋{名詞}＋やら、{形容動詞詞幹；[形容詞・動詞]普通形}＋やら＋{形容動詞詞幹；[形容詞・動詞]普通形}＋やら

【例示】表示從一些同類事項中，列舉出兩項。大多用在有這樣，又有那樣，真受不了的情況。多有心情不快的語感。

1 近所に工場ができて、騒音やら煙やら、悩まされているんですよ。

附近開了家工廠，又是噪音啦，又是黑煙啦，真傷腦筋！

例句

2 総理大臣やら、有名スターやら、いろいろな人が来ています。	又是內閣總理，又是明星，來了很多人。
3 子どもが結婚して、うれしいやら寂しいやら複雑な気持ちです。	孩子結婚讓人有種又開心又寂寞的複雜心情。
4 赤いのやら黄色いのやら、色とりどりの花が咲いている。	有紅的啦、黃的啦，五顏六色的花朵盛開。
5 先月は家が泥棒に入られるやら、電車で財布をすられるやら、さんざんだった。	上個月家裡不僅遭小偷，錢包也在電車上被偷，真是淒慘到底！

120

～を～として、を～とする、を～とした

把…視為…（的）、把…當做…（的）

{名詞}＋を＋{名詞}＋として、とする、とした

【條件】表示把一種事物當做或設定為另一種事物，或表示決定、認定的內容。「として」的前面接表示地位、資格、名分、種類或目的的詞。

1 あのグループはライブを中心として活動しています。
那支樂團主要舉行現場演唱。

➔ 例句

2 この会は卒業生の交流を目的としています。	這個會是為了促進畢業生的交流。
3 高橋さんをリーダーとして、野球愛好会を作った。	以高橋先生為首，成立了棒球同好會。
4 すしを中心とした海鮮料理の店をやっています。	目前開設一家以壽司為招牌菜色的海鮮餐廳。
5 この教科書は日本語の初心者を対象としたものです。	這本教科書的學習對象是日語初學者。

121

Track N2 2-58

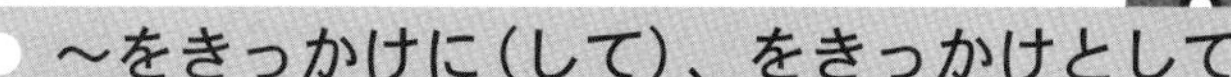

～をきっかけに（して）、をきっかけとして

以…為契機、自從…之後、以…為開端

➔ {名詞；[動詞辭書形・動詞た形]の}＋をきっかけに（して）、をきっかけとして

【關連】表示某事產生的原因、機會、動機等。

1 関西旅行をきっかけに、歴史に興味を持ちました。
自從去旅遊關西之後，便開始對歷史產生了興趣。

➔ 例句

2 がんをきっかけに日本縦断マラソンを始めた。	自從他發現自己罹患癌症以後，就開始了挑戰縱橫全日本的馬拉松長跑。

3 けんかをきっかけとして、二人はかえって仲良くなりました。
兩人自從吵架以後，反而變成好友了。

4 病気になったのをきっかけに、人生を振り返った。
因為生了一場病，而回顧了自己過去的人生。

5 2月の下旬に再会したのをきっかけにして、二人は交際を始めた。
自從二月下旬再度重逢之後，兩人便開始交往。

122

～をけいきとして、をけいきに（して）

趁著…、自從…之後、以…為動機

{名詞；[動詞辭書形・動詞た形]の} ＋を契機として、を契機に（して）

【關連】表示某事產生或發生的原因、動機、機會、轉折點。

1 子どもが誕生したのを契機として、たばこをやめた。
自從小孩出生後，就戒了煙。

例句

2 黒船来航を契機にして、日本は鎖国をやめた。
以黑船事件為契機，日本廢止了鎖國政策。

3 就職を契機にして、一人暮らしを始めた。
自從工作以後，就開始了一個人的生活。

4 退職を契機に、もっとゆとりのある生活を送ろうと思います。
我打算在退休以後，過更為悠閒的生活。

5 失恋したのを契機に、心理学の勉強を始めた。
自從失戀以後，就開始學心理學。

123

●～をたよりに、をたよりとして、をたよりにして

靠著…、憑藉…

➡ {名詞}＋を頼りに、を頼りとして、を頼りにして

【依據】表示藉由某人事物的幫助，或是以某事物為依據，進行後面的動作。

1 カーナビを頼(たよ)りにやっとたどり着(つ)いたら、店(みせ)はもう閉(し)まっていた。

靠著車上衛星導航總算抵達目的地，結果店家已關門了。

➡ 例句

2 懐中電灯(かいちゅうでんとう)の光(ひかり)を頼(たよ)りに、暗(くら)い山道(やまみち)を一晩中(ひとばんじゅう)歩(ある)いた。	靠著手電筒的光，在黑暗的山路中走了一整晚。
3 子(こ)どものころの記憶(きおく)を頼(たよ)りとして、昔(むかし)の東京(とうきょう)について語(かた)ってみたいと思(おも)います。	我想憑著小時候的記憶，談談以前的東京。
4 私(わたし)はあなただけを頼(たよ)りにして生(い)きているんです。	我只依靠你過活。
5 遠(とお)い親戚(しんせき)を頼(たよ)りにして、アメリカへ留学(りゅうがく)した。	去投靠了遠房親戚，這才得以到美國留學。

124

●～をとわず、はとわず

無論…都…、不分…、不管…，都…

➡ {名詞}＋を問わず、は問わず

❶**【無關】**表示沒有把前接的詞當作問題、跟前接的詞沒有關係，多接在「男女」、「昼夜」等對義的單字後面，如例(1)～(3)。

❷**〖肯定及否定並列〗**前面可接用言肯定形及否定形並列的詞，如例(4)。

❸**〖漢字〗**使用於廣告文宣時，常為求精簡而省略助詞，因此有漢字比例較高的傾向，如例(5)。

1 ワインは、洋食和食を問わず、よく合う。
無論是西餐或日式料理，葡萄酒都很適合。

例句

2 事故現場では、昼夜を問わず救出作業が続いている。	意外現場的救援作業不分晝夜持續進行。
3 その商品は、発売されるや否や、国の内外を問わず大きな反響をよんだ。	那個產品才剛開賣，立刻在國內外受到了極大的矚目。
4 君達がやるやらないを問わず、私は一人でもやる。	不管你們到底要做還是不做，就算只剩我一個也會去做。
5 正社員募集。短大卒以上、専攻問わず。	誠徵正職員工。至少短期大學畢業，任何科系皆可。

125

Track N2 2-62

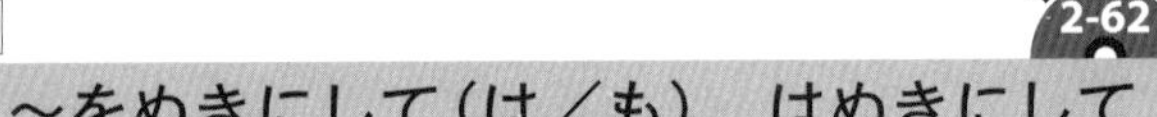

～をぬきにして(は／も)、はぬきにして

1. 沒有…就（不能）…；2. 去掉…、停止…

{名詞}＋を抜きにして(は／も)、は抜きにして

❶【附帶】「抜き」是「抜く」的ます形，後轉當名詞用。表示沒有前項，後項就很難成立，如例(1)～(3)。

❷【不附帶】表示去掉前項事態，做後項動作，如例(4)、(5)。

1 政府の援助を抜きにして、災害に遭った人々を救うことはできない。
沒有政府的援助，就沒有辦法救出受難者。

例句

2 小堀さんの必死の努力を抜きにして成功することはできなかった。	倘若沒有小堀先生的拚命努力絕對不可能成功的。

3 領事館の協力を抜きにしては、この調査は行えない。	沒有領事館的協助，就沒辦法進行這項調查。
4 建前は抜きにして、本音を聞かせてください。	請不要說場面話，告訴我你的真心話。
5 お世辞は抜きにして、今日の演奏は本当にすばらしかった。	這話不是恭維，今天的演奏真是太精采了！

126

～をめぐって（は）、をめぐる

圍繞著…、環繞著…

➡ ｛名詞｝＋をめぐって、をめぐる

❶【對象】表示後項的行為動作，是針對前項的某一事情、問題進行的，如例(1)～(3)。

❷〘をめぐる＋N〙後接名詞時，用「～をめぐる＋名詞」，如例(4)、(5)。

1 この宝石をめぐっては、手に入れた人は不幸になるという伝説がある。

關於這顆寶石，傳說只要得到的人，就會招致不幸。

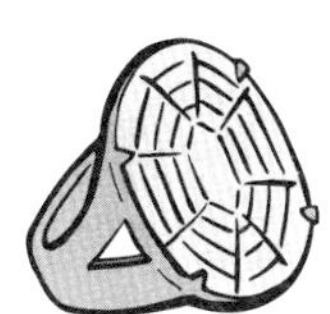

➡ 例句

2 さっき訪ねてきた男性をめぐって、女性たちが噂話をしています。	女性們談論著剛才來訪的那個男生。
3 足利尊氏と楠正成をめぐっては、時代によって評価が揺れ動いている。	關於足利尊氏和楠正成，在不同的時代有不同的評價。
4 この映画は、5人の若者たちをめぐる人間模様を描いている。	這部電影是描述關於五個年輕人之間錯綜複雜的關係。
5 首相をめぐる収賄疑惑で、国会は紛糾している。	關於首相的收賄疑雲，在國會引發一場混亂。

N2

127

～をもとに（して／した）

以…為根據、以…為參考、在…基礎上

➡ {名詞}＋をもとに（して）

❶【依據】表示將某事物作為後項的依據、材料或基礎等，後項的行為、動作是根據或參考前項來進行的，如例(1)～(3)。

❷〚をもとにした＋N〛用「～をもとにした」來後接名詞，或作述語來使用，如例(4)、(5)。

1 いままでに習(なら)った文型(ぶんけい)をもとに、文(ぶん)を作(つく)ってください。

請參考至今所學的文型造句。

➡ 例句

2 集(あつ)めたデータをもとにして、今後(こんご)を予測(よそく)した。	根據蒐集而來的資料預測了往後的走向。
3「江戸川乱歩(えどがわらんぽ)」という筆名(ひつめい)は、「エドガー・アラン・ポー」をもとにしている。	「江戶川亂步」這個筆名的發想來自於「埃德加・愛倫・坡」。
4『平家物語(へいけものがたり)』は、史実(しじつ)をもとにした軍記物語(ぐんきものがたり)である。	《平家物語》是根據史實所編寫的戰爭故事。
5 私(わたし)の作品(さくひん)をもとにしただと？完全(かんぜん)な盗作(とうさく)じゃないか！	竟敢說只是參考我的作品？根本是從頭剽竊到尾啦！

MEMO

N2

001

Track N1 1-01

あっての

有了…之後…才能…、沒有…就不能（沒有）…

➡ {名詞}＋あっての＋{名詞}

❶【**強調**】表示因為有前面的事情，後面才能夠存在，含有後面能夠存在，是因為有前面的條件，如果沒有前面的條件，就沒有後面的結果了，如例(1)～(3)。

❷〘**後項もの、こと**〙「あっての」後面除了可接實體的名詞之外，也可接「もの、こと」來代替實體，如例(4)、(5)。

1 読者あっての作家だから、いつも読者の興味に注意を払っている。

有了讀者的支持才能成為作家，所以他總是非常留意讀者的喜好。

➡ 例句

2 お客様あっての商売ですから、お客様は神様です。

有顧客才有生意，所以要將顧客奉為上賓。

3 有権者あっての政治家だから、有権者の声に耳を傾けるべきです。

沒有選民的支持就沒有政治家，因此應該好好傾聽選民的聲音。

4 彼の筋肉は、日々の努力あってのものだ。

他的肌肉正是每天努力的成果。

5 当社の業績が良好なのも、社員の努力あってのことだ。

本公司能有優良的業績，都要歸功於員工的努力。

002

いかんだ

1. …如何，要看…、能否…要看…、取決於…；2. …將會如何

➡ {名詞(の)}＋いかんだ

❶【關連】表示前面能不能實現，那就要根據後面的狀況而定了。「いかん」是「如何」之意，如例(1)～(4)。

❷【疑問】句尾用「～いかん／いかに」表示疑問，「…將會如何」之意。接續用法多以「名詞＋や＋いかん／いかに」的形式，如例(5)。

1 勝利できるかどうかは、チームのまとまりいかんだ。

能否獲勝，就要看團隊的團結與否了。

➡ 例句

2 合併か倒産かは、社長の決断いかんだ。

會合併或是倒閉，全看老闆的決斷了。

3 今春転勤するかどうかは、上の意向いかんだ。

今年春天是否會職務異動，全看上級的意思了。

4 作文で大切なのは、字の上手下手よりも内容のいかんだ。

作文最重要的，不是字跡的漂亮與否，而是取決於內容的優劣。

5 果たして、佐助の運命やいかん。

究竟結果為何，就要看佐助的造化了。

N1

003

● いかんで（は）

要看…如何、取決於…

➡ {名詞（の）}＋いかんで（は）

【對應】表示後面會如何變化，那就要看前面的情況、內容來決定了。「いかん」是「如何」之意，「で」是格助詞。

1 展示方法いかんで、売り上げは大きく変わる。
隨著展示方式的不同，營業額也大有變化。

➡ 例句

2 品質いかんでは、その会社と取引してもいい。	端看品質如何，也可以考慮和那家公司交易。
3 検査結果いかんで、今後の治療方針が決まる。	根據檢查的結果，來決定今後的治療方向。
4 体調のいかんで、週末の予定は取りやめるかもしれない。	視身體狀況如何，或許會取消週末的預定行程。
5 社長の判断のいかんでは、生産中止もあり得る。	按照總經理的判斷，也可能停止生產。

004

● いかんにかかわらず

無論…都…

➡ {名詞（の）}＋いかんにかかわらず

❶【無關】表示不管前面的理由、狀況如何，都跟後面的規定、決心或觀點沒有關係。也就是後面的行為，不受前面條件的限制，強調前項的

內容，對後項的成立沒有影響。

❷〘いかん＋にかかわらず〙這是「いかん」跟不受前面的某方面限制的「にかかわらず」（不管…），兩個句型的結合。

1 本人の意向のいかんにかかわらず、業務命令には従ってもらう。

無論個人的意願如何，都要服從公司的命令。

➔ 例句

2 賠償額のいかんにかかわらず、被害者側は和解に応じないつもりだ。	無論賠償金額多寡，被害人方面並不打算和解。
3 審査の結果いかんにかかわらず、ご提出いただいた書類は返却できません。	無論審查結果為何，台端繳交的文件一概不予退還。
4 自覚症状のいかんにかかわらず、手術する必要がある。	無論自覺症狀如何，都必須動手術。
5 理由のいかんにかかわらず、嘘はよくない。	不管有什麼理由，說謊就是不好。

005

● いかんによって（は）

根據…、要看…如何、取決於…

➔ ｛名詞（の）｝＋いかんによって（は）

【依據】表示依據。根據前面的狀況，來判斷後面的可能性。前面是在各種狀況中，選其中的一種，而在這一狀況下，讓後面的內容得以成立。

1 回復具合のいかんによって、入院が長引くかもしれない。

看恢復情況如何，可能住院時間會延長。

例句

2 反省の態度のいかんによって、処分が軽減されることもある。
看反省的態度如何，也有可能減輕處分。

3 判定のいかんによって、試合結果が逆転することもある。
根據判定，比賽的結果也有可能會翻盤。

4 話し方いかんによって、相手の受け止め方は変わってくる。
根據講話的方式，對方接受的態度會有所變化。

5 成績のいかんによっては、卒業できないかもしれない。
根據成績的好壞，也有可能畢不了業。

006

いかんによらず、によらず

不管…如何、無論…為何、不按…

{名詞（の）}＋いかんによらず、{名詞}＋によらず

❶【無關】表示不管前面的理由、狀況如何，都跟後面的規定、決心或觀點沒有關係。也就是後面的行為，不受前面條件的限制，強調前項的內容，對後項的成立沒有影響。

❷〖いかん＋によらず〗「如何によらず」是「いかん」跟不受某方面限制的「によらず」（不管…），兩個句型的結合。

1 理由のいかんによらず、ミスはミスだ。
不管有什麼理由，錯就是錯。

例句

2 役職のいかんによらず、配当は平等に分配される。
不管職位的高低，紅利都平等分配。

3 天候のいかんによらず、デモは実行される。
不管天氣如何，抗議遊行照常進行。

4 アメリカで生まれた子供は、親の国籍によらずアメリカの国籍を取得できる。	在美國出生的孩子就可以取得美國國籍，而不管其父母的國籍為何。
5 この政治家は、年齢や性別によらず、幅広い層から支持されている。	這位政治家在不分年齡與性別的廣大族群中普遍得到支持。

007

うが、うと（も）

不管是…都…、即使…也…

➡ {[名詞・形容動詞]だろ／であろ；形容詞詞幹かろ；動詞意向形}＋うが、うと（も）

❶【無關】表示逆接假定。前常接疑問詞相呼應，表示不管前面的情況如何，後面的事情都不會改變。後面是不受前面約束的，要接想完成的某事，或表示決心、要求的表達方式，如例(1)～(3)。

❷〖評價〗可接「隨你便、不干我事」的評價，如例(4)、(5)。

1 たとえライバルが大企業の社長だろうと、僕は彼女を諦めない。

就算情敵是大公司的老闆，我對她也絕不死心。

➡ 例句

2 どんなに苦しかろうが、最後までやり通すつもりだ。	不管有多辛苦，我都要做到完。
3 いくらお金があろうが、毎日が楽しくなければ意味がない。	即使再有錢，如果天天悶悶不樂也就沒意義了。
4 あの人がどうなろうと知ったことではない。	不管那個人會有什麼下場，都不干我的事。
5 他人に何と言われようとも、やりたいようにやる。	不管別人說什麼，只管照著自己想做的去做。

N1

008

うが～うが、うと～うと

不管…、…也好…也好、無論是…還是…

➡ {[名詞・形容動詞] だろ／であろ；形容詞詞幹かろ；動詞意向形} ＋うが、うと＋{[名詞・形容動詞] だろ／であろ；形容詞詞幹かろ；動詞意向形} ＋うが、うと

【無關】舉出兩個或兩個以上相反的狀態、近似的事物，表示不管前項如何，後項都會成立，或是後項都是勢在必行的。

1 事実(じじつ)だろうとなかろうと、うわさはもう広(ひろ)まってしまっている。

不管事實究竟為何，謠言早就傳開了。

➡ 例句

2 男(おとこ)だろうと女(おんな)だろうと、人(ひと)として大切(たいせつ)なことは同(おな)じだ。

不管是男人還是女人，人生中重要的事都是相同的。

3 高(たか)かろうが安(やす)かろうが、これがほしいと言(い)ったらこれがほしい。

不管昂貴還是便宜，我說我想要就是想要。

4 あなたが私(わたし)を好(す)きだろうと嫌(きら)いだろうと、痛(いた)くもかゆくもない。

你喜歡我也好，討厭我也罷，對我來說根本不痛不癢。

5 泣(な)こうがわめこうが、明日(あす)の試合(しあい)で全(すべ)てが決(き)まる。

哭泣也好，吶喊也罷，明天的比賽將會決定一切。

009

うが～まいが

不管是…不是…、不管…不…

➡ ｛動詞意向形｝＋うが＋｛動詞辭書形；動詞否定形（去ない）｝＋まいが

❶【無關】表示逆接假定條件。這句型利用了同一動詞的肯定跟否定的意向形，表示無論前面的情況是不是這樣，後面都是會成立的，是不會受前面約束的，如例(1)～(3)。

❷〖冷言冷語〗表示對他人冷言冷語的說法，如例(4)。

❸〖同うと～まいと〗用法跟「うと～まいと」一樣，如例(5)。

1 台風が来ようが来るまいが、出勤しなければならない。

不管颱風來不來，都得要上班。

➡ 例句

2 望もうが望むまいが、グローバル化の流れは止まらない。
希望也好，不希望也罷，全球化的浪潮依舊持續推進。

3 この会社は、大学を出ていようがいまいが、実力があれば活躍できる。
這家公司看待員工，不論是不是大學畢業生，只要有實力，就會被賦予重任。

4 真面目に働こうが働くまいが、俺の勝手だ。
不管要認真工作還是不工作，那都是我的自由！

5 彼が賛成しようとするまいと、私はやる。
不管他贊不贊成，我都會做。

010

うと～まいと

做…不做…都…、不管…不

➡ ｛動詞意向形｝＋うと＋｛動詞辭書形；動詞否定形（去ない）｝＋まいと

❶【無關】跟「～うが～まいが」一樣，表示逆接假定條件。這句型利用了同一動詞的肯定跟否定的意向形，表示無論前面的情況是不是這樣，後面都是會成立的，是不會受前面約束的，如例(1)～(4)。

❷〖冷言冷語〗表示對他人冷言冷語的說法，如例(5)。

日語文法・句型詳解

1 売れようと売れまいと、いいものを作りたい。

不論賣況好不好，我就是想做好東西。

➔ 例句

2 受け入れようと受け入れまいと、死は誰にでもやって来る。	不管能不能接受，誰都有面臨死亡的一天。
3 景気が回復しようとしまいと、私の仕事にはあまり関係がない。	無論景氣是否恢復，與我的工作沒有太大的相關。
4 裁判に勝とうと勝つまいと、殺された娘は帰って来ない。	不管這場官司打贏或打輸，總之被殺死的女兒都不會復活了。
5 彼女に男がいようといまいと、知ったことではない。	管她有沒有男朋友，那都不關我的事。

011

● うにも～ない

即使想…也不能…

➔ {動詞意向形}＋うにも＋{動詞可能形的否定形}

❶【可能】表示因為某種客觀的原因，即使想做某事，也難以做到。是一種願望無法實現的說法。前面要接動詞的意向形，表示想達成的目標。後面接否定的表達方式，可接同一動詞的可能形否定形，如例(1)～(3)。

❷〖ようがない〗後項不一定是接動詞的可能形否定形，也可能接表示「沒辦法」之意的「ようがない」，如例(4)、(5)。另外，前接サ行變格動詞時，除了用「詞幹＋しようがない」，還可用「詞幹＋のしようがない」。

1 語彙が少ないので、文を作ろうにも作れない。

語彙太少了，想寫句子也寫不成。

➡ 例句

2 この天気じゃ、出かけようにも出かけられないね。
依照這個天氣看來，就算想出門也出不去吧。

3 家に帰ってこないので、話そうにも話せない。
他沒有回家，就是想跟他說也沒辦法。

4 彼のことは、忘れようにも忘れようがない。
對他，我就算想忘也忘不了。

5 事故の状況を確認しようにも、電話がつながらず確認のしようがない。
即使想確認事故的狀況，但是電話聯繫不上，根本無從確認起。

N1

012

うものなら

如果要…的話，就…

➡ {動詞意向形}＋うものなら

【條件】表示假設萬一發生那樣的事情的話，事態將會十分嚴重。後項一般是嚴重、不好的事態。是一種比較誇張的表現。

1 昔は、親に反抗しようものならすぐに叩かれたものだ。

以前要是敢反抗父母，一定會馬上挨揍。

➡ 例句

2 あの犬は、ちょっとでも近づこうものならすぐ吠えます。
只要稍微靠近那隻狗就會被吠。

3 彼は、女性にちょっと優しくされようものなら、「アイツは俺に気がある」と思い込む。
他呀，只要女生對他稍微溫柔一點，就會認定「那傢伙對我有意思」。

4 もし浮気でもしようものなら、妻に殺されるに違いない。

假如我發生外遇，肯定會被妻子殺死的。

5 教室で騒ごうものなら、先生にひどく叱られます。

只要敢在教室裡吵鬧，肯定會被老師罵得很慘。

013

かぎりだ

1. 真是太…、…得不能再…了、極其…；2. 只限…

{名詞；形容詞辭書形；形容動詞詞幹な}＋限りだ

❶【極限】表示喜怒哀樂等感情的極限。這是説話人自己在當時，有一種非常強烈的感覺，這個感覺別人是不能從外表客觀地看到的。由於是表達説話人的心理狀態，一般不用在第三人稱的句子裡。

❷【限定】如果前接名詞時，則表示限定，這時大多接日期、數量相關詞，如「制服を着るのも今日限りだ」（穿制服也只限本日了）。

1 孫の花嫁姿が見られるとは、うれしい限りだ。

能夠看到孫女穿婚紗的樣子，真叫人高興啊！

例句

2 あんなすてきな人と結婚できて、うらやましい限りだ。

能和條件那麼好的人結婚，實在讓人羨慕極了。

3 そんなことも知らなかったとは、お恥ずかしい限りです。

連那種事都不知道，實在是丟臉到了極點。

4 留学するためとはいえ、いろいろな書類を揃えるのは面倒な限りだ。

雖說是為了留學，但還要準備各式各樣的文件，實在是麻煩得要命。

5 好きな人と結婚できて、幸せな限りです。

能和心愛的人結婚，可以說是無上的幸福。

014

がさいご、たらさいご

（一旦…）就必須…、（一…）就非得…

➡ {動詞た形}＋が最後、たら最後

❶**【條件】**表示一旦做了某事，就一定會產生後面的情況，或是無論如何都必須採取後面的行動。後面接說話人的意志或必然發生的狀況，且後面多是消極的結果或行為，如例(1)～(3)。

❷**〖たら最後～可能否定〗**「たら最後」的接續是「動詞た形＋ら＋最後」而來的，是更口語的說法，句尾常用可能形的否定，如例(4)、(5)。

1 契約(けいやく)にサインしたが最後(さいご)、その通(とお)りにやるしかない。

一旦在契約上簽了字，就只能按照上面的條件去做了。

➡ 例句

2 横領(おうりょう)がばれたが最後(さいご)、会社(かいしゃ)を首(くび)になった上(うえ)に妻(つま)は出(で)て行(い)った。
盜用公款一事遭到了揭發之後，不但被公司革職，到最後甚至連妻子也離家出走了。

3 これを逃(のが)したら最後(さいご)、こんなチャンスは二度(にど)とない。
萬一放過了這一次，就再也不會遇到第二次機會了。

4 ここをクリックしたら最後(さいご)、もう元(もと)には戻(もど)せないから気(き)をつけてね。
要小心喔，按下這個按鍵以後，可就再也沒辦法恢復原狀了。

5 この地(ち)に足(あし)を踏(ふ)み入(い)れたが最後(さいご)、一生(いっしょう)出(で)られない。
一旦踏進這個地方，就一輩子出不去了。

015

かたがた

順便…、兼…、一面…一面…、邊…邊…

➡ {名詞}＋かたがた

【附帶】表示在進行前面主要動作時，兼做（順便做）後面的動作。也就是做一個行為，有兩個目的。前接動作性名詞，後接移動性動詞。前後的主語要一樣。大多用於書面文章。

1 帰省かたがた、市役所に行って手続きをする。
返鄉的同時，順便去市公所辦手續。

➡ 例句

2 出張かたがた、昔の同僚に会ってこよう。	出差時，順道去拜訪以前的同事吧！
3 会社訪問かたがた、先輩にも挨拶しておこう。	拜訪公司的同時，也順便跟前輩打個招呼吧！
4 結婚の報告かたがた、恩師を訪ねた。	去拜訪了恩師，順便報自己即將結婚。
5 以上、お礼かたがたご報告申し上げます。	以上，謹此報告並敬表謝意。

016

● かたわら

1. 一邊…一邊…、同時還…；2. 在…旁邊

➡ {名詞の；動詞辭書形}＋かたわら

❶**【附帶】**表示在做前項主要活動、工作以外，在空餘時間之中還做別的活動、工作。前項為主，後項為輔，且前後項事情大多互不影響，如例(1)～(4)。跟「～ながら」相比，「～かたわら」通常用在持續時間較長的，以工作為例的話，就是在「副業」的概念事物上。

❷**【身旁】**在身邊、身旁的意思，如例(5)。用於書面。

1 支店長として多忙を極めるかたわら、俳人としても活動している。

他一邊忙碌於分店長的工作，一邊也以俳人的身分活躍於詩壇。

例句

2 彼女は執筆のかたわら、あちこちで講演活動をしている。	她一面寫作，一面到處巡迴演講。
3 妻は主婦業のかたわら、株でもうけている。	妻子是家庭主婦，同時也靠股票賺錢。
4 銀行に勤めるかたわら、小説も書いている。	一面在銀行工作，一面也寫小說。
5 はしゃいでいる妹のかたわらで、姉はぼんやりしていた。	妹妹歡鬧不休，一旁的姊姊卻愣愣地發呆。

N1

017

がてら

1. 順便、在…同時、借…之便；2. 一邊…，一邊…

{名詞；動詞ます形}＋がてら

❶【附帶】表示在做前面的動作的同時，借機順便（附帶）也做了後面的動作。大都用在做後項，結果也可以完成前項的場合，也就是做一個行為，有兩個目的，後面多接「行く、歩く」等移動性相關動詞，如例(1)～(5)。

❷【同時】表示兩個動作同時進行，前項動作為主，後項從屬於前項。意思相當於「ながら」。例如：「勉強しがてら音楽を聞く／一邊學習一邊聽音樂」。

1 自分の診察がてら、おじいちゃんの薬ももらって来る。

我去看病時，順便領爺爺的藥回來。

例句

2 運動がてら、自転車で通勤している。

平常都騎自行車上班，順便運動。

3 孫を迎えに行きがてら、パン屋に寄る。

去接孫子，順便到麵包店。

4 パソコンで遊びがてら写真を加工してみた。

嘗試用電腦好玩地把照片加上了後製。

5 散歩がてら、祖母の家まで行ってきた。

散步時順道繞去了祖母家。

018

（か）とおもいきや

原以為…、誰知道…

{[名詞・形容詞・形容動詞・動詞]普通形；引用的句子或詞句}＋（か）と思いきや

【預料外】表示按照一般情況推測，應該是前項的結果，但是卻出乎意料地出現了後項相反的結果，含有説話人感到驚訝的語感。後常跟「意外に（も）、なんと、しまった、だった」相呼應。本來是個古日語的説法，而古日語如果在現代文中使用通常是書面語，但「～（か）と思いきや」多用在輕鬆的對話中，不用在正式場合。

1 素足かと思いきや、ストッキングを履いていた。

原本以為她打赤腳，沒想到是穿著絲襪。

例句

2 難しいかと思いきや、意外に簡単だった。

原以為很困難的，卻出乎意料的簡單。

3 5,000円で十分かと思いきや、消費税を足して5,040円だった。

本來以為 5,000 圓就綽綽有餘，想不到加上消費稅後變成 5,040 圓了。

4 さっき出発したかと思いきや、3分で帰ってきた。 | 以為他剛出發了，誰知道才過三分鐘就回來了。

5 父は許してくれまいと思いきや、応援すると言ってくれた。 | 原本以為父親不會答應，沒料到他竟然説願意支持我。

019

がはやいか

剛一…就…

➡ {動詞辭書形}＋が早いか

【時間前後】表示剛一發生前面的情況，馬上出現後面的動作。前後兩動作連接十分緊密，前一個剛完，幾乎同時馬上出現後一個。由於是客觀描寫現實中發生的事物，所以後句不能用意志句、推量句等表現。

1 娘の顔を見るが早いか、抱きしめた。

一看到女兒的臉，就緊緊地抱住了她。

➡ 例句

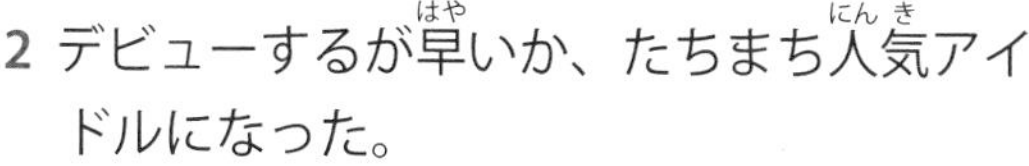

2 デビューするが早いか、たちまち人気アイドルになった。 | 才剛剛出道，立刻一躍而成人氣偶像了。

3 彼はいつも、終業時間が来るが早いか退社する。 | 他總是一到下班時間就立刻離開公司。

4 横になるが早いか、いびきをかきはじめた。 | 一躺下來就立刻鼾聲大作。

5 店頭に商品が並ぶが早いか、たちまち売り切れた。 | 商品剛擺上架，立刻就銷售一空。

020

がゆえ（に）、がゆえの、（が）ゆえだ

因為是…的關係；…才有的…

➡ {[名詞・形容動詞詞幹]（である）；[形容詞・動詞]普通形}＋（が）故（に）、（が）故の、（が）故だ

❶【原因】是表示原因、理由的文言説法，如例(1)～(3)。
❷〔故の＋N〕使用「故の」時，後面要接名詞，如例(4)。
❸〔省略に〕「に」可省略，如例(5)。書面用語。

1 電話で話しているときもついおじぎをしてしまうのは、日本人であるが故だ。

由於身為日本人，連講電話時也會不由自主地鞠躬行禮。

➡ 例句

2 命は、はかない（が）故に貴い。
生命無常，因此更顯得可貴。

3 厳しいことを言うのも、君のためを思うが故だ。
之所以嚴厲訓斥，也是為了你好。

4 事実を知ったが故の苦しみもある。
有時認清事實，反而會讓自己痛苦。

5 若さ故（に）、過ちを犯すこともある。
年少也會因輕狂而犯錯。

021

からある、からする、からの

足有…之多…、值…、…以上

➡ {名詞（數量詞）}＋からある、からする、からの

❶【數量多】前面接表示數量的詞，強調數量之多。含有「目測大概這麼多，説不定還更多」的意思。前接的數量，多半是超乎常理的。前面

接的數字必須為尾數是零的整數，一般重量、長度跟大小用「からある」，價錢用「からする」，如例(1)~(4)。

❷〖**からのN**〗後接名詞時，用 「からの」，如例(5)。

1 10キロからある大物の魚を釣った。
釣到了一條起碼重達十公斤的大魚。

➡ 例句

2 20キロからあるスーツケースを一人で運んだ。	一個人搬了重達二十公斤的行李箱。
3 彼の絵は小さな作品でも20万円前後から高いもので200万円からするものまであります。	他的畫作就算是小幅畫作也要從二十萬圓左右起跳，高價的甚至要價兩百萬圓。
4 あの俳優は今晩、一泊140万円からするホテルに泊まる。	那個演員今晚住在一晚要價一百四十萬圓的飯店。
5 祭りには10万人からの観光客が訪れた。	超過十萬人以上的觀光客參加了這場祭典。

022

● かれ～かれ

或…或…、是…是…

➡ {形容詞詞幹}＋かれ＋{形容詞詞幹}＋かれ

❶【**無關**】接在意思相反的形容詞詞幹後面，舉出這兩個相反的狀態，表示不管是哪個狀態、哪個場合都如此、都無關的意思。原為古語用法，但「遲かれ早かれ」（遲早）、「多かれ少なかれ」（或多或少）、「善かれ悪しかれ」（不論好壞）已成現代日語中的慣用句用法。

❷〖**あしかれ、よかれ**〗要注意「善（い）かれ」古語形容詞不是「いかれ」而是「よかれ」，「悪（わる）い」不是「悪（わる）かれ」，而是「悪（あ）しかれ」。

1 あの二人が遅かれ早かれ別れることは、目に見えていた。

那兩個人遲早都會分手，我早就料到了。

➔ 例句

2 どんな人にも、遅かれ早かれ死が訪れる。｜不管是誰，早晚都難逃一死。

3 人には、多かれ少なかれ悩みがあるものだ。｜人，多多少少總有煩惱。

4 善かれ悪しかれ、私達はグローバル化の時代に生きているのだ。｜不管是好是壞，我們就是生活在國際化的時代。

5 親の生き方は、善かれ悪しかれ、子に影響を及ぼす。｜父母的生活方式，不管是好還是壞，都會對兒女造成影響。

023

● きらいがある

有一點…、總愛…、有…的傾向

➔ {名詞の；動詞辭書形}＋きらいがある

❶【傾向】表示有某種不好的傾向，容易成為那樣的意思。多用在對這不好的傾向，持批評的態度。而這種傾向從表面是看不出來的，它具有某種本質性的性質，如例(1)～(4)。

❷〖どうも～きらいがある〗一般以人物為主語。以事物為主語時，多含有背後為人物的責任，如例(5)。書面用語。常用「どうも～きらいがある」。

1 嫌なことがあるとお酒に逃げるきらいがある。

一旦面臨討厭的事情，總愛藉酒來逃避。

例句

2 あの政治家は、どうも女性蔑視のきらいがあるような気がする。	我覺得那位政治家似乎有蔑視女性的傾向。
3 彼はすぐ知ったかぶりをするきらいがある。	他有不懂裝懂的毛病。
4 このごろの若い者は、歴史に学ばないきらいがある。	近來的年輕人，似乎有不懂得從歷史中記取教訓的傾向。
5 あの新聞は、どうも左派寄りのきらいがある。	那家報紙似乎有偏左派的傾向。

024

ぎわに、ぎわの

臨到…、在即…、迫近…

❶【時點】{動詞ます形}＋ぎわに、ぎわの＋{名詞}。表示事物臨近某狀態，或正當要做什麼的時候，如例(1)、(2)。
❷【界線】{動詞ます形}＋ぎわに；{名詞の}＋きわに。表示和其他事物間的分界線，特別注意的是「際」原形讀作「きわ」，常用「名詞の＋際」的形式，如例(3)～(5)。常用「瀬戸際（せとぎわ）」（關鍵時刻）、「今わの際（いまわのきわ）」（臨終）的表現方式。

1 白鳥は、死にぎわに美しい声で鳴くといわれています。

據説天鵝瀕死之際會發出淒美的聲音。

例句

2 散りぎわの桜は、はかなくて切ないものです。	開始凋謝飄零的櫻花，散落一地的虛無與哀愁。
3 目の際に、小さなできものができました。	我的眼睛附近長出了一粒東西。

N1

4 今こそ、会社が生き残れるか否かの瀬戸際だ。
此時正是公司存亡與否的關鍵時刻。

5 祖父は、いまわの際に、先祖伝来の財宝のありかを言い残した。
爺爺臨終前交代了歷代傳承財寶的所在位置。

025

● きわまる

極其…、非常…、…極了

➡ ❶【極限】{形容動詞詞幹}＋きわまる。形容某事物達到了極限，再也沒有比這個更為極致了。這是說話人帶有個人感情色彩的說法。是書面用語。如例(1)～(3)。

❷〖N(が)きわまって〗{名詞（が）}＋きわまって。前接名詞，如例(4)、(5)。

1 毎日同じことの繰り返しで、退屈きわまる。
每天都重複做相同的事情，無聊到了極點。

➡ 例句

2 戦地へ赴くなんて、危険きわまる。
居然要去戰場，實在太危險了！

3 奴の言いようは無礼きわまる。
那傢伙講話的態度真是無禮至極！

4 多忙がきわまって体調を崩した。
過於忙碌，而弄垮了身體。

5 大勢の人に迎えられ感激きわまった。
這麼多人來迎接我，真叫人是感激不已。

026

● きわまりない

極其…、非常…

➡ {形容詞辭書形こと；形容動詞詞幹（なこと）}＋きわまりない

【極限】「きわまりない」是「きわまる」的否定形，雖然是否定形，但沒有否定意味，意思跟「きわまる」一樣。「きわまりない」是形容某事物達到了極限，再也沒有比這個更為極致了，這是說話人帶有個人感情色彩的說法，跟「きわまる」一樣。前面常接「残念、残酷、失礼、不愉快、不親切、不可解、非常識」等負面意義的漢語。

1 彼女の対応は、失礼きわまりない。

她的應對方式，太過失禮了。

➡ 例句

2 奴の運転は、荒っぽいことこきまわりない。	那傢伙開車的樣子簡直像不要命。
3 彼女に四六時中監視されているようで、わずらわしいことこきわまりない。	女友好像時時刻刻都在監視我，簡直把我煩得要命！
4 あと少しだったのに、残念なことこきわまりない。	只差一點點就達成了，真是令人遺憾無比。
5 このビジネスは、単調なことこきわまりない。	這份事務工作非常枯燥乏味。

027 Track N1 1-27

くらいなら、ぐらいなら

與其…不如…（比較好）、與其忍受…還不如…

➡ {動詞辭書形}＋くらいなら、ぐらいなら

【比較】表示與其選擇前者，不如選擇後者。說話人對前者感到非常厭惡，認為與其選叫人厭惡的前者，不如後項的狀態好。常用「くらいなら～方がましだ、くらいなら～方がいい」的形式，為了表示強調，後也常和「むしろ」（寧可）相呼應。「ましだ」表示雖然兩者都不理想，但比較起來還是這一方好一些。

1 浮気(うわき)するぐらいなら、むしろ別(わか)れたほうがいい。

如果要移情別戀，倒不如分手比較好。

➡ 例句

2 コンビニ弁当(べんとう)、捨(す)てるくらいなら、値引(ねび)きすればいいのでは？	與其把便利商店的過期便當盒丟掉，不如降價賣掉不是比較好？
3 謝(あやま)るぐらいなら、最初(さいしょ)からそんなことしなければいいのに。	早知道要道歉，不如當初別做那種事就好了嘛！
4 書(か)き直(なお)すくらいなら、初(はじ)めからていねいに書(か)きなさいよ。	早知道必須重寫，不如起初就仔細書寫，那樣不是比較好嗎？
5 あんな人(ひと)と結婚(けっこん)させられるぐらいなら、死(し)んだ方(ほう)がましです。	假如逼我和那種人結婚的話，我不如去死還來得乾脆。

028

Track N1 1-28

ぐるみ

全部的…

➡ {名詞}＋ぐるみ

【範圍】表示整體、全部、全員。前接名詞時，通常為慣用表現。

1 強盗(ごうとう)に身(み)ぐるみはがされた。

被強盜洗劫一空。

➡ 例句

2 お祭(まつ)りに観光客(かんこうきゃく)がたくさん来(き)てくれるよう、町(まち)ぐるみで取(と)り組(く)む。	為了讓許多觀光客前來祭典，全村都忙了起來。

3 これは組織ぐるみの違法行為に違いない。	那毫無疑問的是整個組織犯下的違法行為。
4 林田さんとは、家族ぐるみのお付き合いをしている。	我和林田先生兩家平常都有來往。
5 子育ては地域ぐるみでサポートすべきだ。	養育孩子應該要由地區全體居民共同協助。

029

こそあれ、こそあるが

1. 雖然、但是；2. 只是（能）

➡ {名詞；形容動詞て形}＋こそあれ、こそあるが

❶【逆接】為逆接用法。表示即使認定前項為事實，但說話人認為後項才是重點，如例(1)、(2)。「こそあれ」是古語的表現方式，現在較常使用在正式場合或書面用語上。

❷【強調】有強調「是前項，不是後項」的作用，比起「こそあるが」，更常使用「こそあれ」，如例(3)～(5)。

1 程度の差こそあれ、人は誰でもストレスを感じながら生きているものです。

雖然有程度的差距，但不管是誰都懷抱著壓力而活著。

➡ 例句

2 彼は真面目でこそあるが、優柔不断なところが欠点だ。	他是很認真沒錯，但是優柔寡斷是他的缺點。
3 子どもが悪いことをしたら叱るのは、親の義務でこそあれ、虐待ではない。	小孩做錯事而訓斥他，只是父母的義務，談不上是虐待。
4 私は親に恨みこそあれ、恩義などない。	我對父母只有恨意，沒有恩情。
5 あの人は、財産こそあれ、人としての心がない。	那個人有的只是財產，並沒有人性。

030

こそすれ

只會…、只是…

➡ {名詞；動詞ます形}＋こそすれ

【強調】 後面通常接否定表現，用來強調前項才是正確的，而不是後項。

1 これ以上放っておけば、今後地球環境は悪くなりこそすれ、良くなることは決してありません。

再繼續棄之不理的話，今後地球環境只會惡化，絕對不會好轉的。

➡ 例句

2 新しい政府の顔ぶれを見ても、失望こそすれ、希望などまったくわいてこなかった。

看到新政府的幕僚，只有感到失望，完全沒有湧現任何希望。

3 私は彼の才能を称賛こそすれ、嫉妬などしていない。

我對他的才華只有讚賞，沒有嫉妒。

4 両国の関係は、今後も強まりこそすれ、弱まることはないだろう。

兩國間的關係今後應當會愈形強化，而不至於愈發疏遠吧。

5 山田さんは、ダイエットしようと言っていながらあの食べ方では、体重は増えこそすれ、減ることはないよ。

山田小姐說要減肥，但依照她的吃法，體重只會增加，不會減輕的喔！

031

ごとし、ごとく、ごとき

如…一般（的）、同…一樣（的）

➡ ❶【比喻】{名詞の；動詞辭書形；動詞た形} ＋（が）如し、如く、如き。好像、宛如之意，表示事實雖然不是這樣，如果打個比方的話，看上去是這樣的，如例(1)、(2)。
❷〔格言〕出現於中國格言中，如例(3)。
❸〔Nごとき(に)〕{名詞} ＋如き（に）。前面接的名詞，通常帶有謙讓或輕視之意，表示「像…那樣的…」，如例(4)、(5)。
❹〔位置〕「ごとし」只放在句尾；「ごとく」放在句中；「ごとき」可以用「～ごとき＋名詞」的形式，形容「宛如…的…」。

1 彼女は天使の如き微笑で、みんなを魅了した。
她用宛如天使般的微笑，讓眾人入迷。

➡ 例句

2 父の死に顔は、眠っているが如く安らかだった。	父親當時的遺容宛如沉睡般安詳。
3 光陰矢の如し。	光陰似箭。
4 私如きがやらせていただいていいんですか。	如此重任交給像我這樣的人來做真的可以嗎？
5 お前ごときが俺に勝てると思うのか。	就憑你這種貨色，以為贏得了我嗎？

032

Track N1 1-32

● ことだし

由於…

➡ {[名詞・形容動詞詞幹]である；形容動詞詞幹な；[形容詞・動詞]普通形} ＋ことだし

【原因】後面接決定、請求、判斷、陳述等表現，表示之所以會這樣做、這樣認為的理由或依據。是口語用法，語氣較為輕鬆。

1 まだ早いけれど、目が覚めてしまったことだし、起きよう。

雖然還早，但都已經醒來了，起床吧！

例句

2 中国は父の故郷であることだし、一度は行ってみたい。
中國既是父親的故鄉，我想去一趟看看。

3 もう随分遅いことだし、そろそろ失礼します。
時間也不晚了，我該告辭了。

4 今日は晴れて空気がきれいなことだし、ハイキングにでも行くことにしよう。
今天天氣晴朗，空氣又清新，登山健行去吧！

5 家事も終ったことだし、買い物がてら、コーヒーでも飲もう。
因為做完家事了，購物的同時，順便去喝杯咖啡吧！

033

Track N1 1-33

ことと て

1.（總之）因為…；3. 雖然是…也…

{名詞の；形容動詞詞幹な；[形容詞・動詞] 普通形} ＋ことと て

❶【原因】表示順接的理由、原因。常用於道歉或請求原諒時，後面伴隨著表示道歉、請求原諒的內容，或消極性的結果，如例(1)～(3)。

❷〖古老表現〗是一種正式且較為古老的表現方式，因此前面也常接古語。書面用語。如例(4)。

❸【逆接條件】表示逆接的條件，「雖然是…也…」的意思，如例(5)。

1 初めてのことと て、すっかり緊張してしまった。

由於是第一次遇到的狀況，緊張得不得了。

➡ 例句

2 不慣れなこととて（≒慣れないこととて）、行き届かないところも多々あったかと存じます。	由於還不熟練，想必有許多未盡周到之處。
3 子供のしたこととて、どうかお許しください。	畢竟是小孩犯的錯，望請寬宏大量。
4 慣れぬこととて、失礼いたしました。	因為不習慣，所以失禮了。
5 知らぬこととて、許される過ちではない。	這不是說不知道，就可以被原諒的。

N1

034

● ことなしに、なしに

1. 不…就…、沒有…；2. 不…而…

➡ {動詞辭書形}＋ことなしに；{名詞}＋なしに

❶【非附帶】接在表示動作的詞語後面，表示沒有做前項應該先做的事，就做後項。意思跟「ないで、ず（に）」相近。書面用語，口語用「ないで」，如例(1)～(3)。

❷【必要條件】「ことなしに」表示沒有做前項的話，後面就沒辦法做到的意思，這時候，後多接有可能意味的否定表現，口語用「～しないで～ない」，如例(4)、(5)。

1 何の説明もなしに、いきなり彼女に「もう会わない」と言われた。

連一句解釋也沒有，女友突然就這麼扔下一句「我不會再跟你見面了」。

➡ 例句

2 電話の一本もなしに外泊するなんて、心配するじゃないの。	連打通電話說一聲都沒有就擅自在外面留宿，家裡怎會不擔心呢！

3 我々への連絡なしに、計画が変更されていた。 | 沒有聯絡我們就擅自更改了計畫。

4 人と接することなしに、人間として成長することはできない。 | 不與人相處，就無法成長。

5 苦しみを知ることなしに、喜びは味わえない。 | 沒有受過痛苦，就無法嘗到喜悅。

035

この、ここ～というもの

整整…、整個…來

➡ この、ここ＋{期間・時間}＋というもの

【強調期間】前接期間、時間的詞語，表示時間很長，「這段期間一直…」的意思。說話人對前接的時間，帶有感情地表示很長。

1 ここ数週間というもの、休日もひたすら仕事に追われていました。

最近連續幾星期的假日都在加班工作。

➡ **例句**

2 この10年間というもの、私は夫のいびりに耐えてきた。 | 這十年來，我一直忍耐著丈夫的鼾聲。

3 この2年間というもの、彼女のことを思わない日は1日もなかった。 | 這兩年以來，我沒有一天不思念她。

4 ここ数日というもの、睡眠不足で会社でも眠気が襲ってくる。 | 這幾天連續失眠，在公司裡也睏意襲人。

5 ここ1週間というもの、ろくなものを食べていない気がします。 | 我覺得我這一個禮拜，都沒有吃到像樣的三餐。

036

●（さ）せられる

不禁…、不由得…

➡ {動詞使役被動形}＋（さ）せられる

【強調感情】表示説話者受到了外在的刺激，自然地有了某種感觸。

1 この本(ほん)には、考(かんが)えさせられた。

這本書不禁讓我思考了許多。

➡ **例句**

2 雄大(ゆうだい)な景色(けしき)を見(み)て、自然(しぜん)の偉大(いだい)さを感(かん)じさせられた。

看到雄壯的景色，不禁讓我感受到大自然的偉大。

3 彼女(かのじょ)の歌(うた)には、感動(かんどう)させられた。

她的歌令人感動。

4 大貫(おおぬき)さんの真面目(まじめ)な勉強(べんきょう)ぶりには感心(かんしん)させられる。

不得不佩服大貫同學認真讀書的樣子。

5 これは、生(い)きることの意味(いみ)を考(かんが)えさせられる優(すぐ)れたアニメです。

這是一部令人思索生命意義的傑出動畫。

037

●しまつだ

（結果）竟然…、落到…的結果

➡ {動詞辭書形；この／その／あの}＋始末だ

【結果】表示經過一個壞的情況，最後落得一個更壞的結果。前句一般是敘述事情發生的情況，後句帶有譴責意味地，陳述結果竟然發展到這樣的地步。有時候不必翻譯。

1 社長(しゃちょう)の脱税(だつぜい)が発覚(はっかく)し、会社(かいしゃ)まで警察(けいさつ)の捜査(そうさ)を受(う)けるしまつだ。

總經理被查到逃税，落得甚至有警察來公司搜索的下場。

例句

2 酒ばかり飲んで、あげくの果ては奥さんに暴力をふるうしまつだ。	他成天到晚只曉得喝酒，到最後甚至到了向太太動粗的地步。
3 うちの娘ときたら、仕事ばっかりして行き遅れるしまつだ。	說起我家的女兒呀，只顧著埋首工作，到頭來落得遲遲嫁不出去的老姑娘的下場。
4 借金を重ねたあげく、夜逃げするしまつだ。	在欠下多筆債務後，落得躲債逃亡的下場。
5 良く考えずに投資なんかに手を出すから、このしまつだ。	就是因為未經仔細思考就輕易投資，才會落得如此下場。

038

じゃあるまいし、ではあるまいし

又不是…

{名詞；[動詞辭書形・動詞た形] わけ}＋じゃあるまいし、ではあるまいし

【主張】表示由於並非前項，所以理所當然為後項。前項常是極端的例子，用以說明後項的主張、判斷、忠告。帶有斥責、諷刺的語感。

1 テレビドラマや映画じゃあるまいし、そんなことがあってたまるか。

又不是電視劇還是電影，怎麼可能會有那樣的事。

例句

2 神様ではあるまいし、いつ大きな地震が起こるかなんて分かるわけがありません。	又不是神明，哪知道什麼時候會有大地震。
3 世界の終わりではあるまいし、そんなに悲観する必要はない。	又不是到了世界末日，不必那麼悲觀。

4 子どもじゃあるまいし、これぐらい分かるでしょ。	又不是小孩，這應該懂吧！
5 南極に行くわけではあるまいし、そんな厚いオーバー持って行かなくてもいいでしょう。	又不是去南極，用不著帶那麼厚的大衣去吧？

039

ずくめ

清一色、全都是、淨是…

➡ {名詞}＋ずくめ

【樣態】前接名詞，表示全都是這些東西、毫不例外的意思。可以用在顏色、物品等；另外，也表示事情接二連三地發生之意。前面接的名詞通常都是固定的慣用表現，例如會用「黒ずくめ」，但不會用「赤ずくめ」。

1 うれしいことずくめの１ヶ月だった。

這一整個月淨是遇到令人高興的事。

➡ 例句

2 観測史上もっとも短い梅雨、もっとも多い真夏日など、記録ずくめの夏だった。	那完全是創下氣象觀測史上梅雨季最短、高溫最多紀錄的一個夏天。
3 今日の結婚式はごちそうずくめだった。	今天參加的結婚典禮，桌上全都是佳餚。
4 今回の人事は異例ずくめだった。	這次的人事安排完全是特例。
5 おしゃれしたつもりだったのに、黒ずくめでお葬式みたいと言われた。	自以為打扮得很漂亮，卻因為穿得一身黑，被人說像去參加葬禮。

N1

040

● ずじまいで、ずじまいだ、ずじまいの

（結果）沒…（的）、沒能…（的）、沒…成（的）

➡ {動詞否定形（去ない）}＋ずじまいで、ずじまいだ、ずじまいの＋{名詞}

【結果】表示某一意圖，由於某些因素，沒能做成，而時間就這樣過去了。常含有相當惋惜、失望、後悔的語氣。多跟「結局、とうとう」一起使用。使用「ずじまいの」時，後面要接名詞。請注意前接サ行變格動詞時，要用「せずじまい」。

1 いなくなったペットを懸命に探したが、結局、その行方は分からずじまいだった。

雖然拚命尋找失蹤的寵物，最後仍然不知牠的去向。

➡ 例句

2 結局、彼女の話は聞けずじまいだった。	到最後，還是沒能聽完她的説法。
3 せっかくの連休だったのに、どこにも出かけずじまいで家にいました。	難得的連續休假，我卻哪裡也沒去，一直待在家裡。
4 いただき物の立派な食器が使わずじまいになっている。	收到的高級餐具到現在都還沒拿出來用。
5 うちには出さずじまいの年賀状がけっこうある。	我家收著不少沒有寄出去的賀年卡。

041

● ずにはおかない、ないではおかない

1. 不能不…；2. 必須…、一定要…、勢必…

➡ {動詞否定形（去ない）}＋ずにはおかない、ないではおかない

❶【感情】前接心理、感情等動詞，表示由於外部的強力，使得某種行為，沒辦法靠自己的意志控制，自然而然地就發生了，所以前面常接使役形的表現，如例(1)、(2)。請注意前接サ行變格動詞時，要用「せずにはおかない」。

❷【強制】當前面接的是表示動作的動詞時，則有主動、積極的「不做到某事絕不罷休、後項必定成立」語感，語含個人的決心、意志，如例(3)～(5)。

1 首相の度重なる失言は、国民を落胆させずにはおかないだろう。

首相一次又一次的失言，教民眾怎會不失望呢？

➡ 例句

2 この小説は、読む人を泣かせずにはおかない。
讀這部小說的人沒有一個不哭的。

3 週末のデート、どうだった？白状させないではおかないよ。
上週末的約會如何？我可不許你不從實招來喔！

4 制裁措置を発動しないではおかない。
必須採取制裁措施。

5 遺族は真相を追求しないではおかないだろう。
遺族應該無法不追求真相吧。

042　Track N1 1-42

すら、ですら

就連…都、甚至連…都

➡ {名詞（＋助詞）；動詞て形}＋すら、ですら

【強調】舉出一個極端的例子，表示連他（它）都這樣了，別的就更不用提了。有導致消極結果的傾向。和「さえ」用法相同。用「すら～ない」（連…都不…）是舉出一個極端的例子，來強調「不能…」的意思。

1 まだ高校生だが、彼の投球はプロの選手ですらなかなか打てない。

雖然還只是高中生，但是他投出的球連職業選手都很難打中。

例句

2 80になる祖母ですら、携帯電話を持っている。	就連高齡八十的祖母也有手機。
3 温厚な彼ですら怒りをあらわにした。	連敦厚的他，都露出憤怒的神情來了。
4 そこは、虫1匹、草1本すら見られないほど厳しい環境だ。	那地方是連一隻蟲、一根草都看不到的嚴苛環境。
5 発言するチャンスすら得られなかった。	連讓我發言的機會也沒有。

043

Track N1 1-43

そばから

才剛…就…、隨…隨…

{動詞辭書形；動詞た形；動詞ている}＋そばから

【時間的前後】表示前項剛做完，其結果或效果馬上被後項抹殺或抵銷。常用在反覆進行相同動作的場合。大多用在不喜歡的事情。前項多為「動詞ている」的接續形式。

1 新しい単語を覚えるそばから、忘れていってしまう。

新單字才剛背好就忘了。

例句

2 注意するそばから、同じ失敗を繰り返す。	才剛提醒就又犯下相同的錯誤。

3 並べたそばから売れていく絶品のスイーツなのです。 | 這是最頂級的甜點，剛陳列出來就立刻銷售一空。

4 片付けるそばから、子どもが散らかす。 | 我才剛收拾好，小孩子就又弄得亂七八糟。

5 ドーナツを揚げているそばから、子どもがつまみ食いする。 | 我才炸好甜甜圈，孩子就偷吃。

044

● ただ～のみ

只有…才…、只…、唯…

➡ ただ＋{名詞（である）；形容詞辭書形；形容動詞詞幹である；動詞辭書形}＋のみ

【限定】表示限定除此之外，沒有其他。「ただ」跟後面的「のみ」相呼應，有加強語氣的作用。「のみ」是嚴格地限定範圍、程度，是規定性的、具體的。「のみ」是書面用語，意思跟「だけ」相同。

1 ただ母となった女性のみがお産の苦しみを知っている。

只有身為母親的女性才知道生產的辛苦。

➡ 例句

2 彼にあるのは、ただ金銭欲のみだ。 | 他有的只是對金錢的欲望。

3 ただ苦しいのみの恋なんて、もうしたくない。 | 那種只有苦澀的愛情，我再也不要了。

4 部下はただ上司の命令に従うのみだ。 | 部下只能遵從上司的命令。

5 失敗したことは忘れて、ただ次の仕事に専念するのみだ。 | 忘掉過去的失敗，只專心於接下來的工作。

045

● ただ～のみならず

不僅…而且、不只是…也

➡ ただ＋{名詞（である）；形容詞辭書形；形容動詞詞幹である；動詞辭書形}＋のみならず

【非限定】表示不僅只前項這樣，後接的涉及範圍還要更大、還要更廣，後常和「も」相呼應，比「のみならず」語氣更強。是書面用語。

1 彼はただアイディアがあるのみならず、実行力も備えている。

他不僅能想點子，也具有實行能力。

➡ **例句**

2 ただ子どもの安全のみならず、大人の安全も考慮に入れた。	不只是孩子們的安全而已，也將大人們的安全考量進去了。
3 寺田寅彦は、ただ科学者であるのみならず、文筆家でもある。	寺田寅彥不但是個科學家，也是一位作家。
4 この犯行の手口は、ただ大胆であるのみならず、実に巧妙である。	這起犯罪的手法不僅大膽，甚至可以說相當高明。
5 彼女はただ気立てがいいのみならず、社交的で話しやすい。	她不僅脾氣好，也善於社交，跟任何人都可以聊得來。

046

● たところが

…可是…、結果…

➡ {動詞た形}＋たところが

❶【期待－逆接】表示逆接，後項往往是出乎意料的客觀事實。因為是用來敘述已發生的事實，所以後面要接動詞た形的表現，「然而卻…」的意思。如例(1)～(4)。

❷〖順接〗表示順接。如例(5)。

1 ソファーを購入したところが、ソファーベッドが送られてきました。

買了沙發，廠商卻送成了沙發床。

例句

2 沖縄に遊びに行ったところが、台風で全然観光できなかった。	雖然去了沖繩旅行，卻遇上颱風，完全沒辦法觀光遊覽。
3 医者に診てもらいに行ったところが、休みだった。	本來打算去看病，結果診所休息。
4 家に電話をかけたところが、誰も出ませんでした。	我打了通電話到家裡，卻都沒有人接。
5 薬を飲んだところ（が）、だんだん楽になった。	吃過藥之後，人漸漸舒服多了。

047

Track N1 1-47

たところで～ない

即使…也不…、雖然…但不、儘管…也不…

{動詞た形}＋たところで～ない

【期待】接在動詞た形之後，表示即使前項成立，後項的結果也是與預期相反，無益的、沒有作用的，或只能達到程度較低的結果，所以句尾也常跟「無駄、無理」等否定意味的詞相呼應。句首也常與「どんなに、何回、いくら、たとえ」相呼應表示強調。後項多為說話人主觀的判斷。

日語文法・句型詳解

1 応募したところで、採用されるとは限らない。

即使去應徵了，也不保證一定會被錄用。

例句

2 どんなに悔やんだところで、もう取り返しがつかない。｜就算再怎麼懊悔，事情也沒辦法挽回了。

3 何回言ったところで、どうしようもないよ。｜任憑說了多少次，也是沒用的啦！

4 あの人をどんなに思ったところで、この気持ちは届かない。｜就算我再怎麼喜歡他，也沒有辦法讓他了解這份心意。

5 今から勉強したところで、受かるはずもない。｜就算從現在開始用功讀書，也不可能考得上。

048

だに

1. 一…就…、只要…就…、光…就…；2. 連…也（不）…

{名詞；動詞辭書形}＋だに

❶【強調程度】前接「考える、想像する、思う、聞く、思い出す」等心態動詞時，則表示光只是做一下前面的心理活動，就會出現後面的狀態了，如例(1)～(3)。有時表示消極的感情，這時後面多為「ない」或「怖い、つらい」等表示消極的感情詞。

❷【強調極限】前接名詞時，舉一個極端的例子，表示「就連…也（不）…」的意思，如例(4)、(5)。

1 あの日のことは、思い出すだに笑みがこぼれる。

那天發生的事，一想起來就噗嗤發笑。

例句

2 まさかN1がこんなに難しいとは、予想だにしなかった。

連想都沒有想過，日檢N1級居然這麼難。

3 地震のことなど考えるだに恐ろしい。

只要一想像發生地震的慘狀就令人不寒而慄。

4 私が大声で叫んでも、彼は一べつだにしなかった。

即便我大聲叫喚，他卻連看也不看一眼。

5 忠烈祠の衛兵は、1時間微動だにせず立ち続ける。

忠烈祠的衛兵一動也不動地整整站了一個小時。

N1

049

だの～だの

又是…又是…、一下…一下…、…啦…啦

{[名詞・形容動詞詞幹]（だった）；[形容詞・動詞]普通形}＋だの～{[名詞・形容動詞詞幹]（だった）；[形容詞・動詞]普通形}＋だの

【列舉】列舉用法，在眾多事物中選出幾個具有代表性的。多半帶有負面的語氣，常用在抱怨事物。是口語用法。

1 毎年年末は、大掃除だのお歳暮選びだので忙しい。

每年年尾又是大掃除又是挑選年終禮品，十分忙碌。

例句

2 住宅ローンだの子どもの学費だので、いくら働いてもお金がたまらない。

又是房貸又是小孩的學費，不管再怎麼工作就是存不了錢。

3 うちの子は、あれが好きだのこれが嫌いだのと、偏食で困る。

我家的小孩偏食，吃東西挑三揀四的，不知道該怎麼辦才好。

4 私の母はいつも、もっと勉強しろだの家の手伝いをしろだのと、うるさくてたまらない。｜我媽媽老是要我用功唸書啦幫忙做家事啦，真是囉嗦得不得了。

5 お姉ちゃんは、スターになるだの起業するだのと、夢みたいなことばかり言っている。｜姐姐一下子想當明星、一下子想要創業，老是痴人說夢。

050

● たらきりがない、ときりがない、ばきりがない、てもきりがない

沒完沒了

➡ {動詞た形}＋たらきりがない；{動詞て形}＋てもきりがない；{動詞辭書形}＋ときりがない；{動詞假定形}＋ばきりがない

【無限度】前接動詞，表示是如果做前項的動作，會永無止盡，沒有結束的時候。

1 家事は、いくらやってもきりがない。

家事怎麼做也做不完。

➡ 例句

2 もっといいのが欲しいけど、上を見たらきりがないから、これぐらいで我慢しておこう。｜雖然想要更好的，但目光放高的話只會沒完沒了，所以還是先這樣忍耐一下吧！

3 うちのお母さんは、怒り出すときりがない。｜我家的媽媽一旦生起氣來就沒完沒了。

4 細かいことを気にするときりがないから、あまりこだわらないことにしよう。｜在意小事只會沒完沒了，所以還是不要太拘泥吧！

5 欲を言えばきりがないが、せめてもう少し料理がうまければ、家内は言うことなしなんだが。｜要求太多的話根本就說不完，但至少希望內人煮的菜能再好吃一點，這樣一來她就無可挑剔了。

051

たりとも～ない

那怕…也不（可）…、就是…也不（可）…

{名詞}＋たりとも、たりとも～ない；{數量詞}＋たりとも～ない

❶【強調輕重】前接「一＋助數詞」的形式，表示最低數量的數量詞，強調最低數量也不能允許，或不允許有絲毫的例外，如例(1)～(4)，是一種強調性的全盤否定的説法，所以後面多接否定的表現。書面用語。也用在演講、會議等場合。

❷〔何人たりとも〕「何人たりとも」為慣用表現，表示「不管是誰都…」，如例(5)。

1 一秒(いちびょう)たりとも手(て)を抜(ぬ)くな。
連一秒鐘都不准鬆懈！

例句

2 国民(こくみん)の血税(けつぜい)は、1円(えん)たりとも無駄(むだ)にはできない。	國民的血汗稅金，就算是一塊錢也不可以浪費。
3 ご恩(おん)は1日(にち)たりとも忘(わす)れたことはありません。	您的大恩大德我連一天也不曾忘記。
4 契約内容(けいやくないよう)は、一歩(いっぽ)たりとも譲(ゆず)るわけにはいかない。	合約的內容連一步都不能退讓。
5 何人(なんぴと)たりとも立(た)ち入(い)るべからず。	無論任何人都不得擅入。

052

たる（もの）

作為…的…

{名詞}＋たる（者）

【評價的觀點】表示斷定或肯定的判斷。前接高評價的事物、高地位的人、國家或社會組織，表示照社會上的常識、認知來看，應該會有合乎這種身分的影響或做法，所以後常和表示義務的「～べきだ、～なければならない」等相呼應。「たる」給人有莊嚴、慎重、誇張的印象。書面用語。

1 彼はリーダーたる者に求められる素質を備えている。
他擁有身為領導者應當具備的特質。

➜ 例句

2 男たる者、こんなところで引き下がれるか。
身為男子漢，面臨這種時刻怎麼可以退縮不前呢？

3 企業経営者たる者には的確な判斷力が求められる。
作為一個企業的經營人，需要有正確的判斷力。

4 元首たる者は、国民の幸福を第一に考えるべきだ。
身為元首，應該將國民的幸福視為最優先的考量。

5 プロ意識の高さこそ、プロのプロたるゆえんだ。
具有高度的專業意識，正是專家之所以是專家的原因所在。

053

つ～つ

（表動作交替進行）一邊…一邊…、時而…時而…

➜ {動詞ます形}＋つ＋{動詞ます形}＋つ

❶【反覆】表示同一主體，在進行前項動作時，交替進行後項動作。用同一動詞的主動態跟被動態，如「抜く、抜かれる」這種重複的形式，表示兩方相互之間的動作，如例(1)、(2)。

❷〖接兩對立動詞〗可以用「浮く（漂浮）、沈む（下沈）」兩個意思對立的動詞，表示兩種動作的交替進行，如例(3)～(5)。書面用語。多作為慣用句來使用。

1 二人の成績は、抜きつ抜かれつだ。
兩人的成績根本不分上下。

例句

2 この映画は、ヒーローと悪役の追いつ追われつのアクションシーンが見どころだ。	這部電影最精采的部分是主角和壞人相互追逐的動作鏡頭。
3 川に落としたハンカチは、浮きつ沈みつ流れて行ってしまった。	掉到了河裡的手帕，載浮載沉地隨著流水漂走了。
4 地図を片手に道を行きつ戻りつしていると、「どちらをお探しですか。」と声をかけられた。	一手拿著地圖，在路上來來回回走的時候，忽然有人問了一聲「您在找什麼地方呢？」
5 雲間に月が見えつ隠れつしている。	月亮在雲隙間忽隱又現。

054

であれ、であろうと

即使是…也…、無論…都…

{名詞}＋であれ、であろうと

【無關】表示不管前項是什麼情況，後項的事態都還是一樣。後項多為説話人主觀的判斷或推測的內容。前面有時接「たとえ」。

1 たとえアナウンサーであれ、舌が回らないこともある。

即使是新聞播報員，講話也會有打結的時候。

例句

2 たとえ貧乏であれ、何か生きがいがあれば幸せだ。	即使貧窮，只要有生活目標也是很幸福的。
3 たとえどんな理由であれ、暴力は絶対に許せません。	無論基於什麼理由，絕對不容許以暴力相向。
4 相手が誰であろうと、必ず勝ってみせる。	不管對方是什麼人，我都一定會獲勝給大家看。

5 いかに幼い子供であろうと、そのくらいのことは分かるはずだ。
不管多小的孩子，這點事應該懂才對。

055 

であれ～であれ

即使是…也…、無論…都、也…也…

➡ {名詞}＋であれ＋{名詞}＋であれ

【列舉】表示不管哪一種人事物，後項都可以成立。先舉出幾個例子，再指出這些全部都適用之意。

1 雨であれ、晴れであれ、イベントは予定通り開催される。

無論是下雨或晴天，活動仍然照預定舉行。

➡ 例句

2 子どもであれ、大人であれ、間違いなく楽しめる。
無論是小孩還是大人，都一定可以樂在其中。

3 男であれ、女であれ、人として大切なことは同じだ。
男人也好，女人也好，人生中重要的事都是相同的。

4 肉であれ、魚であれ、動物性のものは食べません。
肉也好，魚也好，所有葷食都不吃。

5 反対であれ、賛成であれ、意思表示することが大切だ。
無論是反對還是贊成，表示意見是很重要的。

056 

てからというもの（は）

自從…以後一直、自從…以來

➡ {動詞て形}＋からというもの（は）

【前後關係】表示以前項行為或事件為契機，從此以後有了很大的變化。用法、意義跟「～てから」大致相同。書面用語。

1 オーストラリアに赴任してからというもの、家族とゆっくり過ごす時間がない。

自從到澳洲赴任以後，就沒有時間好好跟家人相處了。

➡ 例句

2 結婚してからというもの、ずっと家計を家内にまかせている。	自從結婚以後，就一直把家計交給內人持掌。
3 肝臓を悪くしてからというものは、お酒は控えている。	自從肝功能惡化以後，他就盡量少喝酒了。
4 腐敗が明るみに出てからというもの、支持率が低下している。	自從腐敗遭到了揭發，支持率就持續低迷。
5 核実験を行ってからというもの、国際社会の反発が高まっている。	自從進行核爆測試以後，國際社會的反對聲浪益發高漲。

N1

057　Track N1 1-57

てしかるべきだ

應當…、理應…

➡ {[形容詞・動詞]て形}＋しかるべきだ；{形容動詞詞幹}＋でしかるべきだ

【建議】表示那樣做是恰當的、應當的。也就是用適當的方法來解決事情。

1 所得が低い人には、税金の負担を軽くするなどの措置がとられてしかるべきだ。

應該實施減輕所得較低者之稅負的措施。

例句

2 この程度の品質なら、もっと安くてしかるべきだ。
如果是這種程度的品質，應該要更便宜才對。

3 この判決は納得できない。処罰はもっと重くてしかるべきだ。
我無法接受這項判決！刑責應該要更重才對。

4 結婚するしないは本人の自由で（あって）しかるべきだ。
結不結婚應該是個人的自由。

5 学生は勉強してしかるべきだ。
學生就該用功讀書。

058

てすむ、ないですむ、ずにすむ

1. …就行了、…就可以解決；2. 不…也行、用不著…

❶【不必要】{動詞否定形}＋ないで済む；{動詞否定形（去ない）}＋ずに済む。表示不這樣做，也可以解決問題，或避免了原本預測會發生的不好的事情。如例(1)、(2)。

❷【了結】{名詞で；形容詞て形；動詞て形}＋て済む。表示以某種方式，某種程度就可以，不需要很麻煩，就可以解決問題了。如例(3)～(5)。

1 友達が、余っていたコンサートの券を１枚くれた。それで、私は券を買わずにすんだ。
朋友給了我一張多出來的演唱會的入場券，我才得以不用買入場券。

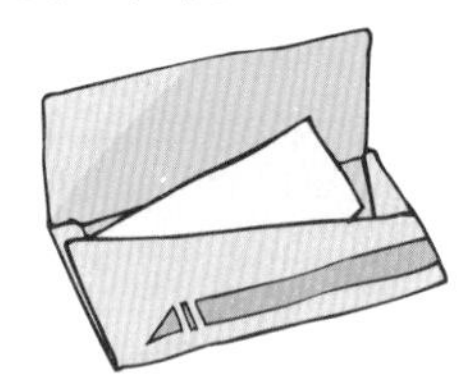

例句

2 図書館が家の近くにあるので、本を買わないで済みます。
由於圖書館距離家裡很近，根本不必買書。

3 会社には寮があるので、家賃は安くて済みます。
公司有提供宿舍，所以房租不用花太多錢。

4 これは笑って済む問題ではない。 | 這件事可不是一笑置之就算了。

5 謝って済むなら警察も裁判所もいらない。 | 如果道歉就能解決事情，那就不需要警察跟法院了。

059

でなくてなんだろう

難道不是…嗎、不是…又是什麼呢

➡ {名詞}＋でなくてなんだろう

【強調主張】用一個抽象名詞，帶著感情色彩述說「這個就可以叫做…」的表達方式。這個句型是用反問「這不是…是什麼」的方式，來強調出「這正是所謂的…」的語感。常見於小說、隨筆之類的文章中。含有說話人主觀的感受。

1 賞味期限を書き換えるなんて、悪徳商法でなくてなんだろう。

居然更改食用期限，如果這不叫造假，什麼叫做造假呢？

➡ 例句

2 二人は出会った瞬間、恋に落ちた。これが運命でなくてなんだろう。 | 兩人在相遇的剎那就墜入愛河了。 如果這不是命中注定 ，又該說是什麼呢？

3 これが恩人に対する裏切りでなくてなんだろう。 | 假如這不叫背叛恩人，那又叫做什麼呢？

4 酔っぱらって会見に臨むなんて、失態でなくてなんだろう。 | 居然帶著一身醉意出席記者會，如果這不叫失態，什麼叫失態呢？

5 これが幸せでなくてなんだろう。 | 這難道不就是所謂的幸福嗎？

060

● てはかなわない、てはたまらない

…得受不了、…得要命、…得吃不消

➡ {形容詞て形；動詞て形}＋はかなわない、はたまらない

【強調心情】表示負擔過重，無法應付。如果按照這樣的狀況下去不堪忍耐、不能忍受。是一種動作主體主觀上無法忍受的表現方法。用「かなわない」有讓人很苦惱的意思。常跟「こう、こんなに」一起使用。口語用「ちゃかなわない、ちゃたまらない」。

1 面白いと言われたからといって、同じ冗談を何度も聞かされちゃかなわない。

雖說他說的笑話很有趣，可是重複聽了好幾次實在讓人受不了。

➡ **例句**

2 いくら不景気とはいえ、給料がこう少なくてはかなわない。	雖說不景氣，薪水這麼少實在受不了。
3 毎日毎日、こう暑くちゃかなわないなあ。	要是天天都這麼熱，那怎麼受得了啊？
4 今日は合コンなんだから、残業させられてはたまらない。	今天可是聯誼日，要是被迫加班，那還得了啊！
5 卸値をこれ以上下げられてはかなわない。	要是批發價格再往下掉的話，那可受不了了。

061

● てはばからない

不怕…、毫無顧忌…

➡ {動詞て形}＋はばからない

【強調心情】前常接跟説話相關的動詞，如「言う、断言する、公言する」的て形。表示毫無顧忌地進行前項的意思。

1 その新人候補(しんじんこうほ)は、今回(こんかい)の選挙(せんきょ)に必(かなら)ず当選(とうせん)してみせると断言(だんげん)してはばからない。

那位新的候選人毫無畏懼地信誓旦旦必將在此場選舉中勝選。

➡ 例句

2 彼(かれ)は外務大臣(がいむだいじん)なのに、英語(えいご)ができないと公言(こうげん)してはばからない。	他身為一個外交部長，卻毫不諱言對外宣稱自己不會講英語。
3 彼(かれ)は自分(じぶん)が正(ただ)しいと主張(しゅちょう)してはばからない。	他毫無所懼地堅持自己是正確的。
4 彼(かれ)らは、他人(たにん)の基本的人権(きほんてきじんけん)を侵害(しんがい)してはばからない、反社会的集団(はんしゃかいてきしゅうだん)だ。	他們可是不惜踐踏別人的基本人權的反社會集團吶！
5 人様(ひとさま)に迷惑(めいわく)をかけてはばからない。	毫無忌憚地叨擾他人。

062

Track N1 1-62

てまえ

1. 由於…所以…；2. …前、…前方

➡ {名詞の；動詞普通形}＋手前

❶**【原因】**強調理由、原因，用來解釋自己的難處、不情願。有「因為要顧自己的面子或立場必須這樣做」的意思，如例(1)～(3)。後面通常會接表示義務、被迫的表現，例如：「なければならない」、「しないわけにはいかない」、「ざるを得ない」、「しかない」。

❷**【場所】**表示場所，不同於表示前面之意的「まえ」，此指與自身距離較近的地方，如例(4)、(5)。

1 せっかく作ってくれたんだ。あんまりおいしくないけれど、彼女の手前、全部食べなくちゃ。

這是她特地下廚為我烹煮的。雖然不怎麼好吃，但由於她是我的女朋友，我得全部吃光光。

例句

2 部下達の手前、なんとかミスを取り繕わなければいけない。

因為他們是我的下屬，所以一定要想辦法亡羊補牢。

3 こちらからお願いした手前、打ち合わせが朝の７時でも文句は言えない。

既然是自己拜託了對方的，就算洽談到早上七點也沒辦法抱怨。

4 子供たちの手前、タバコはやめることにした。

在孩子們的面前不抽菸了。

5 日本では、箸を右ではなく手前に置きます。

在日本，筷子是橫擺在自己的正前方，而不是右邊。

063

てもさしつかえない、でもさしつかえない

…也無妨、即使…也沒關係、…也可以

{形容詞て形；動詞て形}＋も差し支えない；{名詞；形容動詞詞幹}＋でも差し支えない

【允許】為讓步表現。表示前項也是可行的。

1 字は、丁寧に書けば多少下手でも差し支えないですよ。

字只要細心地寫，就算是寫不怎麼好也沒關係喔！

例句

2 そのレストランは、ネクタイなしでも差し支えありません。
這家餐廳即使不繫領帶進場也無妨。

3 出発は朝少し早くても差し支えないですよ。
即使早上早點出發也無妨喔！

4 すみません。今、少しお時間いただいても差し支えないでしょうか。
不好意思，現在方便耽誤您一點時間嗎？

5 このくらいのアクセサリーなら、会社につけていっても差し支えないでしょう。
如果是這種款式的飾品，戴去公司上班也沒關係吧。

064

てやまない

…不已、一直…

➡ {動詞て形}＋やまない

❶【強調感情】接在感情動詞後面，表示發自內心的感情，且那種感情一直持續著，如例(1)～(4)。這個句型由古漢語「…不已」的訓讀發展而來。常見於小說或文章當中，會話中較少用。

❷〖現象或事態持續〗表示現象或事態的持續，如例(5)。

1 彼の態度に、怒りを覚えてやまない。
對他的態度感到很火大。

例句

2 彼女の話を聞いて、涙がこぼれてやまない。
聽了她的話之後，眼淚就流個不停。

3 努力すれば報われると信じてやまない。
對於努力就有回報的這份信念深信不疑。

4 さっきの電話から、いやな予感がしてやまない。

接到剛才的電話以後，就一直有不好的預感。

5 自由と平和を求めてやまないのは、どの民族でも同じだろう。

任何一個民族，應該同樣都是不停追求自由與和平的吧。

065

と～（と）があいまって、～が／は～とあいまって

…加上…、與…相結合、與…相融合

➡ {名詞}＋と＋{名詞}＋（と）が相まって

【附加】表示某一事物，再加上前項這一特別的事物，產生了更加有力的效果之意。書面用語，也用「～が／は～と相まって」的形式。此句型後項通常是好的結果。

1 喜びと驚きが相まって、言葉が出てこなかった。

驚喜交加，讓我說不出話來。

➡ 例句

2 父は才能と努力があいまって成功した。

父親在才華和努力的相輔相成之下，獲得了成功。

3 モネの絵は、色彩と造型とが相まって、独特の美を生み出している。

莫內的畫作，色彩與構圖兼優，醞釀出獨特的美感。

4 日本の風土が日本人の美意識と相まって、俳句という文学を生み出した。

在日本的風土與日本人的美學意識兩相結合之下，孕育出所謂的俳句文學。

5 彼女の美貌は、優雅な立ち居振る舞いと相まって、私の目を引き付けた。

她妍麗的姿容加上優雅的舉手投足，深深吸引了我的目光。

066

とあって

由於…（的關係）、因為…（的關係）

➡ {名詞；[名詞・形容詞・形容動詞・動詞] 普通形；形容動詞詞幹} ＋とあって

【原因】表示理由、原因。由於前項特殊的原因，當然就會出現後項特殊的情況，或應該採取的行動。後項是說話人敘述自己對某種特殊情況的觀察。書面用語，常用在報紙、新聞報導中。

1 年頃とあって、最近娘はお洒落に気を使っている。
因為正值妙齡，女兒最近很注重打扮。

➡ 例句

2 桜が満開の時期とあって、街道は花見客でいっぱいだ。
由於正值櫻花盛開的時節，路上擠滿了賞花的民眾。

3 特売でこんなに安いとあっては、デパートが混まないはずはありません。
特賣的價格那麼優惠，百貨公司怎麼可能不擠得人山人海呢？

4 息子は電車が大好きとあって、地理には詳しい。
兒子因為非常喜歡電車，因此對地理很熟悉。

5 サミットが開催されるとあって、空港の警備が強化されています。
由於高峰會即將舉行，機場也提高了安全戒備。

067

とあれば

如果…那就…、假如…那就…

➡ {名詞；[名詞・形容詞・形容動詞・動詞] 普通形；形容動詞詞幹} ＋ とあれば

【條件】是假定條件的說法。表示如果是為了前項所提的事物，是可以接受的，並將取後項的行動。前面常跟表示目的的「ため」一起使用，表示為了假設情形的前項，會採取後項。後句不能出現表示請求或勸誘的句子。

1 デザートを食べるためとあれば、食事を我慢しても構わない。

假如是為了吃甜點，不吃正餐我也能忍。

例句

2 彼女の危機とあれば、たとえ火の中水の中、恐れたりするものか。	若是她遇到危機，哪怕是水深火熱，我也無所畏懼。
3 安くておいしいとあれば、店がはやるのも当然だ。	只要便宜又美味，門庭若市也是理所當然的。
4 もし必要とあれば、弁護士の紹介も可能です。	如果有必要的話，也可以幫你介紹律師。
5 彼女のご両親にあいさつに行くとあれば、緊張するのもやむを得ない。	既然要去向她的父母請安問候，也不由得感到心情緊張。

068

とといい～といい

不論…還是、…也好…也好

{名詞}＋といい＋{名詞}＋といい

【列舉】表示列舉。為了做為例子而舉出兩項，後項是對此做出的評價。含有不只是所舉的這兩個例子，還有其他也如此之意。用在批評和評價的場合，帶有吃驚、灰心、欽佩等語氣。與全體為焦點的「といわず～といわず」（不論是…還是）相比，「といい～といい」的焦點聚集在所舉的兩個事物上。

1 娘といい、息子といい、全然家事を手伝わない。

女兒跟兒子，都不幫忙做家事。

例句

2 ここは、気候（きこう）といい、食べ物（たべもの）といい、住み（すみ）やすいところだ。	這裡不管氣候也好、飲食也好，都是適宜居住的好地方。
3 品質（ひんしつ）といい、お値段（ねだん）といい、お買い得（かいどく）ですよ。	不論品質也好、價格也好，保證買到賺到喔！
4 お父（とう）さんといい、お母（かあ）さんといい、ちっとも私（わたし）の気持（きも）ちを分（わ）かってくれない。	爸爸也好、媽媽也好，根本完全不懂我的心情。
5 ドラマといい、ニュースといい、テレビは少（すこ）しも面白（おもしろ）くない。	不論是連續劇，還是新聞，電視節目一點都不覺得有趣。

N1

069

というか～というか

該説是…還是…

{名詞；形容詞辭書形；形容動詞詞幹}＋というか＋{名詞；形容詞辭書形；形容動詞詞幹}＋というか

【列舉】用在敘述人事物時，說話者想到什麼就說什麼，並非用一個詞彙去形容或表達，而是列舉一些印象、感想、判斷。更隨便一點的說法是「～っていうか～っていうか」。

1 そんな危（あぶ）ないところに行（い）くなんて、勇敢（ゆうかん）というか無謀（むぼう）というか、とにかくやめなさい。

去那麼危險的地方，真不知道該說勇敢還是莽撞，總之你還是別去了。

例句

2 霧（きり）というか小雨（こさめ）というか、そんな天気（てんき）だ。	不知道該說是霧氣還是小雨的那種天氣。

3 将来の夢はノーベル賞を取ることだなんて、夢というか野望というか、よくもまあ大言壮語を。
將來的夢想是拿下諾貝爾獎，這是夢想還是奢望呢？真好意思說這種大話。

4 きれいな月だなあ。白いというか青いというか、さえ渡っているよ。
真是美麗的月色啊！不知是白是藍，散發出冷澈的光芒呢！

5 彼は、正直というかばかというか、嘘のつけない性格だ。
不知道該說他的個性是正直還是愚蠢，反正他從來不說謊。

070

● というところだ、といったところだ

1. 頂多…；2. 可說…差不多、可說就是…

➡ {名詞；動詞辭書形；引用句子或詞句}＋というところだ、といったところだ

❶【範圍】接在數量不多或程度較輕的詞後面，表示頂多也只有文中所提的數目而已，最多也不超過文中所提的數目，如例(1)、(2)。
❷〖大致〗說明在某階段的大致情況或程度，如例(3)、(4)。
❸〖口語ーってとこだ〗「～ってとこだ」為口語用法，如例(5)。是自己對狀況的判斷跟評價。

1 お酒を飲むのは週に2、3回というところです。
喝酒頂多是一個星期兩三次而已吧。

➡ 例句

2 ボーナスね。せいぜい1か月分出るか出ないかってとこだろ。
你問獎金喔…頂多給一個月或是不到一個月薪水的程度吧。

3 私と彼は友達以上恋人未満というところだろう。
我想我跟他的關係可說是比朋友親，但還稱不上是情侶吧！

4 中国語の勉強は、今週やっと初級の本が終わるというところだ。
學中文到這星期，終於到上完初級課本的進度了。

5「どう、このごろ調子？」「まあまあってとこだね。」 | 「怎樣，最近還好吧？」「算是普普通通啦。」

071

とといえども

即使…也…、雖説…可是…

➡ {名詞；[名詞・形容詞・形容動詞・動詞]普通形；形容動詞詞幹}＋といえども

【讓步】表示逆接轉折。先承認前項是事實，再敘述後項事態。也就是一般對於前項這人事物的評價應該是這樣，但後項其實並不然的意思。前面常和「たとえ、いくら、いかに」等相呼應。有時候後項與前項內容相反。一般用在正式的場合。另外，也含有「～ても、例外なく全て～」的強烈語感。

1 同い年といえども、彼女はとても落ちついている。

雖説年紀一樣，她卻非常成熟冷靜。

N1

➡ 例句

2 とっさの思いつきといえども、これはなかなかいけるかもしれない。 | 雖説是靈機一動，或許挺有可能行得通。

3 いくら乳がんは進行が遅いといえども、放っておいていいわけがない。 | 雖説乳癌的病情惡化很慢，但也不能置之不理。

4 君がいくら有能だといえども、一人では何もできないよ。 | 就算你再有能力，單憑一個人什麼都辦不到啦。

5 計画に同意するといえども、懸念していることがないわけではありません。 | 儘管已經同意進行計畫，但並非可以高枕無憂。

日語文法・句型詳解

072

● といった

…等的…、…這樣的…

➡ {名詞}＋といった＋{名詞}

【**列舉**】表示列舉。一般舉出兩項以上相似的事物，表示所列舉的這些不是全部，還有其他。前接列舉的兩個以上的例子，後接總括前面的名詞。

1 私はすし、カツどんといった和食が好きだ。

我很喜歡吃壽司與豬排飯這類的日式食物。

➡ **例句**

2 娘はピンクや水色といった淡い色が好きみたいです。	女兒好像喜歡粉紅或淺藍這類淺色。
3 春に咲く桜、梅、桃といった花は、皆バラ科でよく似ている。	在春天綻放的櫻花、梅花、桃花這些花卉都屬於薔薇科，花形十分相似。
4 神社は、京都、奈良といった古都にだけあるのではない。	神社並不是只在京都、奈良這些古都才有。
5 カエルやウサギといった動物の小物を集めています。	我正在收集青蛙和兔子相關的小東西。

073

● といったらない、といったら

1. …極了、…到不行；2. 一旦…就…

➡ ❶【**強調心情**】{名詞；形容詞辭書形；形容動詞詞幹}＋（とい）ったらない。「といったらない」是先提出一個討論的對象，強調某事物的程度是極端到無法形容的，後接對此產生的感嘆、吃驚、失望等感情表現，正負評價都可使用，如例(1)～(3)。

❷【意志】{名詞；形容詞辭書形；形容動詞詞幹}＋（とい）ったら。表示無論誰説什麼，都絕對要進行後項的動作。前後常用意思相同或完全一樣的詞，表示意志堅定，是一種強調的説法，正負評價都可使用，如例(4)、(5)。

1 立て続けに質問して、彼はせっかちといったらない。

接二連三地提出問題，他這人真是急躁。

➡ 例句

2 彼女は僕の女神だ。あの優雅さ、気高さといったらない。	她是我的女神！她的優雅，她的高貴，無人能比！
3 これでやったつもりだとは、あきれるったらない。	他覺得這樣就完成了，簡直令人難以置信。
4 やるといったら絶対にやる。死んでもやる。	一旦決定了要做就絕對要做到底，即使必須拚死一搏也在所不辭。
5 諦めないといったら、何が何でも諦めません。	一旦決定不半途而廢，就無論如何也決不放棄。

074

● といったらありはしない

…之極、極其…、沒有比…更…的了

➡ {名詞；形容詞辭書形；形容動詞詞幹}＋（とい）ったらありはしない

【強調心情】強調某事物的程度是極端的，極端到無法形容、無法描寫。跟「といったらない」相比，「～といったらない」、「～ったらない」能用於正面或負面的評價，但「～といったらありはしない」、「～ったらありはしない」、「～といったらありゃしない」、「～ったらありゃしない」只能用於負面評價。

1 人に責任を押しつけるなんて、腹立たしいといったらありはしない。

硬是把責任推到別人身上，真是令人憤怒至極。

➔ 例句

2 残り２分で逆転負けした悔しさといったらありゃしなかった。	剩下兩分鐘的時候居然被逆轉勝了，要說有多懊悔就有多懊悔。
3 倒れても倒れてもあきらめず、彼はしぶといといったらありはしない。	無論跌倒了多少次依舊堅強地不放棄，他的堅韌精神令人感佩。
4 彼の口の聞き方ときたら、生意気ったらありはしない。	他說話的口氣，真是傲慢之極。
5 今日は入試なのに電車が遅れて遅刻しそうだ。あせるったらありゃしない。	今天有入學考試，電車卻遲來，害我差點遲到，真是急死人了。

075

● といって～ない、といった～ない

沒有特別的…、沒有值得一提的…

➔ ｛これ；疑問詞｝＋といって～ない、といった＋｛名詞｝～ない

【強調輕重】前接「これ、なに、どこ」等詞，後接否定，表示沒有特別值得一提的東西之意。為了表示強調，後面常和助詞「は」、「も」相呼應；使用「といった」時，後面要接名詞。

1 私には特にこれといった趣味はありません。

我沒有任何嗜好。

例句

2 特にこれといって好きなお酒もありません。	也沒有什麼特別喜好的酒類。
3 今の生活にこれといって不満はない。	對於目前的生活並沒有什麼特別的不滿。
4 今日はこれといってやることがない。	今天沒有特別要做的事。
5 なぜといった理由もないんだけど、この家が気に入りました。	雖然沒有什麼特別理由，我就是喜歡這棟房子。

076

Track N1 1-76

とといわず～といわず

無論是…還是…、…也好…也好…

{名詞}＋といわず＋{名詞}＋といわず

【列舉】表示所舉的兩個相關或相對的事例都不例外。也就是「といわず」前所舉的兩個事例，都不例外會是後項的情況，強調不僅是例舉的事例，而是「全部都…」的概念。

1 昼といわず、夜といわず、借金を取り立てる電話が相次いでかかってくる。

討債電話不分白天或是夜晚連番打來。

例句

2 ここは、海と言わず山と言わず、美しいところだ。	這裡的海也好、山也好，全都景色優美。
3 緑茶といわず、紅茶といわず、お茶なら何でも好きです。	不論是綠茶或者是紅茶，只要是茶飲，我通通喜歡。
4 目といわず、鼻といわず、パパにそっくりね。	不管是眼睛也好、鼻子也好，全都和爸爸長得一模一樣呢！

5 顔と言わずスタイルと言わず、容姿に自信がない。	不管是長相還是身材，總之對自己的外表沒有自信。

077

といわんばかりに、とばかりに

1. 幾乎要説…；2. 簡直就像…、顯出…的神色、似乎…般地

➡ {名詞；簡體句}＋と言わんばかりに、とばかり（に）

❶【樣態】表示看那樣子簡直像是的意思，心中憋著一個念頭或一句話，幾乎要説出來，後項多為態勢強烈或動作猛烈的句子，常用來描述別人，如例(1)～(3)。

❷【樣態】雖然沒有説出來，但是從表情、動作上已經表現出來了，含有幾乎要説出前項的樣子，來做後項的行為，如例(4)、(5)。

1 相手がひるんだのを見て、ここぞとばかりに反撃を始めた。

看見對手一畏縮，便抓準時機展開反擊。

➡ 例句

2 聡は、「歯医者など絶対行くものか」とばかり、柱にしがみついて泣いた。	小聰牢牢抱著柱子放聲大哭，直嚷著「我死也不去看牙醫！」
3 歌手が登場すると、待ってましたとばかりに盛大な拍手がわき起こった。	歌手一出場，全場立刻爆出了如雷的掌聲。
4 それじゃあまるで全部おれのせいと言わんばかりじゃないか。	照你的意思，不就簡直在説這一切都怪我不好嗎？
5 容疑者は、被害者は自分だと言わんばかりに言い訳を並べ立てた。	嫌犯拚命辯解，簡直把自己講成是被害人了。

078

ときたら

說到…來、提起…來

➡ {名詞}＋ときたら

【話題】表示提起話題，說話人帶著譴責和不滿的情緒，對話題中的人或事進行批評，後也常接「あきれてしまう、嫌になる」等詞。批評對象一般是說話人身邊，關係較密切的人物或事。用於口語。有時也用在自嘲的時候。

1 部長（ぶちょう）ときたら朝（あさ）から晩（ばん）までタバコを吸（す）っている。

說到我們部長，一天到晚都在抽煙。

➡ 例句

2 このポンコツときたら、また修理（しゅうり）に出（だ）さなくちゃ。	說到這部爛車真是氣死人了，又得送去修理了。
3 親父（おやじ）ときたら、週末（しゅうまつ）は必（かなら）ずパチンコに行（い）く。	要說我那個老爸，一到週末就會去打小鋼珠。
4 この携帯電話（けいたいでんわ）ときたら、充電（じゅうでん）してもすぐ電池（でんち）がなくなる。	說起這支手機，就算充電後也一下子就沒電了。
5 あの連中（れんちゅう）ときたら、いつも騒（さわ）いでばかりいる。	說起那群傢伙呀，總是吵鬧不休。

079

ところ(を)

1. 雖說是…這種情況，卻還做了…；2. 正…之時、…之時、…之中

➡ ❶【讓步】{名詞の；形容詞辭書形；動詞ます形＋中の}＋ところ（を）。表示雖然在前項的情況下，卻還是做了後項。這是日本人站在對方立場，表達給對方添麻煩的辦法，為寒暄時的慣用表現，多用在開場白，後項多為感謝、請求、道歉等內容，如例(1)～(4)。

N1

❷【時點】{動詞普通形}＋ところを。表示進行前項時，卻意外發生後項，影響前項狀況的進展，後面常接表示視覺、停止、救助等動詞，如例(5)。

1 お忙しいところをわざわざお越し下さり、ありがとうございます。
感謝您百忙之中大駕光臨。

例句

2 お食事中のところをすみません。実は、困ったことになりまして。
用餐時打擾了。是這樣的，發生了一件棘手的事。

3 お見苦しいところをお見せしたことをお詫びします。
讓您看到這麼不體面的畫面，給您至上萬分的歉意。

4 すぐにご連絡すべきところを、大変失礼いたしました。
原本應當立刻聯絡才對，真是十二萬分抱歉。

5 テレビゲームしているところを、親父に見つかってしまった。
我正在玩電視遊樂器時，竟然被老爸發現了。

080

としたところで、としたって

1. 即使…是事實，也…；2. 就算…也…

❶【假定條件】{[名詞・形容詞・形容動詞・動詞]普通形}＋としたところで、としたって。為假定的逆接表現。表示即使假定事態為前項，但結果為後項，後面通常會接否定表現，如例(1)～(3)。

❷【判斷的立場】{名詞}＋としたところで、としたって、にしたところで、にしたって。從前項的立場、想法及情況來看後項也會成立，如例(4)、(5)。

1 外国人の友達を見つけようとしたところで、こんな田舎に住んでるんだから知り合う機会なんてなかなかないよ。

即使想認識外國人當朋友，但住在這種鄉下地方也沒什麼認識的機會呀！

➡ 例句

2 いくら頭がいいとしたって、外国語はすぐには身に付かないものです。	即使頭腦再怎麼好，外語也不是三兩天就能學會的。
3 私が貧乏だとしたって、人に見下される筋合いはない。	即使我很窮，也不該被別人看輕。
4 あれでアマチュアなのか。プロとしたって通用するんじゃないかな。	那樣的程度還算是業餘的嗎？我看就算說是職業選手也不為過吧？
5 警察にしたって、もうこれ以上捜査のしようがないだろう。	就算是警察，也沒有辦法再繼續搜查下去了吧。

081

● とは

1. 連…也、沒想到…、…這…、竟然會…；4. 所謂…、是…

➡ {名詞；[形容詞・形容動詞・動詞] 普通形；引用句子}＋とは

❶【預料外】由格助詞「と」＋係助詞「は」組成，表示對看到或聽到的事實（意料之外的），感到吃驚或感慨的心情。前項是已知的事實，後項是表示吃驚的句子，如例(1)。

❷〖省略後半〗有時會省略後半段，單純表現出吃驚的語氣，如例(2)。

❸〖口語－なんて〗口語用「なんて」的形式，如例(3)。

❹【話題】前接名詞，也表示定義，前項是主題，後項對這主題的特徵等進行定義，是「所謂…」的意思，如例(4)。

❺〖口語－って〗口語用「って」的形式，如例(5)。

1 不景気がこんなに長く続くとは、専門家も予想していなかった。

景氣會持續低迷這麼久，連專家也料想不到。

例句

2 こともあろうに、入試の日に電車が事故で止まるとは。	誰會想到，偏偏就在入學大考的那一天電車發生事故而停駛了。
3 まさか、あんな真面目な人が殺人犯なんて。	真沒想到，那麼認真的老實人居然是個殺人凶手！
4 幸せとは、今目の前にあるものに感謝できることかな。	我想，所謂的幸福，就是能由衷感激眼前的事物吧！
5 ねえ、「クラウド」って何？ネットの用語みたいだけど。	我問你，什麼叫「雲端」啊？聽說那是一種網路術語哦？

082

とはいえ

雖然…但是…

{名詞（だ）；形容動詞詞幹（だ）；[形容詞・動詞] 普通形} ＋とはいえ

【讓步】表示逆接轉折。前後句是針對同一主詞所做的敘述，表示先肯定那事雖然是那樣，但是實際上卻是後項的結論。也就是後項的說明，是對前項既定事實的否定或是矛盾。後項一般為說話人的意見、判斷的內容。書面用語。

1 暦の上では春とはいえ、まだまだ寒い日が続く。

雖然已過立春，但是寒冷的天氣依舊。

例句

2 マイホームとはいえ、20年のローンがある。

雖說是自己的房子，但還有二十年的貸款要付。

3 難しいとはいえ、「無理」だとは思わない。

雖然說困難，但我想也不是說不可能。

4 いくら雨が好きだとはいえ、毎日降り続けると気分が沈みます。

就算再怎麼喜歡雨，每天下個不停，心情還是會沮喪。

5 離婚するとはいえ、もう二度と会わないということではありません。

雖說要離婚，但並不是從此絕不相見那麼惡劣的狀況。

083 Track N1 2-05

とみえて、とみえる

看來…、似乎…

{名詞（だ）；形容動詞詞幹（だ）；[形容詞・動詞] 普通形}＋とみえて、とみえる

【推測】前項為後項的根據、原因、理由，表示說話者從現況、外觀、事實來自行推測或做出判斷。

1 黄さんは、もう立ち直ったようだ。次のボーイフレンドを見つけたとみえる。

黃小姐似乎已經振作起來了。看來她已經找到新男友了。

例句

2 黄さんは勝ち気な女性とみえて、ふられてから合コンに積極的だ。

黃小姐看來是位好強的女性，被甩了之後對於聯誼的態度很積極。

3 黄さんがしょぼんとしている。ふられて悲しいとみえる。

黃小姐看起來垂頭喪氣的，看來是被甩了所以很難過。

4 黄さんの様子からして、彼に夢中だとみえる。

從黃小姐的樣子看來，像是對他十分迷戀。

5 黄さんは、泣いたとみえて目が赤い。

黃小姐眼睛通紅，看起來像哭過了。

084

● ともあろうものが

身為…卻…、堂堂…竟然…、名為…還…

➡ {名詞}＋ともあろう者が

❶【評價的觀點】表示具有聲望、職責、能力的人或機構，其所作所為，就常識而言是與身份不符的。「～ともあろう者が」後項常接「とは／なんて、～」，帶有驚訝、憤怒、不信及批評的語氣，但因為只用「～ともあろう者が」便可傳達說話人的心情，因此也可能省略後項驚訝等的語氣表現。前接表示社會地位、身份、職責、團體等名詞，後接表示人、團體等名詞，如「者、人、機関」，如例(1)～(3)。

❷〖ともあろうNが〗若前項並非人物時，「者」可用其它名詞代替，如例(4)。

❸〖ともあろうもの＋に〗「ともあろう者」後面常接「が」，但也可接其他助詞，如例(5)。

1 日本のトップともあろう者が、どうしたらいいのか分からないとは、情けないものだ。

連日本的領導人竟然都會茫然不知所措，實在太窩囊了。

➡ 例句

2 医者ともあろう者が万引きをするとは、お金がないわけでもあるまいし。

貴為醫師的人卻幹了順手牽羊的行徑，又不是缺錢花用啊。

3 市議会議員ともあろう者が賭博で逮捕されるとは、投票してくれた人に対する裏切りだ。

身為市議員卻因賭博而遭到逮捕，這等於背叛了投票給他的選民。

4 トヨサンともあろう会社が、倒産するとは驚いた。	規模龐大如豐產公司居然倒閉了，實在令人震驚。
5 あんな暴言を吐くなんて、首相ともあろう者にあるまじきことだ。	貴為首相竟然口出惡言，以其身分地位實在不恰當。

085

ともなく、ともなしに

1. 雖然不清楚是…，但…；2. 無意地、下意識的、不知…、無意中…

❶【無目的行為】{疑問詞（＋助詞）}＋ともなく、ともなしに。前接疑問詞時，則表示意圖不明確的意思，如例(1)～(3)。

❷【樣態】{動詞辭書形}＋ともなく、ともなしに。表示並不是有心想做，但還是進行後項動作。也就是無意識地做出某種動作或行為，含有動作、狀態不明確的意思，如例(4)、(5)。

N1

1 一人で食事をするときも、誰にともなく「いただきます」と言う。

就連一個人吃飯的時候，也會自言自語地說「我開動了」。

例句

2 蝶が1匹、どこからともなく飛んできて、どこへともなく飛び去った。	一隻蝴蝶，不從從何處飛來，又不知飛往何處了。
3 二人は、いつからともなしに、互いをライバル視するようになった。	他們兩人不知道從什麼時候開始，互相把對方當成競爭對手了。
4 昼食に入った店で、隣の二人の話を聞くともなく聞いていたら、妻の友人だった。	在去吃午餐的那家店裡，不經意地聽著鄰桌兩人的交談，這才發現原來是太太的朋友。
5 彼女は、さっきから見るともなしに雑誌をぱらぱらめくっている。	她從剛才就漫不經心地，啪啦啪啦地翻著雜誌。

086

と(も)なると、と(も)なれば

要是…那就…、如果…那就…、一旦處於…就…

➡ {名詞；動詞普通形}＋と（も）なると、と（も）なれば

【評價的觀點】前接時間、職業、年齡、作用、事情等名詞或動詞，表示如果發展到某程度，用常理來推斷，就會理所當然導向某種結論。後項多是與前項狀況變化相應的內容。

1 プロともなると、作品(さくひん)の格(かく)が違(ちが)う。
要是變成專家，作品的水準就會不一樣。

➡ 例句

2 12時(じ)ともなると、さすがに眠(ねむ)たい。
到了十二點，果然就會想睡覺。

3 首相(しゅしょう)ともなれば、いかなる発言(はつげん)にも十分注意(じゅうぶんちゅうい)が必要(ひつよう)だ。
如果當了首相，對於一切的發言就要十分謹慎。

4 家(いえ)を買(か)うとなると、しっかり計画(けいかく)を立(た)てる必要(ひつよう)がある。
如果要買房子，就必須做詳盡的規劃。

5 彼女(かのじょ)の両親(りょうしん)に初(はじ)めて会(あ)うとなれば、服装(ふくそう)やら何(なに)やら気(き)を使(つか)う。
既然是第一次和她父母見面，從服裝到其他細節都得用心。

087

ないではすまない、ずにはすまない、なしではすまない

不能不…、非…不可

➡ ❶**【強制】**{動詞否定形}＋ないでは済まない；{動詞否定形（去ない）}＋ずには済まない（前接サ行變格動詞時，用「せずには済まない」）。表示前項動詞否定的事態、説辭，考慮到當時的情況、社會的規則等，是不被原諒的、無法解決問題的或是難以接受的，如例(1)、(2)。

❷【強制】{名詞}＋なしでは済まない；{名詞；形容動詞詞幹；[形容詞・動詞]普通形}＋では済まない。表示前項事態、説辭，是不被原諒的或無法解決問題的，指對方的發言結論是説話人沒辦法接納的，前接引用句時，引用括號（「」）可有可無，如例(3)、(4)。

❸〖ではすまされない〗和可能助動詞否定形連用時，有強化責備語氣的意味，如例(5)。

1 時間(じかん)がないので、徹夜(てつや)しないでは済(す)まない。

由於時間不夠了，不熬夜不行了。

例句

2 何(なん)としても相手(あいて)を説得(せっとく)せずには済(す)まない。

無論如何都非得説服對方不可。

3 ここまでこじれると、裁判(さいばん)なしでは済(す)まないかもしれない。

雙方已經僵持到這種地步，或許只能靠打官司才能解決了。

4「できない」では済(す)まない。

光是嚷著「我不會做」也無濟於事。

5 今(いま)さら知(し)らなかったでは済(す)まされない。

事到如今佯稱不知情也太説不過去了吧！

088

ないともかぎらない

也並非不…、不是不…、也許會…

➡ {名詞で；[形容詞・動詞]否定形}＋ないとも限らない

【部分否定】表示某事並非百分之百確實會那樣。一般用在説話人擔心好像會發生什麼事，心裡覺得還是採取某些因應的對策比較好。看「ないとも限らない」知道「とも限らない」前面多為否定的表達方式。但也有例外，前面接肯定的表現如：「金持ちが幸せだとも限らない」（有錢人不一定很幸福）。

N1

1 火災にならないとも限らないから、注意してください。

我並不能保證不會造成火災，請您們要多加小心。

例句

2 好意でしたことが、相手にとって迷惑でないとも限らない。

基於善意所做的事，也有可能反而造成對方的困擾。

3 案外面白くないとも限らないから、一度行ってみよう。

說不定會蠻有趣的，還是去看看吧。

4 親父のことだから、直前に気を変えないとも限らない。

畢竟老爸總是三心兩意的，難講到了前一刻或許仍會改變心意。

5 鍵をポストの中に置いておいたりしたら、泥棒が入らないとも限らない。

如果把鑰匙擱在信箱裡，說不定小偷會進來的。

089

ないまでも

沒有…至少也…、就是…也該…、即使不…也…

{名詞で（は）；[形容詞・形容動詞・動詞] 否定形} ＋ないまでも

【程度】前接程度比較高的，後接程度比較低的事物。表示雖然不至於到前項的地步，但至少有後項的水準的意思。後項多為表示義務、命令、意志、希望、評價等內容。後面為義務或命令時，帶有「せめて、少なくとも」等感情色彩。

1 毎日ではないまでも残業がある。

雖說不是每天，有時還是得加班。

➔ 例句

2 不合格でないまでも、まだまだ努力が足りません。	雖然不到不及格的程度，但是還遠遠不夠努力。
3 おいしくないまでも、食べられないことはない。	雖然不太好吃，還不致於令人食不下嚥。
4 小野さんのことは、嫌いではないまでも特別好きではない。	對於小野先生，既不討厭但也沒有特別喜歡。
5 プロ並みとは言えないまでも、なかなかの腕前だ。	雖説還不到專業的水準，已經算是技藝高超了。

090

ないものでもない、なくもない

也並非不…、不是不…、也許會…

➔ {動詞否定形}＋ないものでもない

【部分否定】表示依後續周圍的情勢發展，有可能會變成那樣、可以那樣做的意思。用較委婉的口氣敘述不明確的可能性。是一種用雙重否定，來表示消極肯定的表現方法。多用在表示個人的判斷、推測、好惡等。語氣較為生硬。

1 この量なら1週間で終わらせられないものでもない。

以這份量來看，一個禮拜也許能做完。

➔ 例句

2 彼の言い分も分からないものでもない。	他所説的話也不是不能理解。
3 この程度の問題なら、我々で解決できないものでもない。	假如是這種程度的問題，並不是我們所解決不了的。

4 お酒は飲まなくもありませんが、月にせいぜい2、3回です。	也不是完全不喝酒，但頂多每個月喝兩三次吧。
5 これぐらいの痛みなら、耐えられないものでもない。	如果是這種程度的疼痛，倒不是忍受不了的。

091

ながら、ながらに、ながらの

1. 保持…的狀態；3. 雖然…但是…

➡ {名詞；動詞ます形}＋ながら、ながらに、ながらの＋{名詞}

❶【樣態】前面的詞語通常是慣用的固定表達方式。表示「保持…的狀態下」，表明原來的狀態沒有發生變化，繼續持續。用「ながらの」時後面要接名詞，如例(1)、(2)。

❷〖ながらにして〗「ながらに」也可使用「ながらにして」的形式，如例(3)、(4)。

❸【讓步】讓步逆接的表現。表示「實際情形跟自己所預想的不同」之心情，後項是「事實上是…」的事實敘述，如例(5)。

1 僕は生まれながらのばかなのかもしれません。
說不定我是個天生的傻瓜。

➡ 例句

2 ここでは、昔ながらの製法で、みそを作っている。	在這裡，我們是用傳統以來的製造方式來做味噌的。
3 彼には、生まれながらにしてスターの素質があった。	他擁有與生俱來的明星特質。
4 インターネットのおかげで、家にいながらにして買い物ができる。	多虧有網路，待在家裡也可以購物。
5 夫の浮気を知りながら、子供たちの前では円満な夫婦を演じている。	儘管知道丈夫有外遇，在孩子們面前仍然假扮成一對美滿的夫妻。

092

なくして（は）～ない

如果沒有…就不…、沒有…就沒有…

➡ ｛名詞；動詞辭書形｝＋（こと）なくして（は）～ない

【條件】表示假定的條件。表示如果沒有前項，後項的事情會很難實現或不會實現。「なくして」前接一個備受盼望的名詞，後項使用否定意義的句子（消極的結果）。書面用語，口語用「なかったら」。

1 過ちなくして、成長することはない。
如果沒有失敗，就沒辦法成長。

➡ 例句

2 双方の妥協なくして、合意に達することはできない。	雙方沒有妥協，就無法達成共識。
3 愛なくして人生に意味はない。	如果沒有愛，人生就毫無意義。
4 あなたなくしては、生きていけません。	失去了你，我也活不下去。
5 話し合うことなくして、分かりあえることはないでしょう。	雙方沒有經過深入詳談，就不可能彼此了解吧！

093

なくはない、なくもない

也不是沒…、並非完全不…

➡ ｛名詞が；形容詞く形；形容動詞て形；動詞否定形；動詞被動形｝＋なくはない、なくもない

【部分否定】利用雙重否定形式，表示消極的、部分的肯定。多用在陳述個人的判斷、好惡、推測。

日語文法・句型詳解

1 お酒ですか。飲めなくはありません。

喝酒嗎？也不是不能喝啦。

➡ 例句

2 大学入試は自信がなくはないけど、やっぱり緊張します。

對於大學入學考試雖然也不是完全沒自信，但還是會緊張。

3「今、ちょっとお時間よろしいですか。」「ああ、忙しくなくはないけど、何ですか。」

「現在方便打擾一下嗎？」「嗯，也不是不忙啦，怎麼了？」

4 インターネットはとても便利だが、使い方によっては危険でなくもない。

網路雖然很方便，但是依照使用方式的不同也不能説它不危險。

5 ときどき、結婚を後悔することがなくもない。

偶爾也不是沒有後悔過結婚。

094

なしに（は）～ない、なしでは～ない

1. 沒有…不、沒有…就不能…；2. 沒有…

➡ ｛名詞；動詞辭書形｝＋（こと）なしに（は）～ない；｛名詞｝＋なしでは～ない

❶【否定】表示前項是不可或缺的，少了前項就不能進行後項的動作。或是表示不做前項動作就先做後項的動作是不行的。有時後面也可以不接「ない」，如例(1)～(3)。

❷【非附帶】用「なしに」表示原本必須先做前項，再進行後項，但卻沒有做前項，就做了後項，也可以用「名詞＋もなしに」，「も」表示強調，如例(4)、(5)。

1 僕はお酒と音楽なしでは生きていけないんです。

我沒有酒和音樂就活不下去。

➔ 例句

2 この事業は彼の資金援助なしには成功しなかっただろう。	這份事業當初要是沒有他的資金援助應該不會成功。
3 目が悪くて、眼鏡なしでは本を読めないんです。	視力不好，沒有眼鏡的話就沒辦法看書。
4 朝から晩まで休みなしに働いて、ようやく家の修理が終わった。	從早工作到晚沒有休息，終於把房子修理完了。
5 歯が急に痛み出し、予約（も）なしに歯医者に行った。	牙齒突然痛了起來，(也)沒有預約就去看牙醫了。

095

Track N1 2-17

なみ

相當於…、和…同等程度

➔ {名詞}＋並み

【比較】表示該人事物的程度幾乎和前項一樣。像是「男並み」（和男人一樣的）、「人並み」（一般）、「月並み」（每個月、平庸）等都是常見的表現。有時也有「把和前項相同的事物排列出來」的意思，像是「街並み」（街上房屋成排成列的樣子）、「軒並み」（家家戶戶）。

1 世間並みじゃいやだ。俺は成功者になりたいんだ。

我不要平凡！我要當個成功人士。

➔ 例句

2 まだ5月なのに、今日は真夏並みの暑さだった。	才五月而已，今天就熱得像盛夏一樣。
3 男性並みに働きたいわけではなく、仕事が好きなだけです。	我無意和男人一樣全心投入事業，只是喜歡工作而已。

4 容姿は十人並みだけれど、気が利くし温厚ないい人だよ。
容貌雖然普普通通，但是是個機伶又敦厚的好人喔！

5 谷根千は、都心にありながら、古い町並みが残っている。
谷根千（谷中、根津、千駄木）雖然位於都心，但依然保有古樸的小鎮樣貌。

096

Track N1 2-18

ならいざしらず、はいざしらず、だったらいざしらず

（關於）我不得而知…、姑且不論…、（關於）…還情有可原

➡ {名詞}＋ならいざ知らず、はいざ知らず、だったらいざ知らず；
{[名詞・形容詞・形容動詞・動詞]普通形（の）}＋ならいざ知らず

【排除】表示不去談前項的可能性，而著重談後項中的實際問題。後項所提的情況要比前項嚴重或具特殊性。後項的句子多帶有驚訝或情況非常嚴重的內容。「昔はいざしらず」是「今非昔比」的意思。

1 昔はいざしらず、今は会社を十も持つ大実業家だ。
不管他有什麼樣的過去，現在可是擁有十家公司的大企業家。

➡ 例句

2 子どもならいざ知らず、大の大人までが夢中になるなんてね。
如果是小孩倒還另當別論，已經是大人了竟然還沉迷其中！

3 小学生ならいざ知らず、中学生にもなって、ぬいぐるみで遊んでいるんですか。
小學生的話就算了，已經是國中生了居然還在玩玩偶嗎？

4 付き合ってるならいざ知らず、ただの同僚に手作り弁当をもらっても困る。
若是正在交往也就算了，如果只是一般同事卻親手做便當送給我，未免有點困擾。

5 私の彼だって知らなかったのならいざ知らず、知っててちょっかい出してくるなんて、許せない。

假如不曉得他是我男友也就算了，要是明明知道卻故意來逗弄，那就不可原諒了！

097

ならでは(の)

1. 正因為…才有（的）、只有…才有（的）；2. 若不是…是不…（的）

➡ {名詞} +ならでは(の)

❶【限定】表示對「ならでは（の）」前面的某人事物的讚嘆，含有如果不是前項，就沒有後項，正因為是這人事物才會這麼好。是一種高度評價的表現方式，所以在商店的廣告詞上，有時可以看到。置於句尾的「ならではだ」，表示肯定之意，如例(1)～(4)。

❷〘ならでは～ない〙「ならでは～ない」的形式，強調「如果不是…則是不可能的」的意思，如例(5)。

1 決勝戦ならではの盛り上がりを見せている。

比賽呈現出決賽才會有的激烈氣氛。

➡ 例句

2 田舎ならではの人情がある。

若不是在鄉間，不會有如此濃厚的人情味。

3 これは子どもならでは描けない味のある絵だ。

這是只有小孩子才畫得出如此具有童趣的圖畫呀！

4 お正月ならではの雰囲気が漂っている。

到處充滿一股過年特有的氣氛。

5 彼ならではできない表現に、みんな舌を巻いた。

他那極具獨特魅力的呈現方式，令眾人咋舌。

N1

098

なり

剛…就立刻…、一…就馬上…

➡ {動詞辭書形} ＋なり

【時間的前後】 表示前項動作剛一完成，後項動作就緊接著發生。後項的動作一般是預料之外的、特殊的、突發性的。後項不能用命令、意志、推量、否定等動詞。也不用在描述自己的行為，並且前後句的動作主體必須相同。

1 ボールがゴールに入るなり、観客は一斉に立ち上がった。

球一進球門，觀眾就應聲一同站了起來。

➡ 例句

2「あっ、誰かおぼれてる。」と言うなり、彼は川に飛び込んだ。	他剛大喊一聲：「啊！有人溺水了！」便立刻飛身跳進河裡。
3 道で急におなかが痛くなって、会社に着くなりトイレにかけ込んだ。	在路上肚子突然痛了起來，一到公司就衝去廁所了。
4 知らせを聞くなり、動揺して言葉を失った。	一得知消息，心裡就忐忑不安說不出半句話來。
5 息子は、コーヒーを一口飲むなり「にがいー」と顔をしかめた。	兒子才喝了一口咖啡，立刻皺起眉頭說「好苦喔…」。

099

なり～なり

或是…或是…、…也好…也好

➡ {名詞；動詞辭書形} ＋なり＋{名詞；動詞辭書形} ＋なり

【列舉】 表示從列舉的同類或相反的事物中，選擇其中一個。暗示在列舉

之外，還可以其他更好的選擇。後項大多是表示命令、建議等句子。一般不用在過去的事物。由於語氣較為隨便，不用在對長輩跟上司。例句(4)中的「大なり小なり」（或大或小）不可以說成「小なり大なり」。

1 テレビを見るなり、お風呂に入るなり、好きにくつろいでください。

看電視也好、洗個澡也好，請自在地放鬆休息。

例句

2 うちの会社も、東京から千葉なり神奈川なりに移転しよう。	我們公司不如也從東京搬到千葉或神奈川吧？
3 落ち着いたら、電話なり手紙なりちょうだいね。	等安頓好以後，記得要撥通電話還是捎封信來喔。
4 誰にでも大なり小なり欠点があるものだ。	任誰都有或大或小的缺點。
5 不明な点は、自分で調べるなり、人に聞くなりすればよい。	不清楚的地方，只要自己去查或問別人就好。

100

なりに、なりの

那般…（的）、那樣…（的）、這套…（的）

{名詞；形容動詞詞幹；[形容詞・動詞]辭書形}＋なりに、なりの

❶【判斷的立場】表示根據話題中人切身的經驗、個人的能力所及的範圍，含有承認前面的人事物有欠缺或不足的地方，在這基礎上，依然盡可能發揮或努力地做後項與之相符的行為。多有正面的評價的意思。用「なりの名詞」時，後面的名詞，是指與前面相符的事物，如例(1)～(3)。

❷〔私なりに〕要用種謙遜、禮貌的態度敘述某事時，多用「私なりに」等，如例(4)、(5)。

1 あの子はあの子なりに一生懸命やっているんです。

那個孩子盡他所能地拚命努力。

例句

2 不器用なりに、頑張って作ってみたのですが、やっぱりだめでした。	儘管笨手笨腳，卻還是努力試著做了，結果還是不行。
3 あの食堂は安いけれど、安いなりの味だ。	那家餐館雖然便宜，倒也有符合其價位的滋味。
4 弊社なりに誠意を示しているつもりです。	我們認為敝社已示出誠意了。
5 私なりに最善を尽くします。	我會盡我所能去做。

101

Track N1 2-23

にあって（は／も）

在…之下、處於…情況下；即使身處…的情況下

{名詞}＋にあって（は／も）

❶**【時點・場合－順接】**「にあっては」前接場合、地點、立場、狀況或階段，表示因為處於前面這一特別的事態、狀況之中，所以有後面的事情，這時候是順接。如例(1)～(4)。

❷**〔逆接〕**使用「あっても」基本上表示雖然身處某一狀況之中，卻有後面的跟所預測不同的事情，這時候是逆接。接續關係比較隨意。屬於主觀的說法。說話者處在當下，描述感受的語氣強。書面用語。如例(5)。

1 この上ない緊張状態にあって、手足が小刻みに震えている。

在這前所未有的緊張感之下，手腳不停地顫抖。

例句

2 この非常時にあって、彼はなお非現実的な理想論を述べている。	都到了非常時期，他還在高談闊論那種不切實際的理想。
3 少子化社会にあって、男子校としての伝統にこだわってはいられず、女子も受け入れることにした。	面臨少子化的社會現狀，男校再也不能繼續堅持傳統，也接受女生入學了。

4 この不況下にあって、消費を拡大させることは難しい。

在這不景氣的狀況下，要增長消費能力是件難事。

5 どんな逆境にあっても、決して屈しない。

無論面對怎樣的逆境，都絕不屈服。

102

にいたって(は)、にいたっても

1. 即使到了…程度；2. 至於、談到；3. 到…階段（才）

{名詞；動詞辭書形}＋に至って(は)、に至っても

❶【話題】「に至っても」表示即使到了前項極端的階段的意思，屬於「即使…但也…」的逆接用法。後項常伴隨「なお、まだ、未だに」（尚、還、仍然）或表示狀態持續的「ている」等詞，如例(1)、(2)。

❷【話題】也表示從幾個消極、不好的事物中，舉出一個極端的事例來，如例(3)。

❸【結果】「に至って（は）」表示到達某極端狀態的時候，後面常接「初めて、やっと、ようやく」，如例(4)。

1 会議が深夜に至っても、結論は出なかった。

會議討論至深夜仍然沒能做出結論。

例句

2 現在に至っても、10年前の交通事故の後遺症に悩まされている。

即使到了現在，仍為十年前的交通意外傷害所留下的後遺症所苦。

3 兄も弟もやくざで、父親に至っては殺人の罪で牢屋に入っている。

哥哥和弟弟都是流氓，就連父親也因殺人罪而還被關在牢裡。

4 実際に組み立てる段階に至って、ようやく設計のミスに気がついた。

直到實際組合的階段，這才赫然發現了設計上的錯誤。

N1

103

にいたる

1. 最後…、到達…、發展到…程度；2. 最後…

❶【結果】{名詞；動詞辭書形}＋に至る。表示事物達到某程度、階段、狀態等。含有在經歷了各種事情之後，終於達到某狀態、階段的意思，常與「ようやく、とうとう、ついに」等詞相呼應，如例(1)～(4)。

❷【到達】{場所}＋に至る。表示到達之意，如例(5)。偏向於書面用語。翻譯較靈活。

1 何時間にも及ぶ議論を経て、双方は合意するに至った。

經過好幾個小時的討論，最後雙方有了共識。

例句

2 二人は話し合い、ついに離婚という結論に至った。	兩人談過以後，最後做出了離婚的結論。
3 彼が父親を殺害するに至ったのは、幼少期から虐待されていたからにほかならない。	他之所以到了殺害父親的地步，一切都要歸因於從幼年時期起持續遭受的虐待。
4 入院と退院を繰り返して、ようやく完治するに至った。	經過幾次的住院和出院，病情終於痊癒了。
5 森に降る雨は、地下水や河川水となり、やがて海に至る。	降落在森林的雨水，會成為地下水和河水，最後流進海洋。

104

にいたるまで

…至…、直到…

➡ {名詞}＋に至るまで

【極限】表示事物的範圍已經達到了極端程度。由於強調的是上限，所以接在表示極端之意的詞後面。前面常和「から」相呼應使用，表示從這裡到那裡，此範圍都是如此的意思。

1 祖父母から孫に至るまで、家族全員元気だ。

從祖父母到孫子，家人都很健康。

➡ 例句

2 ファッションから政治に至るまで、彼はどんな話題についても話せる。
從流行時尚到政治，他不管什麼話題都可以聊。

3 郵便料金は、東京から離島に至るまで均一だ。
郵資從東京到離島都是相同價錢。

4 会社の金が盗まれ、重役からバイトに至るまで、厳しく調べられた。
公司的錢被偷了，上至董事下至兼職人員，統統受到了仔細的盤查。

5 服から小物に至るまで、彼女はブランド品ばかり持っている。
從服飾至小飾品，她用的都是名牌。

N1

105 Track N1 2-27

● にかぎったことではない

不僅僅…、不光是…、不只有…

➡ {名詞}＋に限ったことではない

【非限定】表示事物、問題、狀態並不是只有前項這樣。經常用於表示負面的情況。

1 不景気なのは何もうちの会社に限ったことではない。

經濟不景氣的並不是只有我們公司。

➡ 例句

2 このようないじめは今回に限ったことではない。 | 像這種霸凌行為並不是只有這次而已。

3 我が家で赤飯を食べるのは、お祝いの日に限ったことではない。 | 在我們家，不只是在慶祝的日子才吃紅豆飯。

4 少子化は、日本に限ったことではない。 | 少子化並不是只發生在日本的現象。

5 急に残業させられるのは、今日に限ったことではない。 | 突然被要求加班並不是一天兩天的事了。

106

にかぎる

1. 就是要…、…是最好的；2. 最好…

➡ {名詞（の）；形容詞辭書形（の）；形容動詞詞幹（なの）；動詞辭書形；動詞否定形}＋に限る

❶【最上級】除了用來表示說話者的個人意見、判斷，意思是「最…」，相當於「～が一番だ」，如例(1)～(3)。還可以用來表示限定，相當於「～だけだ」。

❷【勸告】同時也是給人忠告的句型，相當於「～たほうがいい」，如例(4)、(5)。

1 夏はやっぱり冷たいビールに限るね。
夏天就是要喝冰啤酒啊！

➡ 例句

2 チーズケーキは、この店のに限る。 | 乳酪蛋糕還是這家店的最好吃!

3 ああ、いい香りだ。やっぱりたたみは、新しいのに限るな。 | 嗯，好香喔！榻榻米果然是新的好！

4 太りたくなければ、家にお菓子を置かないに限る。

若不想發胖，最好是不要在家裡放點心零食。

5 悪いと思ったら、素直に自分の非を認め、さっさと謝るに限る。

如果覺得是自己的錯，那就老實地承認自己的錯誤，快點道歉。

107

にかこつけて

以…為藉口、托故…

{名詞}＋にかこつけて

【原因】前接表示原因的名詞，表示為了讓自己的行為正當化，用無關的事做藉口。

1 父の病気にかこつけて、会への出席を断った。
以父親生病作為藉口拒絕出席會議了。

例句

2 大学進学にかこつけて、一人暮らしを始めた。

以上大學作為藉口，開始了一個人的生活。

3 息子の入学式にかこつけて、妻までスーツを新調したらしい。

以要出席兒子的入學典禮的藉口，妻子好像趁機為自己添購了一套新套裝。

4 忘年会の買い出しにかこつけて、自分用のおつまみも買ってきました。

趁著去採買尾牙用的用品的機會，連自己要吃的零食也順道買了回來。

5 仕事の付き合いにかこつけて、毎晩のように飲みに行く。

假借工作應酬的名義，幾乎天天都流連酒鄉。

N1

108

にかたくない

不難…、很容易就能…

➡ {名詞；動詞辭書形}＋に難くない

【難易】表示從某一狀況來看，不難想像，誰都能明白的意思。前面多用「想像する、理解する」等理解、推測的詞，書面用語。

1 お産の苦しみは想像に難くない。

不難想像生產時的痛苦。

➡ 例句

2 双方の意見がぶつかったであろうことは、推測に難くない。	不難猜想雙方的意見應該是分歧的。
3 こうした問題の発生は、予想するに難くない。	不難預料會發生這樣的問題。
4 困難の連続だったことは、想像するに難くない。	不難想像當初困難重重。
5 娘を嫁にやる父親の気持ちは察するに難くない。	不難想像父親嫁女兒的心情。

109

にして

1. 在…（階段）時才…；2. 是…而且也…；3. 雖然…但是…；4. 僅僅…

➡ {名詞}＋にして

❶**【時點】**前接時間、次數等，表示到了某階段才初次發生某事，也就是「直到…才…」之意，常用「名詞＋にしてようやく」、「名詞＋にして初めて」的形式，如例(1)、(2)。

❷【列舉】表示兼具兩種性質和屬性，可以用於並列，如例(3)。
❸【逆接】可以用於逆接，如例(4)。
❹【短時間】表示極短暫，或比預期還短的時間，表示「僅僅…」的意思。前常接「一瞬、一日」等。如例(5)。

1 結婚5年目にしてようやく子どもを授かった。
結婚五週年，終於有了小孩。

➡ 例句

2 60歳にして英語を学び始めた。	到了六十歲，才開始學英語。
3 彼は、高校教師にして大学院生でもある。	他既是高中老師，也是研究生。
4 国家元首にして、あのような言動がどうして許されようか。	堂堂一國的元首，那種言行舉止怎麼可以被原諒！
5 好きな人の酔っぱらった姿を見て、一瞬にして恋が冷めた。	看到心儀的人喝得爛醉的樣子，立刻對他沒了感覺。

110

● にそくして、にそくした

依…（的）、根據…（的）、依照…（的）、基於…（的）

➡ {名詞}＋に即して、に即した

❶【基準】「即す」是「完全符合，不脫離」之意，所以「に即して」表示「正如…，按照…」之意，如例(1)。
❷〖に即した(A)N〗常接「時代、実験、実態、事実、現実、自然、流れ」等名詞後面，表示按照前項，來進行後項，如例(2)～(5)。如果後面出現名詞，一般用「～に即した＋（形容詞・形容動詞）名詞」的形式。

1 実験結果に即して考える。
根據實驗結果來思考。

例句

2 時代に即した新たなシステム作りが求められている。	渴望能創造出符合時代需求的新制度。
3 彼の弁解は事実に即していない。	他的辯解與事實不符。
4 実態に即して戦略を練り直す必要がある。	有必要根據現狀來重新擬定戰略。
5 現状に即して、計画を立ててください。	請做出一個切合現狀的計畫。

111

にたえる、にたえない

1. 經得起…、可忍受…；2. 值得…；3. 不堪…、忍受不住…；4. 不勝…

❶【可能】{名詞；動詞辭書形}＋にたえる；{名詞}＋にたえられない。表示可以忍受心中的不快或壓迫感，不屈服忍耐下去的意思。否定的説法用不可能的「たえられない」，如例(1)、(2)。

❷【價值】{名詞；動詞辭書形}＋にたえる；{名詞}＋にたえない。表示值得這麼做，有這麼做的價值，如例(3)。這時候的否定説法要用「たえない」，不用「たえられない」。

❸【強制】{動詞辭書形}＋にたえない。表示情況嚴重得不忍看下去，聽不下去了。這時候是帶著一種不愉快的心情。前面只能接「読む、聞く、見る」等為數不多的幾個動詞，如例(4)。

❹【感情】{名詞}＋にたえない。前接「感慨、感激」等詞，表示強調前面情感的意思，一般用在客套話上，如例(5)。

1 社会に出たら様々な困難にたえる神経が必要です。

出了社會之後，就要有經得起遇到各種困難的心理準備。

例句

2 胸の痛みにたえられず、救急車を呼んだ。
胸口的疼痛難以忍受，叫了救護車。

3 この作品は大人の鑑賞にもたえるものです。
這作品值得成人閱讀。

4 この古い家は、つい最近まで、見るに耐えない荒れようだった。
這間老房子直到不久前還是一副慘不忍睹的破敗模樣。

5 展覧会を開催することができて、感慨にたえない。
能夠舉辦展覽會，真是不勝感慨。

112 Track N1 2-34

にたる、にたりない

1. 可以…、足以…、值得…；2. 不夠…；3. 不足以…、不值得…

{名詞；動詞辭書形}＋に足る、に足りない

❶【價值】「～に足る」表示足夠，前接「信賴する、語る、尊敬する」等詞時，表示很有必要做前項的價值，那樣做很恰當，如例(1)～(3)。
❷【無價值】「～に足りない」含又不是什麼了不起的東西，沒有那麼做的價值的意思，如例(4)。
❸【不足】「～に足りない」也可表示「不夠…」之意，如例(5)。

1 あの人は信頼するに足る人間だ。
那個人值得你信任。

例句

2 私の人生は語るに足るほどのものではない。
我的一生沒有什麼好說的。

3 これだけでは、彼の無実を証明するに足る証拠にはならない。
只有這些證據，是無法證明他是被冤枉的。

4 斎藤なんか、恐れるに足りない。
區區一個齋藤根本不足為懼。

5 今の収入では、生活していくに足りない。 | 以現在的收入實在入不敷出。

113

にとどまらず（～も）

不僅…還…、不限於…、不僅僅…

➡ {名詞（である）；動詞辭書形} ＋にとどまらず（～も）

【非限定】表示不僅限於前面的範圍，更有後面廣大的範圍。前接一窄狹的範圍，後接一廣大的範圍。有時候「にとどまらず」前面會接格助詞「だけ、のみ」來表示強調，後面也常和「も、まで、さえ」等相呼應。

1 テレビの悪影響は、子どもたちのみにとどまらず大人にも及んでいる。

電視節目所造成的不良影響，不僅及於孩子們，甚至連大人亦難以倖免。

➡ 例句

2 和田さんは、英語にとどまらず、中国語、ロシア語など10か国語以上を操れる。 | 和田先生不僅會英文，還會說中文、俄文等超過十國語言。

3 先月発売したゲームは、国内にとどまらず、海外でもバカ売れです。 | 上個月開始販售的遊戲軟體，不僅在國內大受歡迎，在海外也狂銷一空。

4 寺山修司は、短歌にとどまらず、小説、戯曲、映画など多方面に作品を遺した。 | 寺山修司不單在短歌，也在小說、戲曲、電影等許多領域留下了作品。

5 娘は、食物アレルギーにとどまらず、ダストアレルギーもあります。 | 我女兒不僅有食物過敏，對灰塵也會過敏。

114

には、におかれましては

在…來說

➡ {名詞}＋には、におかれましては

【話題】前接地位、身份比自己高的人，表示對該人的尊敬。語含最高的敬意。「～におかれましては」是更鄭重的表現方法。前常接「先生、皆様」等詞。

1 あじさいの花が美しい季節となりましたが、皆様方におかれましてはいかがお過ごしでしょうか。
時值繡球花開始展露嬌姿之季節，各位近來是否安好？

➡ 例句

2 寒さ厳しき折、吉川様にはくれぐれもご自愛ください。	天氣寒冷，務請吉川女士保重玉體。
3 先生にはお元気でお過ごしのこととお喜び申し上げます。	敬祝　老師日日開心。
4 貴社におかれましては、所要の対応を行うようお願い申し上げます。	敬祈貴公司能惠予善加處理本件。
5 役員の皆様におかれましては、ご多忙中のところご出席いただきありがとうございます。	承蒙各位長官在百忙中撥冗出席，甚感謝意。

N1

115

に（は）あたらない

1. 不需要…、不必…、用不著…；2. 不相當於…

➡ ❶**【程度】**{動詞辭書形}＋に（は）当たらない。接動詞辭書形時，為沒必要做某事，或對對方過度反應，表示那樣的反應是不恰當的。用在說話人對於某事評價較低的時候，多接「賞賛する」（稱讚）、「感心する」（欽佩）、「驚く」（吃驚）、「非難する」（譴責）等詞之後，如例(1)～(3)。

❷【不相當】{名詞}＋に（は）当たらない。接名詞時，則表示「不相當於…」的意思，如例(4)、(5)。

1 この程度のできなら、称賛するに当たらない。

若是這種程度的成果，還不值得稱讚。

➡ 例句

2 あの状況ではやむを得ないだろう。責めるには当たらない。	在那種情況之下，也是迫不得已的吧。不應該責備他。
3 こんなくだらない問題は討論するに当たらない。	用不著討論這種毫無意義的問題。
4 漢字があるのを平仮名で書いたくらい、間違いには当たらないでしょう？	就算把有漢字的字詞寫成了平假名，也用不著當成是錯字吧？
5 新婚さんをちょっとからかっただけだ。セクハラには当たらない。	只不過是對新婚的人稍微開開玩笑而已 算不上是性騷擾。

116 Track N1 2-38

にはおよばない

1. 不必…、用不著…、不值得…；2. 不及…

➡ {名詞；動詞辭書形}＋には及ばない

❶【不必要】表示沒有必要做某事，那樣做不恰當、不得要領，如例(1)、(2)，經常接表示心理活動或感情之類的動詞之後，如「驚く」（驚訝）、「責める」（責備）。

❷【不及】還有用不著做某動作，或是能力、地位不及水準的意思，如例(3)～(5)。常跟「からといって」（雖然…但…）一起使用。

1 息子の怪我については、今のところご心配には及びません。

我兒子的傷勢目前暫時穩定下來了，請大家不用擔心。

➡ 例句

2 彼は口だけだから、恐れるには及ばない。	他只會耍嘴皮子而已，沒什麼好怕的。
3 N1 に合格したとは言っても、やはりまだネイティブには及ばない。	雖說已經通過日檢 N1 級測驗了，畢竟還是無法像本國人那樣道地。
4 いくら寒いといっても、北海道の寒さには及ばない。	不管天氣再怎麼冷，都不及北海道的凍寒。
5 機能的には、やはり最新のパソコンには及ばない。	就機能上而言，還是比不上最新型的電腦。

N1

117 Track N1 2-39

にひきかえ～は

與…相反、和…比起來、相較起…、反而…

➡ {名詞（な）；形容動詞詞幹な；[形容詞・動詞] 普通形} ＋（の）にひきかえ

【對比】比較兩個相反或差異性很大的事物。含有説話人個人主觀的看法。書面用語。跟站在客觀的立場，冷靜地將前後兩個對比的事物進行比較「～に対して」比起來，「～にひきかえ」是站在主觀的立場。

1 彼の動揺振りにひきかえ、彼女は冷静そのものだ。

和慌張的他比起來，她就相當冷靜。

➡ 例句

2 男子の草食化にひきかえ、女子は肉食化しているようだ。	相較於男性的草食化，女性似乎有愈來愈肉食化的趨勢。
3 金持ちには倹約家が多いのにひきかえ、貧乏人はお金があるとすぐ使ってしまう。	有錢人多半都很節儉，相較之下，窮人一拿到錢就馬上花光了。

4 兄が無口なのにひきかえ、弟はおしゃべりだ。
相較於哥哥的沈默寡言，弟弟可真多話呀！

5 姉はよく食べるのにひきかえ、妹は食が細い。
姐姐的食量很大，相反地，妹妹的食量卻很小。

118

● によらず

不論…、不分…、不按照…

➡ {名詞}＋によらず

【無關】表示該人事物和前項沒有關聯，不受前項限制。

1 彼女は見かけによらず、力持ちです。
她人不可貌相，力氣非常大。

➡ 例句

2 この病気は、年齢や性別によらず、誰にでも起こり得ます。
這種病不分年齡和性別，誰都有可能罹患。

3 これまでのしきたりによらず、新しいやり方を試してみましょう。
不要依照以往的慣例常規，讓我們採用新的做法吧！

4 武力によらず、話し合いで解決すべきだ。
不要動用武力，而應該透過會談來解決。

5 当店の商品は、機械によらず全て手作りしています。
本店的商品不是機器生產的，全部都是手工打造的。

119

● にもまして

1. 更加地…、加倍的…、比…更…、比…勝過…；2. 最…、第一

➡ ❶【強調程度】{名詞}＋にもまして。表示兩個事物相比較。比起前項，後項更為嚴重，更勝一籌，前面常接時間、時間副詞或是「それ」等詞，後接比前項程度更高的內容，如例(1)～(3)。

❷【最上級】{疑問詞}＋にもまして。表示「最…」之意，如例(4)、(5)。

1 高校3年生になってから、彼は以前にもまして真面目に勉強している。

上了高三，他比以往更加用功。

➡ 例句

2 仕事は大変だが、それにもまして大変なのは上司のご機嫌取りだ。	工作雖然辛苦，但是更辛苦的是得拍主管的馬屁。
3 開発部門には、従来にもまして優秀な人材を投入していく所存です。	開發部門打算招攬比以往更優秀的人才。
4 君は誰にもまして美しい。	妳比任何人都要美麗。
5 私には何にもまして子どもが大切です。	對我來說，沒有什麼是比孩子更重要的。

120

のいたり（だ）

1. 真是…到了極點、真是…、極其…、無比…；2. 都怪…、因為…

➡ {名詞}＋の至り（だ）

❶【強調感情】前接「光栄、感激」等特定的名詞，表示一種強烈的情感，達到最高的狀態，多用在講客套話的時候，通常用在好的一面，如例(1)～(3)。

❷【原因】表示前項與某個結果有相互關聯，如例(4)、(5)。

1 こんな賞をいただけるとは、光栄の至りです。

能得到這樣的大獎，真是光榮之至。

例句

2 皆様には熱烈なご支持をいただき、感謝感激の至りです。	承蒙諸位的熱烈支持，委實不勝感激。
3 創刊 50 周年を迎えることができ、慶賀の至りです。	能夠迎接創刊五十週年，真是值得慶祝。
4 このような事態になったのは、すべて私どもの不明の至りです。	事態演變到這種地步，一切都怪我們的督導不周。
5 若気の至りとて許されるものではない。	雖說是血氣方剛，但也不能因為這樣就饒了他。

121

のきわみ（だ）

真是…極了、十分地…、極其…

{名詞}＋の極み（だ）

【極限】形容事物達到了極高的程度。強調這程度已經超越一般，到達頂點了。大多用來表達說話人激動時的那種心情。前面可接正面或負面、或是感情以外的詞。前接情緒的詞表示感情激動， 接名詞則表示程度極致。「感激の極み」（感激萬分）、「痛恨の極み」（極為遺憾）是常用的形式。

1 大の大人がこんなこともできないなんて、無能の極みだ。

堂堂的一個大人連這種事都做不好，真是太沒用了。

例句

2 連日の残業で、疲労の極みに達している。	連日來的加班已經疲憊不堪了。

3 そこまでよくしてくださって、感激の極みです。

您如此為我設想周到，真是令我感激萬分。

4 国の借金をこんなに増やすなんて、今の政府は無責任の極みだ。

國家的舉債居然增加了這麼多，現在的政府簡直不負責任到了極點！

5 あのホテルは贅の極みを尽くしている。

那家飯店實在是奢華到了極點。

122

はいうにおよばず、はいうまでもなく

不用說…（連）也、不必說…就連…

➡ {名詞}＋は言うに及ばず、は言うまでもなく；{[名詞・形容動詞詞幹]な；[形容詞・動詞]普通形}＋は言うに及ばず、のは言うまでもなく

【不必要】表示前項很明顯沒有說明的必要，後項較極端的事例當然就也不例外。是一種遞進、累加的表現，正、反面評價皆可使用。常和「も、さえも、まで」等相呼應。古語是「～は言わずもがな」。

1 年始は言うに及ばず、年末もお休みです。

元旦時節自不在話下，歲末當然也都有休假。

➡ 例句

2 社長は言うに及ばず、重役も皆、金もうけのことしか考えていない。

總經理就不用說了，包括所有的董事，腦子裡也只想著賺錢這一件事。

3 有名なレストランは言うに及ばず、地元の人しか知らない穴場もご紹介します。

不只是著名的餐廳，也將介紹只有當地人才知道的私房景點。

4 栄養バランスは言うまでもなく、カロリーもしっかり計算してあります。

別說是營養均衡了，就連熱量也經過精細的計算。

N1

5 男性は言うまでもなく、女性にも人気のある、まさに国民的アイドルです。

男性就不用說了，甚至廣受女性的歡迎，真不愧是國民偶像！

123

はおろか

不用說…、就連…

➡ {名詞}＋はおろか

【附加】後面多接否定詞。表示前項的一般情況沒有說明的必要，以此來強調後項較極端的事例也不例外。後項常用「も、さえ、すら、まで」等強調助詞。含有說話人吃驚、不滿的情緒，是一種負面評價。不能用來指使對方做某事，所以不接命令、禁止、要求、勸誘等句子。

1 退院はおろか、意識も戻っていない。

別說是出院了，就連意識都還沒有清醒過來。

➡ 例句

2 戦争で、住む家はおろか家族までみんな失った。

在這場戰爭中，別說房子沒了，連全家人也統統喪命了。

3 後悔はおろか、反省もしていない。

別說是後悔了，就連反省都沒有。

4 生活が困窮し、学費はおろか、光熱費も払えない。

生活困苦，別說是學費，就連電費和瓦斯費都付不出來。

5 私は、海外はおろか、国内ですら大阪より東に行ったことがない。

我別說去國外，就連國內也不曾到過比大阪更東邊的地方。

124

ばこそ

就是因為…才…、正因為…才…

➡ {[名詞・形容動詞詞幹] であれ；[形容詞・動詞] 假定形} ＋ばこそ

【原因】強調原因。表示強調最根本的理由。正是這個原因，才有後項的結果。強調說話人以積極的態度說明理由。句尾用「のだ」、「のです」時，有「加強因果關係的說明」的語氣。一般用在正面的評價。書面用語。

1 地道(じみち)な努力(どりょく)があればこそ、成功(せいこう)できたのです。
正因為有踏實的努力，才能成功。

➡ 例句

2 子供(こども)がかわいければこそ、叱(しか)ったのだ。	正因為疼愛孩子，才愈應該訓斥他。
3 あなたのことを心配(しんぱい)すればこそ、言(い)っているんですよ。	就是因為擔心你，所以才要訓你呀！
4 健康(けんこう)であればこそ、働(はたら)くことができる。	就是因為有健康的身體，才能工作打拼。
5 御社(おんしゃ)のご助力(じょりょく)があればこそ、計画(けいかく)が成功(せいこう)したのです。	正因為有貴公司的鼎力相助，計畫才能夠成功。

125

はさておき、はさておいて

暫且不說…、姑且不提…

➡ {名詞} ＋はさておき、はさておいて

【除外】表示現在先不考慮前項，而先談論後項。

1 仕事(しごと)の話(はなし)はさておいて、さあさあまず一杯(いっぱい)。
別談那些公事了，來吧來吧，先乾一杯再說！

N1

例句

2 真偽のほどはさておき、これが報道されている内容です。	先不論是真是假，這就是媒體報導的內容。
3 勝ち負けはさておき、感動を与えてくれたアスリート達に拍手を！	先不論勝負成敗，請為這些帶給我們感動的運動員們鼓掌喝采！
4 僕のことはさておいて、お前の方こそ彼女と最近どうなんだ？	先不說我的事了，你呢？最近和女朋友過得如何？
5 結婚はさておき、とりあえず彼女が欲しいです。	結婚這件事就先擱到一旁，反正我就是想要交女朋友。

126

ばそれまでだ、たらそれまでだ

…就完了、…就到此結束

{動詞假定形}＋ばそれまでだ、たらそれまでだ

❶【主張】表示一旦發生前項情況，那麼一切都只好到此結束，一切都是徒勞無功之意，如例(1)～(3)。

❷〖強調〗前面多採用「も、ても」的形式，強調就算是如此，也無法彌補、徒勞無功的語意，如例(4)、(5)。

1 トーナメント試合では、1回負ければそれまでだ。

淘汰賽只要輸一場就結束了。

例句

2 このことがマスコミに嗅ぎつけられたらそれまでだ。	萬一這件事被傳播媒體發現的話，一切就完了。

3 単なる不手際と言われればそれまでだ。 | 如果被講「你真是笨手笨腳」的話，那就沒戲唱了。

4 立派な家も火事が起こればそれまでだ。 | 不管多棒的房子，只要發生火災也就全毀了。

5 人間、どれだけお金があっても、死んでしまえばそれまでだ。 | 人不管擁有再多錢，一旦死掉也就用不到了。

127

はどう（で）あれ

不管…、不論…

➡ ｛名詞｝＋はどう（で）あれ

【讓步】表示前項不會對後項的狀態、行動造成什麼影響。

1 本音はどうであれ、表向きはこう言うしかない。
不管真心話為何，對外都只能這樣說。

➡ 例句

2 結果はどうであれ、自分で決めたことなので後悔はしていない。 | 不管結果如何，畢竟是自己決定的事，所以不會後悔。

3 成績はどうであれ、単位さえもらえればいい。 | 不管成績如何，只要能拿到學分就行。

4 理由はどうであれ、法を犯したことに変わりありません。 | 不管理由為何，觸法這點都是不變的。

5 事情はどうあれ、そんなことをしたのはよくなかった。 | 不管有什麼樣的苦衷，做了那種事就是不對。

128

ひとり～だけで（は）なく

不只是…、不單是…、不僅僅…

➡ ひとり＋{名詞}＋だけで（は）なく

【附加】表示不只是前項，涉及的範圍更擴大到後項。後項內容是說話人所偏重、重視的。一般用在比較嚴肅的話題上。書面用語。口語用「ただ～だけでなく～」。

1 少子化はひとり女性だけの問題ではなく、社会全体の問題だ。

少子化不單是女性的問題，也是全體社會的問題。

➡ 例句

2 喫煙は、ひとり本人だけでなく、周囲の人にも健康被害をもたらす。

抽菸不單對本人有害，也會危害身邊人們的健康。

3 石油の値上がりは、ひとり中東だけの問題でなく世界的な問題だ。

油價上漲不只是中東國家的問題，也是全球性的課題。

4 このことはひとり日本だけでなく、地球規模の重大な問題である。

這件事不僅和日本有關，也是全球性的重大問題。

5 ひとり彼だけでなく、そのように感じている人は多い。

不單是他一個人而已，同樣有那種感覺的人很多。

129

ひとり～のみならず～（も）

不單是…、不僅是…、不僅僅…

➡ ひとり＋{名詞}＋のみならず（も）

【附加】比「ひとり～だけでなく」更文言的說法。表示不只是前項，涉及的範圍更擴大到後項。後項內容是説話人所偏重、重視的。一般用在比較嚴肅的話題上。書面用語。口語用「ただ～だけでなく～」。

1 明日のマラソン大会は、ひとりプロの選手のみならず、アマチュア選手も参加可能だ。

明天的馬拉松大賽，不僅是職業選手，就連業餘選手也都可以參加。

例句

2 今回の事件は、ひとり加害者のみならず、社会全体に責任がある。	這起事件，不單加害人要負責，包括整個社會都必須共同承擔責任。
3 彼の演技は、ひとりファンのみならず、審査員まで魅了した。	他的演技，不僅影迷，連評審也為之傾倒。
4 彼はひとり問屋のみならず、市場関係者も知っている。	他不只認識批發商，也認識了市場相關人物。
5 彼は、ひとり警察のみならず、検察や裁判官にまで人脈がある。	他的人脈不僅僅在警界，甚至遍及法界的檢察官和法官。

130

べからず、べからざる

不得…（的）、禁止…（的）、勿…（的）、莫…（的）

{動詞辭書形}＋べからず、べからざる＋{名詞}

❶**【禁止】**「べし」否定形。表示禁止、命令。是較強硬的禁止説法，文言文式説法，故常有前接古文動詞的情形，多半出現在告示牌、公佈欄、演講標題上。現在很少見。禁止的內容就社會認知來看不被允許。口語説「～てはいけない」。「～べからず」只放在句尾，或放在括號（「」）內，做為標語或轉述內容，如例(1)、(2)。

❷〘べからざるN〙「～べからざる」後面則接名詞，這個名詞是指不允許做前面行為、事態的對象，如例(3)、(4)。

❸〔**諺語**〕用於諺語，如例(5)。

❹〔**前接古語動詞**〕由於「べからず」與「べく」、「べし」一樣為古語表現，因此前面常接古語的動詞，如例(1) 的「忘る」等，便和現代日語中的有些不同。前面若接サ行變格動詞，可用「～すべからず／べからざる」、「～するべからず／べからざる」，但較常使用「～すべからず／べからざる」(「す」為古日語「する」的辭書形)。

1 入社式で社長が「初心忘るべからず」と題するスピーチをした。

社長在公司的迎新會上，發表了一段以「莫忘初衷」為主題的演講。

➔ 例句

2 「花を採るべからず」と書いてあるが、実も採ってはいけない。	雖然上面寫的是「禁止摘花」，但是包括果實也不可以摘。
3 経営者として欠くべからざる要素はなんであろうか。	什麼是做為一個經營者不可欠缺的要素呢？
4 幼い我が子を殺すとは、許すべからざる行為だ。	居然殺死我那幼小的孩子，這種行為絕對不能饒恕！
5 昔は、「男子厨房に入るべからず」と言った。	有句老話是「君子遠庖廚」。

131

べく

為了…而…、想要…、打算…

➔ {動詞辭書形} ＋べく

【目的】表示意志、目的。是「べし」的ます形。表示帶著某種目的，來做後項。語氣中帶有這樣做是理所當然、天經地義之意。雖然是較生硬的說法，但現代日語有使用。後項不接委託、命令、要求的句子。前面若接サ行變格動詞，可用「～すべく」、「～するべく」，但較常使用「～すべく」(「す」為古日語「する」的辭書形)。

1 消費者の需要に対応すべく、生産量を増加することを決定した。

為了因應消費者的需求，而決定增加生產量。

➡ 例句

2 借金を返すべく、共働きをしている。	夫婦兩人為了還債都出外工作。
3 相手の勢力に対抗すべく、人員を総動員した。	為了跟對方的勢力抗衡，而出動了所有人員。
4 家族に食べさせるべく、嫌な仕事でも続けている。	為了維持一家人的生計，就算是討厭的工作也必須做下去。
5 これは天災ではなく、起こるべくして起きた人災だ。	這不是天災，而是不該發生卻發生了的人禍。

N1

132 Track N1 2-54

べくもない

無法…、無從…、不可能…

➡ {動詞辭書形}＋べくもない

【否定】表示希望的事情，由於差距太大了，當然是不可能發生的意思。也因此，一般只接在跟説話人希望有關的動詞後面，如「望む、知る」。是比較生硬的表現方法。另外，前面若接サ行變格動詞，可用「～すべくもない」、「～するべくもない」，但較常使用「～すべくもない」（「す」為古日語「する」的辭書形）。

1 都心に一戸建てなど持てるべくもない。

別妄想在市中心擁有獨棟樓房了。

例句

2 そのときは、まさか自分がそんな病気だとは知るべくもなかった。
那時候，連想都沒有想過自己居然生了那種病。

3 ふられた。イケメンの医者が相手では、勝つべくもなかった。
我被甩了。情敵是型男醫師，根本沒有勝算。

4 人間のやることだから、完璧は求めるべくもない。
既然是人做的事，就不該追求完美。

5 まさか妻の命が風前の灯だとは、知るべくもなかった。
我壓根不知道妻子的性命竟然已是風中殘燭了。

133

べし

應該…、必須…、值得…

{動詞辭書形}＋べし

❶【當然】是一種義務、當然的表現方式。表示說話人從道理上考慮，覺得那樣做是應該的，理所當然的，如例(1)～(3)。用在說話人對一般的事情發表意見的時候，含有命令、勸誘的語意，只放在句尾。是種文言的表達方式。

❷〖サ変動詞すべし〗前面若接サ行變格動詞，可用「～すべし」、「～するべし」，但較常使用「～すべし」（「す」為古日語「する」的辭書形），如例(4)。

❸〖格言〗用於格言，如例(5)。

1 親たる者、子どもの弁当ぐらい自分でつくるべし。
親自為孩子做便當是父母責無旁貸的義務。

例句

2 明日は朝早いから、今日はもう寝るべし。
明天要早起，所以現在該睡了。

3 外国語は、文字ばかりでなく耳と口で覚えるべし。 | 外文不單要學文字，也應該透過耳朵和嘴巴來學習。

4 1年間でコストを10%削減すべしとの指示があった。 | 上面有指令下來要我們在一年內將年成本壓低百分之十。

5 後生おそるべし。 | 後生可畏。

134

まぎわに(は)、まぎわの

迫近…、…在即

{動詞辭書形}＋間際に(は)、間際の＋{名詞}

❶【時點】表示事物臨近某狀態，或正當要做什麼的時候，如例(1)～(3)。
❷〖間際のN〗後接名詞，用「間際の＋名詞」的形式，如例(4)、(5)。

1 後ろに問題が続いていることに気づかず、試験終了間際に気づいて慌ててしまいました。

沒有發現考卷背後還有題目，直到接近考試時間即將截止時才赫然察覺，頓時驚慌失措了。

例句

2 家を出る間際に電話がかかってきて、電車に乗り遅れた。 | 臨出門前接了一通電話，結果來不及搭電車了。

3 寝る間際には、あまり食べない方がいいですよ。 | 睡前不要吃太多比較好喔！

4 試合終了間際の逆転勝利に、観客は大いに盛り上がった。 | 在比賽即將結束的時刻突然逆轉勝利，觀眾們全都陷入了激動瘋狂的情緒。

5 火事が起きたのは、勤務時間終了間際のことでした。 | 那場火災就發生在即將下班的時刻。

N1

135

まじ、まじき

不該有（的）…、不該出現（的）…

➡ ❶【指責】{動詞辭書形} ＋まじき＋ {名詞} 。前接指責的對象，多為職業或地位的名詞，指責話題中人物的行為，不符其身份、資格或立場，後面常接「行為、発言、態度、こと」等名詞，而「する」也有「すまじ」的形式。多數時，會用[名詞に；名詞として]＋あるまじき。如例(1)～(3)。

❷〖動詞辭書形まじ〗{動詞辭書形} ＋まじ。為古日語的助動詞，只放在句尾，是一種較為生硬的書面用語，較不常使用，如例(4)、(5)。

1 それは父親(ちちおや)として許(ゆる)すまじきふるまいだ。
那是身為一個父親不該有的言行。

➡ 例句

2 嘘(うそ)の実験結果(じっけんけっか)を公表(こうひょう)するとは、科学者(かがくしゃ)としてあるまじきことだ。
竟然發表虛假的實驗報告，真是作為一個科學家不該有的行為。

3 新法案(しんほうあん)は、民主国家(みんしゅこっか)にあるまじき言論統制(げんろんとうせい)だ。
那項新法案是關於不該出現在民主國家的限制言論自由。

4 卑劣(ひれつ)なテロリストを許(ゆる)すまじ。
那些卑鄙的恐怖份子絕對不可原諒！

5 あの災害(さいがい)を忘(わす)るまじ。
那場災害決對不容遺忘。

136

までだ、までのことだ

1. 大不了…而已、只是…、只好…、也就是…；2. 純粹是…

➡ {動詞辭書形；動詞た形；それ；これ} ＋までだ、までのことだ

❶【主張】接動詞辭書形時，表示現在的方法即使不行，也不沮喪，再採取別的方法。有時含有只有這樣做了，這是最後的手段的意思。表示講話人的決心、心理準備等，如例(1)～(3)。

❷【理由】接動詞た形時，強調理由、原因只有這個。表示理由限定的範圍。表示說話者單純的行為。含有「說話人所做的事，只是前項那點理由，沒有特別用意」，如例(4)、(5)。

1 議論が平行線をたどるなら、事態を打開するために、何らかの措置をとるまでだ。
爭論如果始終僵持不下，為了要解決現狀，就必須採取某種措施才行。

➡ 例句

2 壊されても壊されても、また作るまでのことです。	就算一而再、再而三的壞掉，只要重新做一個就好了。
3 和解できないなら訴訟を起こすまでだ。	如果沒辦法和解，大不了就告上法院啊！
4 何が悪いんだ。本当のことを言ったまでじゃないか。	難道我說錯了嗎？我只不過是說出事實而已啊！
5 大したことではなく、ただ自分の責務を果たしたまでのことです。	這沒什麼大不了的，只不過是盡了自己的本分而已。

137

まで（のこと）もない

用不著…、不必…、不必說…

➡ {動詞辭書形}＋まで（のこと）もない

【不必要】前接動作，表示沒必要做到前項那種程度。含有事情已經很清楚了，再說或做也沒有意義，前面常和表示說話的「言う、話す、說明する、教える」等詞共用。

1 子どもじゃあるまいし、一々教えるまでもない。

你又不是小孩子，我沒必要一個個教的。

➔ 例句

2 そのくらい、いちいち上に報告するまでのこともない。 | 那種小事，根本用不著向上級逐一報告。

3 見れば分かるから、わざわざ説明するまでもない。 | 只要看了就知道，所以用不著一一說明。

4 さまざまな要因が背後に隠れていることは言うまでもない。 | 不用說這背後必隱藏了許多重要的因素。

5 改めてご紹介するまでもありませんが、物理学者の湯川振一郎先生です。 | 這一位是物理學家湯川振一郎教授，我想應該不需要鄭重介紹了。

138

Track N1 2-60

● まみれ

沾滿…、滿是…

➔ {名詞}＋まみれ

❶【樣態】表示物體表面沾滿了令人不快或骯髒的東西，非常骯髒的樣子，前常接「泥、汗、ほこり」等詞，表示在物體的表面上，沾滿了令人不快、雜亂、負面的事物，如例(1)～(3)。

❷〖困擾〗表示處在叫人很困擾的狀況，如「借金」等令人困擾、不悅的事情，如例(4)、(5)。

1 サッカーの試合中、雨が降り出し、泥まみれになった。

足球比賽時下起雨來，場地成了一片泥濘。

➡ 例句

2 これさえあれば、油まみれの換気扇もお掃除ラクラク！

只要有這個，就算是沾滿油垢的通風扇也可以輕輕鬆鬆煥然一新！

3 物音がしたので行ってみると、人が血まみれで倒れていた。

當時聽到了聲響過去一看，有個人倒臥在血泊之中。

4 好きなものを好きなだけ買って、彼は借金まみれになった。

他總是想買什麼就買什麼，最後欠了一屁股的債。

5 明らかに嘘まみれの弁解にみんな辟易した。

大家對他擺明就是一派胡言的詭辯感到真是服了。

139 Track N1 2-61

● めく

像…的樣子、有…的意味、有…的傾向

➡ {名詞}＋めく

❶【傾向】「めく」是接尾詞，接在詞語後面，表示具有該詞語的要素，表現出某種樣子，如例(1)～(3)。前接詞很有限，習慣上較常說「春めく」（有春意）、「秋めく」（有秋意）。但「夏めく」、「冬めく」就較少使用。

❷〖めいた〗五段活用後接名詞時，用「めいた」的形式連接，如例(4)、(5)。

1 あの人はどこか謎めいている。

總覺得那個人神秘兮兮的。

➡ 例句

2 3月になり、日差しも春めいてきた。

進入三月，陽光也變得和煦如春了。

3 群集がざわめく中、首相は演説を始めた。

在人群吵雜之中，首相開始了他的演講。

4 声を荒げ、脅かしめいた言い方で詰め寄ってきた。 | 他發出粗暴聲音，且用一副威脅人的語氣向我逼近。

5 若い者を見ると、ついお説教めいたことを言ってしまう。 | 一看見年輕人，就忍不住訓起話來了。

140

もさることながら～も

不用説…、…（不）更是…

{名詞}＋もさることながら

【附加】前接基本的內容，後接強調的內容。含有雖然不能忽視前項，但是後項比之更進一步。一般用在積極的、正面的評價。跟直接、斷定的「よりも」相比，「もさることながら」比較間接、婉轉。

1 技術もさることながら、体力と気力も要求される。

技術層面不用説，更是需要體力和精力的。

例句

2 採用試験では、筆記試験もさることながら、面接が重視される。 | 關於錄用考試，筆試固然不可輕忽，面試也很重要。

3 味のよさもさることながら、盛り付けの美しさもさすがだ。 | 美味自不待言，充滿美感的擺盤更是令人折服。

4 成果そのものもさることながら、その過程で何を学んだかが重要だ。 | 成果本身固然要緊，從那個過程中學到什麼，更是重要。

5 勝敗もさることながら、スポーツマンシップこそ大切だ。 | 不僅要追求勝利，最重要的是具備運動家的精神。

141 

● もなんともない、でもなんでもない

也不是…什麼的、也沒有…什麼的、根本不…

➡ {形容詞く形}＋もなんともない；{名詞；形容動詞詞幹}＋でもなんでもない

【否定】用來強烈否定前項。

1 別に、あなたのことなんて好きでもなんでもない。
沒有啊，我也沒有喜歡你還是什麼的。

➡ 例句

2 もうお前なんか友達でもなんでもない。絶交だ。
你這種人根本算不上是朋友！我要和你絕交！

3 高い買い物だが、利益に繋がるものなので惜しくもなんともない。
雖然是高額消費，但和利益相關，所以也不會覺得可惜還是什麼的。

4 見た目はひどい傷なんですが、不思議なことに痛くもなんともないんです。
看起來雖然傷得很重，但神奇的是，也不會覺得痛還是什麼的。

5 それは科学的に説明できる。不思議でもなんでもない。
那種現象有科學上的解釋，不是什麼不可思議的事情。

142 

● （～ば／ても）～ものを

1. 可是…、卻…、然而卻…；2.…的話就好了，可是卻…

➡ {名詞である；形容動詞詞幹な；[形容詞・動詞] 普通形}＋ものを

❶【讓步】逆接表現。表示說話者以悔恨、不滿、責備的心情，來說明前項的事態沒有按照期待的方向發展。跟「のに」的用法相似，但說法比較古老。常用「ば（いい、よかった）ものを、ても（いい、よかった）ものを」的表現，如例(1)～(3)。

N1

❷【指責】「ものを」也可放句尾（終助詞用法），用「すればいいものを」的形式，表示因為沒有做前項，所以產生了不好的結果，為此心裡感到不服氣、感嘆的意思，如例(4)、(5)。

1 先にやっておけばよかったものを、やらないから土壇場になって慌てることになる。

先把它做好就沒事了，可是你不做才現在事到臨頭慌慌張張的。

➲ 例句

2 一言謝ればいいものを、いつまでも意地を張っている。

説一聲抱歉就沒事了，你卻只是在那裡鬧彆扭。

3 正直に言えばよかったものを、隠すからこういう結果になる。

老實講就沒事了，你卻要隱瞞才會落到這種下場。

4 もっと早く医者に行けばよかったものを。

早點去看醫生就好了，偏要拖那麼久！

5 おなかの調子が悪いなら、無理して食べなければいいものを。

既然肚子不舒服，為何又偏偏要勉強吃下去！

143

や、やいなや

剛…就…、一…馬上就…

➲ {動詞辭書形} ＋や、や否や

【時間前後】表示前一個動作才剛做完，甚至還沒做完，就馬上引起後項的動作。兩動作時間相隔很短，幾乎同時發生。語含受前項的影響，而發生後項意外之事。多用在描寫現實事物。書面用語。前後動作主體可不同。

1 合格者の番号が掲示板に貼られるや、黒山の人だかりができた。

當公佈欄貼上及格者的號碼時，就立刻圍上大批的人群。

例句

2 財務長官が声明を発表するや、市場は大きく反発した。	當財政部長發表聲明後，股市立刻大幅回升。
3 似顔絵が公開されるや、犯人はすぐ逮捕された。	一公開了肖像畫，犯人馬上就被逮捕了。
4 茂は、家に帰るや、ランドセルを放り出して遊びに行った。	阿茂一到家就把書包一扔，出門玩耍去了。
5 発売されるや否や、大ブームを巻き起こした。	才剛一發售，立刻掀起了搶購熱潮。

144

Track N1 2-66

を～にひかえて

臨進…、靠近…、面臨…

❶【即將】{名詞}＋を＋{時間；場所}＋に控えて。「に控えて」前接時間詞時，表示「を」前面的事情，時間上已經迫近了；前接場所時，表示空間上很靠近的意思，就好像背後有如山、海、高原那樣宏大的背景。

❷〘Nがひかえて〙{名詞}＋が控えて。一般也有使用「が」的用法，如例(4)。

❸〘をひかえたN〙を控えた＋{名詞}。也可以省略「{時間；場所}＋に」的部分。還有，後接名詞時用「を～に控えた＋名詞」的形式，如例(5)。

1 結婚式を明日に控えているため、大忙しだった。

明天即將舉行結婚典禮，所以忙得團團轉。

例句

2 会社の設立を目前に控えて、慌ただしい日が続いています。	距離公司成立已進入倒數階段，每天都異常繁忙。
3 妻は出産を来週に控えて、実家に帰りました。	妻子即將於下週生產，我已經讓她回到娘家了。
4 うちはすぐ後ろに山が控えているので、蚊だの何だのが多い。	由於我家後面就有一片山坡，因此蚊蟲之類的特別多。
5 高校受験を控えた子供に、夜食を作ってやった。	為了即將參加高中升學考試的孩子做了消夜。

145

● をおいて、をおいて～ない

1. 除了…之外（沒有）；2. 以…為優先

{名詞}＋をおいて、をおいて～ない

❶【限定】表示沒有可以跟前項相比的事物，在某範圍內，這是最積極的選項。多用於給予很高評價的場合，如例(1)～(3)。

❷【優先】用「何をおいても」表示比任何事情都要優先，如例(4)、(5)。

1 この難題に立ち向かえるのは、彼をおいていない。

能夠挺身面對這項難題的，捨他其誰！

例句

2 環境に優しい乗り物といったら、自転車をおいてほかにない。	要說不會造成環境汙染的交通工具，除了自行車就沒有別的了。
3 同僚で、英語ができる人といえば、鈴木さんをおいていない。	同事裡會講英語的人，除了鈴木小姐就沒有別人了。

4 せっかくここに来たなら、何をおいても博物館に行くべきだ。

好不容易來到了這裡，不管怎樣都要去博物館才是。

5 彼女の生活は、何をおいてもまず音楽だ。

她的生活不管怎樣，都以音樂為第一優先。

146

をかぎりに、かぎりで

從…起…、從…之後就不（沒）…、以…為分界

{名詞}＋を限りに、限りで

【限定】前接某時間點，表示在此之前一直持續的事，從此以後不再繼續下去。多含有從說話的時候開始算起，結束某行為之意。表示結束的詞常有「やめる、別れる、引退する」等。正、負面的評價皆可使用。

1 あの日を限りに彼女から何の連絡もない。

自從那天起，她就音訊全無了。

例句

2 今月を限りに事業から撤退することを決めた。

我決定事業做到這個月後就收起來。

3 私は今日を限りにタバコをやめる決意をした。

我決定了從今天開始戒菸。

4 悪い仲間との付き合いは、これを限りに終わりにする。

和壞朋友的往來，這是最後一次了。

5 私の好きなプロ野球選手が、今季を限りに引退すると発表した。

我所喜歡的棒球選手宣布了將於本球季結束後退休。

147

● をかわきりに、をかわきりにして、をかわきりとして

以…為開端開始…、從…開始

➡ {名詞}＋を皮切りに、を皮切りにして、を皮切りとして

【起點】前接某個時間、地點等，表示以這為起點，開始了一連串同類型的動作。後項一般是繁榮飛躍、事業興隆等內容。

1 沖縄を皮切りに、各地が梅雨入りしている。
從沖繩開始，各地陸續進入梅雨季。

➡ 例句

2 5日の花火大会を皮切りに、3日間の祭りの幕が開ける。	從五號的煙火晚會揭開序幕，開始了為期三天的慶典。
3 この事件を皮切りにして、各地で反乱が起こった。	以這起事件為引爆點，引發了各地的叛亂。
4 香港を皮切りとしてワールドツアーを行う。	將以香港為首站，展開世界巡迴演出。
5 この作品を皮切りとして、彼女は売れっ子作家になった。	以這部作品為開端，她一躍而成暢銷作家了。

148

● をきんじえない

不禁…、禁不住就…、忍不住…

➡ {名詞}＋を禁じえない

【強調感情】前接帶有情感意義的名詞，表示面對某種情景，心中自然而然產生的，難以抑制的心情。這感情是越抑制感情越不可收拾的。屬於書面用語，正、反面的情感都適用。口語中不用。

1 デザインのすばらしさと独創性に賞賛を禁じえない。

看到設計如此卓越又具獨創性，令人讚賞不已。

例句

2 彼女の哀れな身の上に、涙を禁じ得なかった。

為她悲慘的身世而忍不住掉下了眼淚。

3 常識に欠ける発言に不快感を禁じえない。

那種缺乏常識的發言，真叫人感到不快。

4 あまりに突然の出来事に驚きを禁じえない。

事情發生得太突然了，令人不禁大吃一驚。

5 地震の被災者の話を聞いて、同情を禁じ得なかった。

聽到了地震受災戶的經歷，不由得深感同情。

N1

149

Track N1 2-71

をふまえて

根據…、以…為基礎

{名詞}＋を踏まえて

【依據】表示以前項為前提、依據或參考，進行後面的動作。後面的動作通常是「討論する」（辯論）、「話す」（說）、「検討する」（討論）、「抗議する」（抗議）、「論じる」（論述）、「議論する」（爭辯）等和表達有關的動詞。多用於正式場合，語氣生硬。

1 自分の経験を踏まえて話したいと思います。

我想根據自己的經驗來談談。

例句

2 現実を踏まえて、法を改正すべきだ。	應當基於現實狀況來修訂法規。
3 この結果を踏まえて今後の対応を検討したいと思います。	我想依據這個結果來討論今後的對應措施。
4 学生たちの抗議行動は、法的な根拠を踏まえていない。	學生們的抗議行動並未逾越法源。
5 利用者の声を踏まえてサービスを改善する。	根據使用者的意見而改善服務品質。

150

● をもって

1. 以此…、用以…；2. 至…為止

➡ {名詞}＋をもって

❶【手段】表示行為的手段、方法、材料、中介物、根據、仲介、原因等，如例(1)～(3)。

❷【界線】表示限度或界線，接在「これ、以上、本日、今回」之後，用來宣布一直持續的事物，到那一期限結束了，常見於會議、演講等場合或正式的文件上，如例(4)。

❸〖禮貌－をもちまして〗較禮貌的說法用「～をもちまして」的形式，如例(5)。

1 顧客からの苦情に誠意をもって対応する。

心懷誠意以回應顧客的抱怨。

例句

2 雪国の厳しさを、身をもって体験した。	親身體驗了雪國生活的嚴峻。
3 何をもってあのような結論に達したのだろうか。	到底是基於什麼而得到了那樣的結論呢？

4 以上をもって、わたくしの挨拶とさせていただきます。 | 以上是我個人的致詞。

5 これをもちまして、2014 年株主総会を終了いたします。 | 到此，二〇一四年的股東大會圓滿結束。

151

をもってすれば、をもってしても

1. 只要用…；2. 即使以…也…

➡ {名詞}＋をもってすれば、をもってしても

❶【手段】原本「～をもって」表示行為的手段、工具或方法、原因和理由，亦或是限度和界限等意思。「～をもってすれば」後為順接，從「行為的手段、工具或方法」衍生為「只要用…」的意思，如例(1)～(3)。

❷【讓步】「～をもってしても」後為逆接，從「限度和界限」成為「即使以…也…」的意思，如例(4)、(5)。

1 あの子の実力をもってすれば、全国制覇は間違いない。

他只要充分展現實力，必定能稱霸全國。

➡ 例句

2 現代の科学をもってすれば、証明できないとも限らない。 | 只要運用現代科技，或許能夠加以證明。

3 国家権力をもってすれば、一般人の電話を盗聴するくらい簡単にできるだろう。 | 只要握有國家權力，竊聽一般民眾電話之類的小事，想必易如反掌吧。

4 この病気は、最新の医療技術をもってしても完治することはできない。 | 這種疾病，即使採用最新的醫療技術，仍舊無法醫治痊癒。

5 徹底的なコスト削減をもってしても、会社を立て直すことはできなかった。 | 就算徹底執行刪減成本，也沒有辦法讓公司重新站起來。

N1

152

をものともせず（に）

不當…一回事、把…不放在眼裡、不顧…

➡ {名詞}＋をものともせず（に）

【無關】表示面對嚴峻的條件，仍然毫不畏懼，含有不畏懼前項的困難或傷痛，仍勇敢地做後項。後項大多接正面評價的句子。不用在説話者自己。跟含有譴責意味的「をよそに」比較，「をものともせず（に）」含有讚歎的意味。

1 病気(びょうき)をものともせず、前向(まえむ)きに生(い)きている。
不在意身上的病痛，過著樂觀的人生。

➡ 例句

2 周囲(しゅうい)の無理解(むりかい)をものともせずに、彼(かれ)はひたすら研究(けんきゅう)に没頭(ぼっとう)した。
他不顧周遭的不理解，兀自埋首於研究。

3 周囲(しゅうい)の反対(はんたい)をものともせず、二人(ふたり)は結婚(けっこん)した。
兩人不顧周圍的反對，結婚了。

4 不況(ふきょう)をものともせず、ゲーム業界(ぎょうかい)は成長(せいちょう)を続(つづ)けている。
電玩事業完全不受景氣低迷的影響，持續成長著。

5 スキャンダルの逆風(ぎゃくふう)をものともせず、当選(とうせん)した。
他完全不受醜聞的影響當選了。

153

をよぎなくされる、をよぎなくさせる

1. 只得…、只好…、沒辦法就只能…；2. 迫使…

➡ ❶**【強制】**{名詞}＋を余儀なくされる。「される」因為大自然或環境等，個人能力所不能及的強大力量，不得已被迫做後表示項。帶有沒有選擇的餘地、無可奈何、不滿，含有以「被影響者」為出發點的語感，如例(1)～(3)。

❷【強制】{名詞}＋を余儀なくさせる、を余儀なくさせられる。「させる」使役形是強制進行的語意，表示後項發生的事，是叫人不滿的事態。表示情況已經到了沒有選擇的餘地，必須那麼做的地步，含有以「影響者」為出發點的語感，如例(4)、(5)。書面用語。

1 機体（きたい）に異常（いじょう）が発生（はっせい）したため、緊急着陸（きんきゅうちゃくりく）を余儀（よぎ）なくされた。

因為飛機機身發生了異常，逼不得已只能緊急迫降了。

例句

2 荒天（こうてん）のため欠航（けっこう）を余儀（よぎ）なくされた。	由於天候不佳，船班只得被迫停駛。
3 交通事故（こうつうじこ）の後遺症（こういしょう）により、車椅子生活（くるまいすせいかつ）を余儀（よぎ）なくされた。	因為車禍留下的後遺症，所以只能過著坐輪椅的生活。
4 父（ちち）の突然（とつぜん）の死（し）は、彼（かれ）に大学中退（だいがくちゅうたい）を余儀（よぎ）なくさせた。	父親驟逝的噩耗，使他不得不向大學辦理休學。
5 景気（けいき）の低迷（ていめい）により、開発計画（かいはつけいかく）の見直（みなお）しを余儀（よぎ）なくさせられた。	由於景氣低迷而不得不重新修改了開發計畫。

154

Track N1 2-76

をよそに

不管…、無視…

{名詞}＋をよそに

【無關】表示無視前面的狀況，進行後項的行為。意含把原本跟自己有關的事情，當作跟自己無關，多含責備的語氣。前多接負面的內容，後接無視前面的狀況的結果或行為。相當於「～を無視にして」、「～をひとごとのように」。

1 周囲（しゅうい）の喧騒（けんそう）をよそに、彼（かれ）は自分（じぶん）の世界（せかい）に浸（ひた）っている。

他無視於周圍的喧嘩，沉溺在自己的世界裡。

N1

例句

2 地元の反発をよそに、移転計画は着々と実行されている。	無視於當地居民的反對，遷移計畫仍舊持續進行。
3 受験勉強に明け暮れる同級生をよそに、彼は毎日ゲームにふけっている。	他毫不在意同班同學從早到晚忙著準備升學考試，天天都沉溺在電玩遊戲之中。
4 期待に膨らむ家族や友人をよそに、彼はマイペースだった。	他沒把家人和朋友對他的期待放在心上，還是照著自己的步調過日子。
5 警察の追及をよそに、彼女は沈黙を保っている。	她無視於警察的追問，仍保持沉默。

155

んがため（に）、んがための

為了…而…（的）、因為要…所以…（的）

{動詞否定形（去ない）} ＋んがため（に）、んがための

【目的】表示目的。用在積極地為了實現目標的說法，「んがため（に）」前面是想達到的目標，後面常是雖不喜歡，不得不做的動作。含有無論如何都要實現某事，帶著積極的目的做某事的語意。書面用語，很少出現在對話中。要注意前接サ行變格動詞時為「せんがため」，接「来る」時為「来（こ）んがため」；用「んがための」時後面要接名詞。

1 浮気現場を押さえんがために、彼女を尾行した。

為了抓姦而跟蹤了她。

例句

2 売り上げを伸ばさんがため、営業に奔走している。	為了提高營業額，而四處奔走拉客戶。
3 ただ酔わんがために酒を飲む。	單純只是為了買醉而喝酒。

4 本当はこんなことはしたくない。それもこれも生きんがためだ。
我其實一點都不想做這種事。這一切的一切都是為了活下去呀！

5 それは売らんがための宣伝文句にすぎない。
那不過是為了促銷的宣傳文案而已。

156

● んばかり（だ／に／の）

簡直是…、幾乎要…（的）、差點就…（的）

➡ {動詞否定形（去ない）}＋んばかり（に／だ／の）

❶【比喻】表示事物幾乎要達到某狀態，或已經進入某狀態了。前接形容事物幾乎要到達的狀態、程度，含有程度很高、情況很嚴重的語意。「～んばかりに」放句中，如例(1)、(2)。

❷〖句尾－んばかりだ〗「～んばかりだ」放句尾，如例(3)。

❸〖句中－んばかりの〗「～んばかりの」放句中，後接名詞，如例(4)、(5)。口語少用，屬於書面用語。

1 夕日を受けた山々が、燃え上がらんばかりに赤く輝いている。

照映在群山上的落日彤霞，宛如燃燒一般火紅耀眼。

➡ 例句

2 逆転優勝に跳び上がらんばかりに喜んだ。
反敗為勝讓人欣喜若狂到簡直就要跳了起來。

3 恋人に別れを告げられて、僕の胸は悲しみに張り裂けんばかりだった。
情人對我提出分手，我的胸口幾乎要被猛烈的悲傷給撕裂了。

4 彼女の瞳は溢れんばかりの涙でいっぱいだった。
她熱淚盈眶。

5 満場の聴衆から、割れんばかりの拍手がわき起こった。
滿場聽眾如雷的掌聲經久不息。

索引

す

せ

そ

た

ち

つ

て

と

な

ん

MEMO

QR山田社日語 QR Code朗讀 隨看隨聽

精修關鍵字版 日本語文法・句型辭典 N1,N2,N3,N4,N5 文法辭典

（25K+QR Code 線上音檔）

●發行人 林德勝

●著者 吉松由美、田中陽子、西村惠子、千田晴夫、林勝田 ◎合著

●出版發行 山田社文化事業有限公司
106 臺北市大安區安和路一段 112 巷 17 號 7 樓
電話 02-2755-7622
傳真 02-2700-1887

●郵政劃撥 19867160號 大原文化事業有限公司

●總經銷 聯合發行股份有限公司
新北市新店區寶橋路 235 巷 6 弄 6 號 2 樓
電話 02-2917-8022
傳真 02-2915-6275

●印刷 上鎰數位科技印刷有限公司

●法律顧問 林長振法律事務所 林長振律師

●平裝本+QR碼 定價 新台幣529元

●精裝本+QR碼 定價 新台幣599元

●初版 2023年9月